Neue Europäische Erzähler

Alasdair Gray

LEDERHAUT

Roman

Aus dem Englischen
von Bernd Rullkötter

Rütten & Loening
Berlin

Titel der Originalausgabe
Something Leather

Für Flo Allan

Ein Anfang und ein Ende pro Buch waren etwas, das mir nicht behagte. Ein gutes Buch kann drei völlig verschiedene Anfänge haben, die nur im vorausschauenden Wissen ihres Verfassers zusammenhängen, mindestens hundertmal so viele Schlüsse.

Flann O'Brien, Es schwimmen zwei Vögel

ERSTES KAPITEL
Fürs Album

June ist intelligent und ehrlich und sehr einsam. Auch ist sie auffallend hübsch, was ihr nicht sehr hilft. Es gefällt ihr, bewundert zu werden, doch die Bewunderung der meisten Männer wird zu Groll, wenn sie es ablehnt, sich auf einen alltäglichen sexuellen Abschluß einzulassen. June ist der Meinung, daß etwas unscheinbarere Frauen es leichter haben. Sie war einmal verheiratet, und auch das endete aus alltäglichen Gründen. Ihr Mann konnte ihr nicht verzeihen, daß sie mehr verdiente als er, aber trotzdem wollte er nicht, daß sie aufhörte zu arbeiten und ein Kind hatte. Damals tat es ihr leid. Nun ist sie froh darüber. Zu viele Frauen, meint sie, benutzen Kinder, um sich von einem unbefriedigenden Leben abzulenken. Ihr Beamtengehalt ist nun zu hoch, als daß sie riskieren würde, ihre Arbeit zu verlieren, und die Arbeit ist zu unbefriedigend, als daß sie dabei Ruhe finden könnte. Oft träumt sie davon, eine lange Pause einzulegen und sich eine Beschäftigung zu suchen, die ihr Spaß macht, aber vielleicht (sagt ihre Ehrlichkeit) gibt es eine solche Beschäftigung gar nicht. Menschen, die wissen, was sie sich vom Leben wünschen, werden von einer Zwangsvorstellung geleitet. Junes einzige Zwangsvorstellung ist nichts Besonderes: Sie zieht sich gern gut an. Wenn sie sich ein Kleidungsstück kauft, das zu ihrer seltenen Schönheit paßt, hat sie das Gefühl, daß das Leben vielleicht doch noch zu einem aufregenden Abenteuer werden kann. Sie hat einen großen Kleiderschrank voll Sachen, die sie an jenes wunderbare, kurzfristige Gefühl erinnern. Trotzdem fühlt sie sich gewöhnlich wie ein Mercedes Benz, der genötigt ist, als Taxi zu arbeiten.

Ihre Arbeit hat neben dem Gehalt noch einen Vorteil: Wenn sie Überstunden macht, kann sie sich den Freitag freinehmen und herumspazieren, um die Moden in den Schaufenstern und am Körper der Passanten zu studieren. Ihre Lieblingsstile sind jene der Dreißiger und Vierziger, die auf elegante oder luxuriöse Weise mit der menschlichen Kontur flirten. An diesem klaren Sommernachmittag mißfällt ihr fast alles, was sie sieht, denn die vorherrschenden Stile verkünden laut, daß die Zeiten schwer sind. Junge Männer mit Geld tragen schlotterige Anzüge und Stoppeln am Kinn. Jacken, Westen, Wollsachen, Hemden und Röcke werden in exzentrischen Schichten getragen, als habe man sie sich rasch für einen Notfall übergeworfen. Der verbreitetste Stoff ist Köper; das verbreitetste Kleidungsstück ist eine formlose Jacke mit gewaltigen Taschen, die an ein Arbeitslager denken läßt. Sie ist seit Jahren populär, und die Hersteller haben ihr neues Leben verliehen durch eine Färbung, die sie wie durch großen Gebrauch verschmutzt wirken läßt. Auch Jeans und Röcke sind aus diesem Köper gemacht. Einige junge Menschen (June ist nicht mehr jung) tragen Jeans, die sie absichtlich zerrissen haben. Warum? Das einzige elegante Kleidungsstück, das sie bemerkt, besteht aus dem widerstandsfähigsten Stoff von allen. Eine schlanke, adrette Person kommt in einem Anzug aus glänzendem schwarzem Leder mit silbernen Reißverschlüssen vorbei. June hat nie Leder getragen, aber einige Läden verkaufen nichts anderes. Sie verspürt eine schwache, vertraute Spannung, denn sie hat sich vorgenommen, ein aufregendes neues Stück aufzuspüren. Die Lederboutique begrüßt sie mit einem Duft, den sie beruhigend, doch exotisch findet – sie hat vergessen, wie gut Leder riecht. Aber die Röcke und Jacken gefallen ihr nicht, und die Hosen schaut sie sich gar nicht erst an – Hosen sind nicht ihr Stil. Eine Verkäuferin fragt sie, was sie gern hätte.

„Eigentlich nichts hiervon", sagt June und wirft einen unzufriedenen Blick über einen Kleiderständer. „Ich möchte etwas, das eher... das weniger..."

Sie will „konventionell" sagen, doch sie errötet statt dessen. Sie weiß nicht recht, was sie möchte.

„Vielleicht sollten Sie es sich nach Maß machen lassen", rät die Verkäuferin energisch.

„Wo?"

„,Das Versteck' ist ganz in der Nähe – Nummer 3798."

June geht sanftmütig wieder ins Sonnenlicht hinaus, doch ihre Sanftmut ist oberflächlich. *Versteck* gibt dieser Jagd auf etwas, das sie sich noch nicht vorstellen kann, den Hauch eines Abenteuers im Wilden Westen.

Der Laden ist weiter entfernt, als die Verkäuferin angedeutet hat. Jenseits einer Kreuzung merkt June, daß der vornehme Bezirk hinter ihr liegt. Ärmere Leute drängen sich auf dem geborstenen Bürgersteig, aber sie sehen im Sonnenlicht vergnügt aus. June ist kein Snob, sie macht sich nur Sorgen um das Fehlen eines Ladens, der „Das Versteck" heißt oder Nummer 3798 trägt. Zwischen 2988 (einem Kreditbüro) und 4040 (einem Wettbüro) ist eine lange Reihe mit Brettern vernagelter Fassaden. Sie geht an ihnen auf und ab, und ihre Erregung weicht einer vertrauten Enttäuschung, bis sie ein Auto an einem Bordstein bemerkt; einen billigen kleinen Citroen mit zwei geschwungenen blauen Streifen an der Seite. An dem Stoffdach ist mit großer Findigkeit ein pfeilförmiges Zeichen angebracht. Ein Ledergürtel ist in einer Schleife, die die Wörter VERSTECK LEDERWAREN umgibt, an das Zeichen geheftet. Der Pfeil weist über den Bürgersteig hinweg auf einen dunklen kleinen Eingang, der nach Katzenpisse riecht und zu Stufen führt, die so schräg abgetreten sind, daß June sich auf ihnen unsicher fühlt. Danach erreicht sie einen Absatz mit einem Bretterfußboden und drei niedrigen Türen; zwei haben Vorhängeschlösser und sind mit rostigem Metall beschlagen, eine ist von grellem Orange, und über einem Klingelknopf klebt ein Zettel mit der handschriftlichen Aufforderung *Kräftig drücken*. June drückt kräftig auf den Knopf.

Sie hat den schattigen Eingang und die Treppe mit der nervösen Erregung einer Jägerin hinter sich gebracht, die einem
wilden Tier in ein gefährliches Dickicht folgt, doch als sich
die Tür öffnet, schwindet ihre Nervosität. Eine muntere,
durchschnittliche kleine Frau in einem Kattunkleid öffnet die
Tür und sagt: „Entschuldigung, kommen Sie rein, ich kann
Sie nicht sofort bedienen, weil ich noch etwas anderes fertig
mache, aber wenn Sie einen Moment warten können, kümmere ich mich gleich um Sie. Was haben Sie auf dem Herzen?"

Sie führt June durch einen kurzen Flur in ein langes, kahl wir-
kendes Zimmer mit niedriger Decke und sechs verstaubten
Fenstern über den Ladenfassaden an der Straße. Eine Nähmaschine, ein leerer Kleiderständer, ein Tisch mit Geräten
und Mustern darauf sind fast das einzige Mobiliar. In einer
Ecke des teppichlosen Dielenfußbodens stehen ein elektri-
scher Wasserkessel, der in eine Wandsteckdose eingestöpselt
ist, zwei Becher, ein Glas mit Pulverkaffee, eine Tüte Zucker
und ein Radio, das Popmusik spielt. Neben der Nähmaschine
sitzt eine Frau, die June einen finsteren Blick zuwirft, als sei
diese ein Störenfried. Sie ist der Frau, die die Tür geöffnet hat,
sehr ähnlich, doch sie ist draller und hat dichtes schwarzes
Haar, das an der Stirn und über den Schultern gerade geschnitten ist wie die Perücke einer Sphinx.

„Ich glaube", sagt June zögernd, „ich möchte einen…
einen Rock."

„Nehmen Sie Platz und sehen Sie sich ein paar Muster an."
Die erste Frau zeigt auf ein dickes Album auf dem Tisch. „Ich
stehe Ihnen in fünf Minuten zur Verfügung." Sie setzt sich an
die Maschine und fährt damit fort, etwas zu bearbeiten, während die andere Frau mit einer leisen, durchdringenden
Stimme im Plauderton, doch irgendwie klagend auf sie einre-
det.

Das Album enthält Ausschnitte aus Katalogen und Modezeitschriften, die auf großen Seiten unter durchsichtigem Zellophan aufgeklebt sind. Während June diese Seiten umblättert, wird sie immer mutloser. Sie zeigen alle möglichen Ledersachen, einige konventionell, einige absonderlich, aber nichts, was June auf der Straße tragen möchte. Sie ist zu alt, als daß es ihr Spaß machte, sich vor einem Spiegel anzuziehen. Warum ist sie hierhergekommen? Unwillkürlich spitzt sie die Ohren, um Satzfetzen zu hören, die das stotternde Rattern der Nähmaschine und den Lärm der Popmusik übertönen.

„...hatte mich im Auge, aber ich hatte sie im Auge..."

„...ich sagte, man kauft nicht, was einem nicht gefällt..."

„...so was Geiles gibt's nicht noch einmal..."

June schüttelt ungeduldig den Kopf und wendet die Seiten immer schneller um, bis sie am Ende leere Blätter erreicht. Sie will das Buch zuknallen und hinausgehen, als ihr Blick auf die Ecke einer losen Fotografie fällt, die aus den letzten Seiten hervorragt. Sie zieht die Ecke heraus und hält plötzlich zwei schwarzweiße Fotos in der Hand. Das obere fesselt sie eine ganze Zeitlang.

Ein schwarzer Lederrock, wadenlang und an der Rückseite von der Taille bis zum Saum mit silbernen Druckknöpfen versehen, wird von einer Frau getragen, die man von hinten aufgenommen hat. Der Rock wäre zu eng, wenn die meisten Druckknöpfe nicht offenstünden, aber ein paar obere sind geschlossen und verstecken einen Arsch, der sich stolz über hochhackigen Schuhen wölbt. Die Schuhe und der Rock sind die einzigen Kleidungsstücke der Frau, die sich an die Sprossenwand in einer Turnhalle drückt; sie streckt einen Arm aus, um nach einer Sprosse zu greifen, die knapp jenseits der Reichweite ihrer Fingerspitzen ist. Dann sieht June, daß man das Gelenk der Frau mit einer Handschelle an die Sprosse gefesselt hat. Ihre freie Hand packt eine Sprosse in Schulterhöhe, ihre Beine sind so eng wie möglich zusammengepreßt, um den Druck auf das Stahlarmband um ihr Gelenk zu mindern. Ihr Kopf ist zurückgeworfen. Alles, was davon zu erkennen ist, sind ein weißer Schläfenstreifen und viel loses, dichtes schwarzes Haar, das über den Schultern geradlinig abgeschnitten ist und June an jemanden in der Nähe erinnert, aber die Erinnerung ist nicht so stark, daß sie die träumerische, von dem Foto ausgehende Verzauberung durchbricht. Wenn die neben der Nähmaschine tratschende Frau („...und ich sag zu ihr, also ich sag..."") die Frau auf dem Foto ist, dann wirkt sie dort interessanter und verführerisch schöner. Plötzlich merkt June, daß sie allein im Zimmer ist. Die Stimmen tratschen an der Haustür, die danach zugeschlagen wird. Sie hört, wie sich jemand nähert und fröhlich fragt: „Na? Haben Sie etwas Geeignetes gefunden?""

„Nicht... ganz", sagt June nach einer Weile, und da sie die Augen immer noch nicht von dem Foto losreißen oder es weglegen kann, beginnt sie zu sprechen, als sei der Rock, nur der Rock das, was sie anstarrt, das einzige, was sie interessiert.

„Ein Verschluß an der Vorderseite, glaube ich, und..."
Sie schweigt, da ihr nichts anderes einfällt.
„Taschen?" fragt die Frau.
„Äh... ja."
„Große?"
„Vielleicht..."
„Wie ihre?"
Die Frau nimmt das Foto, so daß das Bild unter ihm sichtbar wird. Es zeigt eine hochgewachsene, schlanke Frau Anfang Dreißig; ihr Kopf ist völlig kahlgeschoren, und sie steht mit arrogant gespreizten Beinen da. Sie trägt einen weiten, unförmigen Wildleder-Overall, dessen Beine bis über die Knie hinaufgerollt sind. An Satteltaschen erinnernde Aufsätze an den Oberschenkeln bauschen sich nach Art einer Reithose, doch am auffälligsten sind ihr gierig-lüsternes Lächeln und der dünne Rohrstock, den sie in den Händen biegt.

„Das ist Miss Domina, unsere Lehrerin. In Wirklichkeit heißt sie Harry – sie ist Künstlerin. Eine Menge Köstlichkei-

14

ten in ihren Taschen!" sagt die Frau ermunternd. June mustert sie und nickt dann errötend.

„Ich weiß genau, was Sie möchten!" ruft die Frau begeistert. Sie legt beide Fotos auf den Tisch, greift nach einem Block und macht eine Skizze. „Vielleicht so?... Und hier Schlaufen für den Gürtel... Warum nicht vorne *und* hinten einen Verschluß...?"

June erklärt sich plötzlich mit einem Rock einverstanden, den sie nie im Leben tragen wird.

Dann schiebt die Frau die Fotos zurück ins Album und sagt vertrauensvoll: „Ich wäre fast gestorben, als ich Sie damit sah."

„Warum?"

„Die sollten nicht in dem Album liegen – sie stammen aus einem Album, das meine bösen Kundinnen benutzen."

„Böse?" June tut so, als verstehe sie nicht.

„Nicht *schrecklich* böse. Aber sie machen gern Spiele, die nicht jedem gefallen, deshalb sind sie lieber vorsichtig. Das kann ich ihnen nicht verdenken! Ich bin auch ein bißchen böse – deshalb trauen sie mir. Nun werde ich Ihre Maße nehmen." Die Frau kniet sich hin, und während ihre behenden Finger ein Meßband um Junes Taille, Hüften, Gesäß et cetera legen, schaut June sich geistesabwesend im Zimmer um. Sie kann kein anderes Album entdecken.

„Es ist in einem kleinen Safe unter dem Tisch", sagt die Frau, die sich Notizen auf ihrem Block macht. „Die Fotos zeigen nämlich nicht nur verfügbare Kleidermuster, sondern auch verfügbare... Menschen, deshalb sind sie ziemlich verlockend. Möchten Sie mal reingucken?"

Sie lächelt June an, die aus Verwirrung darüber, daß die andere ihre Gedanken gelesen hat, kein Wort herausbringt, aber wahrscheinlich nickt sie, denn die Frau klappt den Block zu und erklärt forsch: „Vielleicht lasse ich Sie mal reingukken, wenn Sie zur Anprobe kommen. Wann ist es Ihnen recht?"

„Freitag?"

„In Ordnung! Nächsten Freitag, wann Sie wollen. Geben Sie mir Ihre Telefonnummer, falls etwas dazwischenkommt, aber das ist unwahrscheinlich."

June gibt ihr die Telefonnummer, erkundigt sich nach dem Preis des Rockes (der Preis ist annehmbar) und sagt, sie wolle eine Anzahlung leisten.

„Nicht nötig." Die Frau lächelt. „Ich weiß, daß Sie wiederkommen werden."

„Sie scheinen noch entrückter zu sein als sonst", sagt Junes Chef am nächsten Dienstag im Büro zu ihr.

„Ich fühle mich etwas seltsam", gibt June zu.

„Sie sehen fiebrig aus. Nehmen Sie sich einen Tag frei."

„Vielleicht tue ich das", antwortet June, aber sie weiß, woran sie leidet. Sie wird von Tagträumen über ein Album heimgesucht, das lockend verfügbare Opfer und Tyrannen enthält. Ihr Herz schlägt bei der Erinnerung schneller. Sie meint – obwohl sie weiß, daß das unsinnig ist –, einer Freude und Freiheit nahe zu sein, die sie nicht mehr erlebt hat, seit sie elf Jahre alt war und Sex ein faszinierendes Geheimnis darstellte, das man mit ein paar besonderen Freundinnen teilte, keine ängstliche Verhandlung mit einem möglicherweise gefährlichen Erwachsenen. Aber das ist lange her. Wenn sie die Arbeit schwänzt und „Das Versteck" vor Freitag aufsucht und bittet, ihr *das böse Album* zu zeigen, bedeutet dies, ein sexuelles Bedürfnis einzugestehen. June hat nie in ihrem Leben einem anderen Erwachsenen ein sexuelles Bedürfnis eingestanden. Sie schiebt die Rückkehr zum „Versteck" bis zum Freitag auf, und sie zwingt sich, bis zur Mitte des Nachmittags zu warten, statt wie ein neugieriges kleines Mädchen schon bei Beginn der Öffnungszeit zu erscheinen.

Und sie steht auf dem geborstenen Bürgersteig zwischen dem Kreditbüro und dem Wettbüro und starrt auf eine Fläche rötlichen, von Ziegelsteinen übersäten Gerölls mit einem Eisenbahn-Viadukt dahinter. Eine Zeitlang kann sie nicht glauben, daß das gesamte Gebäude verschwunden ist. Sie bekämpft ihre trostlose Verzweiflung dadurch, daß sie die Gebäudereihen zu beiden Seiten der Fläche betrachtet und dann in einen Pub auf der gegenüberliegenden Straßenseite geht, obwohl es die Art von Pub ist, wo einzelne Frauen angestarrt werden. Sie bestellt sich einen Gin mit Tonic und fragt den Barmann: „Was ist mit dem Schneiderladen gegenüber passiert?"

„Die Läden hat man schon vor Wochen abgerissen."

„O nein – letzten Freitag waren sie noch da."

„Mag sein. Aber sie waren schon jahrelang leer."

„Aber in einem war oben ein… ein Lederwarengeschäft. Es hieß ‚Das Versteck'. Die Besitzerin war eine kleine Frau. Sie hatte ein Reklameschild auf einem geparkten Wagen."

„Das ist unmöglich. Auf der Seite ist Parken verboten."

June trinkt ihr Glas aus und geht dann zu der modischen Lederboutique, in der sie die Adresse erhalten hatte. Die Verkäuferin weiß nur, daß eine Fremde irgendwann ein Kärtchen mit dem Namen „Das Versteck" und der Adresse hereingereicht hat.

Die Verkäuferin sagt: „Diese kleinen Firmen kommen und gehen sehr rasch. Soll ich Ihnen die Adresse einer anderen geben?"

June kehrt in ihre Zweizimmerwohnung zurück und kauft sich unterwegs eine Flasche Sherry.

Sie nimmt ein sehr heißes Bad, wäscht sich das Haar, setzt sich in ihrem Morgenrock auf den Kaminvorleger, nippt an dem Sherry und hört sich eine Schallplatte an. Dies heitert sie nicht auf. Sie fühlt sich leer und alt wie jemand, der nicht mehr viel vom Leben zu erwarten hat. Nach einem zweiten Glas ist sie benebelt und noch trübsinniger. Das Telefon klingelt. Sie hebt den Hörer.

„Hier spricht Donalda Ingles", sagt ein unbekanntes, besorgtes Stimmchen. „Ich habe Ihren Rock."

„*Wer* sind Sie?"

„Donalda. Wir sind uns letzte Woche im ,Versteck' begegnet. Ihr Rock ist fertig!"

„Ich war heute dort, und..."

„Ja, Sie haben also gesehen, was sie mit uns angestellt haben. Hören Sie, darf ich ihn zu Ihnen bringen?"

„Hierher?"

„Ja. Sie haben doch nichts zu tun? Ich meine, niemand ist bei Ihnen, oder?"

„Nein, aber..."

„Geben Sie mir Ihre Adresse, und ich bringe ihn sofort vorbei. Ich bin sicher, daß er Ihnen gefällt!"

Das Stimmchen im Hörer hat einen seltsamen, flehenden Tonfall. Nach einer Weile nennt June ihre Adresse, und die Stimme sagt: „Ich bin in zwanzig Minuten da."

June tritt nachdenklich an ihren Kleiderschrank. Sie will sich ein Kleid aussuchen, doch dann überlegt sie es sich anders, zieht sich Höschen, Büstenhalter und eine weiße Baumwollbluse an und streift den Morgenmantel darüber. Sie wird den Rock für keinen anderen, nur für die Macherin tragen. Die Entscheidung gibt ihr das Gefühl, wieder jung zu sein.

Die Haussprechanlage klingelt. June drückt auf den Summer und geht zur Tür. Eine Frau in einem langen Regenmantel, die einen Koffer trägt, kommt die Treppe zu Junes Absatz herauf, bleibt vor ihr stehen und sagt: „Hallo! Kennen Sie mich nicht mehr?"

Es ist die kleine, dralle Frau mit dem schwarzen Haar, das wie eine Sphinx-Perücke aussieht.

„Ja, aber ich habe Sie nicht erwartet. Ich dachte..."

„Oh, Senga konnte nicht kommen. Sie hat nämlich sehr viel mit dem Umzug zu tun, und außerdem dachte sie, daß ich Ihnen lieber wäre."

„Wieso?" fragt June, läßt die Frau ein und schließt die Tür.

„Senga kriegt solche Ideen. Ich streite mich nie mit ihr darüber. Das ist ein sehr schönes Zimmer, macht es Ihnen etwas aus, wenn ich meinen Mantel ausziehe?"

Sie fragt, als erwarte sie eine abschlägige Antwort. Im „Versteck" wirkte sie mürrisch und wehleidig. Nun aber ist sie eine faszinierende Mischung aus Kühnheit und Schüchternheit, als müsse sie ihren eigenen Widerstand überwinden. Als June sagt: „Natürlich, ziehen Sie ihn nur aus!", zögert sie, bevor sie den Mantel rasch aufknöpft und auf das Sofa neben den Koffer fallen läßt; dann steht sie da und blickt June auf hilflose, bittende Art an. Zu einer weißen Seidenbluse trägt sie genau die gleichen hochhackigen Schuhe und den gleichen Lederrock wie auf dem Foto. Um es zu beweisen, hebt sie beide Hände auf Schulterhöhe und dreht sich um, bis sie June wieder ansieht. Der Verschluß an der Rückseite ist mehr als halb geöffnet. June weiß, daß sie verführt werden soll und daß sie es sich ein bißchen gewünscht hat. Ihr Herz schlägt heftig und schnell, doch sie ist in der Lage, die dralle, sexy aussehende, nervöse kleine Frau mit vollkommenem Selbstbewußtsein anzulächeln. Zwar ist June noch nie von einer Frau verführt worden, doch die Situation ist ihr vertraut.

„Was ist mit *meinem* Rock?" fragt sie. Donalda nickt, öffnet den Koffer und holt den Rock hervor. June streift den Morgenmantel ab und stellt sich mit verschränkten Armen vor den Kleiderschrankspiegel. Donalda kniet sich hin und knöpft den Rock um Junes Körper; sie schließt die Gürtelschnalle, streicht und glättet das Leder über Taille, Bauch, Arsch und Oberschenkeln und murmelt dabei: „So, ist das nicht nett? Sind Sie nicht schön?"

June blickt mit einem Teil der Einsamkeit, der verächtlichen Überlegenheit auf Donalda hinab, die sie immer verspürt, wenn Menschen sie stark begehren, doch als sie in den Spiegel schaut, stellt sie sarkastisch fest, daß ihr eigener Rock viel herausfordernder und hurenhafter ist als der, den Donalda trägt.

Außerdem sieht und spürt sie, wie Donaldas Arme ihre Taille umschlingen, wie sich Donaldas Gesicht in den Winkel ihres Halses und ihrer Schulter schmiegt, wie Donaldas Lippen ihr Ohr leicht berühren und flüstern: „In der rechten Tasche ist ein Geschenk für dich."

June läßt die Hand unter die Taschenklappe gleiten und zieht die Fotografien heraus, die sie im „Versteck" verzaubert haben. Sie betrachtet die Bilder, während Donalda sie zu dem weißen Teppich vor dem Feuer führt, betrachtet die Bilder, während sie dem beschwörenden Murmeln und dem Tätscheln gehorcht, mit denen Donalda sie dazu bringt, sich hinzulegen und sich ihr zu öffnen. Sie betrachtet die Bilder sogar dann noch, als sie geistesabwesend, mit ihrer freien Hand, ein paar von Donaldas Liebkosungen erwidert. Donalda schluchzt: „Oh, du Teufel! Du wunderschöner Teufel! Du machst dir überhaupt nichts aus mir, stimmt's? Du wolltest, daß Senga *sie* zu dir schickt!"

„Ich bin nicht sicher", flüstert June und schaut von dem Foto des verführerischen Opfers auf jenes der aufregenden Tyrannin. Welches gefällt ihr am besten? Welche wäre sie am liebsten? Sie weiß es wirklich nicht.

Viel später liegt June mit geschlossenen Augen da, halb befriedigt und halb unbefriedigt wie immer nach der Liebe. Sie spürt Donaldas Körper an ihrem Rücken, Donaldas Hand auf ihrem Schenkel, und sie hört, wie Donaldas Stimmchen etwas erklärt oder sich beklagt. „Du hast mich kein einziges Mal gefragt, wer ich bin oder wie ich mich fühle oder was ich vom Leben will – ich glaube, du denkst nur an dich selbst, aber ich muß dir von mir erzählen. Ich komme aus einer wirklich großen Familie, drei ältere Brüder und drei jüngere Schwestern, und ich mußte meiner Mum helfen, sie alle zu versorgen. Ich liebte meine Mum wirklich, sie war eine wirklich gute Frau, die nie an sich selbst dachte, sie wurde frühzeitig alt, weil sie von morgens bis abends für all die Männer und kleinen Mädchen schuftete, denen sie schnurzegal war. Also, als ich fünfzehn wurde, hielt ich es nicht mehr aus – ich hatte es satt, ihr zu helfen, deshalb ging ich von zu Hause weg, wahrscheinlich, weil ich böse bin. Wir alle haben böse Träume, nicht wahr? Und wenn wir nicht einen unserer bösen Träume mal ein bißchen Wirklichkeit werden lassen, leben wir wie Zombies – die lebenden Toten –, Sklaven wie meine Mum, stimmt's? Stimmt's? Antworte mir! *Bitte!*"

„Das stimmt", sagt June, die zu müde ist, um zu widersprechen oder viel nachzudenken, und die begonnen hat, Donalda Ingles für langweilig zu halten.

„Ich möchte dich etwas anderes fragen. Hast du dieses Wochenende etwas vor? Besuchst du jemanden, oder kommt jemand hierher zu dir?"

„Ich habe nichts vor", sagt June, und damit Donalda keine Vorschläge macht, fährt sie fort: „Ich bin an Wochenenden gern für mich allein."

„Na ja", sagt Donalda nach einer Pause. „Nachdem ich meine Mummy verlassen hatte, gab's große Probleme. Ich werd' dir die Einzelheiten ersparen, sie würden dich nur anwidern – ich hatte ein Baby und so weiter. Senga hat mich gerettet. Sie ist nicht viel älter als ich, wir waren Freundinnen in der Schule, aber sie weiß genauso bestimmt, was sie tun muß, wie meine Mum – bloß, daß meine Mummy eine Sklavin ist und Senga ganz bestimmt eine Herrin. Wenn ich Senga helfe, helfe ich mir selbst, denn... lach nicht... Senga ist eine gute Fee, die Träume wahr werden läßt. Sie versteht sich so gut darauf, daß sie damit ihren Lebensunterhalt verdient. Sie hat mir gesagt, ich soll dies mit dir tun, bitte, laß mich, es tut nicht weh. Dreh dich nur ein bißchen um."

June dreht sich gehorsam um. Sie hört jetzt nur, wie der Rock geöffnet wird und dann der Gürtel, der mehrere Riemen und Schnallen hat. June läßt zu, daß Donalda ihre Handgelenke auf den Rücken zieht, sie über dem Gürtel kreuzt und einen Riemen um sie schlingt. Der Druck des Riemens wird plötzlich nahezu schmerzhaft, und June merkt, daß ihre Handgelenke auf dem Rücken festgebunden sind.

21

„Und nun?" fragt sie sanft. Donalda steht auf, geht in die Küche und kehrt mit drei sauberen Gläsern zurück. Sie stellt die Gläser auf den Tisch und füllt sie aus der Sherryflasche.

„Was ist los?" fragt June verwirrt.

Donalda schiebt die Hand in den Koffer und holt ein drahtloses Telefon und einen breiten Streifen Heftpflaster hervor. „Zwei Leute warten unten in einem Auto darauf, dich zu treffen, und ich werd' sie jetzt heraufbitten. Wenn du schreist, klebe ich dir den Mund mit diesem Pflaster zu."

June ist zu verblüfft, um zu schreien. Sie versucht aufzustehen, was ohne Hände schwer ist und ganz unmöglich wird, als Donalda sich auf ihre Beine setzt und einen Arm um ihren Hals legt.

„Hör zu!" sagt Donalda, und ihre Stimme ist nicht hart oder brutal. „Bitte, glaub' mir, Senga und ich lassen die Träume anderer Menschen wahr werden, aber wir haben noch nicht einmal *angefangen*, dir zu helfen – du bist so in dich selbst zurückgezogen, daß du nicht weißt, was deine Träume sind. Du bist wie gebannt, und wir werden nicht von dir ablassen, bis wir den Bann gebrochen haben, denn du bist die schönste Frau, der wir je begegnet sind. Aber zuerst, bevor Senga die Lehrerin hierherbringt..."

Sie preßt ihren Mund auf Junes Mund zu einem Kuß, der beinahe ein Biß ist, und einen Moment lang empfindet June eine schmelzende, köstliche Schwäche, die sie noch nie erlebt hat.

Wir werden später zu ihr zurückkehren.

ZWEITES KAPITEL

Eine entfernte Cousine einer Königin

Harry ist ein Fötus, bevor Geschlechtsbestimmungen praktikabel sind. Sie wird mit Hilfe eines Kaiserschnitts aus dem Körper ihrer Mutter gezogen, denn die Mutter glaubt, eine chirurgische Entbindung werde die Gegenwart ihres Mannes sicherstellen. Kurz vor der Operation erfährt sie, daß eine örtliche Betäubung, keine Vollnarkose angebracht ist.

„Ich habe den ganzen verdammten Mist gespört, den sie da unten mit mir angestöllt haben", erzählte sie ihren Freundinnen. „Es tat nicht weh, aber es war eklig."

Als Harry in die Luft gehalten wird, sagt ihre Mutter: „O Gott, ein beschössenes kleines Mödchen! Für einen Jungen hätte ich vielleicht etwas Mutterinstinkt empfunden, aber für ein Mödchen – *nein*."

Sie weint leidenschaftlich, und der Ehemann und Vater schenkt Harry, die ebenfalls leidenschaftlich weint, keine Aufmerksamkeit. Er tätschelt die Hand seiner Frau und sagt: „Keine Sorge, Liebling, es macht doch nöchts."

Harrys Mutter gleicht die Abneigung ihrer Tochter gegenüber dadurch aus, daß sie mehr von Harrys Kindermädchen verlangt, als diese leisten können. Fast zwei Jahre lang kündigen die Frauen, die die Arbeit machen, oder werden entlassen, bevor ein Monat – oft nicht einmal eine Woche – vergangen ist. Schließlich wird eine Frau aus Greenock angestellt. Ihre Stimme erscheint Harrys Eltern lächerlich grob und unerzogen, doch ihre stille und untertänige Art ist genau richtig, und sie kann Harry jederzeit so sauber, hübsch und passiv wie eine teure Puppe vorweisen. Harrys Mutter möchte Harry immer bei morgendlichen Kaffeekränzchen dabei haben, und dann stellt sie das Kind mit den Worten vor: „Meine Tochter natörlich."

Harry sitzt mit geradem Rücken da, die Hände im Schoß gefaltet, und sieht jeden, der gerade spricht, scharf an. Gewöhnlich ist es ihre Mutter, doch andere Besucher werden durch die gespannte Aufmerksamkeit des kleinen Mädchens aus der Fassung gebracht. Als jemand sie leutselig fragt: „Und was sagst *du* dazu?", blickt Harry sofort ihre Mutter an, die der Besucherin erklärt: „Verschonen Sie sie mit dem Smalltalk. Amösante Themen gehen noch öber ihr Verstöndnis."

Ein oder zwei Wochen später erkundigt sich ein stattlicher Offizier bei Harry: „Was wird kleinen Mädchen wie dir heutzutage beigebracht?", und sie antwortet mit einem offenen, klaren Stimmchen: „Bitte, verschonen Sie mich mit dem Smalltalk. Amösante Themen gehen noch öber mein Verstöndnis."

Diese Antwort scheint alle außer Harrys Mutter zu belustigen, die so tut, als habe sie nichts gehört, doch an jenem Tag küßt sie Harry inniger, bevor sie die Kleine wieder dem Kindermädchen reicht.

Das Kindermädchen sorgt für diese Perfektion, indem sie Harry schlägt und kneift, wenn die beiden allein sind – nicht, weil Harry unartig ist, sondern damit sie gar nicht erst unartig wird.

„Wenn ich *ein Wort* der Klage über dich von deiner Mutter höre", sagt das Kindermädchen, „dann mach ich *das* mit dir." Und sie quetscht systematisch die Teile von Harrys Körper, die gewöhnlich unter einer Windel und Gummihöschen versteckt sind. (Harry benötigt Windeln noch lange nach dem Säuglingsalter.) Manchmal sagt das Kindermädchen: „Wenn du jemandem ein Sterbenswörtchen über mich sagst, mache ich *das* mit dir." Dadurch lernt Harry, ihre Worte sorgfältig zu wählen und sie, wenn möglich, überhaupt zu vermeiden.

Mit vier Jahren runzelt Harry stets heftig die Stirn, als versuche sie, sich an die genaue Gestalt von etwas zu erinnern, das man ihr gestohlen hat. Diesen Gesichtsausdruck, mit leichten Variationen, behält sie bis zum Ende ihres Lebens bei, und er verleitet Fremde, was sie nicht weiß, zu dem Glauben, von ihr verachtet zu werden. Sie wird groß, dünn und drahtig für ihr Alter. Eines Tages beantwortet sie einen scharfen Klaps ihres Kindermädchens mit einem Rückhandschlag von gleicher Kraft – es ist die erste böse Tat ihres Lebens. Die beiden sind gleichermaßen erstaunt. Das Kindermädchen hat einen Rohrstock, den es häufig drohend schwingt, doch nie zum Prügeln verwendet hat. Voller Aufregung geht sie zu Harrys Eltern und bittet um Erlaubnis, ihn zu benutzen. Sie hat ihnen nie zuvor ein Problem präsentiert. Die Eltern entlassen sie und beschließen, Harry in einem Internat anzumelden.

Aber rund zwei Wochen vergehen, bevor man eine geeignete Schule findet. Harry wird von einer anderen Dienerin ihrer Mutter versorgt; sie wechselt Harrys Windeln und fällt fast in Ohnmacht, als sie sieht, was sich darunter verbirgt. Sie zeigt es Harrys Mutter, die weniger betroffen ist, da sie kein Mitleid kennt.

„Ich bin völlig mitleidlos, weil nie jemand mit mir Mitleid gehabt hat", erklärt sie ihren Freundinnen, aber auch sie meint, daß das blaue, schwarze und rote Mosaik aus Quetschungen ein häßlicher Anblick ist.

„Armes Könd", sagt sie zu Harry, die bitterlich schluchzt, da sie die einzige Person auf der Welt verloren hat, auf die sie sich verlassen durfte. „Ich wußte, die Frau war zu gut, um wahr zu sein. Beruhige dich. Wir bröngen die Sache ins Lot."

Das Internat ist eine elegante kleine georgianische Villa mit einem großen Garten, Landschaftspark und einer Koppel in der Nähe der Stadt Bath.

„Nehmen Sie sich vor mir in acht!" sagt die Direktorin unbekümmert zu Harrys Mutter. „Ich bin eine sehr geföhrliche Liberale und auch noch Atheistin. Aber wenn eines von meinen kleinen Mödchen religiöse Sehnsöchte zeigt, darf sie an Gottesdiensten in der Körche ihrer Wahl teilnehmen, und später, wenn sie fest bleibt, kann sie Religionsunterricht bekommen. Die Ricardos sind Juden, aber natörlich nicht orthodox. Ihre Tochter ist nun eine Nonne in der Stanbrook Abbey."

„Harry könnte sich so entwickeln. Einer meiner angeheirateten Verwandten ist verröckt in der Hinsicht", sagt Harrys Mutter lässig. „Aber er ist natörlich Buddhist. Ihre Geböhren..."

„Keine Schule hat höhere Geböhren", unterbricht die Direktorin rasch. „Jedenfalls nicht in Großbritannien. Alles, was die Mödchen sehen, benutzen und gelehrt werden, ist von höchster Qualität. Ich habe noch nie mehr als zwölf Schölerinnen angenommen, aber Harriet ist natörlich eine Ausnahme. Sie wird keine unglöckliche dreizehnte sein. Meine kleine Zahl von Mödchen läßt mich garantieren, daß in diesen wenigen Jahren, die sehr schwierig und prägend sein können, niemand leidet oder schikaniert wird."

„Ich meine, daß die meisten Kinder durch ein paar schwere Schläge in den Anfangsjahren besser gerüstet werden", erwidert Harrys Mutter. „Es macht sie zäher. Sie lernen, das, was sie brauchen, bei sich sölbst zu suchen, nicht bei anderen, und in späteren Jahren tanzen die anderen dann nach ihrer Pfeife. Das ist meine Erfahrung."

„Viele Böcher legen Ihre Theorie sehr viel ausföhrlicher dar", sagt die Direktorin nickend und lächelnd, als halte sie sehr viel von Kürze. „Aber ich besuchte..." Sie nennt ein berühmteres Internat als ihr eigenes. „Es war und ist ein wunderbarer Ort mit einem klugen und engagierten Personal, aber so groß! Wir alle schlossen viele wörtvolle Freundschaften, aber ich weiß genau, daß einige Mödchen Erfahrungen machten, die ihr ganzes Leben lang Spuren hinterließen."

„Und Sie sind ungeschoren davongekommen?" fragt Harrys Mutter leise und mustert die Direktorin. Harrys Mutter hält alle Lehrer für Päderasten: Weshalb sonst würden sie sich für einen so ekelhaften Beruf entscheiden? Sie meint, daß alle außer ein paar Leuten, die sie kennt, der Dienerschicht angehören, deshalb fällt es ihr schwer, höflich mit studierten Frauen umzugehen, die so sprechen, als seien sie ihr ebenbürtig. Aber die Direktorin hat sich bereit erklärt, Harry zu akzeptieren, weshalb nun auf Höflichkeit verzichtet werden kann. Nach einer Weile entgegnet die Direktorin mit etwas lauterer Stimme: „Ja. Aus Ihren Worten geht hervor, daß Harriet in ihrem kurzen Leben schon genug gelitten hat. Dies ist das erste Mal, daß ich mehr als zwölf Schölerinnen annehme, und es ist mit Sicherheit auch das letzte Mal, aber ich freue mich, einem Kind in Harriets schwieriger Lage zu helfen. Sie muß einfach ein Ausnahmefall sein."

Harrys Mutter sieht die Direktorin immer noch konzentriert an, und sie setzt das brütende Stirnrunzeln auf, das dauernd in Harrys Gesicht zu sehen ist. Sie hat erwähnt, daß Harry immer noch Windeln benötigt, aber die Quetschungen sind fast verheilt, weshalb sie auf weitere Erklärungen verzichten konnte. Ihrer Ansicht nach nimmt die Lehrerin Harry nur deshalb in die Schule auf, weil Harry väterlicherseits mit einer europäischen Königsfamilie verwandt ist. Harrys Mutter weiß dies zu schätzen, denn, wie sie ihren Freundinnen mitteilt: „Es öffnet Türen", aber sie haßt es, daran erinnert zu werden, denn sie beneidet und verabscheut die Familie ihres Mannes. Schließlich sagt sie: „Ich bin froh, daß Sie meine Tochter für einen Ausnahmefall halten. Ihre alte Schule hätte sie nicht mit der Feuerzange angefaßt – deshalb sind wir hier! Aber wie ich höre, haben die Vormunde Ihnen Amandas Kind anvertraut, also vermittelt ihr Institut wahrscheinlich die Haupttugenden. Ich bedaure nur, daß Sie es für angebracht halten, neues Geld zuzulassen."

Amandas Kind ist eine Waise mit einem Millionenvermögen, *neues Geld* ist die Tochter eines berühmten Sängers. Die Direktorin sagt mit klaren und gewählten Worten, daß Harrys Mutter den berühmten Sänger einmal kennenlernen sollte

– er sei freundlich, höflich und hochintelligent. Außerdem habe sie, die Direktorin, gern eine Schülerin aus der Boheme, weil es die anderen lehre, neuen Umgang zu pflegen, ohne sich herablassen zu müssen. Während die letzte Bemerkung der Direktorin über die Lippen geht, merkt sie entsetzt, daß die Worte nur sinnlosen Snobismus enthalten, daß sie benommen ist von den Beleidigungen einer Herzogin, der sie zu helfen glaubt.

„Ich bin noch nie in Böhmen gewesen, deshalb klingt das alles sehr albern för mich", sagt Harrys Mutter, die nun zum erstenmal liebenswürdig lächelt und sich langsam erhebt. So etwas gelingt nur wenigen, ohne daß sie den Eindruck von Hinfälligkeit erwecken. Harrys Mutter entfaltet ihren Körper mit einer anmutigen Aufwärtsbewegung, die sie größer erscheinen läßt als zu dem Zeitpunkt, da sie sich hingesetzt hat.

„Auf Wiedersöhen!" sagt sie und hält eine Hand in die Höhe; die Direktorin reckt sich automatisch, um die Hand zu berühren. „Kein Zweifel, daß Sie Ihre nötzliche Arbeit besser verrichten als die meisten. Wenn meine Tochter durch ihre *sehr* teure Schulausbildung verzogen wird, kann mir niemand Vorwörfe machen."

Die Direktorin war früher Berufsschauspielerin, aber sie ist in eine Lage manövriert worden, in der sie so spricht und sich so fühlt wie eine Hausverwalterin mit Größenwahn.

Die Direktorin war einmal fast berühmt als jugendliche Heldin in einer Inszenierung von „Dear Octopus" im Jahre 1938. Ihre Liebe zur Schauspielerei war nicht stark genug, um den Krieg zu überleben, und danach kommen drei Faktoren zusammen, die sie Lehrerin werden lassen: Sie hat kleine Mädchen gern und kann mit ihnen eher wie eine Erwachsene umgehen als mit jedem anderen. Sie hat reiche Freunde, die möchten, daß sich eine Frau, die sie kennen, um ihre Kinder kümmert. Ihre Eltern haben ihr einen Familienwohnsitz hinterlassen, den sie nur dann weiterführen kann, wenn sie die Gemeindeabgaben und die Instandhaltungskosten von der

Steuer absetzt. Die meisten Bediensteten sind aushäusig; eine Haushälterin, eine Freundin, die sie auf der Schauspielschule kennengelernt hat, und die Direktorin sind das im Haus wohnende Personal. Sie lehren Mädchen zwischen vier und fünfzehn Jahren, wie man sich sauberhält, ißt, sich anzieht, wie man anständig geht und redet, liest, schreibt und zählt. Gastlehrer machen die Mädchen, ohne sie zu strapazieren, mit Gesang, Musik, Tanz, Kunst, Geschichte, der französischen Sprache, Tennis, Schwimmen und Ponys vertraut – nebenan ist eine Reitschule. Keine dieser Beschäftigungen ist vorgeschrieben, doch jedes Mädchen entwickelt ein lebhaftes Interesse für zwei oder drei von ihnen. Keine Klasse hat mehr als vier Schülerinnen, und an sonnigen Tagen hat man keine Mühe, hinauszugehen und den Unterricht auf dem Rasen, im Rosengarten, im Sommerhäuschen oder im unteren Garten fortzusetzen. Ein paar gewöhnliche Dinge werden nicht gelehrt. Jede Schülerin lernt, ihr Zimmer in Ordnung zu halten, aber es wird von Bediensteten gesäubert. Bis zum Ende ihres Lebens gerät Harry in Panik, wenn sie eine Tasse Tee kochen oder einen Scheck unterzeichnen und ihn in einem öffentlichen Gebäude über einen Schalter schieben soll. Die Schule lehrt eine große Unwahrheit: daß die Schülerinnen besser seien als die aller anderen Schulen und viel besser als jene Menschen, die sich ein so hohes Schulgeld niemals leisten könnten. Davon abgesehen ist die Schule eher nützlich als schädlich für die Kinder, deren Eltern aus unterschiedlichen Gründen kaum für sie existieren.

Es gibt ein Spielzimmer, ein Musikzimmer, eine Bibliothek und ein Wohnzimmer mit einem Fernsehgerät. An hellen Abenden und an Wochenenden ziehen die Mädchen gewöhnlich ihre Overalls oder ihre ältesten Kleider an und spielen im Park, der eigentlich ein Wäldchen mit wenig Bäumen, aber mit viel Unterholz ist. Hier bauen sich die Mädchen, die meistens paarweise spielen, kleine Nester und Höhlen, die sie Häuser nennen – gewöhnlich in Holunderbüschen, denn diese haben sich dicht überlappende Außenblätter und ein fast hohles Zentrum. Amandas Kind – das Mädchen ist noch nicht ganz dreizehn Jahre alt – hat eine Bande von zwei oder drei kleineren Schülerinnen, die ihr einen komplizierten Wigwam, Die Festung genannt, gebaut haben. Die Festung besteht aus Ästen, Rasenstücken, Stangen, Segeltuch und Wellblech und hat eine sehr niedrige, winzige Tür. Das Lehrpersonal darf den Park nicht betreten, denn: „Es ist wichtig, daß Kinder die Freiheit haben, eigene Privatwelten zu erfönden", aber die Direktorin erfährt fast alles, was sich im Park abspielt. Wenigstens einmal alle vierzehn Tage wird eine Schülerin zu einem prächtig servierten Abendessen oder einem gemütlichen Nachmittagstee zu zweit eingeladen. Dabei plaudert die Direktorin über ihre Probleme und bittet um Rat.

„Ich mache mir Sorgen um die kleine Harriet. Ich nenne sie klein, um nicht zu vergessen, daß sie erst fönf Jahre alt ist, denn sie ist viel größer als du, und dabei bist du doch ein ganzes Jahr älter. Sie scheint keine Freundinnen zu haben. Was tut sie im Park? Sie scheint ihn sehr zu lieben."

„Klettert aufn Baum, Efel."

„Versuch, mich *Ethel* zu nennen. Auf welchen Baum?"

„De Kastanie hinter de Stechpalmen", sagt Linda, die von Harrys Mutter *neues Geld* genannt worden war.

„Auf die Edelkastanie. Kein schlöchter Baum zum Klettern för ein kleines, drahtiges Mödchen", sagt die Direktorin nachdenklich. „Die Äste sind überwiegend horizontal. Hat sie ein gutes Gleichgewichtsgeföhl? Geht sie Risiken ein? Iß ein Stöck Erdbeerkuchen, während du dir öberlegst, was du gesehen hast. Kau ganz langsam, damit du jeden Krömel auskostest, bevor du antwortest."

Kurz nach dieser Ermahnung sagt Linda: „Sie tut ganz langsam und vorsichtig klettern. Sie steigt ganz hoch rauf, kriecht so weit ans Ende von 'nem Ast, wiese kann, und sitzt einfach da. Wenn man ihr winkt, tutse so, als würdse einen nicht sehen. Wenn man ihren Namen ganz laut ruft, kriechtse wieder zur Mitte vonnem Baum hin und steigt aufn Ast auf de andere Seite."

Nach einer Weile sagt die Direktorin: „Der Baum ist för Harriet das, was das Klavier för Clara ist."

Clara ist eine Elfjährige, die ihre ganze Freizeit im Musikzimmer verbringt.

„Clara und Harriet sind beide sehr einsame Mödchen", fährt die Direktorin fort. „Aber es ist nun zu spät, der armen Clara zu helfen. Wie können wir der armen Harriet helfen, Linda? Die anderen Mödchen gehen ihr aus dem Weg, weil sie immer nur die Stirn runzelt, wenn sie angesprochen wird. Die Lehrerinnen können sich glöcklich schätzen, wenn sie ihnen mit mehr als einer Silbe antwortet, und ich auch. In der Turnhalle tut sie nichts anderes, als sich stundenlang an der Sprossenwand zu strecken. Gottseidank töpfert sie gern, aber das ist eine isolierte Kunst. Wie können wir ihr helfen, Linda?"

„Ehrlich gesagt, Efel, ich bin so traurig, daß ich keim helfen kann", antwortet Linda weinend. „Ich werd' immer bloß 'ne Bewerberin sein."

Die Direktorin drückt sie an sich, streichelt sie mitfühlend und fragt dann leise: „Ist Hjordis immer noch gemein zu dir?"

„Ich mach Botengänge für sie und bring ihr allen möglichen Kram für De Festung, aber sie läßt mich trotzdem nich rein. Jede Woche werd ich vonner ganzen Bande geprüft, aber Jordis sagt immer, ich bin noch zu jung und muß mich nächste Woche wieder bewerben. Und de Prüfungen werden immer schwerer! Oh, ich werd nie nie sehen, was da drinnen ist!"

„Du könntest einen Erstickungsanfall bekommen", warnt die Direktorin. „Geh zur Toilötte und wasch dir das Gesicht mit *warmem* Wasser und am Ende mit einem kalten Spritzer. Dann komm zurück und iß diese vorzögliche Scheibe Käsekuchen. Danach werde ich dir genau erklären, was Die Festung enthölt, obwohl ich sie nie betreten habe."

Als Linda sich beruhigt hat, erzählt ihr die Direktorin: „Die Festung enthölt einen recht wertvollen Perserteppich, einen Spiegel mit Kupferrahmen, ein großes, verglastes Foto von Hjordis' Mutter mit einem sehr gut aussehenden Mann, der eine Zeitlang ihr Vater war, und ein paar antike Nippsachen. Dies alles verschwand aus Hjordis' Schlafzimmer, kurz nachdem die Zentralkammer der Festung gebaut worden war. Das war ein Jahr, bevor du kamst, aber alles muß dort sein, außer einigen Nippsachen. Die hat sie auf einem Besuch in Bath verpföndet, um sich Geld för den Kauf törkischer Zigaretten zu besorgen. Ich wörde erst eingreifen, wenn sie mit Marihuana anfängt. Aber vor allem wördest du in der Festung entdöcken, daß Hjordis noch herrischer ist, als du sie je erlöbt hast. Ich weiß, daß du Hjordis sehr liebst, und das ist kein Wunder! Sie ist höbsch, klug und sehr charmant, wenn sie einen Vorteil davon hat. Aber als sie sehr klein war – viel kleiner als du, Linda –, sind ihr ein paar schröcklich traurige Dinge zugestoßen, so traurig, daß ich mich weigere, daröber zu reden, und daß Hjordis sich weigert, sie im Gedächtnis zu behalten. Die Folge dieser traurigen Ereignisse ist, daß die schöne, charmante Hjordis jeden haßt und förchtet, der nicht unter ihrer Fuchtel steht. Sie kann nie eine Freundin ihres eigenen Alters haben. Deshalb braucht sie eine Bande, deshalb möchte niemand Bandenmitglied werden, außer den Zwillingen und dir. Die Bande ist eine gute Sache för die Zwillinge. Dabei lernen sie, mit einer etwas größeren Gruppe als ihrer eigenen zu arbeiten. Und wie bedeutend sie alle sich deinetwegen föhlen, Linda, weil du ihnen so gehorsam folgst, Botengänge för sie machst und dauernd an ihren Pröfungen scheiterst! Ohne dich wörde die Bande auseinanderbrechen."

Linda begreift einiges davon, aber nicht alles. Sie antwortet: „Wenn ich nicht mehr versuch, in de Bande reinzukommen, spricht überhaupt keiner mehr mit mir. Die annern kichern bloß, wennich 'n Mund aufmachen tu."

„Das kann ich ihnen kaum verdenken, Linda. Ich glaube

wörklich, du *solltest* mir die Platte deines Vaters för eine Weile geben."

Lindas Mund öffnet sich weit, ihr Gesicht wird bleich, und sie beginnt zu würgen. Ihre Stimme ist wie die ihres Vaters, der im Hauptdialekt des Londoner Gebiets spricht und singt. Sein neues Geld hat ihm ermöglicht, sich eine neue Frau zu kaufen und die alte in den Ruhestand zu schicken. Linda ist auf dieses Internat gesandt worden, damit man den Hauptdialekt des Londoner Gebiets aus ihrer Stimme entfernt und ihn durch den Hauptdialekt der britischen vermögenden Schicht ersetzt. Dies ist noch nicht geschehen, da Linda nicht schlafen kann, wenn sie nicht zuerst eine der Platten ihres Vaters spielt. Sie stellt den Ton leise, legt das Ohr an den Lautsprecher und träumt, daß er nur für sie singt; außerdem träumt sie, daß er, ihre Mutter und sie immer noch in einem Backsteinreihenhaus mit zwei gemütlichen Zimmern unten und zwei oben wohnen, in einem Haus mit einem kleinen Park in der Nähe, wo sie mit Kindern herumtollen kann, deren freundliche Stimmen sich genauso anhören wie ihre. Wenn jemand Linda rät, sich von der Platte zu trennen, beginnt sie zu würgen.

„Es tut mir leid!" sagt die Direktorin und reißt die Arme kapitulierend hoch. „Ich verspreche, diesen Vorschlag nie wieder zu machen. Irgendwann werde ich die Schallplatte deines Vaters zerstören, weil du mich darum bittest, dann kannst du anfangen, die Sprache Shakespeares und Doktor Johnsons zu sprechen. Aber Harriet ist viel einsamer als du, Linda, und *sie* kichert nie daröber, wie du sprichst. *Sie* kichert öber gar nichts. Wenn du Freundschaft mit ihr schließen könntest, wördest du ihr hölfen und dir sölbst und (ich geb's zu) mir auch. Ich bin eine egoistische Geschäftsfrau, Linda. Meine Schule ist nicht gut, sondern schlecht, wenn die Cousine einer Königin und die Tochter eines beröhmten Sängers hier beide einsame kleine Mödchen sind."

Linda denkt angestrengt über diese Worte nach, seufzt und sagt versonnen: „Das wär sehr schön für mich, Efel, aber ich trau mich nicht. Ehrlich gesagt, Jordis würde was Schreckliches mit mir anstellen, wennich mich mittem Feind zusammentu."

„Ist Harriet der Feind? Ich dachte, das sei ich", entgegnet die Direktorin fröhlich.

„Das stimmt, aber seit Harry hier ist, gibt's zwei von euch."

„Laß uns ein Glas Limonade trinken, Linda! Ich habe seit Jahren kein so interessantes Gespröch geföhrt."

Die Direktorin ist nicht so erstaunt über das, was Linda ihr nun erzählt, wie sie vorgibt; es füllt die Details eines Bildes aus, dessen Hauptkonturen sie bereits kennt. Wie alle Führer benutzt Hjordis häufige Ansprachen, um ihre Anhänger zu unterhalten und das umgebende Universum zu beeindrucken. An warmen Wochenenden, wenn die Mädchen wohlgefüllte Picknickkörbe aus der Küche geholt und sie in den Park gebracht haben, geht Hjordis, ein Sandwich in der Hand, vor Der Festung auf und ab und hält zwischen den Bissen laute Reden, die manchmal ein gedämpftes Kichern oder einen spöttischen Ruf aus der Tiefe eines Holunderstrauches auslösen. Die Zwillinge lümmeln sich auf einer Decke im Gras, kauen und lauschen und stupsen einander an, wenn Hjordis ein Wort benutzt, das sie für unflätig halten. Linda, die Hände auf dem Kopf verschränkt, steht unter einem Baum an der einzigen Stelle, wo Bewerberinnen stehen dürfen. Sie hat dieses Privileg mit ihrem Lunch bezahlt, den Hjordis (die oft erklärt, daß sie Vögel den Menschen vorzieht) zerkrümelt und für die Meisen und Rotkehlchen verstreut hat. „Unser Feind prahlt, sie sei eine Liberale!" ruft Hjordis. „Was bedeutet das? Mr. Pargetta der Geschichtslehrer sagt, es habe mit Kanonenbooten und Freihandel zu tun – mit Freiheit. Wölche Freiheit gestattet der Feind uns? Die Freiheit, uns einen Strauch in einem mistigen Gebösch zu wählen!"

„Du hast eine Festung!" tönt eine ferne Stimme.

„Ich habe einen Abfallhaufen!" brüllt Hjordis. „Einen dröckigen Abfallhaufen, dabei mößte ich doch eine geodätische Spielkuppel mit einem Trampolinboden und Wänden aus undurchsichtigen oder transparenten Tafeln mit dem Muster meiner Wahl haben! Eine der Fabriken meines Onkels stöllt nichts anderes her! Der Feind hat sein Angebot sofort abgelehnt! *Ich möchte, daß alle meine kleinen Mödchen im Park die gleiche Ausgangsposition haben.* Lögen! Schmutzige Lögen! Gleichheit ist ihr scheißegal! In dieser Welt bedeutet Gleichheit nur das eine: gleiche Rechte för die gleichermaßen Reichen. Haben wir das? Pustekuchen! Unsere Familien sind viel reicher als sie, verdammt noch mal, sonst wörde sie uns ja nicht in ihre Schule lassen. Aber wo schläft das hochnäsige bourgeoise Luder, und wo schlafen wir? Sie schläft in dem schönen alten Schlafzimmer ihrer Eltern im zweiten Stock, und wir schlafen in den Dachkammern! In den Dienstbotenkammern! Jede in einem elenden kleinen Zimmer mit schräger Decke, das fröher einer Dienstmagd oder einer Zofe oder einem Hausdiener gehört hat! Und wo essen wir gewöhnlich? In einem Keller neben der Köche, einem Keller, der fröher das Speisezimmer der Dienstboten war. Laßt euch nicht von den Laura-Ashley-Vorhängen und den Fenstern oberhalb des Erdbodens irreföhren, wir essen in einem fauligen Untergeschoß! Und unsere prächtigen modernen Klassenzimmer, unser Bildhaueratelier und unser Aufnahmestudio, wo liegen die? In den alten Ställen und Zwingern, den Außengebäuden, wo einmal eine Menge Tiere und ihre stinkenden Stallburschen gehaust haben! Keiner von euch hat etwas dagegen, oder? Nein, ihr seid alle total glöcklich, weil Lady Mist euch manchmal nach oben einlädt, damit ihr seht, wic schön sie das Familiensilber und die Teetassen im Schlaraffenland klingeln lassen kann – im Fröhstöckszimmer und im Speisezimmer und im Salon, die dank dem *Geld*, das sie von UNSEREN Familien kriegt, *immer noch* ihr Privateigentum sind! Von UNSEREN Familien! UNSEREN Familien!"

„Gleich platzt du, Hjordis", warnt eine amerikanische Stimme. Sie gehört einer Millionärin aus Texas, der einzigen

Schülerin – neben einem großen, schlaksigen unordentlichen Mädchen, das den „New Statesman" liest –, vor der Hjordis Angst hat. Eine der Zwillingsschwestern tritt heran und reicht ihr einen Teller mit einem Schokoladen-Eclair darauf und einen Thermosbecher mit süßem Milchkaffee. Hjordis nimmt beides und schreitet langsam um Die Festung herum, wobei sie ißt und trinkt, um sich zu beruhigen. Ihr Hirn ist voll von Ideen, die sich immer einstellen, wenn sie laut spricht.

„Dieses verrottete System muß aufhören, und ich werde ihm ein Ende setzen!" verkündet sie, während sie zurückkommt. „Der Feind hat euch gesagt, daß die Cousine einer Königin hierherkommt. Sie hat euch *nicht* gesagt, daß meine Mutter und Harry Shetlands Mutter sehr sehr eng befreundet waren, deshalb wird Harry *meine* spezielle Freundin sein, eine engere Freundin als ihr beide! Ich werde sie unter meine Fittiche nehmen – meine Bande wird sie beschötzen."

„Wovor?" ertönt die ferne Stimme.

„Vor der Ausbeutung!" schreit Hjordis. „Der britischen Öffentlichkeit ist es scheißegal, daß gewöhnliche reiche Leute wie wir von der Mittelschicht ausgebeutet werden, aber sie hat eine Schwäche für Königshäuser! Stellt euch die Schlagzeilen vor! COUSINE EINER KÖNIGIN IN LIBERALER ARMUTSFALLE! Meinem Onkel gehören alle britischen Zeitungen. Er und ich werden daför sorgen, daß die Regierung gegen diese Schule ermittelt oder zurücktritt!"

„Quatsch!" sagt eine müde Stimme aus der Nähe, wahrscheinlich die Stimme der „New-Statesman"-Leserin, und irgendwo anders kichert jemand.

„Na gut!" sagt Hjordis verdrossen. „Meinem Onkel gehört nur fast die Hälfte der britischen Zeitungen, aber die Hälfte ist genug!"

Sie schleudert den leeren Becher auf den Eingang der Festung zu und betrachtet ihre Bande.

„Röhrt euch!" befiehlt sie Linda. Die läßt die Hände dankbar sinken, setzt sich ins Gras und reibt sich die Beine. Hjordis schlendert hin und her und murmelt in einem unzufriedenen Tonfall, der nur von denen auf der Lichtung gehört werden kann: „Wir sind keine richtige Bande, wir haben keinen Böndnispartner. Wir haben alles andere... starke Föhrerin... mächtigen Feind... eine Festung... eine Armee..." (Sie starrt die Zwillinge so lange an, bis die beiden salutieren.) „...eine hoffnungslose Schar verzweifelter Bewörberinnen..." (Sie grinst sarkastisch zu Linda hinüber, die schuldbewußt errötet.) „...aber keinen Böndnispartner. Macht euch keine Sorgen. Der Böndnispartner wird bald hier sein."

Aber Harry ist eine Enttäuschung für Hjordis. Harry beantwortet die leidenschaftlich geflüsterte Botschaft: *„Meine Mutter war die beste Freundin deiner Mutter!"* mit dem gleichen finsteren Blick und dem abgewandten Gesicht, mit denen sie alle bedenkt. Auch kann Hjordis nicht allein mit ihr sprechen, um ihr die Dinge ausführlicher zu erklären. Harry erhält kein Schlafzimmer unter dem Dach, sondern eines neben dem Schlafzimmer der Direktorin im zweiten Stock. Im Park klettert sie sofort auf einen hohen Ast des größten Baumes und schiebt sich auf die andere Seite, wenn Hjordis versucht, von unten mit ihr zu reden. Zwei Wochen lang ist Hjordis, wie Hitler nach dem Verlust von Stalingrad, zu beschämt, um eine öffentliche Erklärung abzugeben, aber sie ist tapferer als Hitler. Eines Sonntags teilt sie der Welt mit: „Ich habe mich geirrt, ich geb's zu! Die Tochter der besten Freundin meiner Mutter hat sich dem Feind angeschlossen! Die Nachfahrin teutonischer Kriegsherren spioniert nun für die Liberalen! Ich weiß nicht, was ihr hier in diesen Böschen anstellt, und es ist mir gleichgöltig – es geht mich nichts an. Aber die Große Schwester sieht dich! Den glänzenden kleinen Augen am Himmel entgeht nichts von dem, was unter den Blättern geschieht! Ein Glöck, daß meine Festung ein massives Dach hat! Und darunter ist für alle Platz! Kommt doch mit mir hinein! Ich habe eine große Dose mit tollen Köksen."

„Halt den Mund, du dumme Kuh!" sagt jemand müde.

„Wegtreten!" flüstert Hjordis den Zwillingen rasch zu, läuft dann zur Festung und schließt sich tief im Inneren ein. Sie kann nicht weinen, wenn andere sie dabei sehen oder hören.

Linda ist zu jung, um ihren Kummer zu verbergen. Eine Woche später stürmt sie, tränenfeucht und wütend, weil sie wieder bei einer Prüfung durchgefallen ist, an den Fuß des Kastanienbaums und schreit hinauf: „Komm runter, Harry Shetland! Komm runter zu mir, du verdammtes Luder! Du mußt meine Freundin werden! Du mußt mit mir spielen – jetzt jetzt *jetzt*! Efel sagt, daß du's mußt, und ich bin so einsam, ich möcht' mich am liebsten umbringen, oh!"

Sie schlägt immer wieder heftig mit der Stirn gegen den Stamm, bis sie halbbenommen und schwindelig zu Boden stürzt. Kurz darauf kommt sie zu sich, schlägt mit dem Hinterkopf halbherzig auf den Boden, seufzt und schlummert dann für eine Weile ein. Als sie schließlich die Augen öffnet, sieht sie Harrys stirnrunzelndes Gesicht, das sie finster aus nächster Nähe betrachtet.

Der größte Teil von Harrys Gewicht hängt an einer Hand, die sich an einen Ast zwischen den Blättern über ihr klammert, ein Bein kniet auf einem niedrigen Ast, das andere baumelt hinunter, und sie lutscht am Daumen ihrer freien Hand. Die Pose läßt vermuten, daß sie überlegt, und zwar seit langem, ob sie hinauf- oder hinunterklettern soll.

„Willste mit mir spielen?" fragt Linda und setzt sich auf. Nach einem Moment wachsamen Wartens stützt Harry beide Knie auf den niedrigen Ast und kriecht rasch zu der Stelle, wo er sich fast bis zum Boden neigt, bevor er sich zu den breitblättrigen Ausläufern hinaufkrümmt. Sie setzt sich in die Mulde; ihr Rücken ist sehr gerade, ihre Füße sind gekreuzt und ihre Hände säuberlich im Schoß gefaltet. Linda tritt heran und baut sich hoffnungsvoll und ehrfürchtig vor ihr auf.

„Wir wollen den Fall ins Auge fassen!" sagt Harry plötzlich ganz deutlich. „Den Fall eines gewissen armen, sehr schmutzigen kleinen Mädchens. Sie ist wiederholt davor gewarnt worden, sich schmutzig zu machen oder öber dich und mich, Schötzchen, zu tratschen. Man hat ihr erklärt, was mit ihr geschehen wird, wenn sie diese Warnungen mißachtet. Und trotzdem mißachtet sie die Warnungen. Sie macht sich schmutzig. Sie redet zuviel. Schnell! Was muß mit ihr passieren?"

„Ehrlich gesagt", erklärt Linda, „ich würd' am liebsten Könige und Königinnen spielen, aber ich weiß nich viel von so 'nen Leuten. Du weißt bestimmt 'ne Menge, also kannste mir sagen, wassich tun soll. Du bist größer als ich, darum spielste mal lieber den König. Es macht mir nichts aus, wenn du mich 'n bißchen rumkommandierst."

„Keine Majestäten bitte!" entgegnet Harry schroff. „Majestäten kommen einfach *nicht* in Frage. Wir haben nichts öbrig för Eindringlinge, ob Deutsche, Griechen, Schwarze, Braune oder Iren. Wir sprechen nicht för die verlorene Sache der Rassenreinheit, wir sprechen gegen die Langeweile. Bitte, lenke deine Aufmerksamkeit auf dieses arme kleine, scheußliche Mödchen, das seine großen Vorteile nicht verdient hat. Wie wollen wir sie bestrafen? Prögel und Kneifen sind das öbliche."

„In Ordnung", sagt Linda resigniert. „Du biste Königin, und ich bin der König. Aber ich muß neben dir sitzen, als wären wir zusammen aufm Thron. Hilfste mir rauf?"

„Wir haben gesagt, *keine Majestäten!*" mahnt Harry. „Wir haben gesagt, *Prögel und Kneifen sind das öbliche*. Wir sind bereit, uns jeden anderen Vorschlag anzuhören, aber denk gut nach, bevor du sprichst! Zur Zeit bist du die kleinste und schmutzigste von uns. Deine Stimme ist lächerlich derb und unerzogen, sie kennzeichnet dich sofort als einen Eindringling. Vielleicht bist du das arme arme arme schmutzige schmutzige *schmutzige* kleine Mödchen, von dem wir reden!"

„Nein, binnich nich!"

„Dann bin ich es wohl", sagt Harry, dreht sich um und läßt sich, die Beine an der näheren Seite, Arme und Kopf an der anderen, so von dem Ast hängen, daß die Sitzfläche ihres blauen Kord-Overalls auf einer Höhe mit Lindas Gesicht ist.

„Fang an!" befiehlt sie leise. Aber Lindas Geist ist nicht von der Furcht vor Strafe geprägt worden. Der Gedanke, jemandem weh zu tun, verblüfft sie und stößt sie ab.

„Das kannich nich!" klagt sie. „Warum denn bloß?"

„Dieses sehr abscheuliche kleine Mödchen wartet seit Wochen und Wochen und Wochen darauf", erklärt Harry. „Und je länger sie wartet, desto schlechter föhlt sie sich. Sie wird so froh und dankbar sein, wenn du aufhörst. Dann kannst du sie kössen und sagen: *Du und ich, Schätzchen, sind doch immer noch Kumpel, nich wahr? Nich wahr?*"

„Dassis dumm!" erwidert Linda.

Harry verdreht den Körper, zieht sich hoch und kriecht rasch über den Ast auf den Baumstamm zu.

„Ach, bleib doch hier!" ruft Linda entsetzt und trottet neben ihr her. „Ehrlich, ich hab's doch nich böse gemeint!"

„Vielen Dank för einen hörrlichen Nachmittag", sagt Harry kühl, greift nach einem höheren Ast, macht einen kleinen Sprung und verschwindet so schnell wie eine Katze im oberen Laubwerk. Linda kann ihr nur weinend nachrufen. „Komm zurück, bitte, komm zurück! Ich wollt' dich doch nich ärgern, ehrlich!"

Lindas Rufe bleiben unbeantwortet. Sie denkt eine Weile nach, dreht sich dann jäh um und läuft rasch durch die Büsche zur Lichtung. Der wacklige kegelförmige Turm der Festung vibriert unter den Tönen einer gedämpften Stimme, die verkündet: *A Hard Rain's Going To Fall*. Die einzigen anderen Lebewesen sind ein paar kleine Vögel, die die Überreste von Lindas Lunch aus dem Gras picken. Sie geht zu dem Baum, neben dem Bewerberinnen stehen dürfen, hebt einen halben Ziegel auf und knallt ihn gegen eine Platte aus rostigem Blech, die an einem Seil von einem Ast hängt. Der Lärm ist durchdringend. Sie läßt den Ziegel fallen und wartet. Schließlich taucht eine der Zwillingsschwestern auf. Sie trägt Jeans und ein Buschhemd und raucht eine dünne braune Zigarette. Das Mädchen spaziert über die Lichtung, bis sie, scheinbar zufällig, vor Linda stehenbleibt. Nachdem die Zwillingsschwester Linda sorgfältig von den Schuhen bis hin zu dem blauen Fleck an der Stirn gemustert hat, bläst sie eine Rauchwolke über Lindas Kopf hinweg und fragt: „Und?"

„Ich hab 'ne Information", sagt Linda zaghaft.

„Öber?"

„Feind."

„Welchen?"

„Den im Baum."

„Röhr dich nicht", sagt die Zwillingsschwester und kehrt rasch in Die Festung zurück. Der Lärm der Schallplatte hört auf, und beide Zwillinge erscheinen, gefolgt von Hjordis.

Schülerinnen, die sich für Make-up interessieren, erhalten darin Unterricht von der Direktorin und lernen gewöhnlich, ihre vorteilhaftesten Züge subtil zu betonen. Hjordis benutzt absichtlich weißen Gesichtspuder, scharlachroten Lippenstift, dunklen Lidschatten und Augenbrauenstift, um dem Beispiel der bösen Stiefmutter in Walt Disneys „Schneewittchen und die sieben Zwerge" nachzueifern. Sie trägt ein schwarzes Kleid und einen schwarzen, mit scharlachroter Seide gefütterten Umhang, der hinter ihr herflattert, während sie auf Linda zumarschiert und fragt: „Was hast du entdeckt?"

Linda sagt es ihr. Hjordis läßt sie es langsam wiederholen, befragt sie ausführlich über Stimmfärbungen und genaue Positionen und sagt dann: „Du bist klöger, als ich gedacht hatte, Linda. Die Zeit ist nahe, wenn du vielleicht reif bist, von uns aufgenommen zu werden."

„Oh!" haucht Linda.

„Freu dich nicht zu fröh!" warnt Hjordis. „Ich habe noch

41

einen Test für dich. Wenn du den bestehst, könntest du noch vor dem Abendessen in Der Festung sein und mich zu deiner Freundin fürs Leben machen. Wenn du durchfällst, will ich dich nie wiedersehen. Nie wieder. Dann wirst du hier *öberhaupt* keine Freundinnen haben."

„Was issn das für 'n Test, Jordis?"

Linda erfährt es und zittert vor Furcht und Sorge. Es ist ein gräßlicher Test, aber die Belohnung für einen Erfolg und die Strafe für ein Scheitern sind überwältigend.

Sie kehrt scheinbar allein zu dem Kastanienbaum zurück und ruft mit verzweifelter Stimme: „Harry, 's tut mir sehr leid, dassich nich getan hab, wasde wolltest! Bitte, komm runter! Bitte, tu mit mir spielen, bitte! Ich mach alles, was de willst!"

Linda wiederholt diese Worte sehr lange in regelmäßigen Abständen; sie steht neben der Vertiefung in dem langen niedrigen Ast. Nach fünf Minuten würde sie am liebsten aufhören, aber nun hat sie gemerkt, daß Hjordis in der Nähe hinter einem Holunderstrauch lauert. Linda wird so sehr von Hjordis abgelenkt, daß sie überrascht ist, als Harry plötzlich aufrecht vor ihr auf dem Ast sitzt. Harry hat die Füße gekreuzt und die Hände gefaltet, als sei sie gar nicht fortgewesen.

„Was ist los mit diesem kleinen Mödchen?" fragt Harry geradezu freundlich und betrachtet Linda mit einem verblüfften Stirnrunzeln. Lindas Mund öffnet und schließt sich, als wolle sie Harry lautlos bitten, sich wieder nach oben in den Baum zurückzuziehen.

Hjordis geht auf die beiden zu und sagt liebenswürdig. „Hallo, Harry Shetland! Wie ich höre, hat meine Freundin Linda deinen Wunsch nicht erfüllt. Kann ich helfen?"

Harry bringt die Knie auf den Ast, aber ein Zwilling sitzt nun rittlings zwischen ihr und dem Stamm, und der andere Zwilling nähert sich von hinten. Linda heult leise und läuft davon.

Lindas Entsetzen lähmt sie nicht, sondern läßt sie vernünftig handeln. Sie schiebt sich so rasch und geradlinig wie möglich durch ein Rhododendrongesträuch, stürzt fast einen steilen Hang zu dem unteren Garten hinunter, rennt über drei Blumenbeete hinweg, eine Steintreppe hinauf, durch den Rosengarten und über den Rasen. Sie kommt an zwei älteren Mädchen vorbei, die Bikinis und dunkle Brillen tragen und sich auf einer Decke sonnen, und keucht: „Efel! Wo ist Efel?"

„Die säuft wahrscheinlich in ihrer Privatwohnung", sagt die texanische Millionärin. Linda quält sich einen Hang zur Terrasse hinauf, läuft darüber hinweg zu einer geöffneten Balkontür, stürmt durch das Musikzimmer (wo sich Clara – eine gute Pianistin, wenn sie ein Gehör für Töne hätte – mit Rachmaninow abmüht) und in den Flur. Erst dann beginnt sie zu rufen.

Die Direktorin erfreut sich an einem Glas Sherry und der flüchtigen Lektüre des „Encounter", als sie die Rufe wahrnimmt. Das Geräusch bleibt unverständlich, bis sie zum Kopf der Treppe geht, „Efelefelefel!" hört und sieht, wie eine kleine, untersetzte Gestalt zu ihr heraufeilt.

„Na, Linda?" fragt sie.

Linda bleibt stehen und keucht: „Jordis Harry Kastanie *tu* was! Tu was!"

„Sprich langsamer."

„Harry wollte geschlagen werden. Ich konnt's nich. Jordis macht's!"

Die Direktorin kann sich nicht würdelos bewegen, aber sie kann schneller gehen, als die meisten Menschen laufen können. Sie schreitet geradewegs auf den Kastanienbaum zu, wobei sie genau Lindas Route folgt und sogar über die Blumenbeete marschiert. Ihre Größe zwingt sie, langsamer zu werden, als sie sich durch die Rhododendronsträucher schiebt, deshalb kann Linda sie einholen. Die beiden hören ein wildes Geheul aus mehreren Wörtern, doch zuerst können sie nur *bitte* – es wird ständig wiederholt – ausmachen.

Neben dem Baum angekommen, sehen sie nicht genau das, was sie erwartet haben. In der Nähe klammern sich die Zwillinge aneinander, als hätten sie vor etwas Angst.

Harry liegt flach auf dem Bauch, den Kopf auf den Arm gebettet und seitwärts gedreht, so daß sie ihr ruhiges, geistesabwesendes, nicht mehr finsteres Gesicht sehen können. Hjordis hockt neben ihr, drischt mit wild fuchtelnden Armen auf ihren Hintern ein und schreit außer sich: *„Bitte*, fleh um Gnade! *Bitte*, fleh um Gnade! Oh, sag's doch! Oh, *bitte, bitte, bitte* sag doch, daß ich aufhören soll!"

„Ich sage dir, daß du aufhören sollst, Hjordis", befiehlt die Direktorin energisch. „Steh auf. Steh auf und nimm schnell schnell schnell meine Hand! Du auch, Harriet. Hilf Harriet auf, Linda. Gut. Nimm meine Hand, Harriet. Linda, nimm Harriets andere Hand und laß sie nicht los. Zwilling eins, halt Hjordis' andere Hand. Zwilling zwei, halt Lindas andere Hand. Nun mössen wir einander alle festhalten und dörfen nicht loslassen, denn ich werde euch alle an einen wunderbaren Ort föhren, den ihr noch nie gesehen habt. Folgt mir!"

Die Direktorin ist vollkommen glücklich. Solche Momente lassen (wie sie weiß) ihre Stärken deutlich werden. Kindliche Seelen haben einander ins Chaos gestoßen, und nun wird sie eine edlere Ordnung herstellen. Hjordis, die hin und wieder miaut (so hört sich ihr Schluchzen an), hält die Hand der Direktorin beinahe dankbar fest. Harry ist entspannt, ausdruckslos und gefügig, Linda und die Zwillinge sind eingeschüchtert und erregt. Wie eine Gans an der Spitze einer Flugformation führt die Direktorin sie auf dem leichtesten Weg aus dem Park; sie macht nur einen kleinen Schlenker an den Sonnenanbeterinnen auf dem Rasen vorbei. Die Direktorin liebt das Gefühl, daß sie ihre älteren Schülerinnen immer noch verblüffen kann. Als sie sich der Terrasse nähern, sagt Linda: „Entschuldige, dassich dich an Jordis verraten hab, Harry."

„Kein Grund zur Unruhe!" erwidert Harry. Sie zitiert unwillkürlich die Worte ihrer Mutter an einen Besucher, der eine zierliche Porzellantasse bewundern sollte und sie fallen ließ. „Du hast mich etwas gelehrt, das ich bis an mein Lebensende nicht vergessen werde. Ich bin dir fast dankbar."

Linda schnappt nach Luft. Die Direktorin drückt Harrys Hand und sagt: „Das ist die längste Rede, die ich je von dir gehört habe, Harriet, und es war eine sehr gute Rede. Höchstens ein bißchen unfreundlich der armen alten Linda gegenöber. Du und Linda wißt es noch nicht, aber ihr werdet eines Tages die besten Freundinnen werden."

Harry schaut neugierig auf Linda hinunter, Linda schaut furchtsam zu Harry empor.

Die Direktorin führt sie durch den Flur, die breite Treppe zu dem Stockwerk mit ihren eigenen Zimmern hinauf, um den Treppenschacht herum, am Salon und am Eßzimmer vorbei und bleibt neben einer Tür stehen, die sie noch nie offen gesehen haben. Sie sagt: „Laßt alle eure Hände los und hört aufmerksam zu, du besonders, Hjordis. Die Festung gehört der Vergangenheit an. Morgen wird Hjordis ihre Sachen von dort hierherbringen, und am Abend werden wir sie anzönden und vielleicht gleichzeitig ein paar Schwärmer und Raketen abfeuern. Dein neues Bandenhauptquartier, Hjordis (ich spreche als eine Föhrerin zur anderen) liegt hinter dieser Tür. Es ist ein ganz besonderer Ort. Kein Kind ist seit meiner eigenen Kindheit darin gewesen, kein Erwachsener außer mir und einer Reinmachefrau hat es seit dem Tod meiner Eltern gesehen. Gehe ich richtig in der Annahme, Hjordis, daß Linda und Harriet Mitglieder deiner Bande sind?"

Sie blickt Hjordis streng an, die endlich begreift, daß sie es mit einem größeren Intellekt als ihrem eigenen zu tun hat, und flüstert: „Ja, Ethel."

„Dann öffne die Tör und föhre uns hinein, Hjordis."

Die Tür öffnet sich auf eine Treppe, die viel steiler ist als die andere Dachgeschoßtreppe, und im Unterschied dazu hat sie keine Fenster. Sie endet in einer Kammer unter dem mittleren Dachgewölbe; diese wird von großen Oberlichtern erhellt, durch die nur die Spitzen der umliegenden Schornsteine und eine kleine weiße Wolke am blauen Himmel zu sehen sind. Gewaltige Querbalken und Streben unter den Oberlichtern werfen Schattenstreifen auf den Fußboden, der in der Mitte von sechs einander berührenden Teppichen bedeckt ist; sie erstrecken sich nicht bis zu den dunklen Ecken und Winkeln der Kammer. Es sind abgeschabte Teppiche. Dieser Raum hat offensichtlich seit Generationen als Rumpelkammer, Speicher und Spielzimmer gedient. Er enthält so viele Dinge, mit denen man spielen, die man erforschen, über die man klettern und hinter denen man sich verstecken kann, daß allein der Anblick von einer einzigen Stelle aus für eine Minute des reinsten Vergnügens sorgt. Plötzlich geht Harry auf ein Schaukelpferd der gefährlichen viktorianischen Bauart zu, dessen Hufe an hölzernen Halbmonden angebracht sind. Sie steigt gelassen auf und beginnt zu schaukeln. Linda quietscht und läuft auf einen halboffenen Schrank mit einem gesprungenen Spiegel an der Tür zu; Mäntel und Kleider aus den zwanziger Jahren hängen im Inneren über einem Jahrzehnt Schuhwerk. Die Zwillinge fangen an, mit ihr darin zu stöbern.

„Ich werde dir etwas Besonderes zeigen", sagt die Direktorin und führt Hjordis beiseite. „In einer deiner öffentlichen Ansprachen hast du mich *bourgeois* genannt. Du hattest völlig recht. Meine Familie hat dieses Haus nicht gebaut. Es wurde 1827 von meinem Urgroßvater erworben, der zu Geld kam, indem er den besseren Teil Londons mit prächtigen Abflußrohren ausstattete. Diese Kammer war der Lieblingsplatz seines Sohnes, des Sohnes seines Sohnes, des Sohnes seines Sohnessohnes (der mein Vater war) und *dessen* Sohnes, der mein Bruder war."

Sie nähern sich einem achtbeinigen Billardtisch mit einem Netz kleiner Eisenbahnschienen auf dem verblichenen grünen Tuch. Die Direktorin nimmt eine Hornby-Lokomotive hoch, zieht das Uhrwerk mit einem Schlüssel auf, koppelt sie an einen Güterzug mit winzigen Kühen, Schafen und Milchkannen auf den offenen Waggons und läßt sie los. Ihre kleinen Kolben stampfen, während sie aus einem perfekten Blechmodell des Bahnhofs Crewe der dreißiger Jahre hinausfährt, sich durch bunte, einstöckige Papphäuser und Pappfabriken der dreißiger Jahre hindurchschlängelt und dann eine leichte Steigung durch einen Papp-Kiefernwald zu einer Nachbildung der Forth-Eisenbahnbrücke – aus einem Stabilbaukasten hergestellt – emporrollt. Die Brücke spannt sich über einen flach daliegenden Spiegel, der grau vor Staub ist, doch durch eine auf ihm ruhende Flotte von Schlachtschiffen einen ozeanhaften Eindruck macht; neben ihnen liegen eine spanische Galeone in voller Takelage, drei Sportjachten, zwei Porzellanschwäne und ein Strand aus echten Muscheln, auf dem eine ausgestopfte Möwe steht. Die Größe dieser Dinge, im umgekehrten Maßstab zu ihren realen Dimensionen, ist ein perspektivisches Wunder. Der Zug wird langsamer, während er die Brücke hinter sich läßt, und kommt halb im Inneren eines Tunnels zum Stehen; der Tunnel führt durch den Sockel eines Felsens, auf dessen Spitze sich das exquisit aus Papiermaché nachgebildete Edinburgher Schloß befindet. Ein Bataillon bunter kleiner Gordon Highlanders ist auf der Esplanade angetreten; Ritter in mittelalterlicher Rüstung stehen auf den höheren Zinnen und Türmen.

„Dies war früher *mein* geheimes Königreich", sagt die Direktorin seufzend. „Mein Bruder hat es gebaut, und ich habe ihm geholfen. Er war der einzige Mann in meinem Leben. Wie ich höre, beten die meisten kleinen Mödchen ihre älteren Bröder an. Vielleicht habe ich meinen zu sehr verehrt. Er fiel beim Röckzug von Dönkirchen. Möglicherweise bin ich die einzige noch lebende britische Frau, die sich an einen bei Dönkirchen gefallenen britischen Soldaten erinnert. Der britischen Öffentlichkeit wurde weisgemacht, der Röckzug sei eine Art Triumph gewesen, damit sie nicht merkte, daß es ein vermeidbares Fiasko war, verursacht von wirrköpfigen Militärs, die einer unfähigen Regierung einredeten, daß die Deutschen nie *ernsthaft* gegen uns kämpfen wörden. Gefällt es dir hier, Hjordis?"

„Ja, Ethel. Sehr."

„Dann gehört es jetzt dir – unter der Bedingung, daß du nichts wegnimmst. Ich werde die Kammer nicht mehr betreten, bis du diese Schule verläßt. Was du mit Harriet im Park anstellen wolltest, war ziemlich schlimm, aber wenn Linda und sie hier problemlos unter deiner Aufsicht spielen, werde ich das vergessen. Es ist sehr aufregend, eine kleinere Person absichtlich jeglicher Wörde zu berauben, aber von jetzt an wirst du dieser Verlockung widerstehen. Natörlich verachtest du meine Form des Liberalismus, aber wußtest du, daß es auf der Insel Sark ein Internat gibt, das noch privater und teurer ist als dieses hier? Es wird von zwei begeisterten Faschistinnen geföhrt, die einen irren, unwissenschaftlichen und sehr modischen Glauben an Schockbehandlung – und auch an Aversionstherapie – pflegen. Wie du weißt, erfahre ich alles, was in meiner Schule vorgeht. Wenn ich je wieder entdecke, daß du Harriet oder Linda *aus welchen Gründen auch immer* unglöcklich machst, wörde ich dich der Schule verweisen. Außerdem wörde ich deinen Vormunden in meinem Bericht empfehlen, dich in die Schule auf Sark zu schikken, wo man deine Seele schmerzhaft in eine abstoßende und unnatörliche Form zwängen wörde, um eine schändliche Theorie zu untermauern. Das Personal wörde darauf achten, deinen Geist nicht völlig abzutöten, aber du wördest es oft darum bitten – vergeblich. Sieh mich genau an, Hjordis. Glaubst du, daß ich scherze?"

Hjordis mustert sie. Die Direktorin lächelt – all ihre großen, perfekten Zähne sind zu sehen. Hjordis schaudert es.

„Scherze ich, Hjordis?"

Heftig zitternd und nachdrücklich schüttelt Hjordis den Kopf.

„Gut! Nun lauf und vergnög dich. Ich werde nach unten

gehen und einen Imbiß von der Köche heraufschicken lassen. Und du wäschst dir besser das Gesicht, Hjordis. Wer ein dikkes Make-up benutzt, sollte starke Geföhle meiden."

Die Direktorin hüpft die Treppe hinunter. Sie ist dankbar für ihre Schauspielausbildung und erleichtert darüber, daß die Schule auf Sark nicht existiert – eine halbe Minute lang hat sie selbst daran geglaubt. Ihr Bruder starb einen Monat vor dem Rückzug von Dünkirchen an einer Blutung, die nichts mit militärischem Druck zu tun hatte. Sie kannte ihn nie gut und mochte ihn nicht sehr gern, und sie glaubt immer noch, daß seine Besessenheit von Miniaturwelten ungesund war – welchen Zweck hat es, Spielsachen zu manipulieren, wo es doch so viele *wirkliche* Menschen gibt, mit denen man spielen und die man ummodeln kann? Mehrere Kinder haben sich seit der Gründung der Schule an der Dachkammer erfreut, denn die Direktorin hat sie bereits zweimal benutzt, um eine widerspenstige Clique zu verführen oder zu bestechen. Und nun spielen ihre vier jüngsten und schwierigsten Schülerinnen an einem sicheren Ort in der Nähe mit ihrem einzigen aufsässigen Teenager – und sind noch dankbar für die Ehre.

Linda ist so dankbar, daß sie der Direktorin zwei Wochen später die Schallplatte ihres Vaters bringt und sagt: „Die kannste jetzt kaputtmachen, wennde willst."

„Nein!" sagt die Direktorin. „Er ist ein wunderbarer Sänger, und diese Lieder machen Millionen Mönschen Freude. Ich bewahre die Platte för dich auf, und sie wird dir sogar noch besser gefallen, wenn du sie zurückbekommst. Du wirst nicht mehr von ihr besessen sein, weil deine eigene Stimme bis dahin ganz anders klingen wird."

Ein Jahr später spricht Linda den Hauptdialekt der Schicht britischer Erben und Investoren. Sie redet herablassend mit ihrem Vater in einem gedehnten, ironischen Tonfall, was ihm das Gefühl gibt, sein Geld gut angelegt zu haben, aber es zerstört ihre Freundschaft mit Harry. Die Freundschaft entwickelt sich langsam über ein paar Monate hinweg und verschafft beiden eine neue Erfahrung des Vertrauens und der Hoffnung, doch dann stirbt die Beziehung ohne ersichtlichen Grund. Beide fühlen sich traurig, einsam und verraten. Harry kann mit niemandem befreundet sein, dessen Stimme ihr nicht lächerlich grob und unerzogen vorkommt. Siebenundzwanzig Jahre vergehen, bis sie Senga begegnet.

DRITTES KAPITEL
Der Heiratsantrag

Senga ist noch ein Schulmädchen, bevor Antibabypillen billig und weitverbreitet sind. In diesen Jahren haben viele Mädchen unter achtzehn keinen ständigen Freund, und auch diejenigen, die einen Freund haben, sind gewöhnlich Jungfrauen. Ein beliebtes Mädchen kann freundschaftlich mit mehreren Jungen umgehen, die einander nicht unbedingt hassen oder ihr mißtrauen. Senga besitzt mit fünfzehn Jahren einen unbekümmerten Frohsinn, den viele attraktiv finden. Instinktive Vorsicht läßt sie meist Tom den Vorzug geben, der nicht sehr amüsant oder gutaussehend ist. Er ist hochgewachsen, geht jedoch so, als schäme er sich dessen. Er zieht sich gut an, bewegt sich und sitzt jedoch so, als wolle er verhindern, daß seine Kleidung zerknittert. Tom ist zwei Jahre älter als Senga, und ihre anderen Freunde finden ihn langweilig. Sie gehören zu einer kleinen Clique, die in dieselbe Schule geht und an den meisten Abenden in einem örtlichen Café zusammenkommt. Tom hat mehr Taschengeld oder ist großzügiger als die anderen. Er kauft für die Clique Getränke, auf die man verzichten würde, wenn man sich die Kosten gleichmäßig teilen müßte. Sengas andere Freunde meinen, Tom wolle sich auf diese Weise das Vergnügen ihrer Gesellschaft und die Freude erkaufen, manchmal mit Senga heimzugehen (allerdings lädt sie ihn nie ins Haus ein). Aber Senga ist nicht käuflich. Was ihr an Tom gefällt, ist ihre Macht über ihn.

Sie spürt diese Macht eines Abends auf der Treppe eines Mietshochhauses, das der Bezirksverwaltung gehört. Die beiden fahren mit dem Aufzug bis zur vierzehnten Etage, und sie läßt sich von ihm überreden, nicht zu ihrer Wohnungstür, sondern zur Treppe hinüberzugehen, durch die ihr Größenunterschied ausgeglichen werden kann. Es ist zu spät, als daß dort noch Kinder spielen würden, und viel zu früh für Penner oder Diebe. Sie läßt zu, daß er sie umarmt und seine Hände unter ihre Jacke und dann unter ihren Pullover schiebt. Ihm fehlt der Mut, ihre Bluse aus dem Bund der Jeans zu zupfen und sie darunter zu betasten, aber die intimste Empfindung seines Lebens rührt von dem warmen, weichen Gefühl ihres Rückens durch dünnes Nylon und von der Weichheit ihres Halses unter seinen Lippen her, denn ihm fehlt auch der Mut, sich bis hin zu ihrem Mund zu bewegen. Sie ist belustigt und fasziniert von der Veränderung seiner Atmung, von dem dritten Bein, das plötzlich zwischen den beiden anderen hervorwächst und an ihren Schenkel stößt. Während sie seitlich auf seine geschlossenen Augen und seine leere Miene hinunterlugt, verspürt sie etwas Eifersucht auf seinen entrückten Zustand. Es scheint Ekstase zu sein. Senga kann sich nicht vorstellen, von einem Jungen oder irgendeinem anderen, der ihr nicht überlegen ist, in einen solchen Zustand versetzt zu werden. Die einzigen überlegenen Menschen, die sie kennt, sind ein paar Filmstars (hauptsächlich Frauen) und ihre Mutter, eine Witwe, die mehrere emotionale Abenteuer überstanden hat, ohne ihre Fassung, ihre Tüchtigkeit und die Freundschaft ihrer sehr aufmerksamen Tochter zu verlieren.

Aber Toms Hände, die immer noch Angst haben, in ihre Bluse einzudringen, pressen sie nieder auf die kalten, harten Stufen. Sie gibt ihm eine spielerische Ohrfeige und sagt: „Jetzt ist Schluß, Casanova." Er stöhnt und läßt sie los und starrt sie mit so weit geöffneten, tragischen Augen an, daß sie kichert und ihn zum Trost rasch auf den Mund küßt.

„*Magst* du mich, Senga?" fragt er flehend.

„Natürlich! Ich bin verrückt nach Jungs. Aber es wird Zeit, daß du zu Hause bei Mammy und Daddy bist."

Tom starrt sie immer noch an, erstaunt darüber, wie soviel Schmerz von einem Mädchen ausgehen kann, das nur einen Moment zuvor die größte Quelle seiner Freude gewesen ist. Er hat der Clique einmal finster anvertraut, daß seine Eltern ihn zu sehr beeinflussen. Nun weiß er, daß er deshalb verspottet wird. Senga beschließt, ihn noch einmal zu trösten. Sie hakt ihn unter und führt ihn energisch durch den Korridor zur Tür, wo er einen letzten raschen Gutenachtkuß bekommen soll, doch heute abend weigert er sich, so lässig abgeschoben zu werden. Er sagt verlegen: „Senga, ich habe heute meine Vorprüfungsergebnisse gekriegt. In Englisch bin ich durchgefallen. Ich werde dich eine Weile nicht so oft sehen können. Ich muß mehr Schularbeiten machen."

„Tatsächlich?" fragt sie kühl.

„Ich werd dich zweimal die Woche treffen", versichert er.

„Das ist sehr schön... wenn ich Zeit habe."

Ihre Worte beunruhigen ihn. „Senga, du wirst doch nicht lieber mit einem anderen ausgehen, wenn ich nicht da bin?"

„Woher soll ich das wissen? Es hängt davon ab, wer auftaucht."

„Es sind nur drei oder vier Monate bis zur Prüfung, Senga! Danach kann ich mich dauernd mit dir treffen."

„Gehst du nicht auf die Universität?"

„Na und?"

„Hast du an der Universität keine Prüfungen? Wirst du dort nicht auch studieren müssen?"

Tom schaut sie sprachlos an. Er kann nicht begreifen, wie ihm diese offensichtliche Tatsache entgangen ist.

„Ich mag dich, Tom", sagt Senga. „Aber ich werd nicht fünf Abende in der Woche zu Hause bleiben, weil du versuchst, Arzt oder so was zu werden."

„Ich möchte nicht Arzt werden."

„Na ja, was auch immer. Was ist los mit dir?"

Tom ist eine Idee gekommen, eine so enorme Idee, daß er verzückt die Augen aufreißt. Er packt ihre Hände und fragt: „Hör zu, willst du mich heiraten?"

„Was?"

„Heirate mich! Ich liebe dich, hast du das nicht bemerkt?"

Senga mustert ihn. Er meint es offenkundig ernst. Sie ruft: „Ach, Tom, du bist wunderbar! Du bist verrückt, aber wunderbar!"

Er läßt ihre Hände los und fragt mit einem Hauch von Zorn: „Ja oder nein?"

„Wie können wir heiraten?"

„Wir brauchen ein Zimmer für uns allein", erwidert er. Seine Gedanken überschlagen sich. „Zur Miete natürlich, ein *möbliertes* Zimmer zur Miete, also brauche ich zuerst eine Arbeit. Und ich habe einiges vorzuweisen! Zwar bin ich in Englisch durchgefallen, aber in Chemie, Mathematik und Technischem Zeichnen bin ich gut. Morgen spreche ich mit dem Berufsberater. Am Anfang wird's nicht leicht sein, aber wenigstens sind wir zusammen, ohne daß wir von unseren verdammten Eltern unter Druck gesetzt werden."

„Aber was werden sie sagen, deine Mutter und dein Vater?" fragt Senga, deren Mutter sie nicht unter Druck setzt – jedenfalls hat sie es nie bemerkt.

„Es spielt keine Rolle, was sie sagen! Wenn du mich lie… lie… (ach, ich hasse das Wort, es klingt albern), wenn du mich liebst, Senga, kann ich alles schaffen! Also ja oder nein?"

Senga ist beeindruckt von der Macht, die sie auf ihn ausübt, und auch ein bißchen von ihm selbst. „Komm mal her."

Sie nimmt seinen Kopf zwischen die Hände und gibt ihm einen Kuß, den ihr ein Junge einen Monat zuvor auf dem Heimweg von einem Tanzsaal beigebracht hat – ein Junge, den sie nie wiedersehen wird. Es ist ein langgezogener, doch zarter Kuß mit leicht geöffneten und geschürzten Lippen, als spreche sie französisch. Tom gefällt der Kuß, aber er ist stärker an dem interessiert, was sie am Ende sagen wird. Als der Kuß endet, hat er größeren Einfluß auf sie als auf Tom gehabt.

„Wie *kann* ich ja sagen?" fragt sie mit einer Stimme, die so voll von Sehnsucht und sich ankündigenden Tränen ist, daß er sich plötzlich sehr stark fühlt und ruft: „Sag nicht ja. Sag noch kein Wort. Laß mich einen Tag lang überlegen, wie wir es schaffen können. Und ich treff dich morgen an der gewohnten Stelle um halb sieben, bevor die anderen kommen, und ich erkläre dir, wie wir es anfangen können, und *dann* wirst du ja sagen – das weiß ich ganz genau."

Sie weint nach diesen Worten, dann lacht sie und schüttelt gleichzeitig den Kopf. Er umarmt und küßt sie, wobei er sich stärker fühlt als je zuvor, und einen Moment lang ist sie fast überwältigt.

Senga nimmt sich viel Zeit, als Tom fortgegangen ist, bevor sie ihre Wohnung betritt. Trotzdem blickt ihre Mutter, die vor dem Fernsehapparat sitzt, sie mißtrauisch an und fragt: „Was ist los mit dir?"

„Nichts."

„Wer war der Glückliche heute abend?"

„Tom."

„Wieder Tom?" sagt ihre Mutter mit einem fröhlich-belustigten Lächeln. „Läßt du dich etwa mit ihm ein?"

„So schlimm ist es nicht, Ma", erwidert Senga und geht in ihr Schlafzimmer.

Tom, hochgestimmt, schreitet durch die von Laternenlicht erhellten Straßen heimwärts, doch auf halbem Wege ist er plötzlich niedergeschlagen. Früher fühlte er sich zu Hause wohler, als es die meisten Kinder tun. Seine Eltern waren nicht mehr jung, sie behandelten ihn wie ihresgleichen und gaben ihm alles, was er sich wünschte. Er erinnert sich an glückliche Abende im Wohnzimmer, an denen er, manchmal mit Hilfe seines Vaters, immer teurere und kompliziertere Flugzeugmodelle zusammenbaute und jedes danach mit großer Präzision anmalte. Aber seit er zehn Jahre alt wurde, hat er Wünsche und Emotionen entdeckt, die im Haus seiner Eltern keinen Platz haben. Sie wohnen ebenfalls in einem Gebäude, das der Bezirksverwaltung gehört, doch es wird als Gartenhaus bezeichnet, weil es nur vier große Wohnungen enthält, denen jeweils ein Teil eines kleinen Gartens am Haus zugewiesen ist. Die meisten Bewohner von Gartenhäusern halten sich für wichtiger als die Mieter, die in Hochhäusern oder Etagenwohnungen leben. Toms Eltern sind auch dieser Meinung. Seine entschlossenen Schritte werden nicht kürzer, während er sich der Gartenpforte nähert, aber er geht leiser und auf Zehenspitzen (wofür er sich verachtet). Er weiß, daß seine Mutter und sein Vater hinter dem orangefarbenen Vorhang des Wohnzimmerfensters stillschweigend so tun, als beschäftigten sie sich mit anderen Dingen, während sie in Wirklichkeit nach Geräuschen auf der Straße lauschen und hoffen, daß jeder sich nähernde Schritt der seine ist. Tom besitzt wie Senga von frühem Alter an einen eigenen Hausschlüssel. Er tritt leise ein und bewegt sich leise auf sein Schlafzimmer zu. Als er am Wohnzimmer vorbeikommt, hört er seinen Vater sagen: „Hierher, Tom."

Er seufzt und öffnet die Tür.

Sein Vater, ein stämmiger, aber nicht großer Mann, sitzt mit aufgerollten Hemdsärmeln am Eßtisch und überträgt die Ziffern von Quittungen und Rechnungen sorgfältig in ein Kontobuch. Tom hat seine eigene Größe (nicht die Breite) von seiner Mutter. Sie sitzt auf dem Sofa und strickt mit raschen, nervösen Bewegungen, die aufhören, als ihr Sohn eintritt. In diesem Haus blickt niemand dem anderen in die Augen. Sie fragt: „Wo bist du gewesen, Tom?"

„Hab Freunde getroffen."

„Diese Senga, oder?"

„Und wenn?"

„So spricht man nicht mit seiner Mutter, Tom", mahnt sein Vater, der immer noch schreibt.

„Sie ist nicht gut genug für dich, Tom", beklagt sich seine Mutter. „Und sie ist viel zu jung. Die Leute lachen bestimmt über dich."

„Also", sagt Tom und dreht sich zur Tür um. „Gute Nacht."

„Wie kommst du mit deiner Lernerei voran?" fragt sein Vater.

„Nicht schlecht."

„Dein Englischlehrer ist anderer Meinung", sagt sein Vater. „Er war heute morgen im Laden. Ich habe gehört, daß du in der Englisch-Vorprüfung durchgefallen bist."

„Warum fragst du mich, wenn du's sowieso weißt?"

„Tom!" sagt seine Mutter schockiert. „So spricht man nicht mit seinem Vater."

„Tja, dann gehe ich wohl besser, um noch ein bißchen zu lernen, was? Gute Nacht."

„Ich bringe dir in einer halben Stunde etwas Kakao und einen Keks, Tom", sagt seine Mutter schmeichelnd.

„Vielen Dank, Ma, aber das ist nicht nötig", antwortet Tom mit leiser, doch freundlicher Stimme. „Ich habe keinen Hunger und Durst, aber trotzdem vielen Dank."

Er verläßt das Zimmer mit der bitteren Genugtuung, daß seine Mutter sich nun so fühlt, wie sich die Mutter einer lauteren Familie fühlen würde, wenn ihr Sohn das dargebotene Geschirr mit dem Kakao und Keks packte und auf den Fußboden schmetterte.

Toms Zimmer wäre öde ohne die Flugzeugmodelle, die an Fäden von der Decke hängen. Er schließt die Tür, setzt sich aufs Bett und atmet tief durch, weil er vor Wut heulen möchte. Statt dessen zieht er eine Brieftasche aus der Jacke, nimmt einen Streifen kleiner Fotos heraus, die in einem Münzautomaten gemacht worden sind, und betrachtet sie. Das erste zeigt Sengas auf natürliche Art lächelndes Gesicht, die übrigen sind mehr oder weniger komische Verzerrungen davon. Er mustert sie, bis er vor Erleichterung seufzt, sich entspannt und zurücklächelt. Eine Minute später legt er die Fotos auf den Tisch neben seine Schulbücher, geht auf und ab und murmelt: „Das Problem mit euch beiden ist, daß ihr das

Leben nicht *genießen* könnt. Ihr tut nichts zum Spaß, überhaupt nichts, außer daß ihr fernseht oder euch ein Theaterstück anguckt. Ihr habt keine Freunde, und ihr seid so verdammte Snobs, daß ihr nicht einmal eure Verwandten zu einem Drink einladet, damit die Nachbarn bloß nicht annehmen, daß wir zur Unterschicht gehören oder so was. Aber ich habe Freunde, ich habe ein Mädchen, das mich mag, ich mag sie, und..."

Sein Vater klopft an die Tür, öffnet sie, späht grinsend ins Zimmer und fragt: „Sprichst du wieder mit dir selbst?"

Tom blickt ihn ohne ein Wort an.

Toms Vater ist gelöster seinem Sohn gegenüber, wenn seine Frau nicht in der Nähe ist. Er tritt ein, schließt die Tür, setzt sich aufs Bett und sagt: „Ich weiß, was du denkst."

„Wirklich?"

„Natürlich! Du arbeitest den ganzen Tag in der Schule, und wahrscheinlich recht schwer. Kein Wunder, daß du abends etwas Freiheit möchtest. Gebe ich dir genug Taschengeld?"

„Ja, Dad. Danke."

„Ich erwarte keinen Dank von dir! Wie die Hälfte der Leute hier war mein eigener Dad zwischen den Kriegen arbeitslos. Ich bin mit vierzehn Jahren von der Schule abgegangen, um als Laufbursche zu arbeiten, und jeder Penny, den ich verdiente, ging an meine Mutter. Junge, ich *möchte*, daß du Geld hast. Außerdem möchte ich, daß du mehr aus deinem Leben machst als ich."

„Du hast doch nicht schlecht abgeschnitten, Dad."

„Na schön, ich habe einen Zeitungsladen und verdiene damit genügend Geld. Aber mit einer anständigen Ausbildung hätte ich Anwalt oder... oder Arzt... oder sogar Lehrer werden können! Einer von denen, die etwas Wichtiges für die Welt leisten und nie arbeitslos werden, wenn eine Wirtschaftskrise kommt. Denn die akademischen Stände wissen sich zu schützen. Und das ist die Chance, die ich dir gebe!"

„Ich möchte nichts von all dem werden."

„Wenn du die Universität besuchst, kannst du dir aussuchen, was du werden willst! Sogar ein Ladenbesitzer, wenn du's für lustig hältst. Aber das ist es nicht."

Tom unterdrückt ein Seufzen. Sie haben viele Male über dieses Thema gesprochen, gewöhnlich mit den gleichen Worten, deshalb ist er überrascht, als sein Vater fortfährt: „Und laß dich nicht einfangen, Tom."

„Wie meinst du das?"

Sein Vater zeigt auf den Streifen Fotos auf dem Tisch. „Weshalb bist du so scharf auf dieses Püppchen?"

„Sie mag mich", sagt Tom trotzig.

„Warte, bis du an der Universität bist, Tom. Dort triffst du Mädchen von deinem eigenen Schlag."

„Was für ein Schlag ist das?"

„Zuverlässig?" erwidert sein Vater.

„Ich bin NICHT zuverlässig!"

„Dann paßt du gut zu Senga!" meint sein Vater grinsend. „Ich höre nämlich im Laden so manches, und ich kann dir sagen…"

„Ich will nichts von dem wissen, was du über Senga gehört hast!"

Sein Vater stellt sich ihm gegenüber und sagt genauso heftig: „Dann laß dich nicht einfangen!"

Sie starren sich an. Der Vater schaut als erster zur Seite. „Wenn sie wirklich an dir interessiert ist, wird sie wollen, daß du etwas aus deinem Leben machst. Wenn du an ihr interessiert bist, wirst du ihr ein anständiges Zuhause bieten wollen. Klingt das vernünftig?"

„O ja, es klingt vernünftig!" sagt Tom bitter.

Sein Vater blickt finster auf seine Schuhe und flüstert: „Deine Mutter macht sich große Sorgen um dich."

Tom erwidert verlegen: „Sag ihr, das ist nicht nötig, Dad."

„Dann wirst du etwas für dein Englisch tun?" fragt sein Vater flehentlich. „Du wirst morgen abend anfangen und dir wirklich Mühe geben? Es sind nur noch vier Monate bis zur

Abschlußprüfung, aber in deinem Alter können vier Monate für den Rest deines Lebens entscheidend sein – ich will nur das Beste für dich."

„Und ich auch!" sagt Tom verzweifelt. „Ich habe nur in einem einzigen Fach schlecht abgeschnitten! Kannst du nicht Vertrauen zu mir haben und mich tun lassen, was *ich* für richtig halte?"

Auch er spricht mit flehentlicher Stimme. So hat er noch nie mit seinem Vater geredet, der ihn zuerst verblüfft ansieht, dann dankbar lächelt, Toms Schulter tätschelt und sagt: „Es war nett von dir, mich zu beruhigen, Junge. Tut mir leid, wenn ich manchmal zu streng mit dir umgehe – ich kann's nicht ändern. Mein Dad hat mich genauso behandelt. Aber ich werd deiner Mutter sagen, daß sie sich keine Sorgen zu machen braucht. Ich weiß, du wirst uns nicht enttäuschen."

Er geht hinaus. Tom möchte am liebsten wieder aufheulen, doch statt dessen überlegt er sich sehr konzentriert, was er am nächsten Tag zu tun hat. Er schläft in jener Nacht sehr wenig.

Genau wie Senga. Sie hat nie zuvor die Chance gehabt, ihr Leben ganz und gar zu ändern. Sie muß Tom einfach dafür lieben, daß er ihr diese großartige Chance geboten hat, obwohl sie im Moment des Angebots wußte, daß er kein Mann ist, mit dem sie leben kann, nicht einmal ein Mann, zu dem sie sich hingezogen fühlt: daher ihre Hysterie. Im Bett malt sie sich aus, was geschehen könnte, wenn Tom interessanter wäre. Im Schlaf werden die Phantasien zu köstlichen Alpträumen, die sie jäh wach werden lassen. Eine Meute von Tom Draculas schönen Opfern verfolgt sie und will sie überreden, sich der Meute anzuschließen. Am nächsten Morgen fragt ihre Mutter beim Frühstück: „Ist es mal wieder deine Zeit?"

„Fast, glaube ich."

„Nimm dir einen Tag in der Schule frei. Ich schreibe dir eine Entschuldigung."

„So schlimm ist es nicht, Ma", sagt Senga mürrisch. Sie kann das Geschenk von Toms Antrag noch nicht zurückweisen. Die begreifliche Heiterkeit ihrer Mutter über die Idee würde dem Gedanken sofort ein Ende setzen, deshalb erzählt sie nur einer Freundin davon, deren Vertrauensseligkeit die Idee fortleben läßt. Die beiden treffen sich am Morgen während der großen Pause in der Mädchentoilette, und Senga verpflichtet ihre Freundin zur Verschwiegenheit. Aber das Geheimnis ist zu aufregend, als daß es bewahrt werden könnte. Kein gleichaltriges Mädchen an der Schule hat je einen Heiratsantrag erhalten, noch dazu von einem hochgewachsenen, gutgekleideten älteren Jungen, der noch nie etwas Überraschendes getan hat. In der Mittagspause wird Senga auf dem Schulhof von einer Menschenmenge umringt; ein Viertel davon besteht aus sehr kleinen Mädchen, die ihren Verlobungsring sehen wollen.

„Ich bin nicht verlobt!" sagt Senga, und ihr Ärger ist nur halb gespielt. „Er hat mir einen Heiratsantrag gemacht, ich habe noch nicht ja gesagt, Dona hätte den Mund halten sollen wie versprochen."

„Aber du wirst doch ja sagen?" fragen Mädchen, die Tom aus der Ferne bewundert haben, aber auch einige, denen er nie aufgefallen ist.

„Ich hab mich noch nicht entschieden. Vielleicht oder vielleicht auch nicht. Schließlich *muß* ich ihn nicht heiraten, ich bin nicht *schwanger*, verdammt noch mal."

Dies bringt alle zum Schweigen. Die meisten der Mädchen halten *Heirat* für ein aufregend romantisches Wort, *schwanger* jedoch nicht. Mehrere der kleineren wissen nicht, daß es manchmal eine Verbindung zwischen Heirat und Schwangerschaft gibt, und die meisten älteren argwöhnen nun, daß Senga schwanger ist, da sie die Möglichkeit erwähnt hat. Senga steht hauptsächlich deshalb im Ruf, kühn zu sein, weil sie die Redeweise ihrer Mutter übernommen hat. Tom benutzt nie kühne Worte – ein weiterer Gegensatz, der ihre Beziehung für die Allgemeinheit interessant werden läßt.

Die Schule hat drei Schulhöfe: einen für Jungen, einen für Mädchen und einen Spielplatz mit Durchgängen zu den anderen Höfen, auf dem sich die Geschlechter mischen können. Zur Zeit der Nachmittagspause wissen sämtliche Mädchen und die meisten der älteren Jungen von Toms Heiratsantrag und auch davon, daß er nach einem frühmorgendlichen Besuch beim Berufsberater der Schule das Gebäude verlassen hat und nicht zurückgekehrt ist. Nur zwei Mädchen und ein Junge in Sengas Clique kennen das Café, in dem er sich mit ihr für halb sieben verabredet hat. Sie bieten taktvoll an, sich fernzuhalten, doch Senga sagt: „Nein. Ich brauche soviel Unterstützung wie möglich."

Sie fürchtet sich nun vor dem Aufsehen, das sie erregt hat. Es macht ihr Spaß, der Star einer kleinen Clique zu sein, aber nun wartet ein Publikum von drei- oder vierhundert Menschen auf ihren Auftritt. Dieses Publikum wird zufrieden sein, wenn Tom und sie sich verloben oder miteinander durchbrennen, andernfalls wird es buhen oder Toms Erniedrigung durch ein Mädchen applaudieren, das seinen aufrichtigen und liebevollen Antrag bekanntgemacht hat, nur um ihm dann eine Abfuhr zu erteilen. Sie fürchtet, daß sie nicht den Mut haben wird, Tom einen Korb zu geben, wenn er mit einem praktischen Heiratsplan ins Café kommt. Sie ist froh, daß ihre vertrauten Freunde neben ihr im Café sitzen, besonders der Witzbold der Clique, der die ganze Sache wie einen Scherz behandelt. Senga lächelt über seine spöttischen Bemerkungen, aber sie ist ungewöhnlich still. Ihre beiden Freundinnen beobachten sie gespannt.

Um sieben Uhr sagt der Witzbold: „Mr. Romeo scheint dir davongelaufen zu sein, Julia. Wahrscheinlich steht er an der Autobahn, um nach London zu trampen."

„Das glaube ich nicht", sagt Senga mit fester Stimme.

Um Viertel vor acht äußert der Witzbold die Vermutung, daß Toms Mutter ihn in seinem Zimmer eingeschlossen hat, und erbietet sich, eine Expedition zu seiner Befreiung durchzuführen. Senga lacht, bis sie echte Tränen weint. Der Gedanke, daß Tom nicht kommt, entsetzt sie nun genausosehr wie das Gegenteil. Zwischen halb neun und neun begreifen sie, daß Tom heute abend nicht erscheinen wird, und sofort sind sie alle glücklicher, besonders Senga. Sie hat das Gefühl, aus einem malerischen, aber peinlichen Alptraum erwacht zu sein, der nun als ein Witz abgetan werden kann.

„,*Ja oder nein?*' fragt er, und ich setze eine tragische Miene auf, echte Tränen strömen mir übers Gesicht. ,*Wie kann ich ja sagen?*' weine ich, und er zeigt sich der Lage gewachsen. Tom kann sich mühelos wie ein Hollywoodstar aufführen, wenn er will. ,*Sag nicht ja! Überlaß alles mir! Ich werde uns von unseren bösen Eltern befreien.*' Nein, das hat er wörtlich nicht gesagt, aber…"

Alle prusten los, doch nach einer Weile werden sie still. Um Viertel nach neun – kurz bevor das Café schließt und als nur noch die Clique übriggeblieben ist – kommt Tom herein. Er geht aufrechter als sonst, doch er wirkt abgespannt und müde; sogar seine Kleidung sieht seltsamerweise abgetragen aus. Er begrüßt die Clique mit einem „Hallo" und sagt zu Senga: „Entschuldige, daß ich mich verspätet habe. Kann ich mit dir reden?"

Er setzt sich an einen leeren Tisch. Senga zittert an allen Gliedern. Einen Moment lang fühlt sie sich zu schwach, um aufzustehen. Das Gefühl geht vorbei. Sie erhebt sich, bedenkt ihre aufmerksamen Gefährten mit einem kleinen Lächeln und einem Schulterzucken und folgt Tom an den nicht weit entfernten Tisch. Sein resigniertes Benehmen erleichtert sie, aber es macht sie auch traurig. Sie nimmt an, er habe ebenfalls eingesehen, daß sie nicht heiraten können.

Sie setzt sich ihm gegenüber. Er sagt: „Entschuldige, daß ich mich verspätet habe. Es gab Probleme mit dem Zimmer. Aber alles ist in Ordnung, ich habe die Anzahlung geleistet. Es ist kein sehr schönes Zimmer, aber wir können umziehen, wenn wir ein besseres für die gleiche Miete finden. Darum mußt du dich kümmern. Ich fange nämlich morgen um acht Uhr als Fensterputzer an."

„Wovon redest du?"

„Morgen fange ich an, als Fensterputzer zu arbeiten", sagt Tom geduldig. „Zwölf Pfund fünf Shilling pro Woche oder siebzehn mit Überstunden. Es ist nicht für ewig. In fünf Monaten kann ich Mechanikerlehrling bei Colville oder Scottish Electricity oder Dexter Delvers oder Shedden Maguire werden. Das bedeutet zuerst einen Rückgang unseres Wochenlohns, aber nach vier Jahren werde ich viel mehr verdienen als mein Dad, und dann kann ich für dich sorgen. Bis dahin solltest du vielleicht auch arbeiten gehen. Ich meine, was ich verdiene, reicht für das Essen und die Miete, aber vielleicht möchtest du auch etwas Luxus, zum Beispiel Kleider und einen modernen Herd. Egal, du kannst das Heiratsformular jederzeit beim Standesamt in der Martha Street abholen."

„Ich kann das Formular abholen?" fragt Senga mit schwacher Stimme.

„Senga", sagt Tom geduldiger denn je, „entschuldige bitte. Es tut mir so leid, daß ich im Moment sehr unromantisch und praktisch und sehr, sehr müde bin, aber ich habe einen anstrengenden Tag hinter mir. Ich bin bei drei Behörden gewesen: der Stellenvermittlung für Jugendliche, dem Arbeitsamt und dem Rentenamt. In jeder mußte ich mehr als eine Stunde Schlange stehen, und keine hatte die geringste Hilfe zu bieten. Die einzige gute Nachricht kam vom Berufsberater in der Schule, der mich über die Aussichten als Mechanikerlehrling aufgeklärt hat. Aber er wollte nicht glauben, daß ich *sofort* Geld verdienen muß. Ich konnte ihm nicht sagen, daß ich dich heiraten werde und daß du nicht so lange auf ein Einkommen warten kannst. Dann hätten zwei Stunden später alle in der Schule Bescheid gewußt. Außerdem hätte er meine Mutter und meinen Vater benachrichtigt. Deshalb habe ich in der Zeitung nach einer Stelle gesucht, und es hat geklappt, nicht wahr? Oder nicht? Ja wirklich, es ist eine Arbeit, bei der man nicht mal meine Sozialversicherungsnummer oder so was wissen will, wenn ich gleich morgen um acht anfange. Aber natürlich konnte ich nicht auf meinen ersten Wochenlohn warten, um uns ein Zimmer zu besorgen. Ich ging zu dem einzigen, der mir vielleicht Geld leihen würde: meinem Onkel, dem Buchmacher, der nie in unser Haus eingeladen wird. Ich habe ihm alles erzählt und ihn um zwanzig Pfund gebeten. Er gab mir sofort sechzig als Hochzeitsgeschenk. Wahrscheinlich wollte er Mum und Dad ärgern, die mich verstoßen werden, wenn sie davon hören. Und dann war es halb acht, und ich mußte noch das Zimmer suchen. Also, ich hab eins gefunden. Es ist klein, und du wirst die Tapete nicht ausstehen können, und ich wünschte, wir hätten *gemeinsam* nach dem Zimmer suchen können, Senga, aber natürlich kann ich nicht erwarten, daß du solche Mühen auf dich nimmst. Nun weißt du, was ich heute für uns getan habe, und ich glaube wirklich, daß ich etwas Dank verdient habe, selbst wenn du nicht zu Dankbarkeit fähig bist."

Die Möglichkeit eines völlig neuen Lebens eröffnet sich nun vor Senga wie eine enorme Falle. Die Vorstellung läßt sie schaudern. Sie sagt: „Ich glaube nicht, daß ich dich gern habe, Tom. Du versuchst, mich zu tyrannisieren, und wir sind noch nicht einmal verheiratet."

„Bin ich ein Tyrann, nur weil ich von dir erwarte, daß du unser Heiratsformular in der Martha Street abholst?" fragt Tom verdrossen.

Plötzlich merkt sie, daß auch er glaubt, in einer Falle zu sitzen, obwohl er sich so erstaunlich viel Mühe gegeben hat, das neue Leben zu ermöglichen. „Ich will dich nicht heiraten, Tom, und du willst mich nicht heiraten – nicht, wenn du als Fensterputzer arbeiten und in einem schäbigen kleinen Zimmer wohnen mußt."

Dies ist so wahr, daß Tom es nicht mit einemmal verdauen kann. Eine Riesenwut erfüllt ihn, die einen lauten Mann zwingen würde, wilde Schreie auszustoßen, und einen gewalttätigen Mann, Dinge zu zerschmettern. Tom keucht, nickt und fragt grimmig: „Das ist also deine Meinung?"

„Ja. Das ist meine Meinung."

Tom stützt die Ellenbogen auf den Tisch und legt die Stirn auf die Fäuste.

Dann blickt er auf und sieht die drei an dem anderen Tisch, die den Kopf verdrehen, um ihnen zuzuhören. Er erkennt an ihren Gesichtern, daß sie über seinen Heiratsantrag Bescheid wissen. Er beugt sich über den Tisch und sagt flüsternd zu Senga, die nun wie ein verängstigtes kleines Mädchen aussieht und genau das ist: „Du hast mich richtig zum Narren gehalten, Senga McGuffie. Du mußt richtig stolz auf dich sein."

Sie starrt ihn stumm an. Er steht auf und sagt laut: „Zwischen uns beiden ist es nun vorbei. Schluß. Total und völlig und absolut und... und total vorbei."

„Das hast du schon einmal gesagt", bemerkt eine Stimme von dem anderen Tisch her.

„Was denn?" fragt Tom.

„Total. Das hast du zweimal gesagt."

„Mach das Maul zu, oder ich stopf es dir", sagt Tom drohend. „Und hier, Miss McGuffie, ist ein kleines Geschenk für Sie."

Er zieht den Streifen Fotos aus seiner Brusttasche, um ihn zu zerreißen und ihr die Fetzen ins Gesicht zu werfen, aber er hat sie zu gern, um es zu tun. Er zögert, legt die Fotos sanft auf den Tisch und eilt hinaus. Senga hat einen weiteren hysterischen Anfall. Ihre Freundinnen laufen auf sie zu, drücken sie an sich, streicheln sie, trocknen ihr die Tränen mit Taschentüchern und machen tröstende Geräusche.

„Er ist bekloppt! Er ist bekloppt! Er ist völlig bekloppt!" stößt sie zwischen Weinen und Lachen hervor. „Ich *wollte* doch nie, daß er mir einen Heiratsantrag macht!"

„Warum regst du dich dann auf?"

„Weil er nicht völlig bekloppt ist."

Tom betritt die Wohnung seiner Eltern und versucht gar nicht, leise zu sein. „Tom! Komm hierher!" ruft sein Vater. Tom geht in das vertraute Wohnzimmer, wo sein Vater mit wütenden Blicken gestikuliert und brüllt: „Tom, gestern abend hast du mich aufgefordert, zu dir Vertrauen zu haben, hast mich aufgefordert, deiner Mutter zu sagen, daß du weiter studieren würdest! Und du bist nicht einmal zum Essen nach Hause gekommen!"

„Eine gute Nachricht!" schreit Tom mit einer dünnen, bitteren Stimme. „Zwischen Senga und mir ist alles vorbei."

Nach einem Moment heitern sich die Gesichter seiner Eltern, die plötzlich ausdruckslos geworden sind, ein wenig auf, doch sie sind zu höflich, um zu lächeln. Sein Vater streicht sich über das Kinn. „Vorbei, eh?"

Seine Mutter fragt leise: „Tom, weißt du, was ich dir sagen werde?"

„Ja", antwortet Tom. „Du wirst mir wieder einmal sagen, daß sie nicht gut genug für mich ist, womit du meinst, daß ihre Mutter bei Woolworth arbeitet und mein Dad ein Zeitungsgeschäft besitzt."

„Du täuschst dich sehr", widerspricht seine Mutter entschieden. „Ich wollte sagen, daß sie nur ans *Flirten* denkt."

„Warum auch nicht?" ruft Tom leidenschaftlich. „Sie ist voller Leben, sie will es genießen, viele Männer sind hinter ihr her, weshalb sollte sie nicht flirten? Sie war das Beste, was ich je erlebt habe, und sie mochte mich viel lieber als die anderen."

„Warum hast du dann mit ihr Schluß gemacht?" fragt sein Vater.

„Weil sie sich geweigert hat, mich zu heiraten!" schreit Tom durch seine zusammengebissenen Zähne hindurch.

Seine Eltern schauen einander hilfesuchend an und sehen nichts als Verblüffung in ihren Gesichtern. Tom zügelt seine Gefühle und spricht nun mit ruhiger Stimme. „Noch etwas", fährt er fort, „ich werde im Mai als Mechanikerlehrling anfangen, wahrscheinlich bei Colville. Ich habe mich in der

Schule erkundigt, und der Berufsberater sagt, daß es das beste für mich ist. Der Gedanke an die Universität ist also geplatzt, ausgelöscht, gestrichen, und ich muß sagen, es ist eine Erleichterung."

Sein Vater sieht ihn so schmerzerfüllt an, daß Tom, von Zärtlichkeit und Mitleid überwältigt, auf den kleineren Mann zugeht und ihm väterlich die Hand auf die Schulter legt.

„Ach, mach dir keine Sorgen, Dad! Meine Arbeit wird genausogut sein wie das, was man an der Universität lernt, und auch die Bezahlung ist genausogut. Es wird mir keine Mühe machen, und deshalb hat es keinen Zweck, sich darüber den Kopf zu zerbrechen. Das Leben ist zu kurz. Außerdem habe ich jetzt großen Hunger."

Er geht zur Küchentür, bleibt stehen und fragt die beiden nachdenklich: „Ich werde mir ein paar Sandwiches machen. Möchte jemand eins? Und vielleicht eine Tasse Kakao?"

Aber sein Vater starrt auf seine Schuhspitzen, seine Mutter auf die Wolle in ihrem Schoß, als suchten sie dort etwas. Er seufzt und läßt sie allein.

Nach einer Weile murmelt sein Vater: „Ich muß mit ihm reden, aber ich weiß nicht, was ich sagen soll."

Seine Mutter, die sich zu stricken bemüht, schleudert die Nadeln zu Boden und ruft: „Wie kann diese Senga wagen, unseren Tom abzuweisen! Was für eine FRECHHEIT von ihr! Eine FRECHHEIT! Eine FRECHHEIT!"

In den letzten Schulmonaten entdeckt Tom, daß sein Heiratsantrag an Senga ihm genützt hat. Mädchen seines eigenen Alters betrachten ihn mit Interesse. Er hört auf, seine Anzüge zu tragen, als fürchte er, sie zu zerknittern, hört auf, sich seiner Größe zu schämen, und beginnt, sie für einen Vorteil zu halten. Senga und er schließen nie wieder enge Freundschaft, aber er schafft es nie ganz, sie nicht mehr zu lieben. Sogar nachdem sie die Schule verlassen haben, hält er sich weiter über ihr Tun auf dem laufenden. Fünf Jahre später erfährt er, daß Senga mit einem Kranführer in einer Werft verlobt ist. Tom ist nun ein Experte in Feinschleiferei. Seine Fertigkeiten kommen mehreren Firmen zustatten. Er lädt sie zu einer Mahlzeit in ein gutes Restaurant ein und erwartet, daß sie älter und proletarischer aussieht als in seiner Erinnerung, aber er kann keinen Unterschied entdecken. Sie ist so attraktiv wie je, deshalb wiederholt er seinen Heiratsantrag. Er erklärt, daß er Kinder haben wolle, denn sie seien das einzige, was ihm noch fehlt. Sein tyrannischer Charakter ist nun offenkundig. Senga findet diesen zweiten Heiratsantrag nur noch komisch und kann die Tatsache nicht verbergen. Sie heiratet den Kranführer, einen Mann mit vielen Freunden, der häufig über Politik redet. Zwei Monate später heiratet Tom eine Frau, die wie Senga aussieht, aber in einem vermögenderen Haushalt herangewachsen ist und in genau so einem versorgt werden möchte.

VIERTES KAPITEL

Der Mann,
der etwas von Elektrizität verstand

Donalda begegnet man gewöhnlich mit Hilfe anderer Menschen. Heute ist dies ein alter Mann, der auf einem belebten Bürgersteig auf und ab trabt, Passanten eine Glühbirne zeigt und sie fragt, ob sie etwas von Elektrizität verstehen. Die meisten geben vor, ihn nicht zu sehen oder zu hören. Einige bleiben mit gequältem Lächeln eine Sekunde lang stehen, schütteln dann den Kopf und eilen weiter. Der alte Mann ist nicht entmutigt. Er ist ein merkwürdiger kleiner Mann mit dem gebeugten Rücken und den knorrigen Gelenken eines Menschen, der einmal groß gewesen sein muß. Er trägt schwarze Stoffturnschuhe, ein Hemd, das mit orangefarbenen und purpurnen Silhouetten von Palmen bedruckt ist, und einen feinen Tweedanzug, der so groß ist, daß die Hosenbeine an den Knöcheln zehn Zentimeter hochgerollt sind, ebenso wie die Ärmel an den Handgelenken. Davon abgesehen ist seine Kleidung ordentlich gebügelt und sehr sauber. Vielleicht werden die Menschen von seiner Stimme abgestoßen. Er hat den Akzent einer Stadt in Nordostengland, und der Bürgersteig ist in einer Stadt des schottischen Westens.

Schließlich sagt der alte Mann: „Vahstesse was von Elektrisität, John?", zu einem Jungen mit einer neuen Lederaktentasche voller Bücher und mit dem Abzeichen einer neuen Universität an seiner Blazertasche. Der Junge versteht eine Menge von Elektrizität. Er bittet den alten Mann, die Frage zu wiederholen, und antwortet: „Ja."

„Guta John!" lobt er alte Mann. „Also kannste 'ne Glühbirne auswechseln?"

Wie ein Geschenk hält er die kurz vorher gekaufte Birne in ihrer rechteckigen Papphülle hoch. Der Student bemerkt, daß ein dicker Verband um die Hand des alten Mannes gewickelt und an der Innenseite mit einer Sicherheitsnadel befestigt ist, doch die herausragenden Finger scheinen flexibel genug zu sein.

„Jeder kann eine Glühbirne auswechseln", sagt der Student.

„Guta John! Dann kommste mit umme Ecke und wechselst meine Birne aus? Ich besahl dich, John! Nix für nix, ich weeß Bescheid, ich hab een paar Kröten. Hasse nicht 'ne Minute Seit?"

Der Student überlegt. Er ist eine Stunde früher als sonst unterwegs zum Bahnhof, da eine Vorlesung überraschend abgesetzt worden ist. Jede halbe Stunde fährt ein Zug, der ihn nach Hause befördern kann. Außerdem haben seine Eltern ihn gelehrt, die Wahrheit zu sagen und Menschen zu helfen, wenn er darum gebeten wird. Aber er lebt in einer Gegend, in der alle, sogar Ladenbesitzer, gleichermaßen wohlhabend sind – oder jedenfalls den Anschein erwecken –, deshalb hat er durch seine Wahrheitsliebe und seine Hilfsbereitschaft gute Freunde gewonnen, ohne große Beschwerlichkeiten auf sich nehmen zu müssen. Er ist sicher, daß seine Eltern es für unklug halten würden, Bettlern von der Art des alten Mannes zu helfen, aber der alte Mann bettelt anscheinend nicht. Dessen hoffnungsvoll aufblickendes Gesicht ist braun und von üblen Erlebnissen tief zerfurcht, aber seine Miene ist alles andere als bedrohlich.

„Wechseln Sie doch die Birne selbst", rät der Student.

„Nee, John, ich vasteh nix von Elektrisität. Du hassoch bestimmt 'ne Minute für mich?"

Der Student gibt zu, daß er ein wenig Zeit hat, und wird um eine Ecke geführt: in eine Straße zwischen rußgeschwärzten, steinernen Speichern.

Die Wohnung des alten Mannes ist mehr als eine Minute entfernt, obwohl der Student so schnell geht, daß der alte Mann nur mit raschen, kleinen Hüpfschritten, die fast an einen Tanz erinnern, knapp vor ihm bleiben kann. Sie biegen um eine zweite Ecke in eine Straße, die ein Teil einer von mächtigen Feinden zerbombten Stadt zu sein scheint. Der Boden zu beiden Seiten besteht hauptsächlich aus aufgewühlter Erde, Unkraut, Geröll und Lumpen. In einigen noch übriggebliebenen Wohnungen sind Fenster zerbrochen oder mit Brettern vernagelt oder blind vor Schmutz. Der Student hat nicht gewußt, daß es eine solche Straße in der Nähe seiner Universität gibt. Hinter den Speicherdächern sieht er die Spitze eines Turmes aus Glas und Beton. In einem Fenster in der zweithöchsten Etage kann er ein weißes Rechteck erkennen – es ist ein nach innen gekehrtes Plakat, das er dort vor einer Woche angebracht hat. Damit wird für eine christliche Studentenvereinigung geworben, der er angehört, und er versucht, sich an das zu erinnern, was er beim Ankleben des Plakats durch das Fenster sah. Er entsinnt sich an einen umfassenden Ausblick auf verschiedene Gebäude, die ihn nicht interessierten; er hatte es vorgezogen, die umliegenden Hügel zu betrachten.

„Das isses, John", sagt der alte Mann und führt ihn in den Vorhof eine Mietshauses. Der Student sieht ein Oberfenster, das ein wenig hochgeschoben und dessen Scheibe unzerbrochen ist. Eine Hand ist durch die Öffnung gestreckt und begießt aus einer Teekanne einen Blumenkasten mit Ringelblumen – also ist das Gebäude nicht völlig verlassen. Als der alte Mann ihn nach unten ins Kellergeschoß führt, merkt der Student, daß die Ortsverwaltung das Haus nicht völlig aufgegeben hat. Eine Gaslampe glüht und zischt in einem schmutzigen Durchgang ohne jede andere Beleuchtung. Der Student ist fasziniert. Bisher hat er geglaubt, daß Gaslampen ins neunzehnte Jahrhundert gehörten, denn damals wurden sie von Robert Louis Stevenson erwähnt. Er erkennt eine schmuddelige Tür mit fünf oder sechs Schlüssellöchern. Der alte Mann dreht verstohlen einen einzigen Sicherheitsschlüssel in einem Loch, zu dem er sich hinunterbeugen muß. Bevor er die Tür aufschiebt, legt er einen Finger an die Lippen und flüstert: „Mußt ganz still sein, John! Meine Hauswirtin is 'ne Frau, und manchmal vastehtse alles falsch."

Die Tür gibt den Blick auf einen Raum frei, der wie ein verstaubter Schrank aussieht. Der alte Mann tritt ein und öffnet mit einem weiteren Schlüssel die Tür in der gegenüberliegenden Wand. Der Student, amüsiert und neugierig, geht hindurch.

Er betritt ein Zimmer mit einem Fenster, das auf eine Vertiefung zwischen dem Mietshaus und der Straße hinausblickt. Ein dichtes Rollo bedeckt das Fenster, und zuerst läßt das dunkelblaue Licht, das hier eindringt, den Studenten nichts als Eierschachteln erkennen, die jeweils sechs Stück enthalten haben. Berge davon stapeln sich auf einer Anrichte, lassen einen Kleiderschrank höher wirken und bilden eine Pyramide auf der Ecke eines Tisches, der mitten im Zimmer steht. Nachdem sich der Student an das dürftige Licht gewöhnt hat, stellt er fest, daß er unter einem Drahtgeflecht steht, das von einer schwarzen Masse im Zentrum der Decke ausgeht. Drähte führen zu einem Fernsehapparat zwischen den Schachteln auf der Anrichte, einem elektrischen Heizkörper auf dem Fußboden, einem Radio auf dem Stuhl neben einem Bett, unter einen Berg von Mänteln auf dem Bett, wahrscheinlich zu einer Heizdecke, zu einer elektrischen Kochplatte und einem Kochkessel auf dem Tisch. Nachdem der alte Mann die Türen vorsichtig und leise geschlossen hat, fragt der Student: „Haben Sie keine Wandsteckdose?"

„Natürlich, John, natürlich! Aber da gibt's Funken und Schocks und Flammen und so. Mach dir keene Sorgen, ich bin nich bleed."

„Die Lichtleitung da oben ist überbelastet – eine Feuergefahr. Ihre Wirtin könnte deswegen belangt werden."

„Das würdse nur nervös machen, John. So isses mit Frauen."

Der Student beschließt, die Birne auszuwechseln und rasch zu verschwinden. Er legt seine Aktentasche hin, klettert auf die Tischplatte und mustert das Bündel von Adaptern, die an dem Lichtdraht angebracht sind. Eine Glühbirne von niedriger Wattleistung ragt seitwärts hervor. Er sagt: „Ich könnte besser sehen, wenn Sie das Rollo hochmachen."

„O nee, John! Menge wertvolles Seug hier drin, John, viele schlechte Menschen inner Gegend. Die würden einbrechen und mein Seug klauen, wennse reingucken könnten!"

„Ist der Lichtschalter an oder aus?"

„Gehta nicht, John?"

Der Student zeigt auf das Rundfunkgerät und sagt: „Stellen Sie das an."

Der alte Mann gehorcht. Laute Rockmusik schmettert los. Der alte Mann hüpft im Takt dazu. Der Student zeigt auf den Lichtschalter neben der Tür und schreit: „NUN STELLEN SIE DAS AUS."

Der Mann beeilt sich, es zu tun. Die Musik erstirbt. Der Student schraubt die durchgebrannte Birne heraus und sagt: „Geben Sie mir die neue." Er reicht die alte hinunter, reißt die Papphülle von der neuen ab und drückt sie in die Fassung. Der alte Mann betätigt den Lichtschalter, und dann geschehen sehr rasch mehrere Dinge: Das Licht und die Musik gehen sehr hell und laut an, nur um sofort wieder abzusterben. Eine Tür knallt zu, und dann wird die Tür ihres Zimmers von einem untersetzten, wütenden und weiblichen Wesen aufgerissen, das ruft: „Was zum Teufel ist hier los?"

In der Nähe hat ein Baby angefangen zu schreien.

„Ich wechsle eine Glühbirne aus", erklärt der Student ruhig. Sein Standort auf dem Tisch verleiht ihm ein Gefühl der Macht. Die Frau ist kleiner, als ihr Zorn zuerst hätte vermuten lassen. Ihre Hüften und Brüste sind matronenhaft, doch ihr Gesicht ist kindlich, schmal und verzweifelt. Sie trägt ein

Nachthemd, einen Morgenrock und Pantoffeln; jede Strähne ihres Haares ist in einen festen Helm aus rosigen Plastiklockenwicklern eingedreht. Sie wendet sich dem alten Mann zu und schreit: „Ich hab's dir doch gesagt! Ich hab dich gewarnt, keine Leute herzubringen! Denk dran, was letztes Mal passiert ist! Ich glaube, du willst mich umbringen!"

Der alte Mann grinst verlegen und schüttelt die Glühbirne neben seinem Kopf, als lausche er ihr. Die Frau dreht sich zu dem Studenten um. „Raus hier. Sofort raus hier, aber bringen Sie die verdammten Lichter zuerst in Ordnung. Sie haben hier alle Sicherungen durchknallen lassen."

„Regen Sie sich ab", empfiehlt der Student.

„Wie *kann* ich mich abregen? Ich hab nebenan ein brüllendes Kind, das im Dunkeln nicht schlafen kann. Hören Sie doch!"

„Wo ist Ihr Sicherungskasten?"

„Hinter der Haustür."

„Ist Reservedraht drin?"

„Ja. Kann sein. Ich glaube schon."

„Dann kümmern Sie sich um Ihr Kind, und ich kümmere mich um die Sicherungen."

Sie seufzt laut und eilt aus dem Zimmer.

„Guta John! Gut!" flüstert der alte Mann lächelnd und mit einem ermunternden Nicken.

Der Student sagt streng: „Bevor ich runtersteige, möchte ich wissen, was Sie wollen: Licht, Wärme oder Unterhaltung. Alle drei können Sie nicht haben, solange Ihre Wandsteckdose nicht repariert ist."

Der alte Mann schaut verdutzt drein. Nach einer Weile murmelt er kläglich: „Bißchen Licht wär nicht schlecht, John."

Der Student löst die Drähte aus den Adaptern, die Adapter aus der Lampenfassung, läßt die Birne in die Fassung rasten, springt auf den Fußboden und ergreift seine Aktentasche.

Obwohl die Türen des schrankähnlichen Flures nun geöffnet sind, ist es sehr dunkel. Der Student verläßt sich weitgehend auf sein Tastgefühl, öffnet den Sicherungskasten, entdeckt den Hauptschalter, drückt ihn herunter, nimmt die Sicherungen heraus und ein mit Draht umwickeltes Kärtchen. Er legt sie auf die Aktentasche und trägt diese wie ein Tablett in das hellste Zimmer. Es gehört der Frau. Hier ist das Fenster hinter dünnen Kattunvorhängen verborgen, die in der Mitte zusammengeheftet sind. Er sieht einen alten Holzausguß mit einem Messinghahn unter dem Fenster, daneben einen schweren, rostigen, eisernen Gasherd, einen eisernen Ofen, neben der Tür eine Nische mit einem Doppelbett, ein Seil, das von einem Wandhaken schräg zu den Rädern eines Rollenzugs an der Decke aufsteigt, und zwischen den Rädern Holme, an denen ein paar fleckige Dreiecke aus gelbbraunem Tuch hängen. Ein schwacher Toilettengeruch ist zu spüren. Die Frau sitzt neben einem Tisch und schiebt einen Kinderwagen – das Oberteil ist eine Tragetasche – mit einem Baby hin und her. Auf den Studenten wirkt dieses Baby unerhört klein, rot und faltig. Sein Geheul hat sich zu einem ärgerlichen Mauzen abgeschwächt, und die Frau besänftigt das Kind, indem sie leise sagt: „Ganz ruhig, Theresa, alles in Ordnung. Sei still. Halt die Luft an. Reiß dich zusammen."

Der Student legt seine Aktentasche auf den Tisch und fragt: „Haben Sie einen Schraubenzieher?"

„Jetzt nicht mehr, ich hab ihn verloren."

„Haben Sie eine Nagelfeile?"

„Nee."

„Haben Sie ein Tafelmesser?"

„In der Schublade sind Messer, beeilen Sie sich. Die hier braucht ihren Schlaf."

Am Ende des Tisches ist eine Schublade. Der Student öffnet sie und stöbert durch ein Gewirr von Bestecken. „Warum kann das Kind nicht schlafen, wenn das Licht aus ist?"

„Keiner mag die Dunkelheit."

„Öffnen Sie die Vorhänge, draußen scheint die Sonne."

„Dies ist ein Untergeschoß, und ich hab schon genug Ärger mit Schnüfflern. Immer wenn jemand hier reinguckt, passiert 'ne Gemeinheit."

„Was denn zum Beispiel? …Übrigens habe ich Ihren Schraubenzieher gefunden."

Er setzt sich auf den Tischrand und löst geschickt die Schrauben an den Sicherungen. Nach einer Weile wiederholt er: „Was denn zum Beispiel?"

„Na ja", beginnt die Frau fast widerwillig, „als sich der alte Knabe da die Hand verbrannt hat, kamen SA-Leute vorbei, um ihn zu besuchen, und die…"

„SA?" sagt der Student verdutzt.

„Sozialamt. Jedenfalls haben sie auch bei mir reingeguckt und dann meine ganze Beihilfe gestrichen. Einfach so."

„Warum?"

„Das geht Sie nichts an", sagt die Frau mit sehr leiser Stimme. Er arbeitet stumm weiter und merkt, daß sie ihm in den länger werdenden Pausen zwischen den Schreien des Babys verstohlene Blicke zuwirft. Schließlich fragt sie: „Woher sind Sie?"

„Helensburgh."

„Einer von den Snobs, was?"

„Eigentlich nicht."

„Student?"

„Erstes Jahr Physik. Nicht alle von uns haben eine praktische Ader. Aber ich glaube… das ist es… mehr oder weniger."

Er macht sich mit den Sicherungen auf den Weg in den Flur, bleibt dann jedoch stehen und sieht sich nach seiner Aktentasche um.

„Ach, lassen Sie sie hier!" sagt sie ungeduldig. „Ich werd Ihre Bücher schon nicht stehlen."

Er wünscht, daß sie seine Gedanken nicht gelesen hätte, doch er nickt und tritt in den Flur.

Die Lichter gehen an, und das Baby schließt Augen und Mund. Der Student kehrt zurück, um seine Tasche zu holen. „Das wird für ein oder zwei Wochen ausreichen, aber nicht viel länger. Ihre Verdrahtung taugt nichts, eine echte Feuergefahr. Lassen Sie die Sache in Ordnung bringen."

„Sie verstehen wirklich was von Elektrizität!" ruft sie.

„Ein bißchen."

„Könnten Sie mein Bügeleisen in Ordnung bringen? Es ist vor drei Wochen kaputtgegangen, und ich brauch's unbedingt, um die Windeln der Kleinen zu trocknen. Sie hat nämlich einen Ausschlag."

Er blickt auf seine Armbanduhr und sieht erstaunt, daß weniger als fünfzehn Minuten vergangen sind, seit er dem alten Mann begegnete. Er zuckt die Achseln und nickt.

Sie sagt: „Sie sind ein feiner Kerl", und stellt das Bügeleisen auf den Tisch. Er zieht einen Stuhl heran, setzt sich hin und beginnt den Stecker aufzuschrauben. Sie tritt an einen Spiegel und entfernt die Lockenwickler. „Tut mir leid, daß ich Sie da drinnen angeschrien habe."

„Es hat mir nichts ausgemacht."

„Ich hatte nämlich Schwierigkeiten mit dem alten Sack – entschuldigen Sie die Ausdrucksweise."

„Ich hab schon Schlimmeres gehört."

„Sie denken wahrscheinlich, daß ich... Sie denken wahrscheinlich, daß ich eine schlechte Person bin."

„Nein. Wieso?"

„Weil ich hier wohne. Unter solchen Umständen."

Er schaut sich um. Das Zimmer kommt ihm unordentlicher vor, als nötig wäre. Das Bett ist ungemacht. Schmutzige Teller und zerknüllte Kleidung liegen auf oder unter einer staubigen Anrichte und zwei durchhängenden Sesseln. „Vielleicht können Sie's nicht ändern."

„Kann ich nicht. Genau."

Sie legt den letzten ihrer Lockenwickler nieder, schüttelt den Kopf und läuft nervös durch das Zimmer. Dann schließt sie die Tür zum Flur und fragt: „Glauben Sie an Gott?"

„Natürlich."

„Ich auch, aber er hat mir nicht viel geholfen."

Der Student spürt etwas Seltsames in ihrem Verhalten, aber er meint, um mit Seltsamkeit fertig zu werden, müsse man sie ignorieren. An dem Stecker ist kein Defekt zu finden, deshalb beginnt er, das Bügeleisen aufzuschrauben. Sie sagt: „Manchmal ist das Leben die reinste Hölle, stimmt's?"

„Wir haben unsere Höhen und Tiefen."

Sie stellt sich so dicht neben ihn, daß ihr Morgenrock seine Wange berührt. Der Student beugt sich über seine Arbeit; er ist sicher, daß sie ihn um Geld bitten wird, und entschlossen, ihre Bitte abzuschlagen. Sie fragt mit zaghafter, rascher Stimme: „Haben Sie die Zeit für...?"

Er ist erleichtert über diese einfache Frage, blickt auf seine Armbanduhr und sagt: „Zehn vor vier."

Sie weicht zurück und setzt sich in einen Sessel. Er betrachtet sie. Sie saugt an der Unterlippe wie ein kleines Mädchen, das versucht, nicht zu weinen. Ihr schwarzer Lockenschopf erinnert ihn an ein Mädchen, das er in der Schule kannte. Sie umarmt ihren Körper fest unter ihren mütterlichen Brüsten. Dadurch stehen sie stärker hervor. Zum erstenmal wird seine Stimme unsicher. Er fragt: „Haben Sie... Ich meine, Sie haben sich doch nach der Uhrzeit erkundigt?"

„Genau!" sagt sie mit harter Stimme, mit einem harten kleinen Lächeln und einem Nicken. Er kann die Augen nicht von ihren Brüsten losreißen. Sie fragt bitter: „Stimmt was nicht mit mir?"

„Nein, aber... aber ich brauche ein... Ding mit einem spitzen Ende. Zum Beispiel eine Nadel."

Sie steht auf und zupft nachdenklich an ihrer Unterlippe. „Tut's eine Spange?"

„Äh?"

„Eine Haarspange."

Sie nimmt eine aus der Tasche ihres Morgenrocks, hält sie ihm hin und geht auf ihn zu; ihr Mund und ihre Augen sind weit geöffnet auf eine geistesabwesende, verängstigte Art. Er stellt sich vor sie und streckt die Hand aus, aber nicht, um nach der Haarnadel zu greifen. Er weiß nicht genau, wonach er greifen will, denn er ist eher sexuell verblüfft als sexuell erregt. Eine Stimme in seinem Hirn fragt: „Was soll ich zuerst tun? Was soll ich zuerst tun?"

In diesem Moment knallt die Zimmertür auf und ein riesiger Mann tritt ein. Er bleibt stehen und verkündet dann mit einer heiseren irischen Stimme: „Ich störe euch."

„Nein, Sie stören nicht", sagt der Student und nimmt die Haarspange.

„Er repariert mein Bügeleisen", sagt die Frau angewidert. „Und du hast das Kind aufgeweckt."

Sie zieht den Kinderwagen an den Sessel, setzt sich hin und schiebt ihn hin und her.

„Ich sage, daß ich euch störe!" erklärt der Ire. Er schließt die Tür hinter sich, geht an den Tisch und läßt sich langsam in einen Sessel dem Studenten gegenüber sinken. Der Toilettengeruch wird stärker.

„Kümmere dich nicht um mich, Jungchen!" sagt er. „Mach nur weiter."

Der Student setzt sich hin. Sein Herz pocht immer noch schnell nach all den Überraschungen, aber er sieht, daß der Ire nicht gefährlich ist. Dessen Riesenhaftigkeit beschränkt sich auf seine Größe. Sein Gesicht und seine Hände sind so dünn und weiß, daß sein Gewicht nur von seiner Kleidung abzuhängen scheint. Vier äußere Kleidungsstücke sind fast knopflos, und der Student erkennt einen Plastikregenmantel, einen schwarzen Stoffmantel, eine Kordjacke, eine Tweedjacke, eine Strickjacke und eine gestreifte Pyjamajacke. Darunter sind wahrscheinlich einige Hemden und Unterhemden, denn der Brustkasten des Mannes wirkt viel zu breit für seinen sehr langen, schmalen Hals, um den ein sauberer Seidenschal gewickelt ist. Nichts anderes von dem, was er trägt, ist sauber, nicht einmal der wollene Kopfschützer mit einer Schiebermütze darauf oder die randlose Brille, die sein hageres Gesicht bürokratenhaft aussehen läßt. Trotz dieser Kleider zittert er häufig, als sei ihm schrecklich kalt. Er setzt die Brille ab, reibt sie mit dem Seidenschal und murmelt: „Laß dich durch mich nicht stören, laß dich durch mich nicht stören."

„Ich lasse mich nicht stören", sagt der Student und beschäftigt sich mit dem Bügeleisen. „Der alte Knabe nebenan hat mich geholt, um eine Glühbirne auszuwechseln, und dann hat sie mich gebeten, dies hier in Ordnung zu bringen."

„Er versteht was von Elektrizität", bemerkt die Frau lässig.

„Ja, Elektrizität hat eine große Zukunft", sagt der Ire. Er zieht eine flache Flasche aus der Manteltasche, will einen Schluck nehmen, hält jedoch inne, um entschuldigend zu fragen: „Du bist doch nicht beleidigt, wenn ich dir nichts anbiete? Dieses Zeug ist genau richtig für Leute wie mich, es ist sogar unentbehrlich. Aber es taugt nichts für einen jungen Burschen, der noch bei guter Gesundheit ist... Mach dem Mann eine Tasse Tee, Dona!" ruft er der Frau zu, die gehorsam aufsteht und am Ausguß einen Kessel füllt.

Der Student möchte nun so schnell wie möglich verschwinden. Er konzentriert sich darauf, die Schaltung zu reparieren, während der Ire trinkt, hustet und dann sagt: „Ich hoffe, ich mache dich nicht nervös? Ich bin ein ekelhafter Anblick, klarer Fall. Na, in einer Minute bin ich weg."

„Sie ekeln mich nicht an", sagt der Student leichthin.

„Tja, nach deiner Kleidung zu urteilen, sitzt du nicht oft in einem Zimmer mit zwei Typen wie uns."

„Vielleicht interessiert es Sie", sagt der Student nach einer Pause, „daß mein Großvater bei Harland und Wolff als Nieter gearbeitet hat."

„Tatsächlich! Du verspürst also eine gewisse Solidarität mit der Arbeiterklasse?"

Der Student denkt nach. Menschen, die für die Arbeiter-

klasse sprechen, gelten als Sozialisten, und der Student miß-
traut linken Organisationen. Aber sein Vater hat ihm einmal
gesagt, daß die meisten Angehörigen der britischen Arbeiterklasse für die Konservativen stimmen. Schließlich antwortet
er: „Ich glaube, das kann ich sagen!"

„Tüchtig, tüchtig!" sagt der Ire und hebt triumphierend
einen Zeigefinger. „Aber verstehst du, wir gehören NICHT
zur Arbeiterklasse, sondern zur... wie soll ich mich ausdrük-
ken... zur Opferklasse."

„So etwas gibt es nicht", entgegnet der Student forsch.

„Nein?" sagt der Ire und hält seine Flasche ans Licht. Sie ist
fast leer. Mit einem Seufzer stellt er sie auf den Tisch. „Dies
war früher ein Arbeiterbezirk. Opfer haben hier auch gewohnt, aber die meisten waren anständige Arbeiter und
Handwerker. Keine Leute, mit denen ich immer einer Meinung bin, obwohl die besten genau wie ich Iren waren. Eines
Tages wird geplant, die Gegend zu sanieren, hatte was mit
einer Umgehungsstraße oder einem College zu tun – ich weiß
nicht mehr, womit. Also hören die Hauswirte auf, die Gebäude instandzuhalten, und die Arbeiterklasse zieht in teure
Wohnungen in schnieken neuen Siedlungen wie Easterhouse,
Castlemilk und Drumchapel um. Und nun ist die ganze Gegend – der Teil, der noch nicht abgerissen ist – voll von ar-
beitslosen und alten Leuten und moralischen Opfern wie mir
und emotionalen Opfern wie ihr."

Er zeigt auf die Frau am Herd, die den Kessel am Griff
festhält und wartet, bis er kocht.

„Laß mich draußen vor!" sagt sie.

„Es ist natürlich ihre eigene Schuld. Bevor sie das Kind
hatte, hat sie sieben Pfund zehn die Woche in einer Brausefa-
brik in Bridgeton verdient."

„Aber kann sie nicht...", beginnt der Student.

Der Ire unterbricht ihn: „Eben! Natürlich! Genau das sag
ich ihr auch, ‚Wenn du Theresa liebst', sag ich, ‚dann gib sie
den Sozialarbeitern. Laß sie adoptieren. Sieh zu, daß du sie
loswirst, und du tust uns beiden 'nen Gefallen.' Sie weigert

sich, mir zuzuhören. Sie besteht aus einer Ansammlung ganz anrüchiger, primitiver Instinkte."

„Um Himmels willen, halt dein verdammtes Maul!" ruft die Frau und fügt an den Studenten gewandt hinzu: „Entschuldigen Sie die Ausdrucksweise."

„Wir wären einsame Menschen, wenn ich nicht mein Maul hätte, Dona", sagt der Ire ruhig.

Der Student, einen Ellenbogen auf den Tisch und das Kinn auf eine Handfläche gestützt, findet das Gespräch interessant. Er fragt: „Was für ein Opfer ist der alte Knabe nebenan?"

„Ein zeitweiliges. Er ist ein bewährter Nachtwächter mit vielen Jahren Erfahrung und wird wieder arbeiten, wenn die Hand ausheilt. Natürlich ist er fast siebzig und wird nicht ewig leben. Außerdem ist dieses Haus abbruchreif, man wird's bald abreißen, dann wird's uns allen schwerfallen, 'ne Unterkunft zu finden. Also, wie ich höre, haben sogar recht *vermögende* Leute Schwierigkeiten, an neue Häuser zu kommen."

„Na, meine Eltern sind eigentlich nicht vermögend, aber als wir letztes Jahr in ein neues Haus umzogen, mußten wir *zweimal* soviel bezahlen, wie es vor zehn Jahren gekostet hätte."

„Genau!" sagt der Ire mit erfreuter Miene. „Du begreifst also, daß die Lage für Leute wie uns *genauso* schwierig ist. Komisch, nicht, da haben wir in den letzten Jahren so gewaltige Verbesserungen erlebt: neue Städte, mehr Autos, mehr Straßen, größere Gebäude. Aber gleichzeitig wird auch die Opferklasse immer größer. Meinst du, daß es da einen Zusammenhang gibt?"

„Keine Ahnung."

Die Frau stellt die Becher mit gesüßtem Milchtee auf den Tisch. „Leider haben wir keine Kekse."

„Du bist ein prächtiges Mädchen, Dona", sagt der Ire. Die Frau geht zum Kinderwagen und beugt sich darüber. „Sieh dir nur an, wie sie sich bewegt! Ist sie nicht ein prächtiges Mädchen?"

„Sie ist nicht übel", sagt der Student, wirft ihr einen Blick zu und nimmt einen Schluck Tee.

„Hast du das gehört, Dona?" ruft der Ire. „Der Gentleman denkt, du bist *nicht übel*. Wenn ein lakonischer Bursche wie er so etwas über eine Frau sagt, ist das besser als 'ne ganze Ladung Komplimente von einem wie mir."

Die Frau dreht sich um und schreit: „Du bist ein Zuhälter! Du bist ein Zuhälter!"

„Wenn das stimmt", entgegnet er laut, „dann bin ich der am schlechtesten bezahlte Zuhälter in Glasgow."

Sie funkeln einander an. Der Student hat Angst, mehr zu hören, und widmet sich dem Bügeleisen. Die Frau setzt sich in den Sessel, verschränkt die Arme und schlägt die Beine übereinander. Der Ire mustert die Flasche von neuem, seufzt und trinkt statt dessen Tee.

Einen Moment später wendet er sich in vertraulichem Tonfall an den Studenten: „Das glaubt sie nicht wirklich. Ich bin kein Zuhälter. Zuhälterei ist eine Beschäftigung der Mittelschicht. Ein Zuhälter ist eine Art Arbeitgeber, und ich habe nicht die Dynamik, den nötigen Tatendrang, um eine wirkliche Frau wie Dona zu beschäftigen. Meine Gefühle sind vor allem väterlicher Art, und sie meint, daß sie mit einem Mann in der Nähe sicherer ist, mit 'nem anspruchslosen Kerl, der nicht die Beherrschung verliert und mit dem Baby alleingelassen werden kann, wenn sie mal ein bißchen frische Luft schnappen will. Ich bin nämlich Alkoholiker, aber ich bin kein Trunkenbold – und war's auch nie. Leber, Augen, Magen, Genitalien, Kreislauf – die gehen zugrunde, langsam aber sicher, nur das Gehirn behält die Kontrolle. Das Gehirn wird noch wenigstens ein Jahr heil bleiben... Wovon rede ich?"

„Davon, weshalb Sie mit ihr zusammenleben."

„Wir brauchen Gesellschaft, weißt du, und ich bin das Beste, was sie unter den Umständen finden kann. Aber sie hat was Besseres verdient, und trotz dem, was sie mich vor einem

Moment genannt hat, gibt's zwischen uns keine finanzielle Bindung, überhaupt keine. Und ob du's glaubst oder nicht, ihre Sozialhilfe ist vor einer Woche gestrichen worden, weil jemand der Ansicht ist, daß sie mit mir *kohabitiert*, was immer das bedeutet."

Der Student hat das Bügeleisen fast wieder zusammengesetzt. Er spürt, daß der Ire ihn anstarrt und eine Reaktion zu erwarten scheint. Er sagt forsch: „So ein Pech."

„Ins Schwarze getroffen!" ruft der Ire begeistert. „Pech! Das würde ein Franzose als *le mot juste* bezeichnen. Durch deine Ausbildung hast du wirklich gelernt, mit Worten umzugehen, Jungchen."

Der Student lächelt schwach. Er ist zu klug, um sich durch den Spott unwichtiger Menschen aus der Fassung bringen zu lassen. Der Ire fährt fort: „Ich laufe Gefahr, dich zu langweilen. Sag mal, hast du 'ne Freundin?"

„Ja."

„'Ne feste Freundschaft?"

„Seit fast einem Jahr."

„Aber du wohnst bei deinen Eltern?"

„Ja."

„Bei wem wohnt das Mädchen?"

„Ich möchte lieber nicht über sie reden, einverstanden?"

„Sie sind ein Genleman, Sir, und ich muß mich für meine Aufdringlichkeit entschuldigen. Aber ich hab eben eine Theorie, daß heutzutage 'ne Menge Blödsinn über die sogenannte Freizügigkeit gequatscht wird. Wenn man die Zeitungen liest, Sir, könnte man glauben, daß sich Teenager den verblüffendsten Praktiken hingeben. Aber ich bin der Meinung, daß die meisten jungen Leute genauso ehrbar und vorsichtig und ideenlos und unglücklich sind, wie wir's in meiner eigenen Jugend waren. Hör mal zu!"

Er lehnt sich nach vorn und winkt den Studenten heran. Der Student hält ihm ein Ohr hin, und der Ire flüstert hinein: „Dona da – kaum siebzehn – ist zweimal im Leben fast mit einem jungen Burschen im Bett gewesen, und auch *das* ist beinahe ein Jahr her. *Und* sie hatte nichts davon. Deshalb, als ich reinkam und euch beide sah – tja, ich hab die Lage völlig falsch eingeschätzt, und für einen Moment fühlte ich mich… hoffnungsvoll, könnte man sagen. Ich mag sie gern. Ich mag sie gern. Und sie braucht ein bißchen gesunde Anerkennung durch Jungen ihres Alters. Sie ist nämlich ein gutes, kräftiges Mädchen. Sie braucht…"

Seine Stimme ist lauter geworden.

„Geld!" ruft die Frau. „Geld für Essen und Miete!"

„Ach, Dona, du brauchst 'ne ganze Menge mehr als das!" sagt der Ire vorwurfsvoll. „Man darf sich nicht von ihrer scharfen Zunge abschrecken lassen, Sir. Das ist die zeitweilige Folge oberflächlicher wirtschaftlicher Spannungen – sie hat Angst, auf die Straße geschmissen zu werden. Wer diese Spannungen löst, wird es mit dem fügsamsten Geschöpf zu tun haben, das man sich vorstellen kann. *Man wird mit ihr machen können*", flüstert er, „*was man will.*"

„So", sagt der Student und steht auf. „Ich glaube, ich hab's geschafft. Wo ist Ihre Wandsteckdose?" fragt er die Frau. Sie zeigt auf eine Steckdose neben dem Ofen.

Der Student trägt das Bügeleisen zur Steckdose, verhält jedoch, bevor er es anschließt.

„Kommen hier Schocks und Funken und Flammen und so was raus?" erkundigt er sich mit einem leichten Lächeln. Sie schüttelt den Kopf. „Nur vorsichtshalber", sagt er, schließt das Bügeleisen an und bleibt eine Weile stehen, ohne sie anzuschauen.

„Wieviel brauchen Sie?" fragt er plötzlich.

„Sechs Pfund", erwidert sie leise und blickt ebenfalls an ihm vorbei.

„Das ist nicht viel", sagt der Student. „Kann der alte Knabe nebenan Ihnen nicht helfen? Ich meine, wenn Sie diese Wohnung verlieren, dann blüht ihm das gleiche."

„Er hat schon drei Wochen Miete im voraus bezahlt. Und ich brauche immer noch sechs Pfund."

„Kein schlechter alter Kerl", murmelt der Ire und nimmt den letzten Schluck aus der Flasche.

„Na dann", sagt der Student, zieht seine Brieftasche, nimmt zwei Pfund heraus, hält sie hoch und legt sie auf den Kaminsims. „Im Moment ist das alles, was ich entbehren kann. Tut mir leid."

„Danke", sagt die Frau eisig. „Den Rest werd ich schon irgendwie kriegen."

„Gut." Der Student berührt das Bügeleisen ganz leicht. „Es funktioniert." Er stellt es ab und zieht den Stecker heraus.

Die Frau seufzt und sagt: „Danke, Mister."

Dann lächelt sie, als lasse sie ihre Sorgen hinter sich, und plötzlich sieht sie aus wie jede junge Frau, die einem Freund für dessen Hilfe dankt. Der Student ist froh über das gute Ende. Er nimmt seine Aktentasche.

„Willst du etwa schon weg?" ruft der Ire zitternd.

„Auf Wiedersehen", sagt der Student zu der Frau.

„Aber du kommst doch zurück? Es ist ein einsames Leben für sie, den ganzen Tag allein hier – sie wird dich jederzeit gern empfangen…"

„Würden Sie den Mund halten?" unterbricht der Student. Der Ire gehorcht.

„Tschüs dann. Sie waren sehr nett", sagt die Frau mit einer alltäglichen, freundlichen Stimme.

Nun, da der Student sie ohne Verlegenheit ansehen kann, ist er überrascht von ihrer Ähnlichkeit mit dem Schulmädchen, das er früher kannte, und von ihrer Attraktivität. Er zögert, nickt und tritt hinaus in den Flur.

Und steht dem alten Mann gegenüber, der lächelt und nickt und flüstert: „Guta John, du hasses gemacht. Nimm dassir, John! Nimm's!"

Er hält dem Studenten zwei Zehnpencestücke vors Gesicht.

„Wofür ist das?" fragt der Student entgeistert.

„Dein Geld, John! Hassoch meine Birne gewechselt. Nix für nix, ich weeß Bescheid!"

Der alte Mann läßt die Münzen in die Blazertasche des Studenten fallen, hüpft zurück in sein Zimmer und schlägt die Tür zu. Der Student macht eine Bewegung, um sie zu öffnen, doch er hört, wie die Tür verriegelt wird. Er fängt an, zu klopfen und zu rufen: „Aufmachen! Das kommt nicht in Frage! Es ist albern! Ich brauche keine…"

Er zögert und fährt dann mit noch lauterer Stimme fort: „Hören Sie zu, ich komme morgen vorbei und sehe mir Ihre Wandsteckdose an! Am Nachmittag, sagen wir gegen halb drei! Vergessen Sie nicht, um halb drei bin ich hier. Denken Sie daran."

Er blickt zurück, um sich zu vergewissern, daß die Küchentür immer noch geöffnet ist. Dann öffnet er die Haustür, mustert das Gaslicht staunend (es scheint Jahre her zu sein, seit er es zuletzt gesehen hat) und läuft die Treppe hinauf. Er läuft auch durch die Straßen zum Bahnhof, nicht weil er einen Zug verpassen könnte (die ganze Episode hat weniger als vierzig Minuten gedauert), sondern um einen Teil der großen Kraft zu verbrauchen, die er in seinem Inneren spürt. Zudem hat er den Eindruck, daß die Welt aufregender ist, als er geahnt hat, und ihm köstliche Erfahrungen ermöglichen wird, von denen er oft insgeheim geträumt hat, ohne je zu erwarten, daß sie Wirklichkeit werden könnten.

In der Küche sitzen die Frau und der Ire, die ihn natürlich gehört haben, lange Zeit so still da, als hätten sie nichts gehört. Die Frau ist Donalda Ingles, zweiundzwanzig Jahre bevor sie June begegnet.

FÜNFTES KAPITEL
Mr. Lang und Ms. Tain

Ohne die Filmindustrie zu berücksichtigen, kann man sagen, daß die meisten modernen Bosse Gefolgschaften mißtrauen. Sie sehen ihre Untergebenen lieber unter vier Augen oder an einem Tisch versammelt, wo sie selbst am Kopf sitzen und die Vorgänge mit Hilfe der Tagesordnung kontrollieren. Nachdem sich Tom eine eigene Firma zugelegt hat, findet er Gefallen daran, Menschen in der Nähe zu haben, die von seinen Wünschen abhängen und ihn nicht stören dürfen. Die Absätze auf der Tischplatte, den schweren, muskulösen Körper in einem solide gefertigten Drehstuhl zurückgelehnt, telefoniert er laut in Anwesenheit eines gegenwärtigen und einer potentiellen Beschäftigten.

„Wir haben genau das abgeschickt, was Sie bestellt haben, Mr. Cockport", sagt er. „Das wird durch unsere Korrespondenz belegt. Das einzige, was fehlt, ist Ihr ursprünglicher Bestellschein, den ich zur Hand haben werde, wenn der letzte unserer Aktenschränke eintrifft. Aber warum werfen Sie keinen Blick in Ihre eigenen Unterlagen? Sie werden sehen, daß es sich nicht um mein, sondern um Ihr Problem handelt. Guten Tag." Er legt den Hörer nieder, gähnt, reckt sich und fragt: „Noch was, Ted?"

„Die Regale im Laderaum", sagt sein Stellvertreter. „Der Tischlermeister will Überstunden bezahlt haben."

„Da hat er sich ganz schön verrechnet! Schicken Sie ihn rein."

Der Stellvertreter geht hinaus. Tom wendet sich an eine junge Frau, die neben der Tür steht: „Nicht mehr lange, Miss äh…"

Der Tischlermeister tritt ein, und Tom setzt die Füße auf den Boden. Die beiden Männer sprechen hitzig miteinander. Tom ist aggressiv, der Tischler hartnäckig. Eine mündliche Abmachung wird getroffen, und der Tischler verläßt den Raum. Tom ruft seinen Stellvertreter an: „Ich hab die Sache mit dem Tischler geregelt, Ted. Er wird die Arbeit zum vereinbarten Preis machen, noch diese Woche. Er glaubt, daß er nächste Woche Regale im Keller anbringen wird, aber würden Sie dafür eine andere Firma suchen? Diesem Verein können wir nicht trauen."

Tom legt den Hörer auf die Gabel: „Es war unartig von mir, Sie so lange stehen zu lassen. Aber ich muß sagen, Sie stehen sehr anmutig, Miss äh...?"

„Tain", ergänzt die Frau.

„June Tain", bestätigt Tom und nickt zu dem Brief auf seinem Tisch hinüber. „Die Agentur hat mich über Sie informiert. Sie haben also Erfahrung als Empfangsdame, aber bei einer Empfangsdame kommt es viel weniger auf Erfahrung als auf das Äußere an. Lassen Sie sich anschauen."

Er schaut sie an.

Ms. Tain hat ihre Erscheinung dadurch gedämpft, daß sie eine kohlegraues Kostüm und einen gleichfarbigen Pullover, Schuhe mit flachen Absätzen und keinen Schmuck trägt. Ihr dunkelbraunes, üppiges Haar ist im Nacken zu einem Knoten zusammengesteckt. Sie hat gerade genug Schminke aufgelegt, um ihre helle Haut alltäglich wirken zu lassen. Doch sie kann den Eindruck ihrer wohlgeformten Figur und des Gesichtes nicht dämpfen, das manche für romantisch spanisch, andere für klassisch griechisch halten. Ihre Miene ist düster und geduldig.

„Sie sehen gut aus, und Sie stehen gut", sagt Tom munter. „Wie gehen Sie?"

Sie blickt ihn verständnislos an.

„*Gehen* Sie für mich, June!" erklärt er. Einen Moment später schlendert sie zum Fenster hinüber und sieht auf eine

Straße hinaus, an deren anderer Seite die hohe Mauer und die Kräne einer Werft aufragen. „Note eins fürs Gehen", sagt Tom fröhlich. „Außerdem steht hier, daß Sie etwas Buchhaltung gemacht haben."

„Nicht viel und nur für meinen letzten Arbeitgeber", antwortet Ms. Tain und dreht sich mit besorgtem Gesicht um. „Er war Zahnarzt."

„Trotzdem, das könnte nützlich für uns sein. Empfangsdamen haben nämlich immer zuviel Zeit", sagt Tom und ruft eine gepflegte, schwarzgekleidete Frau mittleren Alters herein.

„Ein paar Worte über Marian, Mrs. Campbell. Warum scheint sie sich dauernd die Nägel zu feilen? Ist sie faul?"

Mrs. Campbell erwidert, ihre Buchhaltergehilfin sei nicht faul, doch sie habe nur zwei oder drei Stunden Arbeit pro Tag. Bei der Arbeit gehe es einfach nur darum, Rechnungen und Einnahmen zu verzeichnen – nichts, was Konzentration erfordere. Eine Empfangsdame in einer Firma wie dieser müsse leicht nebenbei dazu in der Lage sein, da sie sich sonst nur um Anrufe und gelegentliche Besucher zu kümmern habe. Ms. Tain ist bereit, es zu versuchen.

„Wunderbar!" sagt Tom. „Ich brauche Kaffee. Dies ist *nicht* die Kaffeepause, aber Kaffee für alle, Mrs. Campbell. Wie nehmen Sie ihn, June?"

Ms. Tain nimmt ihn schwarz mit einem Löffel Zucker und fragt, ob sie sich hinsetzen dürfe.

„Sie hätten sich hinsetzen können, wo Sie wollten, sobald Sie durch die Tür kamen", erklärt Tom großmütig.

Mrs. Campbell tritt in eine kleine angrenzende Küche, und Ms. Tain, die nun noch düsterer aussieht, setzt sich in einen niedrigen Sessel neben einem niedrigen Tisch. Tom zündet sich eine Zigarette an. „Kopf hoch, June. Sie brauchen nur noch eine Hürde zu überwinden, und dabei geht's um Überstunden. Wir zahlen das Doppelte des üblichen Satzes, es kommt nicht oft vor, aber es ist unberechenbar."

Nach einer Weile entgegnet Ms. Tain: „Wenn Sie mir einen Tag vorher Bescheid geben könnten…"

„Manchmal. Meistens nicht."

„Wenn ich *etwas* früher Bescheid wüßte…"

„Kann ich nicht garantieren. Was halten Sie von der Ausstattung?"

Er deutet mit flatternden Bewegungen auf die Wände. Jede ist mit einem grünen Drachen auf scharlachrotem Grund oder einem scharlachroten Drachen auf grünem Grund geschmückt. Vor dem Eingang zur Küche und zu einem Zimmer, das als Garderobe und Waschraum dient, sind Vorhänge aus bunten Glasperlen angebracht. Die Lampen sind als chinesische Laternen verkleidet. Ein Winkel von Ms. Tains Mund verzieht sich zu einem schwachen Lächeln. Sie sagt: „Sehr farbenprächtig."

Tom grinst: „Sie halten es für scheußlich. Geben Sie's zu."

Sie lächelt ebenmäßig und gibt es zu.

„Es ist wie ich!" sagt Tom zufrieden. „Protzig, grell, vulgär, und man kann's nicht übersehen, oder?"

Ms. Tain lächelt und stimmt zu.

„Ich wollte schon immer ein Büro wie dies haben", fährt Tom fort. „Sie hätten unsere letzten Räumlichkeiten sehen müssen. Ein schmutziger kleiner Laden mit zwei Hinterzimmern und einem Keller, in dem man sich kaum umdrehen konnte. Und jetzt plötzlich – boing, wir haben's geschafft, wir erweitern die Kapazität, sogar große Firmen kaufen ihre Geräte mit meiner Vermittlung. Wissen Sie, wie das kam?"

„Ein Zuschuß von der Schottischen Industrieentwicklung?" fragt Ms. Tain.

Einen Moment lang ist Tom verblüfft. „Na ja, die haben uns geholfen", räumt er ein, „aber der wirkliche Grund ist, daß Firmen kurzfristig bei mir bestellen können und ich auf die Sekunde pünktlich liefere. Sie können mich Freitag nachmittags um fünf vor halb sechs anrufen, dreißig Gros Tungtanium-Bohrerspitzen vom Format zwei Komma zwei ordern und die Lieferung am Montag morgen bei sich vorfinden."

Er wirft einen Blick auf eine Ebenholzstatue neben seinem Telefon. Sie stellt einen uralten Mann mit wallenden Gewändern, sehr langem Schnurrbart und einem listigen Grinsen dar, das ihn aus manchen Perspektiven wie einen Hanswurst wirken läßt. Tom legt eine liebevolle Hand auf den kahlen Knollenkopf. „Dieser alte Bursche ist der chinesische Gott des Reichtums. Ab und zu verbrenne ich vor ihm ein Räucherstäbchen."

„Mr. Lang, es wird schwierig für mich sein, ohne *jede* Vorwarnung Überstunden zu machen", sagt Ms. Tain mit bekümmerter Stimme.

„Sie haben ein Kind?" fragt Tom und mustert sie.

„Mein Privatleben geht Sie nicht das geringste an!" entgegnet sie aufgebracht.

Er grinst beifällig und sagt: „Ganz richtig! Ganz richtig! Aber mehr als zehn Minuten Vorwarnung kann ich Ihnen nicht versprechen – genug Zeit, um ein paar Telefonate zu machen."

Ms. Tain starrt auf den Fußboden, seufzt und murmelt: „In Ordnung."

Mrs. Campbell kehrt mit Kaffee zurück.

„Darf ich Ihnen June Tain, unsere neue Empfangsdame, vorstellen?" sagt Tom und nimmt einen Becher von ihr entgegen.

„Freut mich, daß Sie zu uns stoßen", sagt Mrs. Campbell und stellt die beiden anderen Becher auf den niedrigen Tisch neben Ms. Tain, die ihr dankt. Mrs. Campbell setzt sich ebenfalls auf einen niedrigen Sessel dem Schreibtisch gegenüber.

„Also, wann können Sie anfangen?" fragt Tom.

„Morgen?"

„Das ist die richtige Einstellung!" sagt Tom, nimmt einen Schluck Kaffee und lehnt sich bequem zurück. „Aber fangen Sie lieber am Montag an. Mrs. Campbell, schießen Sie Marian bis Montag ab, okay? Um Alice kümmere ich mich persönlich. Alice, unsere kleene Empfangsdame. Es war nicht ihre Weigerung, Überstunden zu machen, die mich bewogen hat, auf sie zu verzichten. Ich kann einem Mädchen viel verzeihen, wenn es dekorativ ist. Aber Alice ist *dick*. Ich kam gestern rein, sah sie an und sagte mir: ‚Nein! Nein, das ist nicht das Bild, das die Kunden von *Lang Precision Ltd.* begrüßen soll.'"

Plötzlich beginnen Mrs. Campbell und Ms. Tain gleichzeitig zu sprechen. Beide halten inne und schauen einander an. Ms. Tain nickt, was bedeutet: *Sie zuerst.* Mrs. Campbell sagt: „Mr. Lang, im Moment löst Marian die Empfangsdame während der Mittags- und Kaffeepausen ab. Wer wird Miss Tain ablösen? Es gibt nur mich oder die Stenotypistin."

„Machen Sie sich darum keine Sorgen", sagt Ms. Tain rasch, schluckt etwas Kaffee herunter und steht dann auf. „Ich nehme diesen Posten nicht an."

Die beiden Frauen betrachten Tom, der leicht die Stirn runzelt und über eine Antwort nachdenkt, die mit seiner Würde zu vereinbaren ist. Schließlich fragt er mit einem Unterton vager Neugier: „Warum?"

Ms. Tain bedenkt ihn mit einem plötzlichen strahlenden Lächeln, sagt: „Persönliche Gründe", und verläßt das Zimmer.

Kurz darauf folgt er ihr mit langen Schritten durch den Korridor und ruft: „June! Warten Sie einen Moment, June!"

Sie geht weiter. Er sagt: „Bitte, Miss Tain! Bitte, bleiben Sie stehen und hören Sie mich einen Moment an!"

Sie geht weiter. Er läuft jetzt neben ihr her und sagt leise: „Hören Sie! Ich brauche eine Empfangsdame, und Sie brauchen Arbeit."

„Das ist kein Grund, mich demütigen zu lassen!"

Er seufzt, springt vor sie hin und versperrt ihr den Weg, wobei er die Hände wie zum Gebet verschränkt. „Bitte, Miss Tain! Ich möchte etwas erklären. Nur noch fünf Minuten Ihrer Zeit – es wird keine Verschwendung sein, das kann ich Ihnen versprechen."

Tom geleitet sie zurück durch den Korridor. Er weiß, daß

sie teils von Neugier und teils von der Gewalt seiner Masse getrieben wird.

Im Büro stellt Mrs. Campbell die Becher auf ein Tablett.

„Lassen Sie sie hier, nicht abwaschen, Mrs. Campbell!" sagt Tom. „Prüfen Sie nur unsere Bestellungen aus Newcastle. Wir müssen inzwischen aus Newcastle gehört haben."

Er setzt sich aufrecht, nicht fläzend an seinen Schreibtisch. Mrs. Campbell geht hinaus, wobei sie mit June einen völlig neutralen Blick austauscht, der bedeutet: ‚Dieser Kerl!' Es wäre ein Lächeln, wenn er die beiden nicht aufmerksam beobachtete. Er sagt: „Setzen Sie sich, June."

„Wir reden einander nicht beim Vornamen an, Mr. Lang", erinnert sie ihn, ohne sich hinzusetzen.

Er nickt. „Sie halten mich für einen Scheißkerl."

„Sie haben mich in Ihr Büro eingeladen", sagt sie mit nachdenklicher Stimme, „Sie haben mich minutenlang zusehen lassen, während Sie den großen, mächtigen Boss spielten, dann haben Sie mich wie ein Mannequin herumstolzieren lassen. Sie wollten eine andere Frau hinauswerfen, weil Sie dachten, Sie hätten mich dazu überredet, zwei Arbeiten statt der einen zu machen, die in Ihrem Stellenangebot steht, dann lehnten Sie sich stillvergnügt und hämisch zurück und erwarteten, bewundert zu werden!"

Sie betrachtet ihn mit einem Erstaunen, das sie offenbar gern von ihm geteilt sehen möchte. Er nickt ernst. „Das Bild kommt mir bekannt vor, Miss Tain. Ja. Ein schmutziger, unnachgiebiger Scheißkerl. Dadurch schaffe ich es, daß alle Welt für mich arbeitet. Alle Chefs sind wie ich, wissen Sie, obwohl manche den Leuten vortäuschen, sie wären anders. Ich halte Täuscherei für Zeitverschwendung – das ist mein Problem."

„Alle Chefs sind nicht wie Sie."

„Nein? Vielleicht haben Sie recht. Natürlich haben Sie recht. Wie ich in der Zeitung lese, ist der Herzog von Westminster der charmanteste Mann in Britannien – abgesehen davon, daß es ihm zum großen Teil gehört. All seine Diener lieben ihn, wie es scheint. Der Charme wurde ihm vermutlich zusammen mit den Dienern *und* seinen ersten hundert Millionen *und* Zentral-London *und* halb Schottland vererbt. Oder ist es Wales? Ich entsinne mich nicht. Aber ich weiß, daß ich ein kleiner Geschäftsmann bin, der sich abrackert, um größer zu werden. Wenn ich mich verhielte wie der Herzog von Westminster, wäre es vorbei mit mir. Man würde mich auslachen. Deshalb benehme ich mich wie ein Geschäftsmann in einem amerikanischen Film: nicht wie einer der gutherzigen, an den niemand glaubt, sondern wie einer der unnachgiebigen Scheißkerle, an die alle glauben."

„Ich habe keine Lust, für Scheißkerle zu arbeiten. Kann ich jetzt gehen?"

„Warten Sie eine Minute! Ich bin ein *cleverer* Scheißkerl. Ich werde nicht mehr versuchen, Sie unter Druck zu setzen, denn Sie haben bewiesen, daß Sie so etwas nicht hinnehmen. Sie wären eine großartige Empfangsdame. Ich brauche eine, und Sie brauchen Arbeit. Probieren Sie es für ein oder zwei Wochen mit mir. Ich werde erträglicher, wenn man mich kennt. Während Sie sich diesen Vorschlag überlegen, werde ich uns mit meinen eigenen zarten Händen noch eine Tasse Kaffee machen – bitte, sagen Sie Mrs. Campbell nichts davon, sie ist eine sehr eifersüchtige Dame."

Tom macht sich in der Küche zu schaffen. Ms. Tain gähnt, läßt sich in einen Sessel sacken und schließt die Augen, bis er zurückkehrt. Er stellt einen Becher auf den Tisch neben ihr, setzt sich jedoch an die andere Seite und fragt: „Was meinen Sie also?"

„Ich werde Ihre Empfangsdame, wenn Sie niemanden entlassen."

„Gut, Marian bleibt. Aber Sie werden für mich Überstunden machen? Das nehmen Sie nicht zurück?"

„Was für eine Arbeit kann eine Empfangsdame außerhalb der normalen Bürostunden machen?"

„Bei der Beladung von Lieferwagen helfen", sagt Tom glucksend. „Wir alle packen manchmal mit an – sogar ich. Dadurch wird die Lieferung beschleunigt, und wir alle können früher nach Hause. *Und* jeder bekommt das Zweifache für die ganze Stunde, sogar wenn wir die Arbeit innerhalb von zehn Minuten beenden – was unter den Umständen häufig passiert. Außerdem ist es gesund, wenn man den ganzen Tag am Schreibtisch gesessen hat."

Sie lächelt. „Dann werde ich mich damit abfinden."

Er wirft ihr einen raschen, fast schüchternen Blick zu. „Warum sind Sie keine Sekretärin? Sie sind klug genug."

„Ich kann nicht tippen und nicht stenographieren."

„Nehmen Sie Unterricht."

„Wenn ich je wieder studieren sollte, dann etwas Interessantes – vielleicht Jura. Und da wir gerade offen reden, sollte ich Ihnen lieber gleich sagen: Ich werde vielleicht ein ganzes Jahr lang hierbleiben, aber sechs Monate sind alles, was ich versprechen kann."

„Sie kleines Miststück!" sagt Tom äußerst belustigt.

„Bitte, fluchen Sie nicht... Sie verstehen mich doch?"

„Das kann ich nicht behaupten."

„Es gibt nämlich nicht viele interessante Büroarbeiten für Frauen, und nach ein paar Wochen werden wir entweder sexuell belästigt oder wie ein Möbelstück als selbstverständlich hingenommen. Wer von einer Arbeit gelangweilt wird, sucht sich gewöhnlich eine andere."

Tom hebt einen Finger und prophezeit: „Sie werden länger hier arbeiten, als Sie denken!"

Sie sieht ihn skeptisch an.

Eine große Gewißheit veranlaßt seinen schweren, kräftigen Körper, sich zu erheben und leichtfüßig durch den Raum zu schlendern. Tom ist glücklich über ein Publikum, das ihn verdient hat: eine attraktive Frau mit einem unabhängigen Geist. „Lang Precision langweilt niemanden, der für sie arbeitet – dafür wandeln wir uns zu schnell. Vor sechs Monaten hatte ich acht Angestellte. Nun habe ich doppelt so viele. Wie werden wir in sechs Monaten aussehen? Viel größer, sage ich. Sie werden verdammt schwer arbeiten, Miss Tain, aber ich verspreche Ihnen, daß Sie sich nicht langweilen. Und es tut mir leid, Sie müssen sich an meine Flüche gewöhnen."

Er bleibt, die Hände in den Taschen, am Fenster stehen und schaut wohlwollend auf die Werft hinaus. Sie sagt: „Ja, es ist eine gefährliche Zeit für Sie."

Er dreht sich um und mustert sie.

„Die meisten erfolgreichen kleinen Firmen gehen pleite, wenn sie versuchen, sich zu vergrößern", erinnert sie ihn und fährt fort: „Ich habe für eine gearbeitet. Ein Chef kann sich sehr leicht persönlich um eine kleine Belegschaft kümmern, aber eine große ist etwas anderes. Wenn Sie nicht lernen, Verantwortung zu delegieren, gehen Sie unter. Sie können nicht überall sein."

„Kann ich das nicht?" fragt Tom mit einem merkwürdigen Tonfall, dann grinst er, lacht und verkündet: „Ich muß verrückt sein, aber Sie sind so eine verfluchte kleine Besserwisserin, daß ich Ihnen alles sagen möchte. Kann ich Ihnen trauen? Mit einem Geheimnis, meine ich?"

Die Frage beunruhigt sie. Er fährt fort: „Schon gut, antworten Sie nicht, ich traue Ihnen. Kommen Sie her und sehen sich das an. Als Sie sagten, ich könne nicht überall sein, haben Sie das Wunder der modernen Wissenschaft vergessen."

Er tritt hinter seinen Schreibtisch. Sie steht auf und folgt ihm verwirrt und neugierig. Er zieht eine sehr tiefe Schublade heraus, doch das Innere scheint nur tief genug zu sein, um zwei Paar leichte Kopfhörer zu fassen. Er holt sie heraus und deutet auf Zifferblätter und Schalter am Boden der Schublade.

„Wohin?" fragt er. „Empfang? Buchhaltung? Laderaum? Es gab Schwierigkeiten im Laderaum, nehmen wir ihn uns vor."

Er setzt die Kopfhörer auf und drückt auf einige Schalter. Sie beginnt zu verstehen, ist aber immer noch neugierig und stülpt sich gleichfalls die Kopfhörer über. Ein Zischen erreicht sie, einige Pfeiftöne und Schlucklaute, dann ein gewaltiges Brüllen, das sich zu dem Geräusch einer Holzsäge mildert. Eine ferne Stimme knurrt: „Ich hasse den großen Scheißkerl."

Jemand dicht hinter ihr ruft: „Kein Wunder."

„Weißt du, wie die Buchhalterinnen ihn nennen?"

„Ne."

„Den Großen Ich Bin. Den Großen Ich Bin."

„Gut, sie sind an der Arbeit", sagt Tom fröhlich, setzt seine Kopfhörer ab und knipst den Ton aus.

„Was für ein billiger, gemeiner Trick!" erklärt Ms. Tain und gibt ihm ihre Kopfhörer zurück. Ihre Stimme verrät eher Kummer als Wut.

„Nicht billig! Allein die Verdrahtung kostete mehr als fünfhundert. Aber sagen Sie's schon – ich bin ein Schweinehund!" Er grinst.

Sie ist bekümmert. „Ich möchte am liebsten verschwinden und nicht mehr zurückkommen."

„Aber Sie werden zurückkommen", sagt er feierlich, „weil Sie interessiert sind und das Geld brauchen und weil ich Ihnen traue."

Sie bestreitet dies nicht, doch beim Weggehen flüstert sie: „Ekelhaft. Ekelhaft."

Dann hört sie ein Stöhnen und dreht sich um. Er sitzt am Schreibtisch, stützt die Ellenbogen darauf und läßt das Kinn auf den Daumen der verschränkten Hände ruhen. Er sagt: „Sie haben natürlich recht. Es ist eine schwierige Zeit. Ich bin schon einmal aus genau den Gründen, die Sie erwähnt haben, bankrott gewesen. Ich hasse es, Verantwortung zu delegieren. Ich traue den Menschen nicht, und warum sollte ich auch? Die meisten sind eine Bande fauler, verlogener Feiglinge ohne eine Quentchen Phantasie. Wenn ich sie nicht herumkommandierte, würden sie nichts tun – überhaupt nichts. Deshalb häufe ich ihnen Lasten auf – Lasten, die *ich* leicht tragen kann –, aber sie haben weder die Vernunft noch den Mut, mir Bescheid zu geben, wenn es zuviel für sie ist. Dann machen sie sich plötzlich ohne Kündigung davon. Es ist sehr ärgerlich."

„Ich werde Ihnen wenigstens zwei Wochen vorher kündigen, wenn ich mich davonmache."

„Planen Sie nicht zu weit voraus. Sie werden mehr als eine Empfangsdame sein, bevor Sie Lang Precision Ltd. verlassen."

Ms. Tain beginnt ihre Arbeit am folgenden Montag um fünf vor neun. Um zehn vor elf nimmt Marian ihren Platz an der Rezeption ein, und sie trinkt in der Buchhaltung zusammen mit Mrs. Campbell und dem jungen Teddy, dem stellvertretenden Geschäftsführer, Kaffee. Ihre Unterhaltung mit diesen beiden läuft nicht glatt ab. Es gibt seltsame Pausen, wenn Erklärungen angebracht wären, und Ted vermittelt so viele Gefühlszustände durch Grimassen und körperliche Gesten, daß sie ihn schließlich offen anstarrt und zu lachen beginnt. Mrs. Campbell reicht ihr einen Zettel, auf den *Wir werden aufgezeichnet* gekritzelt ist, und sagt: „Wo essen Sie heute Mittag, June? Ich esse gewöhnlich in der Köstlichen Kartoffel in der Argyle Street. Sie ist ganz in der Nähe und nicht teuer."

„Dann gehe ich heute auch dorthin", antwortet Ms. Tain und setzt hinzu: „Wo ißt unser edler Arbeitgeber meistens?"

„An Tagen wie diesem, wenn er für die Firma an seinem Schreibtisch sein muß", sagt Mrs. Campbell geziert, „bestellt sich Mr. Lang sein Mittagessen telefonisch aus der Küche des Hauptbahnhofshotels. Ein Taxi bringt es vorbei."

„Nur das Beste ist gut genug für TL!" erläutert Ted und lacht auf jede erdenkliche, aber nicht hörbare Weise.

In der Köstlichen Kartoffel sagt Mrs. Campbell: „Dies ist unsere dritte Woche in dem neuen Gebäude, und wir haben schon zwei neue Angestellte verloren. Die letzte Empfangsdame, Alice, mußte gehen. Sie war hoffnungslos am Telefon und hat uns einen Auftrag gekostet. Und Tom hatte ganze zwei Tage lang eine Sekretärin für sich allein. Sie kündigte am Beginn des dritten."

„Der übliche Grund?"

Mrs. Campbell nickt. „Es war teilweise ihre eigene Schuld. Sie war jung und dumm, gerade aus der Sekretärinnenausbildung, und sie zog sich an und wackelte mit den Hüften, als wolle sie sagen: ‚Ich gehöre ganz Ihnen, Sir', obwohl sie gar nicht der Typ war. Ein vernünftiges Mädchen hätte er in Ruhe gelassen. Es ist schade, daß seine Frau nicht vernünftig ist. Sie ist eine Katastrophe – sie läßt sich alles gefallen."

„Wird die Firma überleben?"

„Vielleicht, wenn er dem Büro fernbleibt. In einer Firma, die gerade anfängt, besteht ein großer Teil der Büroarbeit daraus, daß man intelligent abwartet, aber das kann Tom nicht ertragen. Er probiert dauernd neue Regelungen aus, um uns ständig in Trab zu halten. Deshalb stören wir uns gegenseitig und werden wirklich in der Tinte sitzen, wenn plötzlich eine Menge Arbeit eintrifft."

„Aber er ist kein Dummkopf."

„Ich weiß! So ein geschwätziger großer Schaumschläger müßte ein Dummkopf sein, aber er weiß alles über Präzisionswerkzeuge, er kann mit Kunden und Lieferungen umgehen und ist zu jeder Reise bereit, um das Geschäft anzuheizen."

Toms Geschäftsreisen führen ihn manchmal nach Südbritannien. Während einer dieser Reisen wird Ms. Tain von einer Stimme angerufen, die klingt, als sei es Tom, der vorgibt, aus Yorkshire zu stammen. Der Sprecher behauptet, eine Beschwerde zu haben, plappert zusammenhanglos vor sich hin und ignoriert ihre geduldigen Versuche zu erfahren, ob er ein unbezahlter Lieferant ist, der mit Mrs. Campbell reden sollte, oder ein unzufriedener Kunde, für den Teddy zuständig wäre. Plötzlich verwandelt sich die Stimme eindeutig in die von Tom: „Das haben Sie gut gemacht, June, ich meine Miss

Tain. Es war kein Witz, sondern nur ein Test. Ich erklär's Ihnen morgen."

Am nächsten Tag teilt er ihr mit, er benötige eine eigene Sekretärin, zu der die Kunden sofort von der Empfangsdame durchgestellt werden könnten, ob er im Gebäude sei oder nicht. „Glauben Sie mir, eine Menge bedeutende Leute werden hier anrufen, und ich möchte, daß sie von einer klaren, festen Stimme beeindruckt werden, die zu wissen scheint, worum es geht. So eine Stimme haben Sie."

„Aber ich kann nicht..."

„Stenographie ist nicht mehr nötig. Sie diktieren Briefe in eine Maschine und geben sie der Stenotypistin. Die Arbeit wird kein Kinderspiel sein – deshalb bekommen Sie eine zwanzigprozentige Lohnerhöhung. Wenn ich weg bin, werden Sie sich aus meiner Sicht um die Geschäfte kümmern."

„Aber sollte nicht Teddy..."

„Teddy hat genug mit den Lieferungen zu tun. Außerdem bin ich immer hinter mehr Kunden her, als ich kriegen kann. Diejenigen, die ich kriege, machen uns reicher. Warum sollte jemand, von Ihnen oder mir abgesehen, etwas von den anderen wissen?"

„Wo wird mein Büro sein?"

„Hier. Wir haben in diesem Gebäude keinen Platz für noch ein Büro, und der Schreibtisch da war für meine persönliche Sekretärin gedacht."

Er zeigt auf einen Schreibtisch an der anderen Seite des Zimmers, seinem eigenen gegenüber. Ms. Tain schaut nicht dorthin, sondern blickt Tom fragend an. Er errötet ein wenig und sagt: „Sie werden in der Köstlichen Kartoffel gehört haben, daß meine letzte Sekretärin und ich ein Mißverständnis hatten. Es besteht keine Gefahr, daß ich Sie mißverstehen könnte. Probieren Sie die Arbeit ein oder zwei Wochen lang aus und bilden Sie sich eine Meinung."

Die Arbeitsvermittlung schickte eine neue Empfangsdame, und Ms. Tain zieht in Toms Büro. Die Arbeit und Tom sind interessanter, als sie erwartet hat. Normalerweise – oder wenn die Dinge schlecht laufen – ist Tom lebhaft, freundlich und munter. Erfolge bringen seine schlechteste Seite zum Vorschein und lassen ihn auf fast komische Weise wichtigtuerisch werden. Da Ms. Tain ihre Belustigung nicht immer verbirgt, lernt er, sie bei solchen Gelegenheiten argwöhnisch zu beobachten. Er neigt dazu, die Pausen am Morgen und am Nachmittag zu vergessen. Sie kann ihn am besten daran erinnern, indem sie in der kleinen Küche Kaffee kocht, einen Becher auf seinen Schreibtisch stellt und einen für sich hereinbringt. Dies erfreut ihn sehr, obwohl er versucht, es nicht zu zeigen. Manchmal bricht er ein Telefonat mit den Worten ab: „Ich muß jetzt aufhören – meine Sekretärin ist gerade mit dem Kaffee gekommen, und sie ist eine sehr eifersüchtige Dame." Dann reckt er sich, nimmt den Becher und spricht über seine Probleme oder über Ideen zur Verbesserung der Leistungsfähigkeit des Geschäfts. Sie macht Vorschläge, die dazu führen, daß einige Ideen abgewandelt und die übrigen vergessen werden. Er sagt: „Ich sehe die Dinge klarer, wenn ich sie mit Ihnen bespreche."

Wie er erwartet hat, kann sie ausgezeichnet mit Kunden umgehen. Auch läuft der Betrieb glatter, wenn sie seine Anweisungen an das Personal weitergibt. Dies hat er nicht erwartet, aber er nimmt bald an, es getan zu haben.

Während der Arbeitszeit ist sie nur dann frei von Tom, wenn er eine Geschäftsreise macht. Als dies zum erstenmal geschieht, läßt sie Teddy rufen, empfängt ihn an der Bürotür und reicht ihm einen Zettel, auf dem steht: *Finden Sie heraus, ob auch in diesem Raum Aufzeichnungen gemacht werden.* Sie zeigt ihm die Schublade mit den Kopfhörern. Er setzt sie auf, betastet Schalter und öffnet eine Tafel an der Seite. Plötzlich verkündet er empört: „Wir werden überhaupt nicht aufgezeichnet – dies ist nichts als eine Abhörvorrichtung! Wir hätten sagen können, was wir wollten, wenn er nicht im Gebäude war!"

„Ich möchte trotzdem, daß Sie und Mrs. Campbell heute hier mit mir Kaffee trinken", sagt Ms. Tain tröstend.

Sie tun es, und nun findet Ms. Tain sie langweilig. Da man jetzt offen über Tom sprechen kann, sprechen die beiden über nichts anderes – nicht einmal Tom redet soviel über Tom Lang wie die beiden. Als er später einmal fast eine ganze Woche fort ist, langweilt sie sich so heftig, daß sie das Abhörsystem von einer Elektrofirma entfernen läßt.

„Er muß entdeckt haben, daß wir Bescheid wissen", sagt Teddy und blickt Ms. Tain an. „Wie hat er es herausgefunden?"

„Nicht von mir", erwidert Ms. Tain ruhig.

„Aber ich wette, daß Sie ihn dazu gebracht haben", sagt Mrs. Campbell. „Sie sind die einzige hier, auf die er hört. Man stelle sich vor, daß er all die teuren versteckten Mikrofone direkt vor den Augen der Lieferwagenfahrer aus den Wänden reißen läßt! Ich werde den Mann nie verstehen."

Teddy verhält mit einem Schokoladenkeks auf halbem Weg zu seinem Mund. „Ich höre Schritte."

„Wenn die Katze aus dem Haus ist, tanzen die Mäuse auf dem Tisch", sagt Tom finster, tritt ein und läßt seine Aktentasche auf Ms. Tains Schreibtisch fallen. Er stapft auf seinen eigenen zu, wobei er die tragische Haltung eines Staatsmannes an den Tag legt, der erschöpft ist, nachdem er den Wohlstand einer undankbaren Nation bewahrt hat. Die anderen nicken einander zu. Die Reise ist erfolgreich gewesen.

Ms. Tain fragt knapp: „Kaffee? Tee, Mr. Lang?"

Er sackt in seinen Stuhl, neigt ihn zurück, wuchtet die Absätze auf die Tischplatte, faltet die Hände über dem Bauch, gähnt und sagt: „Keinen Kaffee. Keinen Tee. Ich habe in den letzten achtundvierzig Stunden keine sechs geschlafen. Ich bin mehr als siebenhundert Meilen gefahren, habe bei einem Dutzend Firmen vorgesprochen und bin fix und fertig. Kaputt. Erledigt. Los, essen Sie nur Ihre Kekse. Knabbern Sie den ganzen Tag Kekse, wenn Sie wollen. In zehn Minuten verschwinde ich nach Hause in die Falle, und dann werden Sie mich bis neun nicht mehr sehen. Punkt neun. Morgen."

Er schließt die Augen. Teddy und Mrs. Campbell stehen auf und verlassen den Raum. Sie wissen, daß es ihm mißfällt, wenn sie in seinem Büro Kaffee trinken, und sie sind fasziniert davon, daß Ms. Tain vorgeben kann, es nicht zu wissen.

Sie beginnt, das Geschirr auf ein Tablett zu stellen. Ohne die Augen zu öffnen, sagt Tom schläfrig: „June!"

Es ist das erstemal seit drei Monaten, daß er ihren Vornamen benutzt hat, ohne sich zu korrigieren. Sie erwidert: „Ja?"

„Gießen Sie mir einen Whisky ein. Bitte!"

Sie nimmt eine Flasche und ein Glas aus seinem Getränkeschrank, gießt einen Schluck aus der einen in das andere und stellt beides vor ihn auf den Schreibtisch. Er setzt sich auf, trinkt, seufzt, sieht sie an und fragt: „Nun?"

Sie steht, die Arme verschränkt, mit dem Rücken zu ihrem Tisch, halb an ihn gelehnt, halb auf ihm sitzend. „Keine besonderen Mitteilungen. Die Aufträge von Colville's Clugston Shanks sind abgewickelt wie geplant. Eine späte Bestellung von Lairds führte zu einem Streik bei unserem einzigen verfügbaren Fahrer. Teddy hat das ausgebügelt."

„Ein guter Junge, Teddy."

„Sie bezahlen ihm nicht genug."

„Ich weiß. Er läßt es sich gefallen."

„Wenn Sie ihm nicht mehr zahlen, wird er kündigen. Er spricht schon davon."

„Dann werde ich sein Gehalt erhöhen. Danke für den Tip. Ich habe Sie vermißt, June."

Er betrachtet sie ernst. Sie lächelt zurück und fragt leichthin: „Wirklich, Tom?"

„Ich habe Sie sehr vermißt."

„Trotzdem werden Sie mich wahrscheinlich hinauswerfen."

„Warum?"

„Ich habe Ihr Abhörsystem entfernen lassen. Die Firma, die es ausbaute, hat es als Teilbezahlung für die schnelle Arbeit mitgenommen."

Tom öffnet seine Schreibtischschublade, schaut hinein, knallt sie zu und mustert Ms. Tain; sein Gesicht und seine Hände werden sehr rot. Er flüstert: „Warum?"

Sie ist plötzlich verängstigt. „Es ist böse, Menschen zu bespitzeln." Ihre Stimme bebt ein wenig.

„*Böse!*" brüllt er und springt auf. „*Böse!* Was für ein kindischer Ausdruck! Jede Regierung der Welt tut es!"

„Nein."

„Doch!"

„Also, wenn Regierungen es tun, sind sie böse und gemein. Und es hat Sie lächerlich gemacht, Tom. Jeder wußte davon. Alle haben über Sie gelacht."

„Wie konnten sie es wissen? Wer hat es ihnen gesagt? Sie?"

„Die Elektriker, die es einbauten, besuchten einen Pub in der Nähe und verrieten es einem Barkeeper, der es unseren Fahrern sagte. Solche Dinge lassen sich nie verbergen, Tom. Man hat Sie ausgelacht!"

Sie lehnt sich immer noch an ihren Schreibtisch. Er geht hin und her und ruft: „Sollen sie doch über mich lachen, wenn sie wollen! Es ist mir egal, solange sie tun, was ich ihnen sage! Das System funktionierte, selbst wenn sie es wußten – es funktionierte sogar besser, ja natürlich! Sie mußten den Mund über mich halten oder Zeichensprache benutzen, deshalb hatten sie das Gefühl, daß ich immer neben ihnen war, immer zuhörte! Dadurch war ich dauernd in ihren Gedanken – wie Gott!"

Sein wütendes Gesicht ist Zentimeter von ihrem entfernt, seine Fäuste hämmern zu beiden Seiten ihres Körpers nieder.

Sie flüstert: „Gott?"

Er ist noch nie so bedrohlich und sie noch nie so eingeschüchtert gewesen. Er packt zu, küßt sie und wird umarmt. Ihr Mund ergibt sich seinem, der zuerst hart ist und dann weicher wird, während er zu zittern beginnt und das Gefühl hat, jegliche Beherrschung zu verlieren. Er hält sie weiterhin fest, nimmt das Gesicht zurück, ringt nach Luft und fragt: „Was haben Sie denen gesagt, wer den Ausbau befohlen hat?"

„Sie, Tommy! Ich habe ihnen gesagt, daß Sie's befohlen haben! Alle waren ungeheuer verblüfft und beeindruckt!"

Ihre Stimme und ihr Gesicht sind eifrig, unterwürfig und amüsiert. Er stöhnt, und sie küssen einander von neuem. Von Staunen erfüllt sagt er: „Ich weiß nichts über Sie! Überhaupt nichts."

„Ich bin sehr durchschnittlich, Tommy."

„Mögen Sie mich, June?"

„Sie sind ein sehr eindrucksvoller Mann, Mr. Lang."

„Aber mögen Sie mich?"

„Ich... ich bin mir nicht sicher. Aber dies mag ich."

Ein paar Minuten später trennen sie sich. Er zieht seine zerknüllte Kleidung zurecht und sagt nüchtern: „Ich möchte, daß du dich mit mir auf den Teppich legst."

„Ein schlechter Einfall!" erwidert sie und geht in den Waschraum.

„Hör zu!" ruft er durch die Tür. „Ich werde meine Frau anrufen und ihr sagen, daß ich noch auf der Autobahn bin, daß ich eine Panne hatte und morgen zurück sein werde, einverstanden? Sie ist an solche Dinge gewöhnt. Dann fahre ich zum Flughafen Renfrew und reserviere ein Zimmer für uns im Hotel. Du hörst hier um halb sechs wie üblich auf, schließt ab, gehst zum Hauptbahnhof und kommst mit einem Taxi direkt zu mir, einverstanden?"

„Ich finde, wir sollten es nicht übereilen", erwidert Ms. Tain, die aus dem Waschraum auftaucht. „Meine Mutter erwartet mich zum Essen, und danach bin ich mit einer Freundin verabredet."

„Heißt das, wir können morgen darüber sprechen?"

„Ja, um neun. Morgen. Punkt neun."

„Du hast Humor", sagt er seufzend. Sie küssen und um-
klammern einander für einen Moment, dann bittet er sie, die
Aufträge in seiner Aktentasche zu kopieren und an Teddy
weiterzugeben. Die beiden betrachten einander eine Sekunde
lang. Er geht hinaus.

Drei Tage später verbringen sie die Nacht im Flughafenhotel.
Am nächsten Tag führt ein Kuß vor dem Mittagessen zu einer
Vereinigung – von einem Anruf unterbrochen – auf dem Teppich. Zehn Tage später verbringen sie eine weitere Nacht in
einem Hotel. Ms. Tain entdeckt, daß er nur eine einzige,
kurze Methode kennt, Frauen ein intimes Vergnügen zu bereiten, und daß er es gern drei- oder viermal pro Nacht tut.
Damit ist er völlig zufrieden („Oh, das wurde Zeit!" ruft er
fast jedesmal aus), aber sie verspürt fast keine Intimität. Mehr
als einen Monat lang schützt Ms. Tain die angegriffene Gesundheit ihrer Mutter vor, um private Treffen mit Tom zu
vermeiden, und es kommt zu keinen Teppichnummern mehr.
Dann nimmt er sie an einem Wochenende zu einem zweitägi-
gen Urlaub mit nach Paris.

Es ist nicht Frühling, doch das Wetter ist frühlingshaft und
frisch. Sie sitzen im Flugzeug nicht nebeneinander, für den
Fall, daß ihn jemand erkennen sollte, doch der Flug, die Taxi-
fahrt und die Ankunft in einem schönen kleinen Hotel in
einer schmalen Straße unweit des Arc de Triomphe machen
sie glücklich und hoffnungsvoll; ihr erster Fick im Schlafzimmer zehn Minuten später verstärkt diese Stimmung sogar
noch. Sie würde nun gern herumspazieren, die Gegend besichtigen, ohne Eile die Quais und Parks an der Seine erforschen, über das plaudern, was sie sehen, in Kindheitscrinne-
rungen schwelgen und ihn besser kennenlernen. Aber Tom
hat keine Freude daran, Dinge zu betrachten. Ihm wird unbe-
haglich zumute, wenn er einfach nur herumwandert, denn er
setzt voraus, daß jeder Spaziergang ein Ziel und einen Zeit-
plan benötigt. Er fährt mit ihr nach Versailles, mustert es mit

einem beleidigten Stirnrunzeln und murmelt hin und wieder: „Oh, sehr hübsch, wenn man sich's leisten könnte."

Tom ist eifersüchtig auf die Monarchen, die einst hier wohnten, und die Tatsache, daß Versailles nun öffentliches Eigentum ist, tröstet ihn überhaupt nicht. Er spricht sehr viel über seine unglückliche Ehe. Da er diesen Urlaub bezahlt, gibt sie mitleidige Geräusche von sich. Sie fühlt sich schuldbewußt, weil sie seine Gesellschaft nun kaum noch ertragen kann, schuldbewußt, weil sie sofort nach der Rückkehr an die Arbeit ihre Kündigung einreichen wird, doch neben der Schuld empfindet sie auch Hoffnung. Sie ist wunderbar gekleidet, ihr Haar fällt frei auf ihren Rücken, sie zieht etliche bewundernde Blicke auf sich. Dadurch fühlt sich Tom nach einiger Zeit beneidenswert und sicher. Beim Abendessen ist er verblüfft über die prächtige Frau, die ihm gegenüber sitzt, und sagt feierlich: „Dies ist der glücklichste Moment meines Lebens."

Ihr gelingt ein Lächeln. Er trinkt fast zwei Flaschen Wein und drei große Brandys ohne ersichtliche Wirkung, aber als sie ins Bett gehen, fällt er sofort in Schlaf. Sie ist froh, obwohl sie lange nicht einschläft. Ihr scheint, daß ihr erster Urlaub in Paris – wie Tom Lang im Privatleben – unterhaltsamer sein sollte.

Am nächsten Morgen weckt er sie, indem er sich Befriedigung verschafft. Er würde es noch einmal tun, aber sie schützt Kopfschmerzen vor. Er wird sanft, reumütig und sagt: „Ich weiß, daß ich es manchmal übertreibe. Soll ich dir eine Tasse Tee holen? Oder vielleicht Kaffee?"

Sie begreift: Tom weiß nicht, daß Liebe mehr ist als das, was er in seiner Jugend gelernt hat. Eine taktvolle und erfahrene Frau könnte mit der Zeit, einen sehr brauchbaren Liebhaber aus Tom machen, aber er wird einer Frau nie genug Zeit gönnen, und zum Glück ist er nicht der einzige Mann in ihrem Leben.

Sie kehren mit einem Nachmittagsflug zurück. Es ist Sonntag. Am Mittwoch reicht sie ihre Kündigung ein. Er ist entsetzt, bietet an, ihren Lohn zu verdoppeln, erklärt, die Firma benötige sie, macht ihr einen Heiratsantrag, verkündet, er werde an einem Ort ihrer Wahl ein Haus für sie beide kaufen, solange die Scheidung noch laufe. Sie verläßt die Firma und heiratet sechs Monate später jemanden, der Tom Lang recht ähnlich, doch häuslicher und weniger offenkundig egoistisch ist. Die Ehe ist nicht von Dauer. Sie hat die Gewohnheit, sich mit demselben Männertyp einzulassen und es erst später zu merken.

Auch Lang Precision Ltd. ist nicht von Dauer, obwohl die Firma einen Schottischen Industriepreis als wettbewerbsfähigster Kleinbetrieb von 1975 erhält. Sie liefert Werkzeuge an Fabriken in einer Provinz, wo Schwerindustrien eingestellt oder nach Süden verlegt werden, wo Leichtindustrien ihre Produktion nach Taiwan und Thailand verlagern. Tom macht mit Hilfe eines kundigen Steuerberaters auf einträgliche Art pleite. Er zieht nach London, wo sich seine Fähigkeit, geschickt mit Käufern und Lieferanten umzugehen, als nützlich für die Filiale eines gigantischen Konzerns erweist, dessen Vorstandsmitglieder weder seinen Namen noch sein Gesicht je kennen werden.

SECHSTES KAPITEL
Im Kesselraum

Tritt man in den Kesselraum ein, so hat man vorher einen schmutzigen kleinen Hof hinter einem alten Hotel mit einer imposanten, großen Fassade durchquert. Der Raum hat einen Betonfußboden und Wände aus unverputzten, ungestrichenen Ziegeln. Er ist fensterlos und wird von einer nackten Birne erhellt: sie hängt von der Decke an dem Ende des Raumes, das nicht vom Kessel eingenommen wird – am Ende mit der Tür. Der Kessel gleicht der Maschine einer alten Dampflokomotive ohne Räder und ohne Führerhaus. Er hat die gleiche runde Vorderseite aus vernieteten Stahlplatten, die gleichen großen Armaturen, die Wasserstand und Wasserdruck anzeigen, das gleiche kleine grimmige Feuerloch darunter. Er frißt die gleiche Art Brennstoff. In der Nähe sind ein Haufen kleiner Briketts und ein Haufen Koks. Darauf liegen eine Schaufel mit einem langen und eine mit einem kurzen Stiel, ein Rechen mit eisernem Stiel und ein kräftiger Besen mit sehr derben Borsten. In einer Ecke steigt ein Berg aus kunterbunt übereinandergestapelten Stühlen schräg zur Decke empor; die Stühle sind zu alt oder zu beschädigt für das Hotel und werden als Brennholz heruntergeschickt. Daneben liegt ein Stapel teurer, doch veralteter Modejournale, die man zum selben Zweck hierherbringt. Diese Haufen befinden sich dicht beieinander, da der Kessel den größten Teil des Raumes füllt.

Der Raum mag nicht bequem aussehen, aber manche finden hier Bequemlichkeit. Die Kesselrohre sind alt und lecken ein bißchen, so daß die heiße Luft weder zu feucht noch zu trokken ist, und an diesem Nachmittag Ende Januar ist die Hitze willkommen, zumal nach dem bitterkalten Matsch des Hofes und der Straße außerhalb. Sogar der dünne, scharfe Rauch des brennenden Kokses riecht vergleichsweise angenehm und hat nach einer Weile eine leicht betäubende Wirkung. Drei golden lackierte Korbstühle – abgesplittert und verschmutzt, doch mit einem Gestell aus Flechtwerk, das sich nicht zu Brennholz zerbrechen läßt – stehen für Besucher auf einer kleinen Fläche vor dem Kessel. Der Heizer bevorzugt einen einfachen Holzstuhl, auf dem er neben der Feuertür sitzt, während er seine Pfeife raucht und ein Buch aus der Bibliothek liest. Er ist hochgewachsen, hager, knorrig und alt; er trägt einen schwarzen Overall, große Stiefel und eine Schiebermütze, außerdem eine Brille mit einem angebrochenen Ohrenbügel, der von Isolierband zusammengehalten wird. Er hört den schwachen, fernen Klang von Tanzmusik erst, als das Geräusch anschwillt, weil sich die Tür öffnet und eine kleine, entschlossene Frau, gefolgt von einem besorgten kleinen Jungen, eintritt. Sie trägt ein Kopftuch und einen Regenmantel aus Plastik und in jeder Hand einen schweren Koffer. Der Junge hat einen dicken Duffelcoat mit hochgeschlagener Kapuze an und hält eine Puppe umklammert, die die Kleidung und die Ausrüstung eines amerikanischen Soldaten in Vietnam trägt. Der Heizer sieht sie ausdruckslos an und sagt: „Hallo, Senga."

Sie erwidert energisch: „Ja, hallo, Grandpa. Ich bin am Ende. Ich mache Schluß. Ich halte es nicht mehr aus."

Sie stellt die Koffer hin und befiehlt dem Jungen: „Schließ die Tür."

Er gehorcht.

Der Heizer nickt nachdenklich, steht auf und deutet auf einen Stuhl neben seinem eigenen. Er sagt sanft zu dem Jungen: „Setz dich, Söhnchen."

Er fordert die Frau nicht auf, sich zu setzen. Dazu ist sie offensichtlich nicht in der Stimmung. Sie zieht ein Päckchen aus der Tasche, nimmt eine Zigarette heraus und bittet um Feuer. Der Heizer reicht ihr eine Streichholzschachtel. Sie zündet die Zigarette an und gibt die Streichhölzer zurück. „Danke. Ja, ich habe genug, es steht mir bis hier" – sie fährt sich mit einer schneidenden Bewegung über die Kehle –, „ich verlasse ihn, und diesmal ist's endgültig… Zieh den Mantel aus und setz dich hin, wie dein Grandpa sagt", befiehlt sie dem Jungen, der sie unschlüssig anschaut. Er gehorcht. Der Heizer betrachtet nachdenklich den Kopf seiner Pfeife und steckt sie dann mit entschiedener Miene ein. „Ich hole euch einen Imbiß aus der Küche, wir haben heute abend eine Hochzeitsfeier…"

„Ha! *Hochzeits*feier! Spar dir die Mühe, ich brauche keinen Imbiß."

„Hat er dich angefaßt?" fragt der Heizer ruhig.

Die Frau pafft mit raschen, kleinen, wütenden Zügen und grinst verbissen. „Mich geschlagen? Das soll er mal versuchen. Dann würde er sich bei der Hafenpolizei wiederfinden, bevor er blinzeln kann. Seine Füße würden das Pflaster nicht berühren."

Der Heizer wirft einen Blick auf den Jungen, der nicht zuzuhören scheint, und flüstert: „Eine Frau vielleicht?"

„Ach, das wünsche ich mir! Ich wünschte, er würde was tun, wofür ich ihn vor Gericht bringen könnte, aber nein. Nein, es ist wegen einer ganz gewöhnlichen Sache. Er ging gestern abend einen trinken, wie immer, und wollte nach vierzig Minuten zurück sein. Wie immer. Und wie immer kreuzte er erst um halb zwölf auf. Hat einen Freund getroffen und ist mit ihm zu einem Gespräch über die Zukunft des Sozialismus nach Hause gegangen, während ich angeschmiert bin und mit dem Kind und der Glotze allein in der Wohnung sitze. Wie immer."

„Läßt er dich nie allein aus dem Haus?"

„O doch! Er ist wirklich die Vernunft selbst, mein Göttergatte. ‚Wenn du mal abends weggehen möchtest, dann sag mir einfach Bescheid', meint er. ‚Ich bleib hier und passe auf den Kleinen auf.' Wohin kann ich abends denn gehen? Ich hab keine Freunde, mit denen ich über Politik reden kann. Meine einzigen Bekannten sind allerlei blöde Frauen, die nichts als Babies und Lebensmittelpreise und Bingo im Kopf haben. Ich hab den Mann geheiratet, damit wir *zusammen* sind, aber der Mistkerl hält es nie länger als eine Stunde im selben Zimmer mit mir aus, wenn wir nicht im Bett sind und das Licht ausgeknipst ist. Nur dann sind wir zusammen, und das reicht nicht."

Sie ist den Tränen nahe, deshalb atmet sie tief durch und fährt fort: „Ich sollte ihn keinen Mistkerl nennen, Grandpa, denn er ist dein Sohn. Aber du weißt, was ich meine."

„Ich glaube schon, Senga."

„Komisch. Ich kann zu dir sagen, was ich will, und du nimmst es mir nie übel."

„Das ist, weil ich neutral bin, Senga."

„Mhm, das sagst du dauernd, aber ich weiß, daß du auf meiner Seite bist. Hör zu, ich lasse den Jungen für eine halbe Stunde hier und seh mich nach einem Zimmer um. Letzte Woche habe ich eine Freundin getroffen, die eine Untermieterin braucht. Ich hatte sie seit Jahren nicht gesehen, sie ist nicht sehr gescheit, aber sie hat ein gutes Herz und sie wohnt nur drei Straßen von hier entfernt."

„Möchtest du zuerst eine Tasse Tee?"

„Ganz bestimmt nicht."

Sie geht zu dem Jungen und zupft seinen Hemdkragen und die Ärmel seines Pullovers ein wenig zurecht. Dann sagt sie ruhig: „Ich bin nicht lange weg, Hughie", und verläßt den Raum.

Der Heizer streicht sich über das Kinn und mustert den Jungen einen Moment lang. Der Junge, über die Puppe auf seinem Schoß gebeugt, scheint die Feuertür zu mustern. Der Heizer hustet leise. Der Junge sieht ihn an. Der Heizer hebt einen Zeigefinger, sagt: „Hughie, ich hole dir jetzt was", und geht hinaus. Der Junge dreht sich wieder zu der Feuertür um und runzelt nachdenklich die Stirn; manchmal bewegt er die Lippen, als spreche er mit der Tür.

Der Heizer kehrt mit einem Teller zurück, der dreieckige Sandwiches, buntes Gebäck und ein Glas mit einer grünen Flüssigkeit unter einer weißen Schaumschicht enthält. Er hebt eine Kiste vom Boden auf, stellt sie mit dem kurzen Ende nach oben neben den Stuhl des Jungen und setzt den Teller obenauf. „Das ist für dich."

„Keinen Hunger."

„Dann lassen wir es da liegen."

Der Heizer nimmt Platz, zündet sich die Pfeife an und greift wieder nach seinem Bibliotheksbuch. Nach einer Weile fragt der Junge: „Grandpa, was war die schlimmste Klemme, in der du gewesen bist?"

Der Heizer betrachtet ihn forschend.

„Ich meine im Krieg", erläutert der Junge. „Im ersten Krieg."

„Passchendaele wahrscheinlich."

„Hast du viele Deutsche getötet?"

„Du bist sehr am Krieg interessiert, was?"

„Ich hab drei Soldatenpuppen", sagt der Junge ernst, „einen Infanteristen, einen Fallschirmjäger und einen Froschmann. Natürlich sind das nur Spielsachen, aber man kann eine Menge von ihnen lernen, nicht wahr? Ich meine, die kleinen Waffen sind alle im richtigen Maßstab. Guck dir das an! Guck dir die kleinen Handgranaten an."

Er hält seine Puppe hoch. Der Heizer betrachtet sie kurz und bläst dann einen Rauchkringel in die Luft.

„Erzähl mir vom ersten Krieg!" bittet der Junge.

„Ja", sagt der Heizer und legt sein Buch hin. „Also. Du kennst das große Gewächshaus mit den Palmen hinter dem Museum am Glasgow Green?"

„Klar."

„Da habe ich in der Nacht geschlafen, nachdem der Krieg erklärt wurde."

„Warum?"

„Weißt du, als ich auf den Plakaten vom Krieg las, habe ich mich sofort gemeldet. Ich war nämlich siebzehn und hatte als

117

Schreiber an einer Brückenwaage in den Werften gearbeitet. O ja, meine Eltern hatten große Hoffnungen auf mich gesetzt, aber es war keine Arbeit, die mir gefiel. Mein Hobby war die Freiwilligenreserve, eine Art kostenlose Abendschule für den Soldatenberuf. Also war ich vorbereitet, als man den Krieg erklärte. Ich verpflichtete mich auf der Stelle und kaufte meine erste Dose Pfeifentabak mit dem Handgeld, das man mir gab. So viele von uns verpflichteten sich, daß wir an allen möglichen seltsamen Orten einquartiert werden mußten. Und da lag ich nun auf meiner Strohmatratze im Wintergarten des People's Palace unter einem Baum mit einem Etikett, auf dem *Phoenix dactilifera* stand. Das war die erste Nacht, die ich in einem Haus ohne meine Eltern verbrachte, und jede Stunde wurde ich von einem komischen Dschungelgeruch aufgeweckt und sah das Etikett mit den Worten *Phoenix dactilifera*."

„Ja", sagt der Junge, „aber…"

„Am nächsten Tag!" fährt sein Großvater fort und hebt einen Zeigefinger. „Wir wurden nach Dunfermline geschickt und in einem Whisky-Zollspeicher einquartiert. Drei Monate später marschierten zwölf von uns die Queensferry Road runter zum Bahnhof und rein in den Zug nach Glasgow, ganz so als wären wir eine Patrouille. Und was hältst du davon?"

„Was ist eine Patrouille?"

„Eine kleine Gruppe von Soldaten mit einem Sonderbefehl, der ihnen gestattet, ohne Karten mit einem Zug zu fahren. Aber wir hatten keinen Befehl."

„Warum nicht?"

„Wir hatten drei Monate keinen Urlaub gehabt, weißt du, und hielten es für gerechtfertigt, uns auf *französisch* zu empfehlen, das heißt ohne Erlaubnis. Tja, kurz bevor der Zug in die Queen Street Station einlief, hielt er auf dem Rangierbahnhof Saint Rollox an. Das Geld in unseren Taschen kam nur auf knapp fünf Shilling, was unserer Meinung nach nicht ausreichte, um den Mann an der Sperre zu bestechen. Also sprangen wir aus dem Wagen, rannten über die Gleise, kletterten über den Zaun und… kehrten zurück in unsere eigenen Wohnungen. Nun hör zu!"

Der Heizer hebt wieder einen Finger. „Am nächsten Abend, um zehn vor neun, klopften zwei Polizisten an die Tür und fragten, ob Soldat MacLeod zu Hause sei. Er war zu Hause. Ein Nachzügler von uns war geschnappt worden, als er über den Zaun kraxelte, und hatte uns verpfiffen. Ich wurde zum Polizeirevier in der Old Dalmarnock Road gebracht…"

„Zieht wieder jemand über die Polizei her?" fragt ein Polizist, der leise den Kesselraum betreten hat.

„Da sind Sie ja, Fergus", sagt der Heizer, achtet aber sonst nicht weiter auf den Polizisten, weshalb der Junge ihn ebenfalls ignoriert. Der Polizist schiebt sich in eine dunkle Fläche zwischen dem Kokshaufen und der Wand des Kesselraums. Er steckt die Arme in eine Teekiste, während der Heizer weiterspricht: „Sie brachten mich zum Polizeirevier in der Old Dalmarnock Road, wo man feststellte, daß man nichts zu essen hatte und daß ich hungrig war, denn ich war vor dem Abendbrot festgenommen worden. Also kehrte ein Polizist zur Wohnung meiner Mutter zurück, und sie gab ihm reichlich Essen für mich. Ich wurde in eine Zelle mit einem Steinbett und einem Steinkissen – beide waren rot angemalt – geführt. Außerdem loderte ein schönes Feuer im Kamin…"

„Es gibt in keinem schottischen Polizeirevier eine Zelle mit einem Kamin darin, und so was hat es auch nie gegeben", unterbricht der Polizist energisch und kommt wieder an den Platz vor dem Kessel zurück. Er hat einen Pappbecher mit einer klaren Flüssigkeit in der Hand. setzt sich hin und nippt daran.

Nach einer Pause fährt der Heizer nachsichtig fort: „Wie ich gesagt habe, ein Feuer im Kamin. Ich saß da mit zwei freundlichen Inspektoren, aß die Pfannkuchen meiner Mutter und… redete einfach nur mit ihnen. Redete einfach. In jener Nacht schlief ich in eine Decke gehüllt auf dem Steinbett, und am nächsten Tag wurde ich zur Tobago Street abgeführt, wo ich die anderen – alle zwölf von uns – traf. Zwei unbewaffnete Polizisten brachten uns zur Kaserne in Maryhill, von wo uns eine kleine Kompanie mit aufgepflanzten Bajonetten zum Zug zurück nach Dunfermline geleitete."

„Was machten sie mit euch? Die Offiziere, meine ich."

„Sechzig Tage Kasernenarrest", sagt der Heizer, ohne zu zögern.

„Das ist kein *richtiges* Kriegserlebnis", murmelt der Junge.

„Es hätte sich zu keiner anderen Zeit abspielen können."

„Du solltest mich nach meinen Kriegserlebnissen fragen", sagt der Polizist.

Der Polizist ist kein junger Mann, doch er hat ein faltenloses, unbestimmbares Gesicht, das auf den ersten Blick knabenhaft wirkt.

„Waren Sie...?" fragt der Junge hoffnungsvoll.

„Und ob, Kleiner. Du siehst eine der ursprünglichen Wüstenratten vor dir. Nordafrika neunzehnvierzig. Und so weiter."

„Sie haben für General Montgomery gekämpft?"

„Monty?" sagt der Polizist. „Eine große Pflaume! Es gab nur einen einzigen General, den der britische Soldat in jenem präzisen Konfliktbereich respektierte. Soll ich dir seinen Namen nennen?"

Der Junge nickt heftig.

„Rommel."

„Haben Sie Rommel *gesehen*?"

„Die Ehre hatte ich nicht. Mein eigener Nordafrikafeldzug verlief in einer Nachschubbasis: einem Treibstofflager des Militärapparats. Alle möglichen Waffen und Nahrungsmittel und Getränke gingen durch unsere Hände – und Mobiliar, weißt du, für die hohen Tiere."

Der Polizist seufzt voll Nostalgie.

„Unser Zelte hatten Teppichböden, Toilettentische und dreiteilige Sitzgarnituren. Mosaikpflaster führten zur Eingangsklappe jedes einzelnen, und morgens weckte mich mein Friseur genau um elf mit einer Flasche Champagner."

„Fergus", sagt der Heizer, „mir ist klar, daß in Nachschubbasen seltsame Dinge geschehen, aber mit Ihrem Mosaikpflaster kann ich mich schwer abfinden."

„Es war Tatsache!"

„Waren Sie vielleicht... Major oder so was?" fragt der Junge ehrfürchtig.

„Ein bescheidener Obergefreiter."

„Aber wieso hatten *Sie* dann einen Friseur?"

„Wir waren in einem sehr armen Teil der Welt, mußt du wissen, und dort lungerte immer eine Menge obdachloser Kinder herum, die für eine Münze oder einen halben Schokoladenriegel alles taten, was man wollte. Einer von ihnen hängte sich an mich – war zwei oder drei Jahre jünger als du, eine Waise, aber intelligent. Ich brachte ihm bei, mich morgens im Bett zu rasieren. Ich erwachte, wenn der warme Seifenschaum meine Backen berührte, und ich wurde rasiert und abgetrocknet, ohne daß ich den Kopf auch nur vom Kissen zu heben brauchte."

„Aber haben Sie nie *gekämpft*?"

„Sicher!" Der Polizist nickt. „Ja, jeden Tag nach dem Mittagessen suchten wir den Horizont mit unseren Feldstechern ab, und wenn wir etwas Ungewöhnliches sahen, meldeten wir es dem Kommandeur. ‚Bitte melden zu dürfen, Sir, eine Ente ist neben der Palme auf halb vier aufgetaucht.' – ‚In Ordnung! Die Ente ist unser Feind! Feuer eröffnen!' Ratschbumm, ratschbumm. Zehntausend Pfund Sprenggeschosse vergeuden ihre süße Last auf die Wüstenluft."

„Aber *warum*?" fragt der Junge, erbittert über diese Verschwendung von Sprengkörpern.

„Es war doch *Krieg*, Kleiner! Wenn wir nicht eine gewisse Zahl von Granaten pro Woche losgejagt hätten, wären die hohen Tiere im Hauptquartier auf den Gedanken gekommen, daß wir uns keine Mühe gaben. Natürlich war es keine typische Situation – nicht allen ging es damals gut. Ich habe sogar gehört, daß es die Zivilisten waren, die bei der Sache von neununddreißig bis fünfundvierzig am meisten zu leiden hatten."

„Da *irren* Sie sich, Fergus!" ruft der Heizer kraftvoll. „Ich weiß, die Luftangriffe machten den Menschen in London und Clydebank schwer zu schaffen, aber das Leben hier in Britannien war während des Krieges viel freundlicher und anständiger als vorher oder seitdem. Wir hatten damals eine brauchbare Regierung, die die Industrien unter Kontrolle hatte und die Preise regulierte. Vollbeschäftigung für alle! Und Lebensmittel rationiert und Kleidung rationiert, so daß die Reichen nicht mehr kriegten als sie benötigten und die Armen nicht weniger. Sogar der König aß Dosenfleisch von seinen goldenen Tellern im Buckingham-Palast. Kein Benzin für Privatwagen – wir *alle* benutzten die Züge und Straßenbahnen und Busse. Leute mit großen Häusern mußten Zimmer an ausgebombte Kinder aus den Slums abgeben, und das Wunder ist, daß kaum jemand murrte! Sogar die Anzeigen hatten was Demokratisches. ARBEITET ODER DARBT, stand darin. AUSBESSERN UND WENDEN; SCHNUPFEN UND HUSTEN KRANKHEIT VERPUSTEN, GRABT FÜR DEN SIEG. Wer einen Garten hatte, wurde aufgefordert, dort Gemüse anzubauen. Nun hört euch das an!"

Er greift sich eine Zeitschrift aus dem Stapel Modejournale, blättert sie durch und liest dann laut vor:

„Die Jugend bewundert seine verwegene Schönheit. Ihre Eltern lieben seinen sparsamen Benzinverbrauch. Nicht jeder kann sich den Lebensstil leisten, den ein Tischfeuerzeug der Marke Blenheim symbolisiert, aber wer es kann, besitzt gewöhnlich eines. Ist das nicht nur Hohn und Spott über die Arbeiter, die mit dem Preise eines piekfeinen Feuerzeugs drei Monate lang ihre *Miete* bezahlen könnten? Hier ist noch eine Anzeige für einen Urlaub auf den Bahamas. Sie richtet sich an junge berufstätige Frauen und ist eine direkte Aufforderung an sie, sich zu prostituieren! *Reiche junge Männer*

wissen, wie man das Leben genießt. Sie haben das Geld und die Zeit. Lernt sie kennen an ihren beliebten Tummelplätzen für..."

Der Polizist, der über das Ungestüm des Heizers gelächelt und den Kopf geschüttelt hat, lacht nun laut und hebt die Hand.

„Regen Sie sich ab, Mr. MacLeod, regen Sie sich ab!" sagt er. „Nicht soviel Kommunistisches Manifest und ein bißchen mehr kritische Ruhe."

Der Heizer beruhigt sich sofort. Er legt die Zeitschrift zurück auf den Stapel und sagt leise: „Ganz richtig."

Ein weiterer Mann ist eingetreten und hat sich zu ihnen gesetzt: ein nicht mehr junger Mann, der adrette, doch nicht teure Kleidung trägt. Der Heizer und der Junge schenken ihm keine besondere Aufmerksamkeit, obwohl er der Sohn des einen und der Vater des anderen ist. Aber vielleicht spornt sein Eintreffen den Jungen an, der mit plötzlicher Leidenschaft sagt: „Grandpa, hast du denn nie, du weißt schon, mit aufgepflanztem Bajonett gewartet, bis der Befehl zum Sturmangriff kam, und du bist nicht über das Niemandsland gerannt und in Granattrichter gesprungen, um den Granaten zu entgehen, und hast du dann nicht die deutschen Gräben erreicht und bist reingesprungen und... du weißt, was ich meine? Das *hast* du doch gemacht, oder?

„Das habe ich so selten gemacht, wie ich nur konnte!" antwortet der Heizer entschieden.

„Niemand will mir was übers Kämpfen erzählen", klagt der Junge.

„Warum willst *du* denn was vom Kämpfen hören?" fragt sein Vater.

„Weil ich ein paar nützliche Tips kriegen könnte – nützlich für die Schule, meine ich. Ich weiß nämlich nicht mehr, was ich tun soll. Was kannst du zum Beispiel tun, wenn sie dich in die Toilette jagen und wenn du die Tür zuhältst und wenn zwei von ihnen dagegendrücken, um reinzukommen, und wenn einer die Hände unter die Tür streckt, um deine Beine zu schnappen, und wenn ein anderer über die Seite klettert? Was kannst du tun?"

Die Männer sind völlig aus der Fassung geraten und tauschen Blicke aus. Sie wollen dem Jungen nicht erklären, daß er in einer Welt lebt, die sich nicht verbessern läßt. Nur der Heizer hat einen Vorschlag zu ihrer Verbesserung. Er sagt leise: „Nimm einen Kuchen, Hughie."

Der Junge schaut den Teller an und sucht sich eine feste Spirale mit gelben Krümeln und scharlachroter Marmelade aus. Er beißt hinein und spricht vor allem mit sich selbst...

„James Bond hat jede Menge Tricks: Pistolen und Sprengstoff in Füllfederhaltern und im Absatz seiner Schuhe. Ich möchte keinen *töten*, aber es wäre toll, wenn ich ihnen einen elektrischen Schock geben könnte, sobald sie mich anfassen. Oder wenn ich ein Licht aufblitzen lassen könnte, das sie blendet – nicht für immer, aber für ein oder zwei Stunden. Das wäre doch in Ordnung, stimmt's?"

Die letzte Frage ist ein weiterer Appell an die Erwachsenen. Der Polizist wird dadurch weniger in Verlegenheit gebracht als die anderen. Er antwortet: „Warte, bis du ein bißchen älter bist, Kleiner, dann kannst du *mich* holen, wenn dir Schläger zusetzen. O ja, wir können mit Schlägern umgehen. Wenn man diese großen, harten Burschen festnimmt, sind sie sehr selbstbewußt und beschimpfen einen pausenlos. Aber je näher sie dem Revier kommen, desto ruhiger werden sie. Und wenn sie dann drin sind, dann werden sie – falls sie nicht den Verstand verloren haben – so sanft wie Lämmchen."

Er imitiert ein unterwürfiges Winseln: „*Haut mich nicht mit dem Stock! Nicht mit dem Stock!*"

Er lacht in sich hinein, als sei dies eine freudige Erinnerung.

„Mich ärgert nur", knurrt der Junge, „daß ihr alle bei der Armee gewesen seid, aber keiner von euch darüber reden will, wen er umgebracht hat."

„*Du* warst bei der Armee?" fragt der Polizist den Vater überrascht.

„Ja. Wehrdienst. Zypern."

„Irgendwelche Terroristen getötet?" erkundigt sich der Polizist interessiert.

„Nein. Aber ich hab die Porzellanteekanne einer alten Frau zerbrochen."

Sie starren ihn an. Er seufzt und berichtet finster: „Wir waren eine Weile in so 'nem Dorf stationiert – schienen recht nette Leute zu sein, und sie hielten viel von Fußball, deshalb stellten wir 'ne Mannschaft auf, um gegen sie zu spielen. Es war ein gutes Spiel. Sie schlugen uns zwei zu null, aber es gab keine Verstimmung. Danach ging einer unserer Jungs zu einem Brunnen, um was zu trinken. Im Brunnen war 'ne Sprengladung versteckt. Sein Kopf, seine Beine und andere Teile flogen sehr weit in unterschiedliche Richtungen – übel konnte einem werden. Dann fiel einem von uns ein, daß während des Spiels ein kleines Kind zum Trinken an den Brunnen gegangen war und daß eine Frau – eine gewöhnliche Hausfrau – es zurückgerufen hatte. Also hatte das ganze Dorf von der Sprengladung gewußt! Nun mußten wir die Häuser durchsuchen, und natürlich waren wir nicht zu bremsen. Allerlei Sachen wurden zerbrochen, und eine Menge Kissen und Matratzen wurden zerfetzt. Oh, in *der* Nacht schliefen sie nicht weich, das kann ich euch sagen! Es machte mir keinen Spaß. Naturlich war es 'ne Erleichterung, überhaupt was zu tun, aber danach tat es mir leid. Ich meine, die waren nicht alle schlechte Menschen, aber als der Soldat zum Trinken an den Brunnen ging, hätte die Frau ihn da nicht auch warnen können?"

„Dann hätten die Terroristen vielleicht... etwas mit ihr angestellt", sagt der Heizer leise.

„Ich weiß!" erwidert der Vater mit einem hoffnungslosen Achselzucken.

„Du hast keinen Grund, dir Vorwürfe zu machen!" sagt der Polizist laut. „Unter gewissen Umständen können sich's die Kräfte von Recht und Ordnung nicht leisten, zimperlich zu sein. Du hast dein Land und eine Handelsader verteidigt, die für das Überleben von Britannien als Nation wesentlich war."

Die beiden Männer sehen ihn an. Der Heizer fragt: „Was für eine Ader ist das, Fergus?"

„Gibraltar. Zypern. Sues. Aden. Indien."

„Fergus, der Sueskanal war schon drei Jahre blockiert, bevor mein Junge nach Zypern geschickt wurde, und noch ungefähr sechs Jahre lang, nachdem er zurückgekehrt war."

„Ist das wahr?" fragt der Polizist den Vater, und dieser nickt. Der Polizist runzelt die Stirn und erinnert sich dann an etwas, das ihn aufmuntert. „Ohne die britische Anwesenheit hätten sich die Griechen und Türken gegenseitig zerrissen, wie die Iren in Ulster. Wenn sie heute in Frieden leben, dann nur, weil wir es ihnen beigebracht haben. Und wenn sie sich immer noch ans Leder wollen, dann zeigt das, daß sie uns benötigen."

„Alle reden von *Politik*", murrt der Junge.

Nach ein paar Sekunden des Schweigens sagt sein Vater: „Ich hab Zypern geliebt."

Niemand bittet ihn um eine Erklärung, deshalb fährt er nach weiterem Schweigen fort: „Wenn man hier auf dem Land spazierengeht, was sieht man dann? Kühe und Schafe, die über Zäune gucken. Aber in Zypern... Ich erinnere mich, wie ich am Rande eines Lagers oben in den Hügeln Wachdienst hatte. Kahle Steinhügel waren das, fast kein Grün, aber 'ne Menge knorrige Sträucher mit großen Blättern. Ich war als einziger wach, als die Morgenröte aufzog. Heutzutage sieht man nie mehr solche Farben in der Morgendämmerung – jedenfalls nicht hier. Kein Laut, bloß ein paar Vögel zwitscherten und einige Schafglocken oder Ziegenglocken klimperten unten im Tal. Und dieses leichte Gefühl der Gefahr, das einen alles wahrnehmen ließ. Schließlich konnten die EOKA-Schufte irgendwo in der Nähe sein."

126

„Wir alle hatten solche Momente", sagt der Heizer nachdenklich. Der Polizist nickt.

Die Tür knallt auf, und die Frau tritt ein. Ihre Lippen sind fest zusammengekniffen. Der Heizer steht auf und sagt: „Senga."

„Gib mir Feuer, Grandpa."

Sie zündet sich eine Zigarette mit seinen Streichhölzern an und gibt ihm die Schachtel zurück.

„Hast du... Glück gehabt?" fragt er behutsam.

„Glück? Ich? Du bist wohl verrückt. Donalda Ingles war früher ein anständiges Mädchen, aber sie hat sich in 'ne Schlampe verwandelt. Ihr Ausguß ist voll von schmutzigen alten Bohnendosen, die Wohnung stinkt wie eine Toilette, sie lebt mit einem Zigeuner zusammen und riecht wie ein Abfallhaufen. Sie braucht Hilfe, die Arme, aber ich kann ihr nicht helfen. In so einer Wohnung kann ich nicht bleiben."

Der Ehemann erhebt sich und geht zu den Koffern, die seine Frau zuvor mitgebracht hat. Er fragt knapp: „Du kommst also nach Hause?"

„Oh!" höhnt sie. „Du möchtest mich wirklich *zu Hause* haben?"

„Das habe ich nicht gesagt", erwidert der Ehemann. „Wenn du eine Unterkunft findest, dann zieh um – und viel Glück. Aber kommst du bis dahin nach Hause? Ich trage die Koffer." Er beugt sich vor, um die Koffer zu packen.

Sie ruft: „Rühr meine Sachen nicht an! Vielleicht bleibe ich über Nacht hier. Es ist doch ein Hotel, nicht?"

„Senga", erklärt der Heizer sanft, „das billigste Zimmer hier würde dich zehn Pfund pro Nacht kosten."

„Senga", sagt der Ehemann, „wenn du mich verläßt, kannst du dir solche Ausgaben nicht leisten. Du bist viel zu impulsiv – du kommst nie von mir weg, wenn du wie eine Wahnsinnige aus dem Haus stürmst. Du mußt die Dinge in aller Ruhe planen. Wenn du das tust, werd ich dir *helfen*, verdammt noch mal. Dadurch wird weniger Schaden angerichtet, besonders bei… bei…" Er deutet mit einer kleinen Geste auf den Jungen und bückt sich dann wieder zu den Koffern. „Soll ich die nach Hause bringen?"

Sie entgegnet kühl: „Bring sie hin, wo der Pfeffer wächst."

Er hebt die Koffer an und sagt zu dem Jungen: „Komm, Hughie."

Der Junge steht mit besorgter Miene auf. Er fragt: „Soll ich mit ihm gehen, Ma?"

„Deine Sache, nich?" sagt seine Mutter und bläst Rauch aus.

„Ich bleib bei dir, Ma, wenn… wenn du mich haben willst."

„Hm! Und wen willst du haben?"

Der Junge blickt sie mit schrecklich verlorenem Gesicht an. Ihr Mann sagt mit leiser Stimme: „Senga, das ist nicht fair."

„Oh, geh mit deinem Dad!" ruft sie ungeduldig. „Ich komm schon früh genug nach. Zieht jetzt Leine, ihr beide, und laßt mich in Frieden 'nen Glimmstengel rauchen."

Der Vater mit den Koffern und der Junge mit seiner Puppe gehen zur Tür. Der Mann dreht sich noch einmal um und sagt: „Nur eins, Senga! Bilde dir nicht ein, daß ich mich bei dir entschuldigt habe. Ich hab nichts getan, wofür ich mich entschuldigen müßte, nichts, was ich bedaure, nichts, was ich morgen abend nicht tun werde. Komm jetzt, Junge."

Sie gehen hinaus.

Die Frau schreitet zornig paffend auf und ab.

„Das habt ihr doch gehört?" fragt sie die beiden anderen.

„Er war nicht gerade brutal zu Ihnen, Mrs. MacLeod", sagt der Polizist.

„Und wie auch, wo hier doch zwei Zeugen sind? Und einer von denen ein Polizist."

Der Alkohol verleiht dem Polizisten das angenehme Gefühl erweiterter Geisteskräfte.

„Also, wissen Sie", sagt er, „ein Ehemann ist berechtigt,

seine Frau im Rahmen einer angemessenen Züchtigung zu schlagen. Dieses Gesetz ist in die Grundsteine der britischen Verfassung eingemeißelt."

„Sie reden Blödsinn, Fergus", meint der Heizer. „Es gibt überhaupt keine britische Verfassung."

„Das schottische Rechtssystem ist das beste der Welt", verkündet der Polizist gleichsam an die Allgemeinheit gewandt. „Und ich bin fünfundfünfzig Prozent *sicher*, daß es einem Mann gestattet, seine Frau *im Rahmen*, aber nicht *darüber hinaus*, einer angemessenen Züchtigung zu schlagen. Aber wo ziehen wir die Grenze? Aha! So ist das eben mit Grenzfällen!" Er lacht über seinen Witz.

Die Frau wirft die Zigarette auf den Boden und drückt sie mit dem Fuß aus. „Ich verschwinde jetzt."

Der Heizer tritt auf sie zu. „Fergus schwatzt dummes Zeug, Senga. Iß wenigstens noch was."

„Nein danke, Grandpa. Ich rede mit dir, wenn du... ungestörter bist."

Sie geht hinaus. Der Heizer schlendert zu seinem Platz zurück und murmelt: „Arme Leute."

„Ich bin überzeugt, daß Sie sich mit dem Sueskanal geirrt haben", sagt der Polizist. „Britannien hat in dem Krieg nicht umsonst gekämpft. Ich werd das prüfen."

Er wirft den leeren Pappbecher auf den Kokshaufen, erhebt sich und zupft seine Uniformjacke zurecht. „Ja, ja. Alle behaupten, daß sie unbedingt Krieg wollen, und damit haben sie recht, denn Krieg ist eine sehr schöne Sache. Aber meiner bescheidenen Ansicht nach bringt Krieg immer Spannungen hervor, die nur durch einen gründlichen Frieden gelöst werden können."

Der Polizist bemerkt, daß der Heizer ihn beobachtet und sich übers Kinn streicht. Ein plötzlicher Zweifel überfällt ihn, und er fragt: „Hab ich das falsch rum gesagt, Mr. MacLeod?"

„Ich weiß es wirklich nicht, Fergus."

„Ich auch nicht. Tja, die Pflicht ruft."

Er verläßt den Kesselraum. Der Heizer betrachtet die Zifferblätter, öffnet die Feuertür und schleudert drei Schaufeln Koks in den roten Flammenschlund. Dann schließt er die Tür, legt die Schaufel beiseite, setzt sich hin, zündet seine Pfeife an und liest weiter.

SIEBENTES KAPITEL

Ruhige Leute

Die Türklingel läutet. Mrs. Liddel macht Mrs. Mathieson auf, und diese sagt: „Ich bin mit meinen Schmerzen zum Doktor gegangen – gerade wieder zurück."

„Möchten Sie eine Tasse Tee?" fragt Mrs. Liddel. Mrs. Mathieson geht ins Wohnzimmer, Mrs. Liddel in die Küche, wo Mr. Liddel sitzt und ein Buch aus der Bibliothek liest, während ein Wasserkessel sachte auf kleiner Flamme dampft.

„Mrs. Mathieson!" erklärt Mrs. Liddel, dann bereitet sie den Tee zu und legt Kekse zurecht.

Ihr Mann sagt: „Mhm."

Im Wohnzimmer schenkt Mrs. Liddel zwei Tassen Tee ein, während Mrs. Mathieson tief durchatmet und verkündet: „Als erstes hat er mich aufgefordert, mich ganz nackt auszuziehen."

„Ach du meine Güte!" flüstert Mrs. Liddel. Im Laufe der Geschichte drückt ihr freundliches, waches Gesicht Erstaunen, Sympathie, Entsetzen und Furcht aus. Diese Empfindungen sind echt. Mrs. Liddel, ihr Mann und ihre beiden erwachsenen Töchter haben nie eine schmerzhafte Krankheit gehabt, sind nie betrunken oder streitsüchtig gewesen oder zufällig mit kriminellem oder unanständigem oder exzentrischem Benehmen in Berührung gekommen, so daß sie das Leben der meisten Menschen für erstaunlich halten. Sie besitzen keinen Fernsehapparat, weil sie die dort gezeigten Dinge als zu ungewöhnlich für ihren Geschmack empfinden. Wenn ein Besucher nichts mehr zu sagen hat, kann Mrs. Liddel nur den Kopf schütteln und bemerken: „Wer hätte das gedacht!" oder „Das sollte verboten werden."

Nachdem die Besucherin gegangen ist, bringt Mrs. Liddel die Teesachen zurück in die Küche. „Mrs. Mathieson ist heute morgen mit ihren Schmerzen zum Doktor gegangen. Als erstes mußte sie sich ganz nackt ausziehen. "

Beim Reden wäscht sie die Teesachen ab, trocknet sie und stellt sie wieder exakt an ihren Platz in Schrank, Anrichte und Schublade; manchmal hält sie inne, wenn die Schwere der Neuigkeit jede Bewegung verhindert. Mr. Liddel schämt sich ein wenig, weil er als einziger weiß, daß seine Frau eine Klatschbase ist. Ein oberflächlicher Beobachter könnte meinen, daß er sie ignoriere – er hat die Augen nur eine Spur über das Buch gehoben, das vor ihm geöffnet ist. Wenn der Bericht beendet ist, sagt er: „So, so!" und liest weiter, oder vielleicht: „Aha. So ist das also. Ich mache besser einen kleinen Spaziergang. Komm, Tippy. "

Ihr alter Hund folgt ihm in den Park, wo er bei trockenem Wetter zum Fahnenmast oder bei feuchtem Wetter durch das Museum bummelt. Er brütet angestrengt über das nach, was seine Frau ihm erzählt hat. Gewöhnlich bestätigt es die Schlußfolgerungen, die er aus Zeitungen und Rundfunksendungen zieht: Mit Britannien geht es bergab.

Mrs. Liddel ist klein und hübsch, Mr. Liddel wuchtig und ansehnlich. Er ist Asthmatiker. Dies wird deutlich, wenn er sich schnell bewegt, deshalb bewegt er sich nie schnell. Er ist von 1928 bis 1961 Straßenbahnfahrer, wird bei der Armeemusterung zurückgestellt und ein Jahr, bevor man Straßenbahnen durch Busse ersetzt, zum Kontrolleur befördert. Er hat es nie geschafft, Busse so sehr zu lieben wie Straßenbahnen, und seine Weltanschauung wird davon geprägt. Er erinnert sich an die Zeit, als die Glasgower Straßenbahnlinien Loch Lomondside und den größten Teil des industrialisierten Lanarkshire erreichten; als der Chef des Glasgower öffentlichen Verkehrswesens von nord- und südamerikanischen Städten eingeladen wurde, Ratschläge zur Entwicklung örtlicher Sekundärbahnsysteme zu geben. Die Abschaffung der

Glasgower Straßenbahnen ist in seinem Gedächtnis mit dem Rückzug der Labour Party von sozialistischen Vorstellungen verbunden. Seine Lieblingslektüre sind Biographien und Romane, die eine reiche soziale Vielfalt in einer kräftigen Moral-Sauce präsentieren. Dickens und Victor Hugo sind seine Lieblinge, und nur die verwirrenden russischen Namen halten ihn davon ab, Gefallen an Dostojewski zu finden. Er hat Upton Sinclair, J. B. Priestley, A. J. Cronin und Grassic Gibbon gelesen, doch verglichen mit Dickens und Hugo erscheint ihm die Schriftstellerei des zwanzigsten Jahrhunderts überwiegend schwächlich. Seine detaillierte Kenntnis der modernen Existenz hängt nun hauptsächlich von seiner Frau ab, die zu emsig ist, um zu lesen.

Seit ihrer Heirat wohnen die Liddels in einer Erdgeschoß-wohnung in der Minard Road, einer Straße voller Mietshäu-ser, die den besserbezahlten Arbeitern die meisten häuslichen Annehmlichkeiten der Wohlhabenden, abgesehen von Ge-räumigkeit, bieten. Eine überdachte Vorhalle, die so groß wie eine Türmatte ist, hat eine äußere Doppeltür und eine zu zwei Dritteln aus Milchglas bestehende Innentür. Die letztere führt in einen winzigen Flur, der von den Töchtern der Lid-dels (kurz bevor sie heirateten und auszogen) beharrlich „das Vestibül" genannt wurde. Hier gibt es Türen zu einer Besen-kammer mit einem Kohlenkasten darin; zu einer Toilette, die sechzig Zentimeter breiter und hundertzwanzig Zentimeter länger als das Bad ist; zu einer Hinterküche mit einem Alko-ven, dem Fenster und dem Ausguß gegenüber; zu einem vor-deren Schlafzimmer, das fünfzehn Zentimeter breiter und hundertfünfzig Zentimeter länger als das Bett ist; zu einem vorderen Wohnzimmer mit genug Platz, um bequem eine schwere, dreiteilige Sitzgarnitur umrunden zu können, die den Kamin einrahmt. Auch das Wohnzimmer hat einen Alko-ven gegenüber dem Fenster: einem Erkerfenster, das durch einen Garten – er enthält zwei kleine Rhododendronbüsche und wird von einer Ligusterhecke eingefaßt – von der Straße getrennt ist. Die Gärten und Erkerfenster verleihen der Minard Road das wohlhabende Äußere, doch Mr. und Mrs. Liddel wären auch ohne sie sehr zufrieden mit ihrer Wohnung. Sie sind froh, daß ihre beiden Töchter ein eigenes Bett besitzen; damit nicht genug, die ältere hat ein ganzes Schlafzimmer für sich. Als die ältere heiratet und auszieht, erbt die jüngere das Schlafzimmer, und der Küchenalkoven wird in eine Speisenische umgewandelt. Als die jüngere auszieht, ziehen die Eltern ins Schlafzimmer, kehren jedoch eine Woche später in das Bett im Wohnzimmeralkoven zurück, da sie ohne eine Wand an drei Seiten unruhig schlafen. Sie schämen sich dieses Mangels an Kultiviertheit ein wenig, doch Mr. Liddel sagt: „Wir müssen uns so akzeptieren, wie wir eben sind."

Die Einrichtung des Hauses wird gekauft, als die Liddels heiraten, und sie ist seitdem sorgfältig gepflegt, gesäubert und poliert worden. Mitte der dreißiger Jahre erwerben sie einen elektrischen Staubsauger und fast dreißig Jahre später einen Kühlschrank und eine Waschmaschine. In den Siebzigern ist nicht mehr zu übersehen, daß das Wohnzimmer einen neuen Teppich benötigt – sie können ihn nicht länger so drehen, daß die abgeschabten Stellen von Möbeln verborgen werden.

„Ich bin dagegen, unsere Ersparnisse anzugreifen", sagt Mr. Liddel, „da die Lebenshaltungskosten rascher steigen als unsere Renten, und trotz allem, was Harold Wilson behauptet, wird sich dieser Trend fortsetzen, weil der Kerl das Problem nicht an der Wurzel anpackt. Aber ein neuer Teppich ist notwendig. Sollen wir darüber nachdenken, das Schlafzimmer zu vermieten? Wenn ich mich auf dem Trödelmarkt nach einem kleinen Kühlschrank und einer Kochplatte und einem Heizkessel aus zweiter Hand umsehe, können wir es zu einem möblierten Zimmer machen."

„Du lieber Himmel! Können die nicht auch in die Küche kommen?"

„Darüber müßte eine Vereinbarung getroffen werden. Und vergiß nicht, wir brauchen niemanden zu nehmen, der uns ungeeignet scheint."

Also schreibt Mr. Liddel, der einst unbezahlte Büroarbeiten für seine Filiale der Transportarbeitergewerkschaft gemacht hat, auf eine einfache Postkarte, daß ein kleines möbliertes Zimmer mit häuslicher Atmosphäre für fünf Pfund pro Woche c/o Liddel, 51 Minard Road, angeboten werde; die Benutzung eines gemeinsamen Badezimmers und der Küche zu festgelegten Stunden sei zu vereinbaren, und der nächstgelegene Waschsalon sei zu Fuß zwei Minuten entfernt. Gegen Bezahlung einer halben Krone wird diese Notiz im Schaufenster des örtlichen Zeitungsladens angebracht. Als erster meldet sich ein elegant gekleideter Mann, der spät am nächsten Tag vorspricht, als die Liddels gerade zu Abend essen wollen.

„Also dann!" sagt er forsch. „Was können Sie mir zeigen?"

Mrs. Liddel führt ihn ins Schlafzimmer – mit einer Bescheidenheit, die halb vorgetäuscht ist, denn sie ist sehr stolz darauf, wie ordentlich sie alles untergebracht haben. Der Fremde blickt sich um und erklärt: „Viel kleiner, als ich bei dem Preis erwartet hatte. Egal, dies ist eine gute Gegend. Ich nehme das Zimmer. Ich brauche es nur für zwei Wochen – Sie haben nichts dagegen?"

„O nein!" sagt Mrs. Liddel dankbar, denn der Mann hat irgend etwas an sich, das ihr nicht gefällt.

Er tritt an die Tür, schließt sie, öffnet sie und rüttelt an dem Knauf. „Wo ist der Schlüssel?"

„Leider hat es keinen. Die Mieter vor uns müssen ihn verloren haben, und wir sind immer ohne ihn ausgekommen – alle anderen Türen haben Schlüssel."

„Hm! Das ist nicht sehr zufriedenstellend, oder? Fünf Pfund pro Woche für ein Zimmer ohne Schlüssel! Ich sage Ihnen, was ich tun werde. Ich fange an, bei einer Schlosserfirma zu arbeiten. Morgen oder übermorgen bringe ich ein wirklich gutes Einsteckschloß an. Machen Sie sich keine Sorgen wegen der Arbeitskosten – die berechne ich Ihnen nicht. Sie brauchen nicht mal den vollen Preis für das Schloß zu zahlen, ich gebe Ihnen einen Handelsrabatt von dreiunddreißig und einem Drittel Prozent. Das wenigste, was ein hochwertiges Einsteckschloß kostet, sind sieben Pfund zehn Shilling. Zwei Drittel davon sind fünf Pfund – genau meine erste Wochenmiete. Was halten Sie davon?"

Mrs. Liddel hört sich zu ihrem Entsetzen flüstern: „Vielen Dank."

„Keine Ursache. Tja, ich hab einen schweren Tag hinter mir und möchte mich früh hinlegen", sagt der Mann, zieht Mantel und Jacke mit einer einzigen Bewegung aus und wirft sie auf das Fußende des Bettes. „Sie brauchen mich morgen nicht zu wecken. Wahrscheinlich bin ich schon auf den Beinen und aus dem Haus, bevor sonst jemand die Augen geöffnet hat."

„Aber Ihre Sachen!"

„Ich reise mit leichtem Gepäck. Was ich brauche, werde ich mir morgen besorgen", sagt der Mann und bindet seinen Schlips ab.

„Ich sollte Sie wohl besser meinem Mann vorstellen – er ist in der Küche."

„Heute nicht!" erwidert der Fremde energisch, knöpft sich das Hemd auf und geht auf Mrs. Liddel zu, bis sie vor ihm in den Flur zurückweicht. „Morgen ist es noch früh genug!" Er schlägt ihr die Tür vor der Nase zu.

Mrs. Liddel tritt in die Küche und berichtet ihrem Mann, was geschehen ist. Er fragt: „War das klug?"

„Ich bin *sicher*, daß es nicht klug war!" sagt sie fast unter Tränen. „Ich will keinen Untermieter, der ins Bett geht, ohne sich auch nur die Zähne zu putzen."

„Hat er dir den Namen der Schlosserfirma genannt, für die er arbeiten wird?"

„Nein. Ich wollte ihn danach fragen, aber es schien unhöflich."

„Ich werde morgen ein paar Worte mit dem Burschen reden!" sagt Mr. Liddel finster. „Ein Glück, daß du ihm nicht den Hausschlüssel gegeben hast."

Sie essen eine überbackene Käseschnitte und trinken dazu eine Tasse warme Milch. Dann räumt Mrs. Liddel ab und deckt den Tisch für das Frühstück, während ihr Mann das Badezimmer benutzt. Danach benutzt sie das Badezimmer und folgt ihm ins Bett. Sie liegt bis drei Uhr morgens so still wie möglich neben ihm und sagt dann: „Ich kann nicht schlafen, weil ich mir solche Sorgen mache."

„Ich auch nicht."

Sie steht auf und kocht zwei Tassen Kakao. Sie trinken den Kakao und nehmen eine Aspirintablette, die ihrer Meinung nach gut für Nervosität ist, und schlafen dann fest bis halb elf. Sie sind nie so spät erwacht, seit ihre jüngere Tochter Zähne bekommen hat.

„Vielleicht ist er zur Arbeit gegangen?" sagt Mrs. Liddel hoffnungsvoll.

„Das werden wir gleich sehen!" antwortet ihr Mann. Er wäscht sich, rasiert sich, kleidet sich noch sorgfältiger als sonst an und klopft danach fest, aber leise an die Schlafzimmertür. Keine Antwort. Er öffnet sie. Die Tür geht nicht sehr weit auf, weil das Bett dahintersteht. Mr. Liddel späht um die Ecke, und seine Augen begegnen denen des Fremden, der mit Hose, Unterhemd und Strümpfen auf der Steppdecke liegt. Der Mann blickt über ein Taschenbuch in seiner Hand hinweg, dessen Umschlag das unanständige Bild einer Frau zeigt.

„Jetzt wissen Sie, weshalb zahlende Gäste Türen mit Schlüsseln bevorzugen", sagt der Fremde und lächelt unfreundlich. Mr. Liddel ist zu verlegen, um etwas zu erwidern.

Er schließt die Tür, kehrt in die Küche zurück, geht nach einer Stunde sorgsamer Überlegung wieder zum Schlafzimmer, klopft einmal laut an und tritt mit festem Schritt ein. Er sagt: „Es ist üblich, daß zahlende Gäste ihre Miete im voraus entrichten."

„Aber Ihre Frau und ich haben abgemacht, daß…"

„Meine Frau hat nichts abgemacht – Sie waren derjenige, der ständig geredet hat. Wenn Sie nicht bereit sind, sich an das übliche Verfahren zu halten, kann ich Ihre Gegenwart hier nicht länger dulden."

„Behaupten Sie etwa, daß ich ein Betrüger bin?" ruft der Fremde empört.

„Ich behaupte nichts, weil ich nichts weiß", sagt Mr. Liddel gelassen. „Ich kenne weder Ihren Namen noch Ihren Beruf, noch Ihren Lebenslauf, noch Ihr Ziel. Vielleicht sind Sie ein Betrüger. Vielleicht sind Sie ein ehrlicher Mann. Die Beweislast liegt bei Ihnen."

Der Fremde seufzt und sagt dann freimütig: „Mr. Liddel, es ist klar, daß wir beide nicht miteinander auskommen. Ich glaube, es ist besser, wenn ich mir woanders eine Unterkunft suche."

„Ich teile Ihre Meinung."

„Aber ich sehe nicht ein, daß ich für die mangelnde Verständigung zwischen Ihnen und Ihrer Frau bestraft werden sollte. Es könnte mehrere Tage dauern, bis ich in so unerwartet kurzer Frist ein ebenso günstiges Zimmer wie dieses finde."

„Sie können noch eine Nacht mietfrei hierbleiben, aber nicht länger!" erklärt Mr. Liddel, und am nächsten Morgen verschwindet der Fremde. Er nimmt nichts als ein Badehandtuch mit und hinterläßt nichts außer ein paar Flecken auf dem Bettlaken und dem pornographischen Buch.

Mr. Liddel verbringt eine Stunde damit, das Buch in kleine Stücke zu reißen und sie in der Toilette hinunterzuspülen – wenn er das Buch in den Abfalleimer legte, könnte ein Arbeiter der Stadtreinigung es finden und annehmen, daß ein Mieter aus dem Haus es gelesen hat.

„Wollen wir die Postkarte aus dem Schaufenster nehmen?" fragt Mrs. Liddel, nachdem sie das Schlafzimmer gelüftet und die Laken gewechselt hat.

„Meine Güte, ich hatte vergessen, daß sie noch dort ist!" sagt Mr. Liddel erstaunt. Die Türklingel ertönt.

Draußen wird ein wimmerndes kleines Mädchen von einer Frau hochgehalten, die nicht viel größer aussieht. Sie fragt: „Ist dies das Haus, wo es ein Zimmer gibt?"

Mrs. Liddel ist so sehr von dem Wunsch erfüllt, das Kind ins Badezimmer zu bringen und zu waschen, daß sie erst antwortet, als die Frage wiederholt wird.

„Ja", sagt sie und ist froh, als sie merkt, daß ihr Mann hinter ihr auftaucht. „Aber es ist zu klein für mehr als einen Untermieter. Sehen Sie!"

Sie öffnet die Schlafzimmertür, um zu beweisen, daß sie die Wahrheit sagt. Die kleine Frau schaut nicht nur hinein, sondern schiebt sich ins Innere und stößt einen Schrei des Entzückens aus: „Aber das ist ein prächtiges kleines Zimmer! Ich hab seit langem kein so hübsches Zimmer wie dies gesehen – es hat alles! Guck dir den kleinen Kühlschrank an! Und das Bild von einem Pferd! Und die schöne Steppdecke auf dem Bett! Meinem Mann wird es gut gefallen."

„Wir sind nicht bereit, unser kleines Zimmer an eine dreiköpfige Familie zu vermieten", sagt Mr. Liddel gewichtig. „Es wäre nicht fair – weder für die Familie noch für uns selbst."

„Wir sind sehr *ruhige* Leute", erklärt Mrs. Liddel ängstlich.

„Oh, wir sind auch ruhige Leute!" ruft die kleine Frau. „Wir wohnen jetzt in einem Keller in Cessnock, und es ist feucht, ganz feucht, und Theresa hat diesen Husten, der nicht weggeht, und ein schönes sauberes Zimmer wie dies ist genau das, was wir brauchen, und MacFee, mein Mann, ist ein richtiger Schwerarbeiter, der den ganzen Tag und die halbe Nacht nicht da ist, Sie werden ihn kaum zu Gesicht bekommen, *bitte*, können wir, *bitte*, können wir bleiben, ich meine, o Mister, was ist, wenn Theresa stirbt, ich glaub nicht, daß sie in der anderen Wohnung je gesund wird, und keiner will ein Paar mit 'nem Kleinkind, ach Mister, seien Sie nett!"

Mr. Liddel ist erschrocken darüber, daß drei weibliche Gesichter zu ihm aufblicken: seine Frau besorgt, die kleine Frau sehnsüchtig, das kleine Mädchen (das verstummt ist) erstaunt und mit offenem Mund. Er räuspert sich, aber ihm fällt nichts ein. Schließlich sagt er: „Sie können für eine Woche hierbleiben – oder höchstens zwei Wochen –, während Sie sich eine andere, geeignetere Unterkunft suchen. Aber die Miete, die Miete ist *nicht* fünf Pfund, sondern... sondern sechs! Im voraus!"

„Oh, danke, Mister, das ist toll, ich gehe jetzt weg, und wir kommen in ein oder zwei Stunden wieder, es ist so 'ne Erleichterung, endlich mal ein Zimmer in einer hübschen, ruhigen, sauberen Wohnung zu kriegen, ich glaub nicht, daß wir je was Passenderes finden werden, tschüs, bis später!"

Sie verschwindet. Die Liddels starren einander an.

„Die Übereinkunft, die ich vorgeschlagen habe, war rein vorläufiger Art", sagt Mr. Liddel. „Habe ich das nicht deutlich gemacht?"

„O ja!" Seine Frau nickt. „Aber ich bin nicht sicher, daß sie es so verstanden hat."

Nach Einbruch der Dunkelheit kehren die Mutter und das Kind am selben Abend mit einem kleinen Mann zurück, der Mr. Liddels Hand schüttelt, und mit einem größeren Mann, der hinter dem kleineren Mann steht und zuschaut. „Tausend Dank, Sie werden's nicht bereuen", sagt der kleinere Mann. „Mein Kumpel hier hilft uns beim Umzug. Ganz leise werden wir sein – Sie werden überhaupt nichts hören."

Mr. Liddel sieht von der Schwelle der Küche her zu, und Mrs. Liddel lugt um seinen Arm herum, während die Männer geschickt, rasch, fast verstohlen alte Koffer, die von Schnüren zusammengehalten werden, und eine Vielzahl vollgestopfter Säcke, einige aus Juteleinen und einige aus Plastik, in das Schlafzimmer tragen. Als die Schlafzimmertür endlich mit all dem Gepäck und den Besuchern im Inneren geschlossen ist, ziehen sich die Liddels in ihre Küche zurück. Mrs. Liddel bereitet das Abendessen zu. Mr. Liddel sitzt am Tisch, trommelt mit den Fingern darauf und sagt dann grüblerisch: „Ich wünschte, unsere zahlenden Gäste würden uns ihren Namen und ihren Beruf nennen, das Verfahren zur Teilung des Badezimmers mit uns erörtern und ihre Miete im voraus abliefern. Soll ich hingehen und mit ihnen darüber sprechen?"

„Vielleicht nicht heute abend – laß sie erst zur Ruhe kommen", schlägt Mrs. Liddel vor und streicht zerquetschte Sardinen auf heiße Buttertoastscheiben. Während sie essen, hören sie allmählich ein schwaches, gleitendes Rascheln. Es kommt vom unteren Rand der Küchentür. Mit kleinen ruckartigen Bewegungen schiebt sich die Spitze von etwas Braunem und Dreieckigem über das Linoleum und wird, sich nähernd, größer. Mrs. Liddel schaudert es vor Entsetzen. Ihr Mann steht langsam auf, geht zur Tür, bückt sich, packt die Spitze mit Daumen und Zeigefinger, zieht das Ganze hervor und hebt es auf. Es ist ein billiger Umschlag mit sechs zerknitterten Pfundnoten darin.

„Herrgott!" seufzt Mrs. Liddel dankbar. „Da sieht man mal wieder."

„Was denn?"

„Daß die Menschen meist das Richtige tun, wenn man sie nicht belästigt."

„Kann sein. Das bleibt abzuwarten."

Am nächsten Tag werden die Liddels vor der Morgendämmerung dadurch geweckt, daß sich ihre Haustür verstohlen öffnet und schließt. Sekunden später sind sich entfernende Schritte von der Straße her zu hören.

„Das ist er auf dem Weg zur Arbeit", sagt Mrs. Liddel. „Er muß Frühschicht haben."

Sie argwöhnt, zwei Paar sich entfernender Männerfüße zu hören, aber sie ist sich nicht sicher und möchte ihren Mann nicht beunruhigen.

„Mhm!" sagt Mr. Liddel, der das gleiche argwöhnt und seine Frau nicht beunruhigen möchte.

An jenem Morgen deuten nur drei Besuche von neugierigen Nachbarn darauf hin, daß die Liddels Gäste haben. Um ein Uhr verbreitet sich starker Bratengeruch vom Schlafzimmer her durch die Wohnung. Um zwei Uhr macht Mr. Liddel einen nachdenklichen Spaziergang mit dem Hund, und zehn Minuten später pocht Mrs. Liddel an die Schlafzimmertür. Nach einer Weile wird sie weit genug geöffnet, um den ein paar Zentimeter breiten, vertikalen Ausschnitt eines Gesichts mit einem Auge und einem Mundwinkel erkennen zu lassen.

„Stimmt was nicht?" fragt der Mund.

Mrs. Liddel hat das gleiche fragen wollen. Statt dessen sagt sie: „Wann möchten Sie das Badezimmer benutzen? Um zu baden, meine ich."

Die kleine Frau ist so verblüfft, daß sie die Tür weit genug öffnet, um ihr ganzes Gesicht zu zeigen. „Ich dachte, Sie wollten nicht, daß wir aus diesem Zimmer rauskommen."

Mrs. Liddel errötet, denn dies entspricht fast der Wahrheit. „Soll ich den Tauchbrenner anstellen? Sie können in vierzig Minuten ein Bad nehmen."

„Ja. Sicher. Vielen Dank."

„Und würde es Ihnen etwas ausmachen, die Rollos hochzuziehen und die Vorhänge zu öffnen?" fragt Mrs. Liddel, die bemerkt, daß die Frau vollständig angezogen ist. „Drei Nachbarn ist aufgefallen, daß sie heute morgen geschlossen waren, und sie haben sich erkundigt, ob Mr. Liddel oder ich krank sind. Sie brauchen keine Angst zu haben, daß man von der Straße reingucken kann, wenn die Rollos und Vorhänge geöffnet sind – die halbhohen Spitzenvorhänge und die Rhododendronsträucher machen das unmöglich."

„Entschuldigung, das wußte ich nicht. Ich werd sie jetzt öffnen."

Während die Frau dies tut, späht Mrs. Liddel hinein und sieht das kleine Mädchen auf dem Bett sitzen; es schaut sie mit dem Erstaunen an, das es allen außer seiner Mutter erweist. Es trägt ein mit Krausen besetztes Partykleid aus Nylon, das viel zu groß ist, und die meisten Flächen im Zimmer sind mit einer ungeheuren Vielfalt billiger, bunter Kinderkleidung bedeckt. Mrs. Liddel fragt sich, ob die Mutter den Tag damit verbracht hat, ihre Tochter wie eine Puppe an- und auszuziehen. Sie sagt behutsam: „Mr. Liddel macht einen Spaziergang im Park – möchten Sie eine Tasse Tee?"

„O ja!"

„Donnerstags holt sich Mr. Liddel ein neues Buch aus der Bücherei. Er kommt erst um fünf nach Hause. Möchte Ihr kleines Mädchen vielleicht auf dem Küchenboden spielen? Ich halte ihn sehr sauber."

Unter dem Einfluß von gesüßtem Tee und Mrs. Liddels Talent zum Zuhören erklärt die kleine Frau, daß sie Donalda heißt, daß MacFee, ihr Mann, als Schrotthändler arbeitet und daß er nicht Theresas Vater ist.

„Oh?" macht Mrs. Liddel.

„Nein", sagt Donalda. „Bestimmt nicht. Mögen Sie Sex?"

„Das ist keine Sache, über die ich sprechen kann", antwortet Mrs. Liddel sanft.

„Kein Wunder – es ist keine angenehme Sache. Nein, übel ist's. Ich hasse es meistens. MacFee ist da anders – er hält sehr viel davon. Er würde mich verprügeln, wenn ich ihn nicht einmal pro Woche ranließe. Ich weiß nicht, ob er es richtig macht. Ich meine, wenn das alles ist, weshalb gibt's dann soviel Wirbel darum?"

„Das frage ich mich manchmal auch", gesteht Mrs. Liddel.

„Immerhin, Sex hat auch Vorteile – ich hätte MacFee nicht getroffen, wenn der Sex nicht gewesen wäre."

„Oh?"

„Nein. Ich war nämlich mal ein sehr schlechtes Mädchen – ein echt schwieriger Fall. Ich ging auf die Straße – wissen Sie, was ich meine?"

„Ich glaube schon."

„Die Wohlfahrt hatte mein Geld gekürzt und war hinter Theresa her, also lieferte ich sie bei meiner Mammy ab, die eigentlich ganz in Ordnung ist, wenn man's nicht übertreibt, dann ging ich zur Bath Street und stand einfach so herum. Ein paar andere Mädchen taten das auch, aber sie waren größer als ich, deshalb blieb ich weg von denen. Dann kommt ein Kerl auf mich zu und sagt: ‚Hi, Honey, wie steht's? Wo gehen wir hin?‘ Er war kein Yankee, er redete nur so. Ich sag: ‚Ich weiß nicht, wo wir hingehen sollen. Kennst du nicht was?‘ Er sagt: ‚Und ob‘ und führt mich um eine Ecke in eine Gasse, dann stößt er mich in einen Türeingang und fängt an, sich wie ein Wahnsinniger zu benehmen. Er haut mir ordentlich eine runter und sagt: ‚Schrei nicht, oder ich bring dich um! Wer bist du, und was bildest du dir ein? Was bildest du dir ein?‘ Dann schlägt er mich wieder und sagt: ‚Wer ist dein Mann?‘“

„O nein!“ ruft Mrs. Liddel, die noch nie etwas so Erschreckendes gehört hat.

Donalda freut sich über diese Reaktion. Sie fährt fort: „Na, natürlich hab ich geheult und geblubbert, aber ich hatte zu große Angst, um zu schreien, also sag ich: ‚Ich bin niemand! Ich bin nichts! Ich bilde mir überhaupt nichts ein! Ich hab keinen Mann!‘ Das machte ihn noch wütender. Er sagt: ‚Wie kannst du niemand sein, wenn du anständigen Menschen das Brot aus dem Mund klaust? Meine Frau ist Profi, und du bist nichts als eine blöde, billige kleine Amateurin. Ich hasse dich!‘ Und er schlägt mich noch viel mehr. Und ich flenne und heule und sag, daß es mir leid tut, und verspreche, nie wieder zurückzukommen und es nie wieder zu tun, wenn er mich wegläßt. Er sagt: ‚So einfach ist das Leben nicht, Kindchen. Die Polizisten sind meine Kumpel. Wenn ich die Bullen rufe und dich wegen Prostitution anzeige, stecken sie dich ins Gefängnis.‘ Also bettele und flehe ich, bis er sagt, er will mir noch 'ne Chance geben, dann bringt er mich zu Mrs. Mitchell.“

„Wer war das?“

„Sie wohnte am Anfang der Parliamentary Road“, antwortet Donalda. „Ich sollte die Kerle in ihre Wohnung bringen, und sie würde mir ein Schlafzimmer geben und sich um das Geld kümmern. Sie half mir, mich ein bißchen aufzudonnern, dann brachte er mich wieder zur Bath Street.

Na, der nächste Mann, der auftaucht, fragt: ‚Wie wär's, Schätzchen, machst du mit?' Ich sage: ‚Ja, Mister Sandilands', denn es war mein alter Geschichtslehrer. Er sagt: ‚O Gott, Donalda, wie kannst *du* so etwas tun? Geh nach Hause, zu deiner Mutter, Mädchen!' Ich sag: ‚Das möchte ich gern, Mr. Sandilands, aber ich kann nicht, und ich brauch unbedingt Geld.' Er guckt von einer Seite zur anderen, steckt mir dann vier Pfund zu und sagt: ‚Du hast hier nichts zu suchen und ich auch nicht, aber ich würde mich gern mit Lorraine treffen. Weißt du, ob Lorraine in der Nähe ist?' Ich sag: ‚Nein, ich hab heute abend gerade erst angefangen', dann stöhnt er und läuft weg. Im nächsten Moment steht der Mann, der mich geschlagen hat, neben mir und nimmt mir die vier Pfund ab. Er sagt: ‚Vier Pfund für zwei Minuten Schwatz ist ein hübscher Verdienst, Püppchen. Vielleicht hast du Talent. Probier mal, dich mit gekreuzten Beinen an die Wand zu lehnen.'

Und der nächste Mann, der auftaucht, ist MacFee. Er sagt: ‚Hast du 'ne Wohnung?' Ich sag: ‚Ja, am Anfang der Parliamentary Road.' Er sagt: ‚Ich kenne die Gegend. Ich hab 'ne Kutsche. Auf geht's.' Er führt mich um die Ecke zu seinem Lieferwagen. Ich steig ein, und er fährt mich zu 'nem Haus am Parkhead Cross. ‚O Gott!' denke ich, ‚noch ein Wahnsinniger!' Er bringt mich in ein Zimmer und macht es mit mir, dann sagt er, es war sehr schön und ob es mir auch Spaß gemacht hat. ‚O ja!' sag ich. ‚Herrlich. Aber kann ich jetzt bitte etwas Geld haben?' – ‚Bevor wir das besprechen, sollten wir was essen, denn ich hab ziemlichen Kohldampf', sagt er. ‚Da ist der Herd, da sind die Würste, da die Eier. Tu, was du kannst.' Na, ich hatte 'nen Riesenhunger, wirklich, deshalb hab ich ordentlich was zusammengebrutzelt. Ich hab fast alles gebraten, was ich sehen konnte, denn ich dachte mir: ‚Wenn ich nichts anderes aus ihm rauskriege, habe ich wenigstens anständig was zu futtern gehabt.' Ich verbrauche ein halbes Pfund Margarine und fast ein ganzes Paket Weißbrotscheiben. Als wir alles verputzt haben, sagt er: ‚Du bist 'ne erstklassige Köchin. Da bist du wohl in deinem Element.' Ich frag ihn wieder nach Geld, und er sagt: ‚Ich werd dir nichts vormachen. Ich *habe* Geld – eine Menge Geld –, aber ich brauch's für Benzin, denn in meinem Geschäft muß ich dauernd unterwegs sein. Aber es gibt wichtigere Dinge im Leben als Geld. Wozu brauchst *du* Geld?' Ich erzähle ihm von Theresa, und er sagt: ‚Dieser Mann hat 'nen breiten Rücken. Laß sie uns abholen.' Also fährt er uns zur Wohnung meiner Mammy, wir holen Theresa ab und fertig. Seitdem hab ich mich von der Bath Street ferngehalten. MacFee ist kein schlechter Kerl. Er gibt mir nie Geld, aber wenn ich was brauche, schafft er's immer früher oder später ran."

Mrs. Liddel stützt den Kopf auf die Hand, denn die Neuigkeiten haben ihn schwer werden lassen. Sie ist so fassungslos über diese Neuigkeiten, daß ihr ein Satz entschlüpft, der sich wie ein Urteil anhört: „Sie sind nicht verheiratet."

„Ach, ich bin verheiratet!" sagt Donalda bedrückt. „Seit drei Jahren, obwohl ich nichts unterschrieben hab. Ich hätte nichts gegen 'ne echte Hochzeit mit 'nem weißen Kleid und 'ner Orgel und Kuchen und Konfetti – es wäre 'ne schöne Erinnerung, aber wer würde das bezahlen? *Dieser Mann hat 'nen breiten Rücken.* Wen er wohl gemeint hat? Außer ihm und mir war keiner in dem Zimmer."

„Ich glaube, er meinte sich selbst", sagt Mrs. Liddel vorsichtig.

„Aber MacFees Rücken ist nicht breit – oder nicht sehr."

„Ich glaube, er wollte sagen, daß er Lasten auf sich nehmen kann."

„MacFee denkt also, daß ich und Theresa ... Das ist nicht fair! Das gefällt mir nicht! MacFee ist zwar kein schlechter Ernährer, aber ich bin's, die dauernd Unterkünfte für uns finden muß, vor allem jetzt, wo er in der Klemme ist – *oh*!"

Donalda schlägt sich eine Hand vor den Mund und zieht sie wieder zurück. „Das hätt ich nicht sagen sollen."

Nach einer langen Pause sagt Mrs. Liddel schwach: „Erzählen Sie mir lieber alles."

„Na schön. MacFee würde mir eine knallen, wenn er's wüßte, aber Sie sind bestimmt keine Petze – Sie sind in Ordnung, wie meine Mammy. Egal, MacFee versteht was davon, Blei und Kupfer und Zink und Eisen aus alten Fabriken und Häusern rauszuholen, die abgerissen werden sollen – dafür wird er bezahlt, und wenn die Arbeit knapp ist, geht er nie zum Arbeitsamt. ‚Wenn ich mich da melde, bin ich erledigt‘, sagt er. Deshalb nimmt er manchmal Zeugs mit, wenn die Besitzer schwer zu finden sind und vielleicht gar nicht wollen, daß es weggebracht wird. Ich geb Ihnen ein Beispiel. Er sieht also 'nen alten Trecker in der Ecke von einem Feld, wo er dauernd vorbeikommt – der Trecker steht schon seit Jahren da, deshalb geht MacFee eines Nachts mit seinem Schwager (nicht mein Bruder – der Bruder von dem Mann seiner Schwester) hin, sie nehmen ihn auseinander und verschwinden mit den Teilen. Aber jemand sieht die Nummer des Lieferwagens, und es gibt Ermittlungen. Ich persönlich glaube, daß der Schwager ihn verpfiffen hat, aber das am Rande. Wenn wir irgendwo 'ne Weile wohnen, schnüffelt da bald die Polizei rum, und wir müssen weiterziehen. Es wäre fürchterlich, nicht mehr hierzubleiben. Sobald ich Sie und Ihren Mann da draußen im Flur gesehen hab, fühlte ich mich *sicher*. Ich hab mich seit Jahren nicht sicher gefühlt. Aber vielleicht werden sie ihn hier nicht finden oder wenigstens nicht so schnell. Jedenfalls vielen Dank für den Tee und den Plausch, das hat mich richtig aufgemuntert. Meinen Sie, daß das Badewasser fertig ist?"

Mrs. Liddel ist von dieser Geschichte so überwältigt, daß sie nach der Rückkehr ihres Mannes nicht fähig ist, auch nur ein Wort davon zu wiederholen, sondern ihn nur dadurch beunruhigt, daß sie ständig seufzt und den Kopf schüttelt. Sie berichtet ihm alles, als beide am Abend sicher im Bett liegen, und schläft dann ein. Er kann nicht schlafen, denn nun läßt sich nicht mehr bezweifeln, daß es mit Britannien bergab geht. Er erinnert sich an die dreißiger Jahre und an die Prostituierten, die er, besonders während der Nachtschicht, in den Straßenbahnen sah. Einige waren hart und aggressiv, andere trübsinnig und passiv. Keine schien glücklich über ihre Arbeit zu sein, aber wer ist das schon, abgesehen von Möbelpakkern? Für eine Weile grübelt Mr. Liddel darüber nach, weshalb Männer, die Möbel transportieren, fröhlicher zu sein scheinen als andere Handarbeiter – mit der möglichen Ausnahme von Anstreichern. Er gelangt zu keinem Schluß, ist jedoch überzeugt, daß er in den Vierzigern und Fünfzigern sehr wenige Prostituierte und fast keine Schlägereien zwischen schlechtgekleideten Jugendlichen gesehen hat. In jenen Jahren war das Land mobilisiert, um gegen Hitler zu kämpfen oder um den Schaden nach dem Kampf zu reparieren. Es gab Vollbeschäftigung und aus der Arbeiterklasse stammende Spitzenpolitiker in der Labour Party und Tory-Spitzenpolitiker, die versprochen hatten, daß Britannien nach dem Krieg für alle ein besseres Land sein werde. Aber in den Sechzigern kletterte die Arbeitslosigkeit wieder über die Millionengrenze und ist seitdem, zusammen mit der Inflation, gestiegen. Die Inflation ist natürlich denen zugute gekommen, deren Jahreseinnahmen sich erhöhen, ohne daß sie zu streiken brauchen: Anwälten, Ärzten, den meisten Managern und Direktoren, Maklern, Bankiers, höheren Beamten, der Polizei, Parlamentsmitgliedern, der Monarchie – und auch Elektrikern. Für eine Weile grübelt Mr. Liddel darüber nach, weshalb es Elektrotechnikern besser geht als Bergarbeitern, Dockern, Seeleuten, Eisenbahnern, Briefträgern. Er seufzt und erinnert sich an eine Zeit in den Fünfzigern, als er ein loyales Mitglied der örtlichen Labour Party war. Eine Wahl stand bevor, der Kreissekretär deutete an, daß Mr. Liddel, wenn er zur Kandidatur bereit sei, nominiert und gewählt werden könne. Er war nicht zur Kandidatur bereit. Man wählte einen Vertreter der Gasbehörde, der nun im Oberhaus sitzt. ‚Wenn ich kandidiert hätte, hätte das vielleicht den Ausschlag gegeben', denkt Mr. Liddel und beginnt, sich das Britannien auszumalen, das er mitgeschaffen hätte. Darin gäbe es einen anständigen Mindestlohn für alle und auch einen vernünftigen Höchstlohn. Arbeitslosigkeit wäre dadurch beseitigt, daß man jegliche Überstunden verbieten und das australische System eines ganzen, vollauf bezahlten Urlaubsjahres für alle einführen würde, die sieben Jahre lang gearbeitet haben. Solche Gedanken haben Mr. Liddel fast in den Schlaf gewiegt, als er von einem Klicken in der Nähe aufgeschreckt wird.

Jemand außerhalb des Erkerfensters – und sehr dicht davor – klopft sanft an Glas, an das Glas des Schlafzimmerfensters. Mr. Liddel fällt ein, daß die neuen Untermieter keinen Hausschlüssel haben. Also muß es MacFee sein, der zurückkehrt. Es ist halb zwei morgens. Mr. Liddel hört, wie Donalda verstohlen die Schlafzimmer- und die Haustür öffnet. Sie klicken wieder zu, nachdem, wie es sich anhört, mehrere Menschen leise hindurchgeschlichen sind, aber er könnte sich irren. Mr. Liddel weiß, daß Menschen, die anderen nachspionieren, das Gehörte höchstwahrscheinlich falsch einschätzen. Jedenfalls geht es mit Britannien wieder bergab. Mr. Liddel fürchtet, daß er vor seinem Tod wieder die abscheulichen Dinge sehen könnte, die er in seiner Kindheit für selbstverständlich hielt: unterernährte Kinder auf den Straßen; mit Sammeldosen ausgerüstete Krankenschwestern, die Passanten um Geld bitten, damit ihre Krankenhäuser offenbleiben können; gutgenährte Stimmen, die erklären, daß die Armen ihre eigene Armut verursacht hätten, weil sie zu faul, habgierig oder egoistisch seien, um für weniger Geld länger zu arbeiten; arbeitslose Jugendliche, die sich aus religiösen und rassischen Gründen, so läppisch diese sind, schlagen oder sogar umbringen. Er ist froh, daß seine Frau und er zur wirklichen Mittelschicht gehören: zu denen, die durch die Mißwirtschaft der Nation nicht viel reicher oder ärmer werden können.

Aber was soll er nun tun? Er kann kein Polizeirevier betreten und sagen: „Meine Frau hat von unserer Untermieterin erfahren, daß der Mann der Untermieterin manchmal Alteisen stiehlt – einen Trecker zum Beispiel." Einen Verbrecher wissentlich zu beherbergen ist ein verbrecherischer Akt, doch niemand sollte auf der Grundlage von Klatsch und Hörensagen eines Verbrechens verdächtigt werden. Und wenn die Polizei wirklich nachforschte und MacFee verhaftete, was würde dann aus der Mutter und dem Kind werden, die er ernährt? Die Mutter würde wahrscheinlich ihre Tochter verlieren oder zur Prostitution zurückkehren oder beides. Eine seltsame Frage drängt sich Mr. Liddel auf: Wird das Schlafzimmer nebenan nun als Bordell benutzt? Ja, das scheint möglich zu sein, aber er hat keine Beweise, und Menschen, die hinter solchen Beweisen herschnüffeln, haben ihm stets leid getan. Er hat seinen Untermietern nicht verboten, Gäste in ihr Zimmer einzuladen – ein Hauswirt, der eine solche Vorschrift aufstellte, wäre ein Tyrann. Alles, was ein guter Hauswirt von seinen Mietern erwarten sollte, ist ruhiges und ordentliches Benehmen, besonders nachts, und seine Untermieter sind nach Lage der Dinge so ruhig wie möglich gewesen. Morgen wird er ihnen einen Hausschlüssel geben.

Nach diesem Entschluß wird Mr. Liddel von einer Entspannung erfaßt, die beinahe Glück ist. Vorsichtig schiebt er seinen massigen, mit einem Schlafanzug bekleideten Körper zurück, bis er Mrs. Liddel berührt, ohne sie zu wecken. Instinktiv kuschelt sie sich eng an ihn und legt einen Arm, der so leicht wie ein Stoffband ist, um seine Taille. Beide schlafen.

ACHTES KAPITEL

Der Po-Garten

Harry ist ein seltsames, doch elegantes Mädchen – auffallend hochgewachsen, schlank, gewandt und kräftig. Dies rührt von ihren einsamen akrobatischen Übungen in der Schulturnhalle her, wo sie oft viele Minuten lang kopfüber an der Sprossenwand hängt. Normalerweise geht sie auf Zehenspitzen mit raschen kleinen Schritten und eng geschlossenen Knien; Körper und Hals und Kopf sind so gerade, daß sie von den Hüften aufwärts stillzustehen scheint, während die Welt an ihr vorbeigleitet. Sie ist unfähig zu Gesprächen. Ihre wenigen kurzen Bemerkungen werden mit einer klaren, leisen Stimme gemacht, die aus einer großen Entfernung zu kommen scheint. Jede Frage, die nicht mit Ja oder Nein beantwortet werden kann, beantwortet sie mit einem langsamen, düsteren Nicken. Sie liest jedes Buch, das die Lehrer ihr geben, sehr schnell durch – mit der gleichen brütenden Konzentration, die sie für Comics und Filmzeitschriften aufwendet. Wenn man sie auffordert, Essays über ihre Lektüre zu schreiben, bedeckt sie sehr schnell viele Seiten mit Zeilen, die wie zusammengeknotete Bindfäden von unterschiedlicher Länge aussehen. Wenn man sie bittet, langsam zu schreiben, damit ihre Worte lesbar sind, braucht sie eine halbe Stunde, um einen Satz zu bilden, wobei sie oft innehält, um in einem Wörterbuch nachzuschlagen und zu grübeln, so daß ihre gelegentlich exzentrische Rechtschreibung wie subversive Kritik wirkt.

STOLZ UND VORTEIL IST EIN DUMMES BUCH, AUSSER MAN MACHT MR. DANCY.

All ihre lesbaren Sätze bestehen aus einem einfachen Statement mit einem einzigen Vorbehalt, und sie werden mühsam mit winzigen, weit voneinander entfernten Großbuchstaben niedergeschrieben.

MOBY DICK IST EIN GROSSARTIGES BUCH, AUSSER MAN MATSCHT WALE.

HUCKLEBURY FUN IST EIN GROSSER SPIESS, AUSSER MAN MUCKT ZIVILISIERTE LEITE.

„Ich entdecke hier Intelligenz. Ich hoffe, es ist bewußte Intelligenz", sagt die Direktorin. „Ich habe das Geföhl, fast zu wissen, was sie meint."

Bei einem anderen Kind würde man Harrys Eigenheiten für die Zeichen eines geschädigten Geistes halten, aber bei einer Cousine einer Königin sind sie faszinierend. Sogar ältere Mädchen würden gern mit ihr Freundschaft schließen, aber Harry behandelt alle mit der gleichen Distanz, die sie als wahrhaft majestätisch ansehen.

Harry ist am glücklichsten, wenn sie Ton modelliert. Ihr Charakter ist von zwei Menschen geprägt worden: einer Mutter, die sich eine passive weibliche Reinheit wünschte, an der sie ein paar erstaunlich teure und modische Kleidchen ausstellen konnte, und von einem Kindermädchen, das darauf hinarbeitete, sie genau diesem Vorbild anzupassen. Dies alles läßt sie hinter sich, wenn sie sich einen Köper-Overall anzieht und mit einem Brocken aus kaltem, grauem, zähem, doch nachgiebigem Schmutz hantiert. In ihrem ersten Jahr an der Schule ist es ihr am liebsten, wenn der Ton so feucht wie möglich ist; sie spritzt beim Formen, bis ihre eigene Oberfläche der Oberfläche des matschigen Hügels auf der Platte gleicht. Eines Tages in ihrem zweiten Jahr gelingt ihr eine glatte Kuppel, die sie durch eine Kerbe teilt. Dann arbeitet sie an beiden Hälften, kneift sie rauh und streicht sie wieder glatt, bis die Kunstlehrerin – erfreut, eine deutliche Form zu erkennen – ruft: „Das ist das Beste, was du bisher gemacht hast! Laß es uns in den Brennofen stecken."

Zwei Tage später ist das Werk gebrannt und abgekühlt.

Harry bringt es ins Spielzimmer unter dem Dach, kehrt ins Bildhaueratelier zurück und beginnt von neuem.

„Machst du noch eins davon?" fragt die Lehrerin.

Wenn Harry Ton modelliert, verliert ihre Stimme manchmal etwas von ihrem fernen, glockenartigen Klang und hört sich fast schläfrig an. „Ich bin vernarrt in einen Traum totaler Abgeschiedenheit", flüstert sie. „Sie können sich nicht vorstellen, wie sehr sich eine arme Frau manchmal nach absoluter, ununterbrochener Abgeschiedenheit sehnt."

Später am selben Tag fragt sie die Direktorin, ob sie im Spielzimmer töpfern dürfe. Dies ist das erste Mal, daß sie um etwas gebeten hat, seit sie Linda aufforderte, sie zu schlagen. Die Direktorin sagt: „Warum nicht? Ich bin sicher, Hjordis hat nichts dagegen."

Hjordis ist keine hysterische Diktatorin mehr, die dafür lebt, andere zurückzuweisen. Sie gestattet, daß eine Töpferplatte und ein Eimer mit Ton ins Dachgeschoß gebracht und in die Nähe der Spielfläche gestellt werden. Harry macht sich sofort an die Arbeit. Hjordis beobachtet sie eine Zeitlang und fragt dann: „Ist das ein Po?"

Harry macht eine Pause und betrachtet die gespaltene Kuppel auf der Platte, als könne diese an ihrer Stelle antworten.

„Er könnte dicker sein", sagt Hjordis und geht hinüber, um mit den anderen zu spielen.

Harry macht viele gespaltene Kuppeln und benutzt schließlich Zementbrei, da dieser fest trocknet, ohne gebrannt werden zu müssen. Außerdem formt sie kraftvolle Wellen, die sich zu Schleifen krümmen oder sich winden wie Schlangen, aber sie kehrt stets zur Klarheit der Kuppeln zurück – teils deshalb, weil sie auch Hjordis gefallen. „Ich wönschte, du könntest mir fönf richtig große machen", sagt Hjordis. „Pos, die so groß sind, daß man drauf sitzen kann. Und 'ne Menge kleine Nebenpos, so viele wie möglich."

„Material", sagt Harry.

„Dafür sorge ich. Und ich kann auch mehr Hilfe für dich organisieren, wenn du willst."

Nur wenige junge Künstler erhalten eine solche Gelegenheit. Harry ist inspiriert. Die fünf großen macht sie selbst, aber sie bringt den Zwillingen bei, grobe Kugeln zu bauen und sie mit einem Draht zu durchtrennen. Harry schlitzt jede Halbkugel rasch mit einer Kelle auf und glättet die Oberfläche. Unterdessen stolziert Hjordis um einen Platz herum, der für den ersten britischen Po-Garten geräumt worden ist; manchmal bückt sie sich und markiert den Fußboden mit Kreide. Die kleinen Kuppeln werden so aufgestellt, daß sie einen Pfad einfassen, der sich durch neun spiralförmige Umdrehungen nach innen bewegt und in einer kleinen Arena endet, die von den fünf großen geschützt wird.

„Und nun möchte ich 'nen RIESENPO genau für die Mitte!" ruft Hjordis. „'nen Po, so groß wie ich!"

„Nein", sagt Harry und läßt sich nicht umstimmen.

Hjordis greift auf eine andere Idee zurück. „Jeden Mittwoch nach dem Essen wird die Bande herkommen, mit mir an der Spitze in die Mitte marschieren, sich auf Pos setzen und öber freche Dinge reden. Ich möchte, daß ihr alle angestrengt nachdenkt und euch was sehr Freches einfallen laßt, woröber ihr nächsten Mittwoch sprechen könnt. Macht es so schmutzig, wie ihr könnt."

Am Mittwoch marschieren sie wie verabredet in die Mitte, aber die dortigen Pos sind so hart, daß sie nicht auf ihnen sitzen können. Nur Hjordis beharrt darauf. Die übrigen hokken sich auf den Boden und lehnen sich an ihre Kuppeln.

„Gut! Wer fängt an?" fragt Hjordis.

Zwilling eins wird von Zwilling zwei angestupst und sagt, Ethel solle völlig mit ihrem eigenen Aa bedeckt und dann gezwungen werden, es abzulecken.

„Sehr schön!" lobt Hjordis. „Ja, das ist ein höchst zufriedenstellender frecher Gedanke. Die nächste!"

Die freche Idee von Zwilling zwei betrifft die stellvertretende Direktorin und ist sonst mit der Idee von Zwilling eins identisch. Linda sagt plötzlich: „Wäre es nicht toll, wenn wir alle…" Dann wird sie weiß und kann zu keinem weiteren Wort überredet werden. Niemand erwartet, daß Harry spricht.

„Was für ein langweiliger Haufen von Schwächlingen ihr alle seid!" erklärt Hjordis bitter. „Ich hab ein paar wundervoll schmutzige Sachen, die ich euch erzählen wollte – über Christine Keeler und Pfadfinder und Lord Altringham und die Königin und Harold Wilson und Präsident Kennedy und Marilyn Monroe –, aber ich werd euch überhaupt nichts sagen, wenn ihr nicht mehr zu bieten habt. Ihr seid sowieso zu jung, um mich zu verstehen. Ihr habt keine Ahnung von Biologie."

Aber der Po-Garten hat gesellschaftliche Folgen. Ältere Mädchen hören davon, ziehen diskrete Erkundigungen ein und werden einzeln eingeladen, das Werk zu besichtigen. An der Tür stellt Hjordis der Besucherin ihre Künstlerin und ihre Arbeiterinnen vor und begleitet den Gast dann auf dem spiralförmigen Pfad zum Po-Zentrum. Die beiden nehmen auf Kissen Platz, knabbern Likörpralinen, rauchen türkische Zigaretten und schlürfen sehr starken schwarzen, süßen Kaffee. Diese Stärkungen werden von Linda serviert, die einen Turban und ein mit Perlen besetztes Jugendstil-Ballkleid trägt, das um ihren Körper gewunden und aufgesteckt ist, damit sie orientalisch aussieht. Nachdem sie sich zurückgezogen hat, sagt Hjordis: „Ich fürchte, daß Linda nicht gerade Balsam für die Augen ist."

„Du brauchst dich nicht zu entschuldigen!" erwidert die „New-Statesman"-Leserin. „Du hast Wunder gewirkt. Letztes Jahr warst du ein unausstehliches kleines Biest, Hjordis, und nun bist du eine intelligente Frau, die vieles ins Rollen bringen kann. Du bist doch eine Frau? Biologisch gesehen, meine ich."

Hjordis nickt und bietet alle Willenskraft auf, nicht zu erröten.

„Dann solltest du anfangen, dich seltener mit diesen kleinen Mödchen zu treffen und mehr mit deiner eigenen Altersgruppe umzugehen. Das wird dir zuerst nicht leichtfallen. Du bist so stinkreich, daß die anderen dich einfach ein bißchen beneiden mössen, aber ich bin Sozialistin", sagt die Besucherin, deren Vater dem Labour-Kabinett angehört. „Ich verabscheue Klassenvorurteile in jeglicher Form. Du kannst genausowenig dagegen tun, Millionärin zu sein, wie ein Slumkind was dagegen tun kann, bettelarm zu sein. Ich bin bereit, deine Freundin zu werden."

Wenn Hjordis ungehemmt weinen könnte, würde sie Tränen der Erleichterung, der Freude und Dankbarkeit vergießen. Statt dessen schluckt sie und nickt.

Dann holt sie ihre Sachen aus dem Dachgeschoß und kehrt nie mehr zurück. Für Linda und die Zwillinge verliert der Raum ohne Hjordis seinen Glanz, und sie spielen nun wieder im Park, wo sie manchmal einen Blick auf die aufregenden älteren Mädchen erhaschen können. Während Harry die Einsamkeit der Dachkammer überschaut, wird ihr leichter Eindruck der Verlassenheit allmählich von einem schönen Gefühl der Macht über einen so großen Raum abgelöst. Sie bringt all ihre Lieblingsgegenstände in die Mitte des Po-Gartens: die Töpferplatte, Ton- und Zementeimer, das Schaukelpferd, die ausgestopfte Möwe und eine Büste von Garibaldi. Um die Bande zu ersetzen, formt sie dicke, kaulquappenartige Gestalten mit Zügen, die jenen der Mädchen ähneln. Lindas Kopf besteht hauptsächlich aus dem Mund. Die Zwillinge sind ein einziger Körper mit zwei Köpfen. Hjordis ist am größten, mit deutlichen Brüsten und einem Stachel am Schwanz. Die Direktorin tritt ein, beobachtet den Fortgang der Arbeit eine Zeitlang und sagt dann: „Seit Violet Stringham und die Sickert-Newtons fort sind, habe ich dort, wo die anderen schlafen, drei leere Zimmer, Harriet. Wollen wir mal sehen, ob es eines gibt, in das du umziehen möchtest?"

„O nein."

„Ich möchte dich nicht um ein Zimmer bringen, in dem du fast vier Jahre lang geschlafen hast, Harriet, aber dadurch, daß du so dicht neben mir schläfst, entgehen dir viele lustige Balgereien und mitternächtliche Parties. Gibt es niemanden, in dessen Nähe du sein möchtest? Niemanden, bei dem du gern an die Wand pochen wördest, wenn du dich nachts allein föhlst? Die meisten der Mödchen wären gern deine Freundin, wenn sie an dich herankämen. Du und Linda, ihr wart einmal so vertraut miteinander."

„O nein."

„Aber wenn du nie zu anderen Kontakt hast, wie kannst du dann lernen, Kontakt mit *dir selbst* zu haben, Harriet? Ich sehe ein, daß deine Kunst ein Weg dazu ist, aber die höchste Kunst entsteht durch den Umgang mit der ganzen Menschheit, Harriet. Unterrichte dich wenigstens durch die einschlägigen Publikationen öber deine Zeitgenossen, Harriet."

Harry nickt nachdenklich, und die Direktorin seufzt. Sie weiß, daß Harry, wenn sie ihr befiehlt, in einem Zimmer neben den anderen zu schlafen, klaglos gehorchen und wieder ihr Bett nässen und in ihre Schlüpfer pinkeln wird. Die Direktorin sagt: „Ich kann dich nicht ewig einsam bleiben lassen, Harriet. In ein paar Wochen werde ich drei neue kleine Mödchen aufnehmen. An feuchten Wochenenden werden sie hier spielen. Wenn du ein paar Spiele für sie organisierst, um so besser. Wenn du das nicht kannst, dann verhindere bitte, daß sie einander schikanieren. Wenn ich erfahre, daß du nicht einmal das tust, werde ich diese Kammer abschließen, und du wirst dich wieder mit den anderen Mödchen im Bildhaueratelier zusammenhocken müssen."

Harry bereitet sich auf die Invasion vor, indem sie den Po-Garten mit einer Wand aus Möbeln umgibt, aber sie folgt auch dem Ratschlag der Direktorin und studiert die Arbeit ihrer Zeitgenossen in internationalen Kunstzeitschriften. Sie entdeckt, daß sich der größte Teil ihrer Werke bisher völlig in die moderne euroamerikanische Kunsttradition einfügt und daß ihre neuen Kaulquappengestalten stark avantgardistisch sind. Die Zeitschriften wecken auch neue Ideen. Als die kleinen Mädchen eintreffen, hat Harry eine Verwendung für sie. An regnerischen Tagen ziehen sie Gummistiefel und Mäntel mit Kapuzen an und folgen ihr auf spannende Expeditionen zu herrenlosen Bauernhöfen und Fabriken, stillgelegten Rangiergleisen und alten überwucherten Steinbrüchen. Harry schreitet voran und trägt einen Tornister, der Sandwiches, eine Thermosflasche und einen Kasten mit Schraubenschlüsseln, Hammer, Säge und Taschenlampe enthält. Sie hat einen Spaten geschultert. Eine ihrer Begleiterinnen darf eine Seilrolle tragen, die beiden anderen dürfen eine Brechstange mitnehmen. Sie suchen nach allem, was Harry für absonderlich und interessant hält. Findlinge, knorrige Wurzeln und Äste, Holzbalken, rostige Geräte und Maschinen werden von ihnen entdeckt, ausgegraben oder in handliche Stücke zerlegt. Beim Transport dieser Stücke in die Dachkammer steuert Harry den größten Teil der körperlichen Kraft bei, aber die vereinigte, ameisenartige Stärke der kleineren Mädchen liefert fast die gleiche Zugleistung. Hjordis in ihrer Festung herrschte mit Hilfe von Bestechung und Terrorismus über ihr Volk. Harry ist ebenfalls keine Demokratin, doch sie herrscht durch ihr eigenes gutes Beispiel. Sie treibt ihr Volk hart an, doch sich selbst am härtesten. Die Mädchen haben keine Zeit, einander zu schikanieren. Sie helfen Harry, immer mehr Dinge anzuhäufen, die ihr Ideen für neue Skulpturen eingeben.

Eines Abends schwelgt Harry nach einem anstrengenden Ausflug in einem warmen Bad, als die Direktorin eintritt. Dies kann sie leicht tun, denn der Raum liegt zwischen den Schlafzimmern der beiden und hat zwei Türen – ein nützliches Arrangement in den Jahren, als Harry noch zu der herkömmlichen Benutzung einer Toilette angehalten werden mußte. Ethels Benehmen erinnert Harry an diese Jahre, weshalb sie sich nicht gestört fühlt. Eine intimere Störung folgt, doch Harrys Entwicklung ist ausschließlich von Störungen beeinflußt worden. Als diese beginnt, hat sie den Eindruck, seit langem darauf gewartet zu haben.

Die Direktorin sagt: „Ich werde dir etwas Schönes beibringen. Ich hatte gehofft, du wördest es von einem anderen Mödchen lernen, denn es macht am meisten Spaß, wenn es dir von einer gleichaltrigen oder etwas älteren Freundin gezeigt wird. Egal, einem geschenkten Gaul sieht man nicht ins Maul. Die Hälfte der Irrenhäuser in Britannien ist voll von Menschen, die dies nie richtig gelernt haben. Leg dich bequem zuröck, damit ich dir dieses Gummikissen hier unterschieben kann. Spreiz die Beine ein bißchen. Ich taste jetzt sehr sanft nach einer kleinen Stelle, die sich angenehm kitzlig anföhlt, wenn sie gestreichelt wird... Habe ich sie gefunden?"

Nach einer Weile macht Harry: „Mm."

„Heißt mm ja?"

„Mm", macht Harry träumerisch. Sie hätte nichts dagegen, wenn die Direktorin viel gröber wäre.

„In ein paar Minuten werde ich damit aufhören, und du kannst dann selbst weitermachen. Du hast einen sehr höbschen Körper, Harriet, er beginnt aufzublöhen. Dein Körper wird nicht nur schön aussehen, sondern sich auch schön anföhlen, wenn du ihn an anderen Stellen streichelst. Hier... und hier... hier auch... Denkst du je an Dinge, die dich kribbeln lassen?"

Harry runzelt die Stirn noch stärker als sonst.

„Jeder Mensch, Harriet, hat Ideen, die ihn kribbeln lassen – Ideen, die dafür sorgen, daß es mehr Spaß macht, sich selbst oder sogar andere zu streicheln. Diese Ideen sind in Literatur, Kunst, Filmen, Werbung und in unseren Spielen zu finden. Einige dieser Ideen wären schädlich, wenn man sie ernst nähme, aber nur dumme Menschen nehmen Ideen ernst. Die Franzosen, Deutschen, Russen, Iren nehmen Ideen manchmal ernst, aber in England sind wir alle im tiefsten Herzen liberal, klug wie die Schlangen und ohne Falsch wie die Tauben. Wir wissen, daß die wildesten Ideen nur dazu dienen, lustige, kribbelige Geföhle in eine Welt zu bringen, die durch altmodische Geschäftsmethoden regiert wird – Methoden, die keine ernsthafte Person in Frage stellt. Langweilen dich solche Erklärungen, Harriet?"

„Ein bißchen."

„Dann konzentriere dich auf deine eigene kribbelige kleine Traumwelt und laß dich von dieser geschwätzigen alten Frau noch ein bißchen länger streicheln, denn auch ich bin manchmal einsam. Sex ist die Wurzel von allem. Miss Harmenbeck hat euch im Biologieunterricht erklärt, wie Babies gemacht werden, aber Babies sind teuer! Wenn du keines willst, besteht die klögste Art Sex aus kleinen, kribbeligen Streichelspielen mit dir selbst oder einem anderen Mödchen. Denkst du jemals an Jungen – an Männer, Harriet?"

„Nein."

„Ich auch nicht, aber wir sollten sie nicht verachten, sondern bemitleiden. Die Natur hat sie geschaffen, damit sie den Frauen helfen, Babies zu bekommen, aber sie tun das in weniger als einer Minute. Bevor sie zwanzig sind, haben sie ihren sexuellen Gipfel hinter sich, und danach geht's nur noch bergab mit ihnen. Sie können auch nicht soviel Spaß am Sex haben wie Frauen. Sie bleiben länger fruchtbar, aber das tröstet sie auch nicht. Sie werden eifersöchtig und destruktiv, daher kommt es zu Frauenmißhandlungen, Kriegen und zu den meisten Dingen, die als Geschichte gelehrt werden. Einige wirklich große Männer versuchen, sich zu wandeln, aber gewöhnlich wird Pfusch daraus. Der arme Tolstoi. Aber Leonard Woolf war in Ordnung. Leonard war ein guter alter Knabe."

Die Tagträume, die Harry kribbeln lassen, handeln von Hjordis, die jemanden prügelt, haben aber nichts mit dem gemeinsam, was im Park geschah. Jenes Ereignis war so unerwartet und so rasch vorüber, daß sie es damals kaum bemerkte. Allmählich hat ihre Phantasie es zu etwas Prächtigem verfälscht: Hjordis wird zu einer bösen Zauberin, die auf dem Thron sitzt und den Zwillingen befiehlt, Harry auf schreckliche Art zu prügeln; manchmal befiehlt sie Harry, die beiden ihrerseits zu schlagen. Diese Tagträume sind nicht befriedigend. Die Stimmen klingen falsch.

Harrys Mutter besucht die Schule zum zweitenmal an dem Tag, als ihre Tochter ihre Ausbildung beendet. Sie fragt: „Also was hat meine Tochter hier gelernt, außer daß sie sich sauber hält und aus einem Sportwagen aussteigen kann, ohne ihren Schlöpfer sehen zu lassen?"

„Sie hat gelernt, was sie aus ihrem Leben machen will. Sie wird Bildhauerin werden. Sie wird beröhmt sein."

„Die Töchter von allen möglichen Leuten beschäftigen sich heutzutage mit Kunst oder Theater oder Mode", sagt Harrys Mutter gleichgültig. „Ich hatte eher gehofft, daß Sie eine Nonne aus ihr machen wörden, wie Sie bei unserer letzten Begegnung fast versprochen haben. Wird die Kunst die einzige Liebe ihres Lebens sein? Wird sie es zu einem Mann, Kindern et cetera bringen?"

„Nein", erwidert die Direktorin gelassen. „Sie wird nie eine Ehefrau werden. Sie hatte kein richtiges Familienleben, bevor Sie sie hierherbrachten, deshalb gab es keine Grundlage, auf der ich aufbauen konnte. Im Rahmen meiner Möglichkeiten war es das beste, ihr zu einer von Selbstachtung erföllten Unabhängigkeit zu verhelfen. Sie wird immer exzentrisch und einsam sein, aber sie wird sich nicht dem Alkohol, den Drogen oder dem Ladendiebstahl zuwenden."

„Ich bin froh, daß Sie sie ein bißchen zurechtgebogen haben, aber ich kann Ihnen nicht dankbar sein", sagt Harrys Mutter. „Sie haben aus ihrem Vater ein kleines Vermögen herausgeholt – Gott sei Dank verwalte ich mein eigenes Geld. Brauchte sie *wirklich* eine eigene Schweißausröstung? Einen eigenen Preßluftbohrer und eine eigene Nietmaschine? Welchen *Sinn* hatte der Unterricht in Glasbläserei für sie?"

„Ihr Genie machte diese Dinge nötig. Wahres Genie greift schon in der Teenagerzeit nach den Geräten, die bloßes Talent erst in den Zwanzigern erwirbt. James Watt und Mozart sind Beispiele daför. Harriet wird bald sehr beröhmt sein."

„Allerdings!" sagt Harrys Mutter bitter. „Die glöcklichen und glorreichen Verwandten meines Mannes werden schon dafür sorgen. Die Aussicht, eine Arbeit an eine nationale Sammlung zu verkaufen, wird bestimmt Scharen von Händlern anziehen."

Die Direktorin und Harrys Mutter haben beide recht. In ihrem ersten Jahr an einer renommierten Londoner Kunsthochschule entdecken die Lehrer, daß sie Harry nichts beibringen können. In ihrem zweiten Jahr sagt ein internationaler Kunsthändler: „Lassen Sie sich von mir unter die Fittiche nehmen."

Harry kann strenge, groteske oder bedrohliche Gebilde aus Fiberglas, Zement, Metall, Holz, Ziegeln, Plastik und aus Kombinationen dieser Materialien herstellen. Sie kann einen anderthalb Meter hohen Zahn oder großen Zeh aus Ton formen oder aus Granit meißeln oder in Messing oder rostfreien Stahl gießen. Sie kann einen Fußboden mit einem Gitterwerk aus rostigen Eisenstäben bedecken, die auf rätselhafte Weise an gefallene Äste erinnern, oder mit einem Gitterwerk aus gefallenen Ästen, die auf rätselhafte Weise an sich selbst erinnern. Sie kann einen Raum mit hängenden Rohren und Aluminiumblechen füllen, die bei der schwächsten menschlichen Vibration klingen und donnern. Es gibt keine Gestalt oder Gruppe von Gestalten, die sie nicht schaffen oder darstellen kann, abgesehen von einem naturgetreuen Kopf oder Rumpf. Die einzigen menschlichen Gestalten, die sie schaffen kann, sind geschlechtslose, gesichtslose Puppen, die an echten Turngeräten hängen. Die Tate Gallery erwirbt eine davon. Auch in den USA hat sie gute Verkäufe zu verzeichnen, doch ihre Beiträge zur Biennale in Venedig und ihre Retrospektive im Centre Pompidou werden von den italienischen und französischen Kunstkritikern entweder ignoriert oder geschmäht. Ihr Händler sagt, es liege daran, daß der europäische Kontinent so verdammt insular sei. Harry zuckt die Achseln. Es kümmert sie wirklich nicht, was man von ihrer Arbeit hält. Die Aufregung, sich ein Werk vorzustellen und es anzufertigen, die Befriedigung, es irgendwo unterzubringen – das ist es, wofür sie lebt. Sie ist froh, wenn etwas verkauft wird, denn dann braucht sie es nie wiederzusehen. Alles, was zu ihr zurückkehrt, wird irgendwann zerbrochen und für eine neue Arbeit verwendet. Deshalb speichert ihr Händler alle Werke, die ihm marktfähig erscheinen, und läßt das übrige in ihrem Atelier, bis es sich zu einer verkäuflichen Form verfestigt. Harrys Gleichgültigkeit ihren vollendeten Werken und jeglicher Kritik gegenüber, ihre Weigerung, die Eröffnungsfeiern modischer Kunstausstellungen, einschließlich ihrer eigenen, zu besuchen, läßt viele intelligente Menschen annehmen, sie sei ebenfalls intelligent. Nur ihre alte Direktorin weiß, daß Harry ohne viel Konzentration und starke Kopfschmerzen nicht mehr als ihren eigenen Namen schreiben kann; daß es genausowenig in ihren Kräften liegt, eine Mahlzeit in einem Restaurant zu bestellen oder sich einen Imbiß in ihrem Atelier herzurichten, obwohl sie mühelos und sicher mit gefährlichen Industriemaschinen umgeht. Das Ehepaar, das sie ernährt und für sie einkauft, die Sekretärin, der Steuerberater und der Händler, die sich um ihre Korrespondenz, ihr Geld und ihre Arbeit kümmern, sagen oft zueinander: „Die Frau ist eine Idiotin!", womit sie jedoch nicht meinen, daß Harry dumm sei. Sie verspotten eine Intelligenz – und erkennen sie gleichzeitig an –, die sie für größer als ihre eigene halten, weil sie fremdartig ist.

Da Harry faszinierend hager, mit Königshäusern verwandt ist und unheimlich modische Objekte herstellt, wird sie für viele Hochglanzpublikationen fotografiert, die ihre Gelder von den Drahtziehern der Kunst- und Immobilienszene beziehen. Autoren, die beauftragt werden, ihre Fotos mit amüsanten Kommentaren auszuschmücken, haben jedoch Probleme. Es ist schwierig, sich amüsant über jemanden zu äußern, der anscheinend kein Geschlechtsleben, keinen gesellschaftlichen Umgang und keine Gesprächsfähigkeit besitzt. Harrys Publicity fällt in vier Kategorien:

1. Ihre Familienbeziehungen.
2. Ihre Ateliers. (In London und San Francisco hat sie jeweils ein riesiges, verglastes Dachgeschoß in einem umgebauten Hafenspeicher, wo sie zwischen ihren Konstruktionen und Geräten wohnt. Nebenan liegt jeweils ein kleines Luxusapartment für das Ehepaar, das Harry versorgt.)
3. Die Spannweite ihrer Techniken. (Dieses Thema ist am besten mit Hilfe einer Kamera zu vermitteln. Der Schaffensprozeß, in dem Harry ein Werk schweißt, sandstrahlt oder gießt, ist von Bernard Levin als wagnerisch beschrieben worden.)
4. Theoretisches Gewäsch über ihren Platz in der Geschichte der britischen Kunst.

„Haben Sie es nicht satt, eine Postmodernistin zu sein?" fragt ein Mann von der Farbbeilage einer Sonntagszeitung. Er ist berühmt für seine Artikel über künstlerische Themen, da er wissend über berühmte Ausländer schreibt und dabei andeutet, daß sich kein intelligenter Brite mit ihnen abzugeben brauche. Er möchte Harry reizen, damit sie etwas Interessantes zu einem Artikel beisteuert, den er DAS SHETLAND-RÄTSEL nennen möchte. Harry antwortet mit einem vagen Nicken. Er fährt fort: „Hören Sie zu! Die letzten wirklich großen modernen Könstler hatten ihre Reifezeit erreicht, als Sie noch ein Kind waren. Diese Leute wurden in einer Tradition geschult, die bei den Griechen begann, von den Italienern wiedererweckt, öber Michelangelo an Rodin weitergegeben und von Moore, Hepworth, Frink, Brancusi et cetera zum Abschluß gebracht wurde. Beneiden Sie diese *wahrhaft* schöpferischen Könstler niemals?"

„Nein."

„Aber den meisten Menschen kommen die neuen Bilder in den Galerien wie Gekritzel vor! Sie bringen den Orten, an denen sie ausgestellt werden, sehr wenig Schönheit oder Intelligenz und den Betrachtern öberhaupt keine. Denken Sie nicht manchmal daran, daß auch Ihre Kunst ein Spiel sein könnte, das nur zu Ihrem eigenen Vergnögen gespielt wird? Wie Gekritzel. Oder Masturbation."

„Ja."

„Denken Sie oft daran oder nur, wenn Sie deprimiert sind?"

Harry antwortet langsam: „Ich dachte daran, als Sie mich danach fragten."

„Aber Sie halten es trotzdem für zutreffend?"

„Ich weiß nicht. Fragen Sie Harvey danach."

Harvey ist ihr Händler. Er plant alle Interviews für sie und zensiert die daraus entstehenden Artikel. Der Journalist seufzt und wirft einen kurzen Blick nach unten auf ein Verzeichnis von Fragen, die bestimmt keine aufregenden Antworten hervorbringen werden. Aber besser als nichts.

„Was war Ihr erster großer Auftrag?"

„Der Po-Garten."

„Bitte?"

Harry erklärt, was es mit dem Po-Garten auf sich hat.

„Was ist daraus geworden?"

„Er ist wahrscheinlich in der Dachkammer, wo wir ihn zurückgelassen haben."

„Und könnte ich... könnten Sie... könnte wir mit einem Fotografen runterfahren und ihn uns ansehen? Dies ist wichtig! Ganz aufregend! Sie waren also sieben Jahre alt, als Sie ihn herstellten?"

Er konzentriert sich auf die Fläche in seinem Hirn, auf der DAS SHETLAND-RÄTSEL von HARRYS PO-GARTEN abgelöst worden ist.

Die georgianische Villa bei Bath ist keine Schule mehr, doch an diesem warmen, milden Mainachmittag ist es der früheren Direktorin sehr angenehm, auf der Terrasse mit einem Fotografen, einem Journalisten und der berühmtesten ihrer früheren Schülerinnen Tee zu trinken.

„Wer hätte gedacht, daß eine eiserne Liberale wie ich auf ihre alten Tage konservativ werden wörde?" fragt sie und schaut zufrieden über den schülerlosen Rasen hinweg. „Welch seltsame Wandlungen ich erlebt habe! Als ich ein kleines Mödchen war, beherrschte England ein Viertel des Erdballs, Harriet. Nur ein Teil von Irland hatte sich davongemacht. Nun ist das ganze Empire verloren, verloren außer einem kleinen Stück von Irland, und trotzdem sind die goldenen Tage meiner Kindheit in den Zwanzigern und Dreißigern endlich zuröckgekehrt. Damit hätte ich nie gerechnet. Als ich mein liebes altes Haus in den Vierzigern zu einer Schule machte, erwartete ich, mich irgendwann mit den Töchtern von Bergarbeitern und Maschinenwebern herumschlagen zu mössen, bevor ich endlich zum Dorfpostamt humpeln wörde, um meine Rente abzuholen. Was för eine Pessimistin ich war! Nicht, daß ich meine Jahre des Dienstes an der Jugend bereute. Ich glaube, daß ich dir sehr geholfen habe, Harriet. Ich wönschte, ich hätte Hjordis die gleiche Unabhängigkeit beigebracht, aber ich konnte den Versuch nicht wagen. Sie hätte so etwas ausgeplaudert."

„Wie geht's Hjordis?"

„Tot. Meine Göte, wie schockiert du aussiehst! Ich dachte, jeder wößte Bescheid – sie war mindestens sechs Monate lang in den Schlagzeilen. Sie war söchtig nach *Männern*, und zwar nach populären Männern, also der gefährlichsten Sorte. Sie heiratete einen populären jungen, brutalistischen Börsenmakler, dann einen Studentenpolitiker mit terroristischen Verbindungen, dann Popsänger, die sich erregten, indem sie gefährliche Chemikalien aßen. Hjordis aß sie auch und starb 1978. Auch mit den Zwillingen nahm es ein trauriges Ende. Sie kehrten zu ihrer Familie in Neuseeland zurück, die eine heiratete, und die andere versuchte, sie umzubringen. Glöcklicherweise haben sie wieder Freundschaft geschlossen, sind aber in eine Anstalt eingewiesen worden. Sie schicken mir Weihnachtskarten. Und Linda schreibt mir auch. Nach zwei schlechten Ehen und einem PR-Posten und einem geisteswissenschaftlichen Universitätsabschluß wohnt sie nun in *Glasgow*. Sie und ein paar andere heroische Seelen rackern sich ab, um die Stadt för... irgend etwas geeignet zu machen. Sie und ihresgleichen, öberwiegend Engländer, arbeiten natörlich för... Geld, aber auch für das Gemeinwohl. Linda ist eine ganz, ganz besondere Sozialarbeiterin: zuständig för Ausstellungen oder Kunstberatung oder Kunstverwaltung oder alles zusammen. Und sie hat zwei prächtige kleine Mödchen in Dartington Hall, die nicht ganz so liberal ist, wie meine Schule es war, aber viel billiger. Ich bin öberrascht, daß Linda sich nie an dich gewandt hat, Harriet. Sie ist wohl immer noch von dir eingeschöchtert."

„Könnten wir...?" fragt der Journalist und schaut auf seine Armbanduhr.

„Nur zu. Harriet wird Sie zu ihrem alten Schlupfwinkel begleiten. Du wirst ihn sehr verändert vorfinden, Harriet. Kein Plunder mehr da, der von der Reinheit deiner Gestaltungen ablenkt! In den Siebzigern merkte ich, daß der Familientrödel immer mehr an Wert gewann, Harriet, deshalb wartete ich bis zu meiner Pensionierung und ließ dann alles bei Sotheby's versteigern. Das Victoria and Albert Museum wollte die alte Kleidung, drei Kindheitsmuseen waren hinter dem Spielzeug her, aber ich hatte mich bei fröheren Schölerinnen in den Staaten erkundigt, ob sie von interessierten amerikanischen Sammlern wößten. Und das war der Fall! Ein Ami hat das Ganze gekauft, sogar die Möbel und die Nippsachen. Ich hab mich fast totgelacht. Und ein schrecklich langweiliges Bild, das ich seit meiner Kindheit gehaßt hatte, war ein Corot, wie sich herausstellte. Ich verdanke meinen gegenwärtigen Wohlstand nicht *völlig* Mrs. Thatchers Steuererleichterungen."

Der Fotograf wirft einen Blick auf die Dachkammer und telefoniert dann rasch. Zwei Stunden später trifft ein großer Lieferwagen mit einem Theaterbeleuchter und dessen Ausrüstung ein. Eine weitere Stunde wird benötigt, um die Scheinwerfer ganz exakt aufzustellen; dann klettert der Fotograf auf den Dachbalken herum, bis ihm eine nach unten gerichtete Weitwinkelaufnahme von Harry gelingt, die nachdenklich und mit gekreuzten Beinen inmitten von zweihundertvierunddreißig Pos hockt. Jeder Po wirft einen deutlichen Schatten auf die nackten Fußbodenbretter. Auch Harry wirft einen Schatten, doch ihr nach oben gewandtes Gesicht, hoffnungslos ergeben einem uralten und entsetzlichen Unrecht gegenüber, ist das kleine, tragische Zentrum der Komposition. Dieses Bild erscheint auf einer Doppelseite in der Mitte der Farbbeilage. Ein Teil wird mit dem Titel HARRYS PO-GARTEN auf dem Cover gezeigt.

Zwei Tage später sagt jemand am fernen Ende einer Telefonleitung: „Rate mal."

„Linda", antwortet Harry.

„Du bist erstaunlich, Harry! Daß du dich nach fast zwanzig Jahren sofort an meine Stimme erinnerst! Hör zu, es gibt *so viel*, was ich dir sagen und worum ich dich bitten möchte... Ich hab solche Angst, röhrselig zu werden und dich förchterlich zu langweilen... Kannst du mir vielleicht noch vier oder fönf Minuten gönnen?"

„Ja."

„Also zuerst Glöckwönsche zu dem herrlichen Bericht, den die ‚Sunday Times' öber dich veröffentlicht hat. Ich bin fast ohnmächtig geworden, als ich den guten alten Po-Garten öberall in der Farbbeilage sah. Ich bin in *Schottland*, Harry. Ich weiß, du bist zu weltfremd, um einen Fernsehapparat zu haben oder Zeitung zu lesen, aber du hast doch bestimmt gehört, daß Glasgow die Kulturstadt Europas 1990 sein wird?"

„Nein."

„Aber das ist so! Deshalb sind viele von uns hierhergekommen, um die Sache möglich zu machen und die Stadt von ihrem Fluch zu befreien. Viele intelligente Menschen denken immer noch, daß Glasgow ein linker Slum voller Säufer ist, die mit Rasiermessern aufeinander losgehen, weil keiner die

Schiffe will, die sie früher gebaut haben. Tja, wir sind *wirklich* dabei, die Stadt von dem Fluch zu befreien. Wir arbeiten mit Saatchi und Saatchi zusammen! Ja, mit der Firma, die sich um die Public Relations für Margaret Thatcher und die Konservative Partei kümmert! Wie könnten wir da scheitern? Außerdem haben wir eine großartige alte, vernachlässigte viktorianische Kunstgalerie mitten in der Sauchiehall Street entdeckt. Seit einem Jahrhundert gehört sie dem Stadtrat, so daß man nur provinzielles Zeug in ihr gezeigt hat. Aber jetzt wird sie prächtig renoviert, und wir bereiten ein Ausstellungsprogramm von wirklich internationalem Reiz vor. Heute morgen gab es eine große Ausschußsitzung, und dein Name wurde erwähnt, und wegen der ‚Times'-Sache wußte sogar unser lieber Ratsherr, daß du die beröhmteste britische Bildhauerin und eine entfernte Cousine der Dingsdas bist. Ich war sehr gerissen – ich sagte kein Wort, bis sie anfingen, öber *Können wir sie kriegen?* zu reden, und endlich wandte sich einer von ihnen an mich und fragte (was sie alle irgendwann tun mössen): *Was meinen Sie?* und ich sagte ganz ruhig: *Sie und ich sind sehr gute Freundinnen. Wir waren Schulkameradinnen. Übrigens habe ich den meisten dieser kleinen Pos den letzten Schliff gegeben.* Meine Liebe, du hättest ihre Gesichter sehen sollen! Mein Ansehen stieg so schnell, wie ein Lift den Fernsehturm hinaufsaust! Also baten sie mich, dich anzuflehen, *daß sie die Pos nach Glasgow bringen dörfen.* Wir wollen dir hier eine Mordsretrospektive geben, viel größer als die in dem gräßlichen Centre Pompidou (die Franzosen sind so insular). Stell dir diese wunderschöne, geschwungene weiße Marmortreppe vor, eine Doppeltreppe mit schwarzen Marmorbalustraden. Sie föhrt in ein Vestiböl, dessen Fußboden mit Marmorkarrees gekachelt ist – und daröber breitet sich der Po-Garten aus! Welche andere Könstlerin hat je eine Retrospektive gehabt, an deren Beginn fast dreihundert Stöcke stehen, die sie ersann, als sie sieben Jahre alt war?"

„Hjordis hat es ersonnen", sagt Harry und bemerkt Tränen auf ihrer Wange.

Ihre Atmung scheint dies zu verraten, denn Linda spricht nun mit einer bebenden und feierlichen Stimme weiter. „Auch ich habe Hjordis geliebt, Harry. Ich liebte sie so leidenschaftlich wie du, obwohl sie mich daför verachtete. Der Po-Garten ist ihr Denkmal, Harry! Du darfst es der Welt nicht vorenthalten. Du und ich, wir sind die letzten Bandenmitglieder, Harry, die Zwillinge zählen jetzt nicht mehr. Es kann kein bloßer Zufall sein, daß wir beide uns zu diesem Projekt zusammenfinden. Wenn ich religiös wäre, wörde ich sagen, daß Gott es will. Aber ich bin nicht religiös, deshalb sage ich, daß das *Schicksal* es will. Du und ich waren einmal sehr gute Freundinnen, Harry. Ach, was ist bloß schiefgegangen?"

„Weiß nicht", flüstert Harry, überrascht darüber, wie feucht ihr Gesicht wird. „Was sagt Harvey?"

Alle Anrufe bei Harry durchlaufen das Büro ihres Agenten, damit sie nicht durch unprofitable Geschäfte belästigt wird.

„Er sagt, er sei begeistert davon, wenn du es auch bist, Harry! Das Scottish Museum of Modern Art in Edinburgh hat nichts von dir, Harry, was einfach lächerlich ist! Das gleiche gilt för Glasgow und Aberdeen. Wenn du dies för Schottland tust, wirst du bestimmt wenigstens eine große Arbeit verkaufen. Wir sorgen för einen Ausstellungsort und wörden den Transport und die Publicity bezahlen, und danach kann die Show nach London zuröckkehren und in einer wirklich bedeutenden Galerie wie der Warwick oder der Serpentine gezeigt werden. Bitte, sag ja!"

„Ja, entschuldige mich, Kopfschmerzen", flüstert Harry und legt den Hörer auf.

Seit der Trennung von ihrem Kindermädchen ist Harry durch nichts so sehr verstört worden wie durch die Nachricht, daß Hjordis tot sei. Hjordis ist der Mittelpunkt von Harrys Liebesleben. Wenn sich Harry nach der Arbeit eines harten Tages schläfrig in einem tiefen, warmen Bad aalt, stellt sie sich zuerst erotische Abenteuer mit Hjordis in einem Park vor, der so groß wie ein Dschungel ist, doch in späteren Jahren erweitert er sich zu einem Planeten. Harry ist die Königin dieser Welt, die am meisten angebetete und verehrte Person darin und auch die schwächste. Hjordis ist die stärkste und gefürchtetste. Sie ist eine böse Premierministerin, die alle Männer zu einer grausamen Armee organisiert und mit deren Hilfe die Macht übernommen hat; aber in der wilden Landschaft hausen Banden von Geächteten – Cowgirls und Sumpffrauen und Piratenhuren –, die Harry vor Hjordis retten oder sie für ihre eigenen Zwecke gefangennehmen. Die Politik dieser Welt wird durch *Four Sisters* dargestellt, die kleinste, doch populärste von Harrys Arbeiten.* Vier Frauenschuhe stehen Zeh an Ferse auf einem Platz; jeder ist in einem unterschiedlichen, nahezu farblosen Material geschnitten oder gegossen: Glas, Ahornholz, rostfreier Stahl und weißes Leder. Der Lederschuh ist echt, die anderen sind nach ihm modelliert. Jeder Pfennigabsatz durchbohrt die Kappe des Schuhs hinter ihm. Alle Kunstwerke, die Harry geschaffen hat, zeigen einen Teil des rätselhaften Mobiliars, der Landschaft oder der Architektur ihrer Phantasiewelt. Es ist eine Welt, in der imaginäre Schmerzen eine wirkliche Ekstase hervorrufen. Jeder erholt sich sofort von Verletzungen, jeder ist hinreißend schön, niemand wird alt oder krank oder stirbt, schon gar nicht Hjordis. Sie, die immer glorreich und grausam ist, die immer Pläne schmiedet, um Befriedigung zu finden, aber stets unfähig dazu bleibt, erhält diese Traumwelt am Leben. Harry hat Hjordis seit mehr als zwanzig Jahren nicht gesehen und nicht von ihr gehört. Es gibt keinen offenkundigen Grund dafür, daß die imaginäre Hjordis ver-

---

* Der Titel wurde von ihrem Händler gewählt, der allen Werken Harrys einen Namen gibt. Die meisten illustrierten Geschichten der modernen britischen Kunst enthalten ein Foto von *Four Sisters* und ordnen es der Pop- oder surrealistischen Schule zu. Ms. Paulina Cameron, Ziergartenberaterin des National Trust, beaufsichtigt die Züchtung einer Hecke, die wie die *Four Sisters* geformt ist, für das Melcombe Priory National Heritage Museum. Besucher werden in der Lage sein, unter den Fußgewölben einherzugehen.

schwindet, weil die wirkliche gestorben ist, aber genau dies geschieht. Die Traumwelt wird zu einer Erinnerung an Tod und Abwesenheit und verschwindet dann ebenfalls. Harry kann sich nun niemanden vorstellen, der sie anbetet oder begehrt, kann sich überhaupt nichts mehr vorstellen.

Sie schließt die Ateliertür ab, kauert sich auf einen kleinen Hocker, umarmt ihren Körper und schaukelt ihn hin und her. Manchmal masturbiert sie, aber es ist eine freudlose Übung. Sie lauscht einer klaren, kindlichen Stimme, die singt: *Gib mir etwas. Gib mir jemanden.* Es ist ihre eigene Stimme. Sie betet zu niemandem, aber sie betet unzweifelhaft. Harry hat das Gefühl, nichts auf der Welt tun zu können, außer zu schaukeln und zu beten, bis sie an Erschöpfung stirbt. Schlaf ist unmöglich. Nach mehreren Stunden hört sie Stimmen, die sich mit ihrer eigenen vermischen. Eine gedämpfte Männerstimme sagt, ihre Kunst sei ein kindliches Spiel, wie Gekritzel oder Masturbation. Eine andere, etwas lautere Stimme erklärt, daß der Po-Garten ein Denkmal für Hjordis sei, das der Welt nicht vorenthalten werden dürfe.

Kurz nach Mitternacht hört sie eine Stimme, die leise aus einer großen Entfernung ruft. Sie hört auf zu beten, um besser hören zu können. Die Stimme verstummt, klingt jedoch etwas näher, als Harry leiser betet. Schließlich kann sie die Worte *Harry Shetland* verstehen, denen ein Ausbruch hektischen Flehens folgt. Während die Sonne aufzugehen beginnt, ist Harrys Gebet zu einem Flüstern geworden, und das Flehen hört sich deutlicher an, wenn auch so, als werde es von einem Boden weit unter ihr heraufgerufen:

Harry Shetland, komm zu mir runter, bitte, deine Mutter und meine Mutter waren Freundinnen! Wir sind die beiden einzigen in diesem stinkenden Loch, die einander brauchen! Oh, bitte, komm runter und besuch mich in meiner Festung! Wir werden keinen anderen reinlassen – nicht mal die Zwillinge! Ich habe eine schöne Dose mit köstlichen Köksen und alle möglichen herrlichen Dinge för dich! Schokolade und Parfüm und einen Seidenschal und einen kleinen Hamster in einem Käfig wie ein Puppenhaus. Er heißt Hinke-Dan, weil sein einer Fuß kaputt ist, aber du kannst ihn nennen wie du willst. Bitte, komm runter! Bitte, ich bin so einsam!

Harry erinnert sich an eine Zeit, als solche flehenden Worte ihr ein Gefühl von Distanz, Selbstgefälligkeit und Macht gaben, doch nun durchfährt der Schmerz in ihnen ihren ganzen Körper. Sie stöhnt, schwankt benommen hin und her und wird fast ohnmächtig, aber dann wird sie von einer lauten, herrischen Stimme, die dicht neben ihr ertönt, wachgerüttelt: *Ich möchte einen Riesenpo in der Mitte, einen Po so groß wie ich!*

„Ja, das kannst du jetzt von mir haben", sagt Harry, die plötzlich weiß, was sie tun muß. „Danke, Hjordis."

Sie gähnt ausgiebig, schließt die Tür auf und telefoniert nach Sandwiches und einem Glas Milch. Sie ißt, trinkt und schläft dann fest. Tags darauf, bevor sie anruft, um ein Treffen mit ihrem Händler und Linda zu verabreden, schaut sie angestrengt in den Spiegel. Ihr Äußeres interessiert sie gewöhnlich nicht, doch heute möchte sie sich nicht nur wie eine andere Frau fühlen, sondern auch so aussehen. Ihr Haar ist so geschnitten, daß es einem glatten Tierfell gleicht, denn es ist ihr verhaßt, es zu bürsten oder zu kämmen. Von einem Moment zum anderen läßt sie ihren Friseur kommen und befiehlt ihm, sie völlig kahlzuscheren.

NEUNTES KAPITEL
Ein freier Mann mit einer Pfeife

Plötzlich klingelt das Telefon. Ella nimmt geduldig den Hörer ab. Die meisten der Anrufe, die sie beantwortet, sind für eine Freundin, die nur selten zu Hause ist. Sie sagt rasch: „Hallo."

„Hallo, Jean!" sagt eine laute, eifrige Stimme. „Ich bin ein freier Mann."

„Es tut mir leid, Jean ist nicht da. Sie kommt erst ziemlich spät zurück. Kann ich ihr etwas ausrichten?"

Sie hört ein Seufzen, dann Stille, dann ein trauriges Stimmchen, das zögernd fragt: „Sind Sie das, Elaine?"

„Ich bin Ella Warner, ich teile mir die Wohnung mit Jean."

„Ach ja, natürlich!" sagt die Stimme laut. „Sie sind Ella Warner, Sie teilen sich die Wohnung mit Jean. Wir sind uns bei Jeans Einzugsparty begegnet und haben ein interessantes Gespräch geführt. Sie sind der Meinung, daß moderne Mütter ihren Töchtern zuviel Freiheit lassen…"

„Ich glaube nicht, daß ich das gesagt habe."

„Sie trugen einen blauen Hosenanzug…"

„Ein blaues Kleid."

„Bei der Farbe hatte ich recht. Ich bin Leo Brown, und Sie erinnern sich an überhaupt nichts über mich." Die Stimme klingt triumphierend und anklagend.

Ella sagt abwehrend: „Ich kann mich an fast niemanden von der Party erinnern. Warum auch? Es war doch nicht meine Party."

„Sie werden sich an mich erinnern, wenn Sie mich sehen, Ella. Ich komme vorbei."

„Seien Sie nicht albern."

„Ich lade Sie zum Essen ein."

„Ich habe gerade gegessen."

„Ich lade Sie zu einem Drink ein."

„Gewöhnlich mache ich mir nichts aus Alkohol, und im Moment bin ich am Lernen. Montag habe ich eine Prüfung. Ich kenne Sie nicht, und ich glaube nicht, daß Sie mich kennen."

Die Stimme wird hart und häßlich.

„Arbeit macht das Leben süß, Faulheit stärkt die Glieder, Ella! Sie brauchen eine Pause, Ella! Das kann nur gut für Ihr Studium sein, also klopfe ich in einer halben Stunde an Ihre Tür, okay?"

„Ich werde nicht öffnen, wenn Sie das tun."

Ellas Worte sind energisch, aber sie legt den Hörer nicht auf. Sie hört ein weiteres Seufzen, dann Stille und wieder das traurige, zögernde Stimmchen.

„Kennen Sie... die Bar im Lorne Hotel?"

„Und?"

„In einer halben Stunde werde ich mir dort etwas zu trinken bestellen. Ich werde eine recht ungewöhnliche Pfeife rauchen. Der Kopf ist geschnitzt wie ein Stierschädel..."

„Oh!"

„*Jetzt* erinnern Sie sich an mich?"

„Nein, aber ich erinnere mich an Ihre Pfeife."

Nach vier Sekunden sagt die Stimme trübe: „Wenn Sie einen Drink wollen, wissen Sie, wohin Sie gehen können", und die Verbindung wird unterbrochen.

Ella wendet sich wieder ihren Büchern zu, kann sich aber nicht darauf konzentrieren. Weshalb sollte die Stimme eines einsamen, törichten Mannes, den es nach Gesellschaft verlangt, sie so sehr aus der Fassung bringen? Auch sie ist einsam, aber gewöhnlich gefällt ihr Einsamkeit. Die meisten Menschen zahlen ihrer Ansicht nach einen zu hohen Preis für die Gesellschaft anderer, Ehepaare besonders. Deshalb bewundert sie Jean, die seit zwei oder drei Jahren die Ehe durch häufigen Partnerwechsel vermieden hat und nun davon redet, sich ohne Heirat ein Kind zuzulegen. Aber Ella, die Kinder liebt, weiß, daß sie mit einem verheirateten Elternpaar in der Regel glücklicher sind. Diese Gedanken stören ihre Arbeit. Es ist ein warmer Abend, sie braucht etwas frische Luft, vielleicht wird ein Spaziergang sie aufmuntern. Der Weg zum Park führt am Lorne Hotel vorbei. Neugier läßt sie die Bar betreten, die zu dieser Stunde fast leer ist. Sie bestellt sich ein Viertelliterglas Apfelwein und schaut sich vorsichtig um. Der einzige Mann ohne Begleitung sitzt in einer Ecke und scheint in Gedanken verloren zu sein. Ella ist weitsichtig. Sie nimmt ihre Brille ab und erkennt auf dem Tisch vor ihm die seltsame Pfeife neben einem unberührten Viertelliterglas mit leichtem Ale. Er ist nicht jung, doch auch nicht besonders alt. Sein gutgeschnittener Tweedanzug ist weder schäbig noch auffallend modisch. Keiner seiner Gesichtszüge ist bemerkenswert kräftig oder schwach, aber sie und sein ganzer, in sich zusammengesackter Körper deuten eine traurige Verwirrung an, die Ella attraktiv findet. Seine Lippen bewegen sich leicht, als wiederhole er frühere Gespräche.

Sie setzt die Brille wieder auf, geht mit ihrem Glas an seinen Tisch und nimmt ihm gegenüber Platz. Er blickt sie konfus an und sagt dann ohne Begeisterung: „Oh, hallo. Sie sind also gekommen." Dann setzt er vorwurfsvoll hinzu: „Sie hätten sich das Glas da nicht bestellen sollen. Es muß auf meine Rechnung gehen. Ober!" Mit einer schwungvollen Armbewegung winkt er einen der Angestellten heran und bestellt zwei Whisky-Likör.

„Aber…" sagt Ella, die Whisky in jeglicher Form verabscheut.

„Heute abend gibt's kein Aber! Dies muß gefeiert werden. Sie fragen sich wohl, weshalb ich Sie hierher eingeladen habe."

„Nein."

„Werden Sie etwa an jedem Abend der Woche von fast völlig Fremden eingeladen?"

„Am Telefon klangen Sie so, als müßten Sie mit jemandem sprechen. Ich dachte, Sie seien einsam."

„Ella! Wie können Sie sich selbst so geringschätzen? Ella, wir haben auf der Party kaum zwei Worte gewechselt, aber sie besitzen Vorzüge, die Männer – manche Männer – unvergeßlich finden."

„Was für Vorzüge?" fragt Ella interessiert, doch nicht überwältigt. Sie weiß, daß die meisten Männer sie für eine nette junge Tante halten.

„Oh, Ihr Haar, Ihre Stimme, Ihr... Die Einzelheiten sind weniger wichtig als die Art, wie sie zusammenpassen."

Der Ober bringt zwei Gläser Likör. Er bezahlt, nimmt eines hoch und schaut dann mit finsterer Miene hinein, als sei es viel zu tief. Nach einer Weile stellt er es hin und trinkt statt dessen das Bier. Ella kommt der Gedanke, daß auch er Whisky-Likör verabscheut. Sie fragt: „Stimmt etwas nicht?"

„Was meinen Sie?"

„In einem Moment sind Sie aufgeregt, im nächsten lustlos und abgestumpft."

„Ich erinnere mich dauernd an einen Traum, den ich gestern nacht hatte."

Ella ruft entzückt: „Ich hatte gestern nacht einen Traum! Darf ich Ihnen davon erzählen?"

„Nur zu."

Während Ella spricht, wird ihr freundliches Gesicht lebhaft. Er beobachtet es aufmerksam, ohne Freude.

„Ich ging eine Landstraße entlang, es war ein trüber, gewöhnlicher Tag, und ich machte mir Sorgen wegen meiner Prüfungen, als ich plötzlich spürte, wie ein warmes, goldenes Licht von hinten auf mich niederschien. Ich wagte nicht, mich umzublicken, aber *ich wußte*, daß ein riesiges goldenes Flugzeug am Himmel hinter mir her glitt und daß das warme Glücksgefühl von ihm ausging. Ich wußte, das Flugzeug war die Concorde."

Leo trinkt sein Bier aus. „Und weiter?"

„Das ist alles, aber danach fühlte ich mich den ganzen Tag über glücklich. Was haben Sie geträumt?"

„Da war ein steinerner Kopf auf meinem Wohnzimmerfußboden, ungefähr einen Meter achtzig groß, ein Stück von der Statue eines ägyptischen Königs. Er hätte hohl sein sollen, aber er war mit schmutzigen Fetzen vollgestopft, und ich versuchte, sie durch den Mund herauszuziehen, und dann merkte ich, daß... die Leiche von irgendeinem Tier mittendrin war. Ich konnte nicht weitermachen. Ich versuchte, den restlichen Schmutz zurückzustopfen, aber er ging nicht rein." Er unterbricht sich und sagt dann voll äußerster Empörung: „Das ganze Zimmer war *völlig durcheinander!"*

Sie schüttelte sich. „Kein Wunder, daß Sie deprimiert sind."

Die Atmosphäre zwischen ihnen hat sich geändert. Ihre Sympathie hat ihn aufgemuntert. Sie merkt es, wird gelöster und murmelt: „Ob das wohl bedeutet, daß ich die Prüfungen bestehe?"

„Wovon reden Sie?"

„Von meinem Traum."

„Ihr Traum hat mit Sex zu tun."

„O nein!"

„Moment!" Er hebt einen Zeigefinger. „Sie gehen auf einer öden, gewöhnlichen Straße dahin und machen sich Sorgen wegen Ihrer Prüfungen. Das ist das normale Leben, stimmt's? Dann spüren Sie, daß Ihnen etwas Warmes und Schönes folgt – etwas, das Sie fürchten und nicht ansehen können. Es heißt Concorde, und Sie wissen, was Concorde auf französisch bedeutet, nicht?"

„Concorde ist ein Ort in Amerika", sagt Ella, die hier einen Ausweg zu sehen meint.

Aber er lächelt und spricht über ihre Worte hinweg wie ein energischer, doch geduldiger Lehrer: „Concorde ist französisch für *Zusammengehörigkeit,* Ella. Der Traum ist prophetisch, Ella. Er verrät, was die Zukunft bringt, wenn Sie den

179

Mut haben, sich ihr zu stellen. Ich glaube, dadurch, daß Sie heute abend hierhergekommen sind, ist bewiesen, daß Sie den Mut dazu haben."

Sie ist nicht geneigt, sich von diesen Worten beeindrucken zu lassen, und fragt: „Was bedeutet Ihr Traum? Handelt er auch von Sex?"

„Lassen Sie uns das Thema wechseln", schlägt er rasch vor. „Was machen Sie? Sind Sie Studentin?"

„Krankenschwester. Aber ich studiere, um Physiotherapeutin zu werden."

„Das kenne ich. Tiefes Durchatmen. Gymnastische Übungen."

„Die Hauptsache ist Entspannung", sagt Ella und fährt träumerisch fort: „Tiefe, kontrollierte Entspannung... Ich glaube, ich könnte gut darin sein."

„Wieso?"

„Na ja, wir haben einen kleinen Jungen mit wirklich schlimmem Asthma. Es ist so schlimm, daß er nachts Angst hat einzuschlafen. Die Ärzte gaben ihm Steroide, aber die konnten ihm natürlich nicht immer verabreicht werden – das würde gewisse Drüsen zerstören –, und nun geht es ihm so schlecht wie vorher. Wissen Sie, sogar bei seinen schlimmsten Panikanfällen kann ich ihn fast dazu bringen, ganz ruhig zu atmen. Ich sorge dafür, daß er sich flach hinlegt – es ist beinahe unmöglich, Asthmatiker dazu zu bringen –, und mit ein wenig leichter Massage schaffe ich es, daß er langsam und gleichmäßig und tief atmet, und nach zehn Minuten schläft er völlig normal. Ich habe versucht, es der Mutter des Jungen beizubringen, aber sie kann es nicht. Sie liebt ihn, sie würde alles tun, um ihn gesund zu machen, aber wenn sie mit ihm spricht oder ihn berührt, spannen sich seine Muskeln. Er traut ihr nicht – nicht physisch."

Nach einer Weile sagt Leo, als müsse er sich verteidigen: „Ich bin auch ziemlich gut auf meinem Posten."

„Ja?"

„Vertreter für Quality Fabrics. Mir ist klar, daß Sie nichts damit anfangen können. Wahrscheinlich glauben Sie, daß Handlungsreisende eine aussterbende Gattung sind."

„Nein! Warum denn?"

„Wegen der Kettenläden, der Supermärkte, der neuen Einkaufszentren. Aber ich sage Ihnen, wir sind KEINE aussterbende Gattung. Diese Art Wettbewerb hat nur zur Folge, daß Schwächlinge ausgemerzt werden. Überlebende wie ich reisen weiter und verdienen mehr als je zuvor. Als ich diese Arbeit übernahm, hat Quality Fabrics mir das zentrale Tiefland übertragen. Nun ist ganz Schottland mein Gebiet."

Er starrt sie herausfordernd an. Sie reagiert mit einem schwachen Lächeln, das strahlender wird, als ihr eine Entgegnung einfällt. „Sie müssen durch sehr schöne Landstriche kommen."

„Wie ich höre."

„Aber bestimmt…"

„Ella, ich bin der beste Fahrer, den ich kenne. In zehn Jahren habe ich keinen einzigen Unfall gehabt, der auf meine eigene Nachlässigkeit zurückgeführt werden könnte. Wenn ich am Steuer sitze, richte ich die Augen auf die Straße und die Gedanken auf… nicht bloß auf das Auto vor mir, sondern auf das *davor*. Ich fahre nach Thurso im Norden, nach St. Andrews im Osten, nach Berwick im Süden, und bei dem, was ich von der Landschaft sehe, könnte ich genausogut im Clyde-Tunnel hin und her fahren."

„Das ist schrecklich!"

„Ist Ihnen nie eingefallen, daß Autofahren um seiner selbst willen Spaß machen sollte?"

„Nie."

„Tja, mir macht das Autofahren um seiner selbst willen Spaß. Deshalb kann ich es so gut. Ich benutze ein hochentwickeltes Instrument, das jedes Jahr Tausende umbringt, wobei ich dauernd zwei unterschiedliche Dinge erreiche und miteinander in Einklang bringe: maximale Sicherheit und maximale Geschwindigkeit. Diese Leistung nimmt meine ganze Persönlichkeit in Anspruch – glücklicherweise. Zu viele Leute tun heutzutage nichts anderes mit ihrer Persönlichkeit, als damit zu protzen."

Nach einer Pause sagt sie: „Das finde ich auch."

Wieder merkt er, daß er sie beeindruckt hat, und wieder wird er fröhlicher. Er stößt mit seinem Glas an ihres an. „Skol!"

Sie lächelt und trinkt so wenig wie möglich, um das Gesicht nicht verziehen zu müssen. Er schluckt sehr rasch, vielleicht aus dem gleichen Grund, und sie spürt ein unzweideutiges Kitzeln der Belustigung in ihrem Inneren. Sie findet es unterhaltsam, wenn auch vielleicht nicht auf die Weise, die er sich wünscht.

„Wissen Sie", sagt er mit einem Ausdruck verwegenen Selbstgefühls, „ich bin ein freier Mann. Ich bestimme meine Arbeitsstunden und meinen Reiseplan selbst, niemand schreibt mir eine Routine vor. Ein Routinejob muß die reinste Hölle sein. Das werden Sie verstehen – bei Ihrer Arbeit."

„Aber meine Arbeit gefällt mir. Krankenhäuser sind die besten Orte der Welt."

„Es sind entsetzliche Orte!"

„Das stimmt nicht!" erwidert Ella, durch ihren Ärger kühn geworden. „Wenn jemand Papier auf einen Krankenhausfußboden wirft, hebt eine Reinmachefrau es auf. Wenn ein alter Mann sein Bett näßt, gibt es jemanden, der ihn wäscht und die Laken wechselt. Wenn jemand Schmerzen hat oder im Sterben liegt, haben wir Medikamente, um ihm Erleichterung zu verschaffen. Außerhalb von Krankenhäusern sind die einzigen ungefährdeten Menschen solche, die viel Geld haben, aber in Krankenhäusern wird niemand vernachlässigt oder muß hungern oder eine Arbeit verrichten, für die er nicht geeignet ist. Es gibt immer eine Person, die Dienst hat, eine Person mit Verantwortung."

„Für wie alt halten Sie mich?"

„...Vierzig?"

„Fünfunddreißig", sagt Leo beleidigt. „Und ich habe nie

einen Fuß in ein Krankenhaus gesetzt oder einen Arzt aufgesucht. Ja, ich bin gesund."

„Aber nicht entspannt."

„Natürlich bin ich entspannt."

„Weshalb atmen Sie dann so?"

„Wie?"

„Schnell und flach statt tief und langsam."

Er sieht sie mit gehetztem Blick an und antwortet nicht. Sie sagt im Plauderton: „Sie sind wieder lustlos und abgestumpft."

„Reden Sie etwa mit jedem so wie mit mir?" fragt er mit seiner häßlichsten Stimme.

„Leider ja."

„Es muß Ihnen sehr schwerfallen, einen Freund an sich zu binden."

„Das stimmt. Ja."

„Ich versuche, Ihnen zu helfen, Ella, aber meine Güte, Sie machen es mir nicht leicht... Heute ist meine Scheidung durchgekommen."

Nach einer Weile schiebt sie ihr Glas zu ihm hin und fragt behutsam: „Hätten Sie etwas dagegen, das auszutrinken?"

„Mögen Sie es nicht?"

„Es tut mir leid. Ich habe es versucht. Ich bin sicher, daß Sie mehr davon haben."

Er betrachtet das Glas, leert es, als sei es eine Arznei, hustet ein wenig und sagt dann: „Fragen Sie mich, was Sie wollen."

„Aber..."

„Keine Sorge, Sie werden an keine Wunde rühren. Wir leben seit Jahren getrennt."

„Ach so. Waren Sie..."

„Wenn Sie wissen wollen, ob ich ihr untreu war oder sie mir, dann lautet die Antwort nein. In beiden Fällen. Soviel ich weiß. Aber wir paßten nicht zueinander. Sie sagte dauernd, daß ich ihr auf die Nerven ging, und mit der Zeit gingen mir diese Worte auf die Nerven."

„Wie gingen Sie ihr auf die Nerven?"

„Na ja, wenn ich abends von der Arbeit nach Hause kam, war ich erschöpft. Ich habe Ihnen erklärt, weshalb. Ich kümmerte mich für Quality Fabrics um immer größere Teile von Schottland. Im Durchschnitt legte ich 350 Meilen am Tag zurück. Ihre Büroarbeit kostete sie anscheinend nicht viel Energie, denn sobald sie mich sah, fing sie an zu *reden*. Sachen zu erzählen, Fragen zu stellen. Und sie wollte unbedingt Antworten hören. Ein einfaches ,Ja' oder ,Nein' oder ,Das ist nett' genügte ihr nicht. Sie wünschte sich ausführliche Diskussionen, während ich nur eine ruhige Mahlzeit wollte und dann eine Stunde mit der Zeitung am Kamin, gefolgt von ein bißchen Fernsehen. Was wußte ich von Hüten, Schuhen und dem Hund der Nachbarin? Warum sollte ich mir darüber den Kopf zerbrechen, ob die neue Tapete rosa zu sein hatte, damit sie auf den Teppich abgestimmt war, oder grün, damit sie einen Kontrast zu ihm bildete? Das Leben ist zu kurz."

„Es klingt, als ob Ihre Frau Sie liebte. Oder es gern wollte."

„Wenn sie zwei Stunden lang den Mund gehalten hätte, wäre ich fähig gewesen, sie auch zu lieben – oder so zu klingen. Aber sie trieb mich immer wieder aus dem Haus. In Pubs wie diesen, um ehrlich zu sein, obwohl ich gar nicht viel trinke. Ein Viertelliter Lagerbier ist normalerweise *meine* Grenze."

„Haben Sie in den Pubs, die Sie besuchten, mit Menschen gesprochen?"

„Ja, natürlich. In einem Pub kommt man leicht mit anderen ins Gespräch – man braucht gar nicht nachzudenken. Vor unserer Heirat habe ich dauernd in Pubs mit meiner Frau gesprochen. Aber zu Hause sollte es anders sein, dort sollte ein Ehepaar zur Abwechslung auch mal schweigen. Ich las einmal einen Artikel darüber, wie man es zu einer glücklichen Ehe bringt, und da stand zum Beispiel: *Gib deiner Frau nie das Gefühl, daß du sie als selbstverständlich hinnimmst.* Das fand ich zum Lachen. Wenn man seine Frau nicht als selbstverständlich hinnehmen kann, wen denn sonst? Im Umgang mit allen anderen, denen man begegnet – vor allem Frauen –, muß man höflich und amüsant sein, man muß seine Stärken zeigen und sich gut verkaufen, so wie ich einem möglichen Kunden Stoffe zeige. Wie ich mich Ihnen jetzt zeige. Aber eine Ehefrau müßte doch so weit kommen, daß sie auf diese Behandlung verzichten kann."

Ella runzelt die Stirn, schürzt die Lippen wie eine Ärztin, die über einen Patienten nachdenkt, und fragt dann: „Keine Kinder?"

„Nein."

„Sie hätten eins adoptieren sollen."

„Ella, mir fällt auf, daß Sie viel davon halten, mit Barmherzigkeit und Güte an das Leben heranzugehen, wodurch Sie manchmal hart und gefühllos werden. Ich weiß, es gibt viele hilflose, ungeliebte Kinder auf der Welt, aber wäre es fair, sich eines davon wie einen Briefbeschwerer zuzulegen, damit eine unglückliche Ehe gerettet wird?"

Ella entgegnet störrisch: „Kinder sterben aus Mangel an Liebe, und Ihre Frau besaß mehr davon, als Sie benötigten."

„Sie sind eine unerbittliche Frau, Ella", meint er traurig. „Eine ganz unerbittliche Frau."

„Entschuldigen Sie, Leo", sagt sie voll echten Bedauerns. „Das ist nicht meine Absicht."

„Das ist das erste Mal, daß Sie meinen Namen ausgesprochen haben."

„Oh?"

Ihre Hand ruht auf dem Tisch. Er legt seine darüber und sagt leise: „Kommen Sie mit mir nach Hause, Ella. Wir sind kurz davor, einander wichtige Dinge anzuvertrauen. Ein Hotel ist kein Platz für wirkliche… Zusammengehörigkeit."

„Oh. Also… in Ordnung, aber nur für eine Stunde, nicht länger, Leo."

Ihre Stimme hat den kameradschaftlichen Klang eines einfachen Soldaten, der in dem großen Geschlechterkrieg mit einem gleichrangigen Soldaten spricht. Unglücklicherweise glaubt Leo, da er ein Mann ist, dem Offiziersstand anzugehören.

Er erhebt sich, winkt zur Bar hinüber und ruft: „Ober! Noch zwei Whisky-Likör!"

Sie schaut ihn verwundert an. Er knurrt: „Sie bemitleiden mich, nicht wahr? Deshalb sind Sie bereit, mit mir nach Hause zu kommen. Ich bin eines Ihrer Waisenkinder."

Sie flüstert heftig: „Setzen Sie sich hin! Die Leute gucken uns an, und ich möchte keinen Whisky-Likör."

„Dann geben Sie ihn aus Herzensgüte doch einfach mir, wie Sie mir den letzten gegeben haben."

„Weshalb ist Güte etwas, das Sie verhöhnen müssen?"

„Sie ist eine Beleidigung für das innerste Wesen des Menschen."

„Was ist das innerste Wesen des Menschen?"

„Das weiß ich nicht."

„Sie möchten, daß ich nett zu Ihnen bin, als täten Sie mir einen Gefallen."

„Ich möchte bewundert werden!" ruft Leo wild. „Ist das zuviel verlangt?"

„Bewundert wofür?"

„Wenn Sie sonst nichts in mir sehen, könnten Sie wenigstens begreifen, daß ich nach dem Ebenbild Gottes geschaffen bin!" Nach diesem Ausbruch versackt er wieder in Düsternis und setzt lahm hinzu: „Wenn Sie religiös wären, würden Sie es vielleicht tun."

„Sind Sie religiös?" fragt Ella, die mittlerweile nicht mehr weiß, wovon sie reden.

„Nein."

„Entschuldigen Sie, Sir, Sie müssen das Lokal verlassen", sagt der Ober.

Leo ist erstaunt. „Warum?"

„Sie machen zuviel Lärm. Und Flüche verärgern die Damen."

186

„Ich habe nicht geflucht! Wir haben über Religion diskutiert."

„Das kann zu Problemen führen, Sir. Sie sollten besser gehen."

Mit ruhiger Würde nimmt Leo seine Pfeife aus dem Aschenbecher, steht auf und sagt: „Gute Nacht. Sie verlieren keinen Stammkunden, aber Sie *könnten* jemanden verlieren, der vielleicht ein Stammkunde *geworden* wäre."

Ella, die neben ihm steht, bricht in ein Kichern aus, das sie trotz stärkster Bemühungen nicht unterdrücken kann, bevor sie den Bürgersteig vor dem Lokal erreicht haben. Er sagt: „Sie fanden das komisch."

„Tut mir leid."

„Gute Nacht."

„Wollen Sie nicht, daß ich mit Ihnen komme?" fragt sie. Er mustert ihr ruhiges, freundliches Gesicht verblüfft, lächelt dann dankbar und greift nach ihrer Hand.

Er führt sie zu einer Häuserreihe, die auf den Park hinausblickt – einer Häuserreihe, die für die Reichen des letzten Jahrhunderts gebaut wurde. Dort ist immer noch Wohlstand zu finden. Sie kommen zu einem Gebäude, das einer Kirche gleicht, mit breiten Stufen zu einer hohen Tür. Die Tür ist aus Glas. Ella erkennt durch sie hindurch einen erfrischend antiseptischen Fußboden aus großen, schwarz und weiß karierten Kacheln, eine braune Ton-Urne, aus der riesige, stachlige Blätter sprießen, und einen Lifteingang. Leo führt sie zum Lift. Sein Apartment besteht aus einem großen Wohnzimmer, einem eleganten Bad und einer kleinen, gut eingerichteten Küche. Das Mobiliar ist von der Art, wie man es in teuren modernen Hotels findet, und erfüllt Ella mit einem Gefühl der Trostlosigkeit, das fast größer ist, als wenn es von Armut hervorgebracht worden wäre. Sie denkt, daß ein gewaltiger Steinkopf auf dem Fußboden nur eine Verbesserung sein könnte. Aber sie sagt: „Wie sauber und ordentlich alles ist."

„Ich kann Unordnung nicht ausstehen", gibt Leo selbstgefällig zurück und macht sich in der Küche zu schaffen. Ella blickt sich verwirrt um und sucht (obwohl sie sich dessen nicht bewußt sein mag) einen Hinweis auf seine Kindheit oder auf eine frühere Liebesbeziehung. Ein Bücherregal enthält nichts als Autohandbücher und Handelsblätter. Der einzige Wandschmuck ist eine große Schottlandkarte, die auf ein Brett geklebt ist und aus der zahlreiche rote Stecknadeln herausragen. Also studiert sie die Karte.

„Mein Gebiet!" ruft er aus der Küche. In den Grenzen der vier großen Städte sind fast keine Nadeln zu sehen. Die meisten stecken in unbekannten Orten, die ein paar Meilen von den Städten entfernt sind und in den letzten Jahren erfolgreiche Pendler und vermögende Pensionäre angezogen haben. Im Hochland durchbohren ein paar Nadeln die bedeutendsten Urlaubsorte, und sie verdichten sich ein wenig in den Gemeinden nahe der englischen Grenze. Eine gelbe Stecknadel markiert einen südlichen Flecken in einer braunen Moorlandschaft. Sie sieht genauer hin, um den Grund für diese Ausnahme herauszufinden.

„Das kennzeichnet die Stelle, wo mich Mutter Erde einmal verführt hat", sagt Leo, der ein Tablett mit Teesachen hereinbringt und es auf einen niedrigen Tisch stellt. „Ich nehme an, Sie möchten alles darüber hören."

„O ja, bitte!" ruft Ella. Zu seiner, genauso wie zu ihrer eigenen Belustigung benimmt sie sich wie ein eifriges kleines Mädchen, setzt sich mit angezogenen Beinen auf einen Sessel, stützt das Kinn auf eine Faust und öffnet erwartungsvoll Mund und Augen. Leo knipst die Tischlampe an und schaltet die Deckenbeleuchtung aus, um dem Zimmer eine intime Atmosphäre zu verleihen. Er setzt sich auf das Sofa, gießt zwei Tassen Tee ein, reicht ihr eine und beginnt: „Das war so..."

Er merkt, daß er nicht sprechen kann, ohne die Karte zu Hilfe zu nehmen. Deshalb steht er auf, schaltet die Deckenbeleuchtung wieder an und geht auf die Karte zu.

„Eines Samstags fuhr ich von Stranraer aus an der Küste

entlang, ungefähr hier. Damals bekam ich Zuschläge für die Arbeit an Wochenenden. Es war ein heißer Tag, auf der Straße war viel Verkehr, ich hatte eine außergewöhnlich harte Woche hinter mir, deshalb bog ich, statt nach Ayr hinaufzufahren, nördlich von Ballantrae ins Landesinnere ab. Diese Linie bezeichnet eine Straße der dritten Kategorie. Sie können sehen, weshalb ich diesen Weg für eine Abkürzung hielt. Jedenfalls steuerte ich dieses gewundene Tal hinauf, kam an ein paar alten Bauernhöfen vorbei und erreichte diese Moore hier. Die Straße war durch ein Tor versperrt (es ist nicht eingezeichnet) – wahrscheinlich, damit Schafe nicht davonlaufen konnten. Ich mußte aussteigen, um es zu öffnen. Sonst wäre nichts passiert, denn die Luft war nicht bloß warm, sondern sie wurde auch von kleinen, frischen Brisen durchweht, und ich konnte in der Ferne zwei oder drei der Vögel hören, die pui-pui machen... Wie heißen sie noch?"

„Kiebitze", sagt Ella.

„Nein. Brachvögel", behauptet Leo. „Das ist ihr Name. Brachvögel. Jedenfalls schloß ich das Tor hinter mir, fuhr ein oder zwei Meilen weiter und erreichte ein zweites Tor – dort, wo die gelbe Stecknadel ist. Aber statt es einfach zu öffnen und durchzufahren, legte ich mich auf eine Heideböschung, um meine alte Pfeife zu paffen. Kein Mensch, kein Telegraphenmast und kein Auto außer meinem eigenen waren zu sehen, nur Heide und Farne und der Hügel gegenüber, an dessen Fuß ein altes Haus zwischen ein paar Bäumen stand. Alles war warm und... glanzvoll und ruhig. Ich konnte eine Grille in der Nähe hören, im Gras. Wissen Sie, was ich tat?"

Er wirft ihr einen anklagenden Blick zu. Sie schüttelt den Kopf. Er spricht in einem Tonfall verwunderter Empörung weiter.

„Ich schlief ein! Ich schlief ein und wachte neunzig Minuten später mit rasenden Kopfschmerzen und einer Gänsehaut auf! Ich war völlig im Rückstand. Zwar kam ich noch nach Dalmellington, aber Kilmarnock und Strathaven konnte ich nicht mehr schaffen. Mein kleines Nickerchen kostete Quality Fabrics zweihundert Pfund an Aufträgen. Das war eine Lehre für mich."

„War man ärgerlich?" fragt Ella leise.

„Wer?"

„Quality Fabrics."

„Aber nein! Der Verlust geht auf meine eigene Schätzung zurück, nicht auf die der Firma. Außerdem wäre mehr als ein Versäumnis dieser Art nötig, um einem Mann mit meinen Leistungen zu schaden. Aber es zeigte, daß ich ein Mensch bin – wie alle anderen. Wenn ich mich nicht zusammengerissen hätte, wäre ich vielleicht vor die Hunde gegangen. Das kann in meiner Branche vorkommen. Gewöhnlich wegen Alkohol. Diese gelbe Stecknadel ist eine Warnung für mich."

Er setzt sich neben sie und nimmt einen Schluck Tee. Sie flüstert mitfühlend: „Kein Wunder, daß Sie sich nicht entspannen können."

Er stellt die Tasse mit einem Anflug von Zorn hin.

„Ella, Sie haben kein Wort von dem verstanden, was ich Ihnen erzählt habe. Ich *kann* mich entspannen, aber ich habe mich entschieden, es nicht zu tun. Sie mögen Routine, aber ich bin Individualist, ein *freier Mann*, Ella. Der Preis der Freiheit ist ewige Wachsamkeit. June konnte das nie begreifen. In unseren dreieinhalb Ehejahren zeigte sie kein einziges Mal Teilnahme an dem, was ich für sie tat."

„Taten Sie es wirklich für sie?"

Er seufzt und antwortet nicht.

Nach einer Weile sagt sie, hauptsächlich, um das Schweigen zu überbrücken: „Mich überrascht, daß Sie kein Magengeschwür haben."

„Vielleicht habe ich eins. Nach den Mahlzeiten tut mir heutzutage der Magen weh, und... da ist eine Schwellung."

Er legt eine Hand auf den Bauch. Sie richtet sich auf und erklärt ernst: „Sie müssen zum Arzt gehen."

„Ich habe Ihnen doch gesagt, daß ich nichts mit Ärzten zu tun habe."

„Lassen Sie mich sehen."

„Es gibt nichts zu sehen, aber wenn Sie es anfühlen wollen..."

Er öffnet seinen Hosenbund und lehnt sich zurück. Sie setzt sich neben ihn, schiebt die Hand hinein und betastet seinen Bauch, wobei sie nachdenklich die Stirn runzelt. „Ich kann überhaupt nichts fühlen."

„Weiter unten, in der Mitte."

Ihre Finger berühren die Schwellung und bleiben darauf liegen. Er flüstert: „Was für sanfte, glatte Finger du hast, Ella."

Sie flüstert: „Bist du nicht gerissen?"

Er zieht sie an sich. Sie nimmt die Hand von seiner Hose und setzt die Brille ab. Die beiden umarmen und küssen sich. Ihn überrascht, wie leicht alles ist. „Du bist nicht verkrampft."

„Warum sollte ich?"

„Das Gerede über die leidenden Menschenmassen hat mich vermuten lassen, daß du... starrer bist."

Sie lächelt. Männer sind immer überrascht, wenn sie merken, daß Ella nicht starr ist. Sie ziehen sich aus und gehen zu Bett. Das Fehlen von Eile und Peinlichkeit verblüfft ihn. Er sagt: „Du bist etwas Besonderes."

„Bestimmt nicht."

Sie umarmen und küssen sich von neuem, und er murmelt: „Die Frau... ist der Niedergang des Schwächlings, doch die Erholung des Kriegers."

„Was für ein alberner Ausspruch."

„Das sind Napoleons Worte."

„Dann war er albern."

„Kann ich dich morgen treffen?"

„Ja. Vielleicht wache ich hier auf."

„Aber morgen abend?" bittet er.

„Ich glaube... vielleicht."

„Und übermorgen?"

„Dann habe ich Prüfungen."

Ein wenig später ist er so entzückt, daß er ruft: „June, du bist wunderbar. Du bist so wunderbar, June."

Sie schlägt ihm heftig an die Schläfe.

Ella steht auf und beginnt, sich anzuziehen. Er hockt auf dem Bettrand und saugt an den Knöcheln einer geballten Hand. Ihre Entrüstung legt sich, als sie ihren Rock zugeknöpft hat, denn Mitgefühl ist das, was sie auf dieser Welt am stärksten beeinflußt. „Es tut mir leid, daß ich dich geschlagen habe, Leo, aber du hast den ganzen Abend an eine andere Frau gedacht."

Er bewegt sich nicht. Sie schaut ihn an. „Ich gehe jetzt wohl besser, nicht? Es ist ziemlich spät."

Er bewegt sich nicht. Sie hat sich zu Ende angezogen. „Es tut mir wirklich leid, daß ich dich geschlagen habe, Leo, aber ich setze mich am besten wieder an meine Bücher."

Er bewegt sich nicht. Ella tritt zur Tür, öffnet sie, zögert und versucht, sich einen ermutigenderen Abschied einfallen zu lassen. Schließlich sagt sie: „Ich bewundere dich, Leo. Wirklich..."

Er bewegt sich nicht. Die Wahrheit und das Schweigen zwingen sie fortzufahren: „...in mancher Hinsicht, ein kleines bißchen. Gute Nacht."

Sie geht hinaus.

Er kauert lange auf dem Bettrand und wirft dann verstohlene Blicke zum Telefon hinüber, als sei es eine verlockende Droge mit üblen Nachwirkungen. Er steht auf, zieht sich die Hose an, setzt sich neben das Telefon und wählt. Kurz darauf hört er eine Frau sagen: „Hallo?"

Er antwortet mit seinem zögernden Stimmchen.

„Hallo, June... Ich wollte gern wissen... Ich dachte, daß du dich nach dem juristischen Kram heute nachmittag vielleicht ein wenig... einsam fühlst?"

„Ich kann dir nicht mehr helfen, Leo", sagt die Frau sach-

lich. „Dafür ist es zu spät. Es tut mir leid, wenn du dich einsam fühlst, aber es ist zu spät, mit mir darüber zu sprechen.
Gute Nacht, Leo."

Sie legt den Hörer nicht sofort auf die Gabel. Mehrere
Sekunden verstreichen, bevor er das endgültige Klicken
wahrnimmt. Er drückt seinen eigenen Hörer noch eine weitere Minute lang ans Ohr, legt ihn langsam auf, greift
nach einer Tabaksdose auf dem Kaminsims, öffnet sie und
stopft langsam den Kopf seiner recht ungewöhnlichen
Pfeife.

ZEHNTES KAPITEL

Kulturkapitalismus

Harry trifft sich mit ihrem Händler und Linda, die nach Süden gekommen ist, um mit den beiden über die für 1990 in Glasgow geplante Ausstellung zu sprechen.

„Erzählen Sie mir zuerst von dieser Sache mit der europäischen Kulturhauptstadt", sagt der Händler. „Warum ausgerechnet Glasgow? Wie kommt es, daß dieses beröchtigte Drecksloch plötzlich zu einem föhrenden Licht geworden ist? Soll das ein Werbegag sein?"

„Sicher, aber wir haben auch Stoff für unsere Werbung!" sagt Linda. „Alles fing damit an, daß John Betjeman Glasgow in den Sechzigern entdeckte und etwas fand, was niemand vermutet hatte. Das Stadtzentrum ist ein Meisterwerk der viktorianischen und Jugendstil-Architektur. Aber damals war alles von einer dicken Schicht aus Ruß und Dreck öberzogen, die nur das Auge eines Meisters durchdringen konnte. Sogar noch abstoßender war die Bevölkerung. Damals durchlief ein Großteil der schottischen Importe und Exporte Glasgow, und der wertvolle Teil in der Mitte war zwischen Docks, Lagerhäusern und Arbeitermietshäusern eingeklemmt. Was wörden Besucher von London denken, wenn der Trafalgar Square auf der Isle of Dogs wäre? Wenn täglich Horden von Männern mit schwieligen Händen und in schmutzigen Overalls die Regent Street auf- und abströmen und sich in den Pubs der Fleet Street breitmachen wörden? Aber London ist riesig, so daß sich die unterschiedlichen Klassen leicht und natörlich voneinander absondern. In Glasgow war das nicht möglich, und so zitterten achtbare Londoner auf der Durchreise um ihr Leben. Vielleicht ist es unlogisch, daß gutgekleidete Briten die Arbeiterklassen förchten, aber wenn ihre Zahl so deutlich höher als unsere ist, schrecken wir eben instinktiv zurück.

Jedenfalls konnte Glasgow nicht verschönert werden, bevor all seine traditionellen Industrien aus der Stadt entfernt waren, aber das ist inzwischen geschehen. Und davor wurden alle, die in diesen Industriezweigen arbeiteten, in große Siedlungen am Stadtrand abgeschoben. Deshalb ist die Mitte von Glasgow jetzt sauber, und sie wird nie wieder schmutzig! Die alten Lagerhäuser und Märkte und Mietshäuser und Kirchen werden in Luxuswohnungen und Einkaufszentren und eine öberraschende Vielzahl von sehr anständigen ausländischen Restaurants umgewandelt. Und hier treten wir auf den Plan – ich meine uns Engländer.

Die Sache ist nämlich die: Glasgow liegt in Schottland, und Schottland ist aus unserer Sicht ein bißchen wie Rhodesien am Anfang dieses Jahrhunderts. Der Großteil des britischen Kapitals und der britischen Industrie befindet sich nun im Söden Englands, wo es dementsprechend eng geworden ist. Aber wir Engländer hassen Enge. Im tiefsten Inneren möchte jeder von uns ein Landjunker sein, auf einem Gut inmitten weiter Landstriche und, wenn möglich, mit einer Dorfatmosphäre, in der wir uns mit ein paar gleichgesinnten Freunden erholen können. Aber so was kostet in England ein Vermögen, und je näher man an London herankommt, desto astronomischer wird das Vermögen. Sämtliche höbschen englischen Dörfer sind längst verkauft. Aber der Verkauf einer verhältnismäßig kleinen Immobilie in London bringt genug ein, um…"

„Ja, ja, ja!" wirft der Händler ungeduldig ein. „Ich kenne mich mit der Immobilienentwicklung im Norden aus, ich hab ja selbst einen kleinen Steuerumgehungswald bei Inverness. Aber wo kommt die *Kultur* her?"

„Von der Regierung Thatcher", erwidert Linda, ohne zu

zögern, „und vom Glasgower Stadtrat. Glasgow hatte einmal die mächtigste Kommunalverwaltung außerhalb Londons. Sie besaß ein riesiges öffentliches Verkehrssystem, städtische Wohnsiedlungen, ein Hafenviertel und eine Menge anderer Dinge, die Thatcher ihr zu verkaufen erlaubt. Wie die Kommunalverwaltungen öberall wird sie allmählich abgeschafft, aber da die gewählten Volksvertreter ihre Gehälter normalerweise bis ans Lebensende beziehen – und alle möglichen Vergönstigungen obendrein –, beschweren sie sich natörlich nicht. Vielleicht bemerken sie es nicht einmal! Trotzdem wollen sie jetzt beweisen, daß sie mehr können, als öffentliches Eigentum an private Spekulanten zu verkaufen, und deshalb störzen sie sich nun auf die Kultur – und das in ganz großem Stil – und auf den Tourismus. Kommerziell gesehen sind Kultur und Tourismus ein und dasselbe.

Die Idee einer europäischen Kulturhauptstadt kam Melina Mercouri, der griechischen Kunstministerin. Die Gebäude von Athen waren gerade sandgestrahlt worden, und damit es auch jeder Tourist mitkriegt, schlug sie in Brössel vor, daß Athen die erste Kulturhauptstadt sein solle; danach könnten andere Länder ihr Glöck versuchen. Niemand hatte etwas dagegen. Italien wählte Florenz, die Niederlande Amsterdam, Deutschland Berlin, und Frankreich wählte natörlich Paris. Aber diese Ehre kommt eine Stadt teuer zu stehen. Man muß Werbung für sich machen. Zusätzliche Shows und Konzerte veranstalten. Ausländische Gäste einladen. Langweilige Empfänge abhalten. Margaret Thatcher ist för all den Mist nicht zu begeistern, und London hat sowieso schon genug davon. Als vernönftige Monetaristin organisierte sie einen Wettbewerb, bei dem das niedrigste Gebot gewinnen sollte. Bath und Edinburgh bewarben sich, ebenso wie Cardiff, Birmingham und Glasgow. Aber Glasgow war die einzige Stadt, die still und leise versprach, im Falle ihres Sieges die Landesregierung um *keinen* Penny anzugehen. So kam es, daß Glasgow, das seit mehr als fönfzig Jahren von der Labour Party

regiert wird, von einem konservativen Kunstminister den Zu-
schlag erhielt. Er verkündete, daß sich alle anderen Kommunalverwaltungen im Vereinigten Königreich ein Beispiel an
Glasgows selbständiger Haltung nehmen sollten. Das Ganze
finanzieren wir durch die Gemeindesteuern, den Verkauf von
städtischem Eigentum, Spenden von Banken, Ölkonzernen,
Bausparkassen und durch alles, was wir aus Europa heraus-
quetschen können.

Und Glasgow hat die Ehre verdient – hier sind der Hauptsitz
der Schottischen Oper, des Schottischen Balletts, des Schottischen Staatsorchesters, die Burell-Sammlung, das Citizen's
Theatre, das Third Eye Centre, und es gibt ein internationales
Theaterfestival. Alle werden natürlich von Engländern geleitet und zum Großteil auch verwaltet. Manchmal werden die
Einheimischen deswegen ein bißchen aufmöpfig, aber da geraten sie bei mir an die Falsche. Ich sage ihnen ganz ruhig:
‚Jetzt hört mal her. Seit Jahrhunderten exportiert ihr Schotten
eure Leute nach England und sonstwohin, und niemand beschwert sich groß daröber! Warum also jetzt auf einmal das
ganze Geschrei, nur weil wir es euch mit gleicher Mönze
heimzahlen?' Dazu fällt ihnen natörlich nichts ein."
    „Aber die Einheimischen haben doch sicher eine eigene
örtliche Kultur?" sagt der Händler. „Was ist mit all den jungen Malern, die in den Vordergrund getreten sind? Campbell
und Currie et cetera."
    „Die Maler, die in New York ziemlichen Erfolg hatten? Ja,
die kriegen auch eine Show."
    „Gibt es in Glasgow nichts außer Komikern wie Billy Con-
nolly?"
    „Ein paar Romane von Glasgower Autoren haben über-
schwengliche Rezensionen im ‚Times Literary Supplement'
gekriegt, aber ehrlich gesagt, mich lassen sie kalt. Die Hälfte
ist im schottischen Dialekt geschrieben und handelt von Leuten mit albernen Namen wie *Auld Shug*. Jedes zweite Wort ist
eine Sauerei, aber so gut wie keine Sauereien finden statt. Und

die andere Hälfte hat komplizierte Handlungen – sie gleichen sadomasochistischen Hindernisläufen, bei denen ich mich total verirre und dann aufgebe. Apropos, Harry, ich habe dir eins von diesen Böchern mitgebracht! Teilweise erinnert es mich an Spielchen, die wir früher mit Hjordis gemacht haben."

„Entschuldigung, was hast du gesagt?"

Obwohl Harry, wenn sie nicht arbeitet, auf penible Sauberkeit hält, findet sie Schmutz interessant. Als sie erfuhr, daß Glasgow jetzt eine saubere Stadt sei, hat sie dem Gespräch nicht mehr zugehört und sich im Geist in ihr altes Spielzimmer unter dem Dach zurückgezogen, aus dem sie hin und wieder in den Park abwandert. Der Name Hjordis bringt sie völlig in die Gegenwart zurück. Linda wiederholt ihren letzten Satz und gibt Harry ein Buch mit dem Titel „Ein anderer Teil des Waldes". Harry mustert das Umschlagbild des Buches viel länger, als es nach Meinung Lindas und des Händlers verdient hätte. Es zeigt etwas, das zunächst wie ein tropischer Dschungel im Mondlicht wirkt, in dem Augen zwischen riesigen blaugrünen Blättern aus dem Dunkel hervorglühen. Aber dann sieht Harry, daß es nicht die Blätter von tropischen Pflanzen, sondern – groß gemalt – von Hagedorn, Holunder und Brombeeren sind. In diese Blätter versunken, hört Harry ihren Händler fragen, ob sie ihre nächste Retrospektive in Glasgow abhalten möchte.

Sie schaut auf und sagt: „Nein, ich habe Retrospektiven ein für allemal satt. Außer dem Po-Garten ist alles, was ich gemacht habe, Scheiße – Zeitverschwendung, ein albernes Spielchen, das ich mit mir selbst gespielt habe. Ich habe keine Ahnung, warum es anderen gefallen hat – abgesehen von dir. Du lebst ja davon, solche Scheiße zu verkaufen."

Sie blickt ihren Händler an, und ihre klare, ferne Stimme enthält weder Tadel noch Reue. Linda will entgeistert „Aber!" rufen, deshalb macht der Händler: „Scht!"

Harry spricht selten soviel auf einmal, und wenn man sie unterbricht, schweigt sie tagelang. Sie fährt fort: „Der Po-Garten war gut, weil ihn jemand anders wollte. Die Person, die ihn wollte, war die einzige, die auch mich jemals gewollt hat – fröher."

Aus Harrys Augen strömen Tränen, doch ihr Gesicht und ihre Stimme bleiben ruhig und emotionslos. Linda weint aus Mitgefühl ebenfalls.

„Aber technisch gesehen ist der alte Po-Garten Kinderkram. Ich wörde ihn besser und größer machen, aus poliertem Stahl und weißer, glasierter Keramik, über mehrere Flächen hinweg – große Flächen. Wie geräumig ist das Ausstellungsgebäude in der Sauchiehall Street, Linda?"

„Enorm. Hier ist ein Plan. Diese riesige Galerie geht in drei weitere, genauso große öber. Dann haben wir noch zwei normale Galerien und zwei kleine in den Ecken. Hier ist das Foyer: der Absatz am Ende einer prächtigen Doppeltreppe. Die Decken sind öber sechseinhalb Meter hoch und haben öberall Oberlichter."

„Das mößte reichen. Ich werde die Bösche in den Ecken aufbauen. Mir ist gerade eingefallen, wie ich das mit den Blättern mache: emailliertes Blech. Die große Galerie in der Mitte wird auch mit Böschen ausgeföllt – und öberall sind Vögel: Vögel aus Glas und poliertem Holz zwischen Blättern, Vögel, die zerbrochenen Keramikkuchen vom grönen Mattenboden aufpicken. Hier und da stehen kleine Mödchen, die man zuerst nicht sieht – kleine Terrakottamödchen, die echte Kostöme der damaligen Zeit tragen. Eines von ihnen, in einem Overall, sitzt hoch oben auf einem Blättertrapez. Die älteren Mödchen werden aus glasierter Keramik sein, die Kleidung auch – alles hellweiß außer etwas Farbe an Stellen, auf die sie stolz sind: rot auf Lippen, rosa auf Wangen, Punktmuster auf einem Kleid, bunte Streifen auf einer Bluse. Eine andere Gattung als wir, die älteren Mödchen. Wir kreischen, sie murmeln und gurren. Ich wörde diese Geräusche aufnehmen und sie zusammen mit dem Vogelgesang und dem Lied aus Der

Festung, *Ich traf eine alte Frau* nein *Ich traf eine junge Frau, die mir einen Regenbogen schenkte*, spielen. Aber die riesige, dunkle poförmige Festung ist der Mittelpunkt von allem. Stacheldrahtbrombeeren lassen die Erwachsenen nicht heran, aber das Licht und die Musik sickern aus Spalten in den schwarzen Wänden; die Wände sind aus teerverschmierten, hölzernen Eisenbahnschwellen und aus Persenning – wie sie aufflammten, als Ethel sie mit Paraffin öbergoß und das Streichholz daranhielt. Was wurde aus Hinke-Dan, dem Hamster, Linda? Hast du ihn in Der Festung gesehen?"

„Die ham mich nie reingelassen!" schluchzt Linda. „Ich war immer nur 'ne Kandidatin. Mehr nich mehr nich mehr nich!"

„Ich habe das Geföhl, daß mir etwas entgeht", sagt der Händler heiter. „Wördet ihr beiden Damen mich aufklären?"

Sie erklären es. Er denkt heftig nach. Nostalgie und grotesker Infantilismus blühen vielerorts, aber besonders in Britannien. Er hat beobachtet, wie sich diese Erscheinung von Weihnachtsspielen und Neuauflagen von „Peter Pan" bis hin zu Büchern, Filmen, Computerspielen, Modedesigns, Innenausstattungen und Architektur ausgebreitet hat. Harrys Arbeit ist bisher nicht infantiler gewesen als die meisten zeitgenössischen Werke, aber man hat wegen der überraschenden Vielfalt ihrer Materialien und wegen ihrer königlichen Verwandtschaftsbeziehungen stärker davon Kenntnis genommen. Diese königlichen Verwandten haben kein Interesse an ihr und sind nie hervorgetreten, um ihre Karriere zu fördern, doch dies bleibt wichtigen Mitgliedern einiger Einkaufsausschüsse verborgen, und ein Mann, der unbedingt geadelt werden möchte, hat die Preise von Harrys Arbeiten auf eine Höhe getrieben, die, nach Meinung der Eingeweihten des Londoner Kunstmarktes, nicht zu halten ist. Harrys Händler ist einer dieser Eingeweihten. Nun aber hat er den Eindruck, daß ihre Werke bis zum Ende des Jahrhunderts mit Gewinn vom Londoner Kunstmarkt verkauft werden können, wenn sie in einem Saal eine aufwendige Skulpturlandschaft herstellt, die ihre schaurig abstoßende Schulzeit repräsentiert (und mit der richtigen Unterstützung kann Harry alles mögliche herstellen). Darüber ließe sich soviel schreiben! Über dieses tragisch feministische Remake der Kack-Ecke, des Wolkenkuckucksheims, des Geheimen Gartens; diesen Schrein für eine tote Millionärin, die von Marc Bolan, Jimi Hendrix und Sid Vicious geliebt wurde, wenn auch nur für ein paar Minuten. Wenn man den kommentierenden Katalog für die Show von einem ungewöhnlich gescheiten populären Autor verfassen ließe (William Golding vielleicht zu alt und ehrwürdig, aber er ist einen Versuch wert, und Muriel Spark, Iris Murdoch, Fay Weldon, Germaine Greer, George Melly, Angela Carter, David Lodge oder wer immer „Der Geschichtsmensch" schrieb, Adam Mars-Jones oder wer immer „Der Zementgarten" schrieb, Roald Dahl, Martin Amis, *Tom Stoppard*? *Harold Pinter*? Alle, die einem einfallen, scheinen geeignet), könnte er zu einem kleinen Bestseller werden, einem Kultbuch, falls sich das Fernsehen damit beschäftigt, oder warum kein Kinofilm? Unter Regie von Bill Forsyth? Aber zuerst die Ausstellung.

Die flache Hand des Händlers klatscht auf die Stuhllehne. „Finanzierung!" verkündet er. „Finanzierung! Harry, ich bin froh, daß du all deine fröheren Arbeiten för Scheiße hältst. Du irrst dich, aber es bedeutet, daß du uns durch unglaublich aufregende neue Dinge verblöffen wirst. Allerdings braucht man für Säle voll Stahl, Keramik, poliertem Holz et cetera starke Finanzen. Und auch för Assistenten. Wir benötigen wenigstens sechs: drei High-Tech-Knaben und drei Gaffer.* Linda! Sie und ich, wir sollten versuchen, das Sponsorenpro-

---

* Ein „Gaffer" ist der Chefbeleuchter bei Dreharbeiten (*Wörterbuch der amerikanischen Filmtechnologie*). Der Händler scheint diesen Begriff fälschlich für Bühnenarbeiter zu benutzen; was er jedoch auf keinen Fall meint, sind „neugierig und untätig zusehende Personen" (siehe *Lexikon der deutschen Sprachlehre*).

blem von der schottischen Seite her zu lösen. Hat Schottland eine Stahlindustrie?"

„Ja, jedenfalls die letzten Reste davon. Sie schleppt sich von einer Krise in die andere, muß die Regierung dauernd um Geld anbetteln und wird immer kleiner. Vielleicht wörde sie sich öber ein bißchen Publizität freuen."

Geldgespräche langweilen Harry. Sie öffnet „Ein anderer Teil des Waldes" aufs Geratewohl und stößt auf einen Raum, in dem eine weiße Amerikanerin eine junge schwarze Amerikanerin befragt; letztere ist von einer Agentur geschickt worden, die Hausangestellte an reiche Familien vermittelt. Beim Lesen beginnt Harry vor Erregung zu zittern. Die Befragung zeigt, daß die ältere Frau egoistisch und rechthaberisch ist, daß sie sich nur für die Bequemlichkeit und das Äußere ihres Körpers interessiert, daß sie den größten Teil ihres Lebens darauf verwendet, ihren Körper verhätscheln und für frivole gesellschaftliche Ereignisse pflegen zu lassen. Sie ist gefesselt von ihrer eventuellen Dienerin und versucht, dies hinter herablassender Unverschämtheit zu verbergen. Die Antworten der jungen Schwarzen zeigen, daß sie intelligent ist und die gewünschte Körperpflege leisten kann, daß sie sich aber keineswegs untertänig fühlt. Auch sie ist unverschämt, doch ihre Unverschämtheit kleidet sich in Worte, die als Willfährigkeit gedeutet werden können, und zum Teil ist es dies, was ihre mögliche Arbeitgeberin fesselt. Alles ist besprochen worden, als die Weiße plötzlich nach einer langen Pause mit leiser, schneller Stimme fragt: „Können Sie sich anscheißen lassen?"

„Was heißt das?"

Die Weiße leckt ihre Oberlippe, saugt an ihrer Unterlippe und sagt dann: „Also. Folgendes. Meine Mamma hat einmal einen Mann geheiratet, der ein echter Gentleman war – der beste, den man sich wünschen konnte. Sie liebte ihn wirklich, und ich auch, außer, wenn er betrunken nach Hause kam und unglaublich schmutzige Dinge sagte. Aber wir fanden uns damit ab. Das mußten wir. Er verschwand nach einer Weile. Ich

203

hab meinen wirklichen Daddy nie gekannt, also war dieser Kerl... einflußreich, glaube ich. Und wenn ich sauer bin, und das bin ich den halben Monat lang, wie's scheint, hab ich ein Mundwerk wie Satans Arschloch. Diese Scheißreden strömen aus mir raus und treffen alle in meiner Nähe, besonders wenn sie – na ja – mir untergeordnet sind. Deshalb hab ich zwei Ehemänner verloren, und deshalb hauen meine Dienstmädchen dauernd ab. Na?"

Die beiden Frauen betrachten einander, dann fragt die Schwarze: „Was für einen Scheiß reden Sie denn? Ich brauch ein Beispiel."

„Hm, vielleicht... Niggersau?"

„Ach, das! Hab ich schon öfters gehört. Der letzten weißen Sau, die mich so genannt hat, habe ich eine geknallt."

„Aber die hat Ihnen nicht zweimal soviel gezahlt, wie Sie in einem eleganten Frisiersalon verdienen."

Die Schwarze zündet sich eine Zigarette an, inhaliert und antwortet nach einer Weile: „Für so einen Scheiß will ich viermal soviel haben, wie ich in dem Salon kriege."

„Meinen Sie das ernst?" fragt die Weiße mit aufgerissenen Augen.

„Ja. Das meine ich ernst."

„Okay."

„Meinen Sie das ernst?" fragt die Schwarze mit aufgerissenen Augen.

Die Weiße zündet sich eine Zigarette an, inhaliert und sagt: „Ja."

„Sie sind reich!"

„Reich, aber nicht blöd! Ich will reell bedient werden. Wenn ich Ihnen soviel zahle, werde ich verdammt gemein sein."

„Nur mit Worten?"

„Womit denn sonst?" fragt die Weiße lächelnd. „Sagen Sie mir's! Es interessiert mich wirklich."

„Es darf nur mit Worten sein", erwidert die Schwarze entschlossen.

„In Ordnung, also abgemacht. Fangen Sie morgen an."

„Der Frisiersalon braucht eine Woche Kündigungsfrist – das habe ich versprochen."

„Für mein Geld fangen Sie morgen an."

Nach einer Pause sagt die Schwarze: „Geben Sie mir jetzt sofort meinen ersten Lohnscheck – einen Monatslohn im voraus. Ich fange an, sobald meine Bank ihn einlöst."

„Was bilden Sie sich ein, Sie...!" ruft die Weiße und verschluckt ein Wort. Ihr Gesicht wird bleich, aber sie beruhigt sich und fragt: „Welche Garantie habe ich denn, daß Sie nicht aus dem Haus gehen und nie wiederkommen?"

„Überhaupt keine, aber Sie sind reich genug, das zu riskieren. Und würde ich mir die Chance auf den nächsten Scheck entgehen lassen, nur weil Sie durch den Mund scheißen?"

„Ich glaube nicht!" sagt die Weiße nach einer Pause gleichmütig. „Aber, es macht Ihnen sicher nichts aus, eine Quittung zu unterschreiben, damit ich mir keine Sorgen machen muß."

Sie schreibt einen Scheck und eine Quittung aus und unterzeichnet den ersten, während die Schwarze die zweite unterzeichnet. Dann werden die Papiere ausgetauscht. Während die Weiße der anderen den Scheck überreicht, sagt sie: „Nimm schon! Niggersau."

„Oh, vielen *Dank*, Madam!" sagt die Schwarze mit sarkastischer, schleppender Stimme und grinst die Weiße triumphierend an, die triumphierend zurückgrinst. Ende des Kapitels.

Ende des Kapitels, deshalb blättert Harry die Seite um und trifft auf zwei ganz andere Frauen, die sich in einem völlig anderen Land und Jahrhundert unterhalten. Harry durchsucht das Buch nach vorn und nach hinten, aber die beiden, die sie vor Erregung haben zittern lassen, tauchen nirgendwo anders auf. Jedes Kapitel enthält einen Dialog zwischen Frauen, die einander in die Falle locken wollen, ist jedoch im übrigen in sich abgeschlossen, hat keine männlichen Charaktere, keine Handlung, keine Höhepunkte: nichts als verstohlene Bewegungen hin zu etwas sexuell Aufreizendem und Unheimlichem, das jedoch nie eintritt. *Soll das etwa witzig sein?* denkt Harry erbittert.

„Hör auf, das Buch zu zerfleddern, Harry!" sagt ihr Händler. „Wir möchten dich etwas fragen. Du weißt doch, daß wir dir die Wohnung in San Francisco besorgt haben, damit du in Amerika arbeiten und deine Sachen ohne viel lästiges Hin und Her mit Zoll und Einfuhrgenehmigungen verkaufen kannst. Tja, es gibt genauso gute finanzielle Gründe dafür, daß du in Glasgow arbeitest, solange die Ausstellung vorbereitet wird. Ich möchte dir die Einzelheiten ersparen – sie haben mit Entwicklungszuschössen, Jugendausbildungsprogrammen, Kommunalpolitik und Werbung von der ödesten Sorte zu tun. Außerdem haben sie damit zu tun, daß wir eine Menge Geld aus Schottland und einiges aus Europa rausquetschen müssen. Linda sagt, wir können ein Atelier neben einer anständigen Wohnung mieten, wo die Hopcrafts einziehen und sich um dich kömmern können."

„Genau im Kern von Glasgow!" ruft Linda. „Keine fönf Minuten Fußweg von meinem Büro entfernt. Es ist herrlich, daß ich deine schottische Geschäftsföhrerin sein darf! Ich werde dir helfen, all die örtlichen Assistenten, die du brauchst, zu heuern und zu feuern. Ich werde die Public Relations för dich übernehmen und dich in der Stadt rumföhren. Und ich werde dich sogar mit den einheimischen Bossen bekannt machen, was nicht unbedingt nötig, aber recht lustig ist."

Harry haßt Restaurants und kann Parties mit mehr als vier Personen nicht ausstehen. Deshalb führt Linda sie an ihrem ersten Abend in Glasgow zum Dinner im Haus eines einheimischen Bosses. Es ist ein früherer Bürgermeister, der nun eine Beratungsfirma für Wohnungsgenossenschaften betreibt. Harry ist bezaubert von ihm, lauscht jedem seiner

Worte mit offenem Mund und begleitet seine gelegentlichen Momente des Schweigens mit einer gierigen, erwartungsvollen Aufmerksamkeit, die ihn zwingt, viel mehr zu sagen. Linda und die Frau des Mannes sind erstaunt. Er ist acht Zentimeter kleiner als Harry, hat die Erscheinung, die Manieren und den Gesprächsstil vieler britischer Geschäftsmänner – und eine Stimme mit dem Tonfall und dem Akzent von Harrys so lange verlorenem, innig geliebtem Kindermädchen. Die Stimme erfüllt sie mit dem erwärmenden Gefühl totaler Sicherheit und hilfloser Vorfreude. Wenn er ihr befähle, auf den Eßtisch zu steigen und sich auszuziehen, würde sie ihm bedenkenlos gehorchen. Er bemerkt, welche Wirkung er auf sie ausübt, und hält dies für natürlich. Als Linda und seine Frau das Zimmer einen Moment lang verlassen, schlägt er ein Treffen zwei Tage später in einem Privatsalon des Hauptbahnhofshotels vor. Harry nickt und würde die Verabredung getreulich einhalten, doch am nächsten Tag geschieht etwas, das sie ihn für immer vergessen läßt.

Harry verbringt die Nacht dort, wo sie wenigstens ein Jahr lang wohnen wird: in einem Block umgebauter Büros und Speicher, der den nordwestlichen Winkel des Glasgow Cross einnimmt. Am nächsten Morgen kommt Linda vorbei, um sie zu ihrem neuen Atelier in einem umgebauten Speicher auf der anderen Seite der High Street zu begleiten. Während sie an der Verkehrsampel auf Grün warten, um die Straße zu überqueren, kommen viele Gruppen von Menschen an ihnen vorbei, die mit dem Tonfall und dem Akzent von Harrys seit langem verlorenen Kindermädchen sprechen.

„Das geschieht an Wochenenden leider immer", entschuldigt sich Linda. „Menschenscharen aus den Wohnsiedlungen – Leute mit Arbeit, die sich den Busfahrpreis leisten können – benutzen die Argyle Street als Einkaufszentrum. Auch die Barrows."

„Barrows?"

„Ein Bezirk hier in der Nähe mit vielen kleinen Verkaufsständen, wie man sie auf Straßenmärkten überall in London sieht. In Glasgow sind die meisten davon an einem Ort konzentriert... Möchtest du dich ein bißchen umgucken?" fragt Linda, da sie merkt, daß es Harry drängt, sich der Menge anzuschließen.

„Ja, bitte."

Sie spazieren am Gallowgate entlang, durch Barrowland und über eine Ecke des Glasgow Green. In London und San Francisco kennt Harry nur sehr wenige Gegenden und legt die Verbindungsstraßen zwischen ihnen in einem Auto zurück, das von einem der Hopcrafts gefahren wird. Sie ist nie zuvor durch Menschenmengen gegangen, in denen sich ärmliche und schicke Leute mischen. An der Clydeside wenden sie sich nach Westen, schreiten an dem alten Gerichtsgebäude vorbei und wollen gerade unter eine zinnengekrönte viktorianische Eisenbahnbrücke treten, als Harry am Eingang einer engen, doch belebten Gasse haltmacht.

„Nicht da rein", sagt Linda. „Es ist zu schäbig."

„Gefährlich?"

„O nein! Das ist bloß ein jämmerlicher armer Markt – ein Markt für Versager. Da wirst du nichts Lohnendes finden. Komm weiter."

„Mm", macht Harry und geht hinein.

Der größte Teil des Marktes befindet sich in Gewölben unter einem stillgelegten Eisenbahnviadukt; jedes Gewölbe ist von Brettertischen eingerahmt, auf denen, wie es scheint, aus Abfallhaufen geborgene Waren ausgebreitet sind. Alles, was noch brauchbar oder tragbar ist, war schon im Neuzustand von schlechtester Qualität und hat seitdem die Hände mehrerer Besitzer durchlaufen; alles, was einmal hübsch war, ist nun gräßlich beschädigt. Doch ein Strom von Menschen scheint daran interessiert zu sein, diese Dinge zu kaufen. Der sonderbarste Anblick bietet sich jedoch nicht in den Gewölben, sondern auf den Kopfsteinen der Gasse davor. Eine Frau mit einem verzerrten Lächeln auf dem unlängst grün und blau geschlagenen Gesicht hockt über einer größer werdenden Urinpfütze. Versucht sie wirklich, den Kalender des letzten Jahres, die rostigen Gabeln und die Kinderklapper aus Plastik zu verkaufen, die vor ihr auf den Steinen liegen? Versucht jener barfüßige Mann – er hat den Kopf eines Einstein mit gebrochener Nase und schlaffen Lippen – wirklich, die geborstenen Schuhe in seinen Händen zu verkaufen?

„Halbdode Blumen zehn Pence!" schreit jemand und blokkiert Harrys Blickfeld mit einem gewaltigen Strauß fast verwelkter Blumen. „Spaltense de Stengel, steckense se mit 'nem Aspirin in Wasser unse werden wieder lebendig! Se werden wieder lebendig!"

Harry kichert und geht weiter. An ihrem Ellbogen murmelt Linda wütend: „Ich hasse das. Hasse es. Ich bin keine Sozialistin, aber man sollte diesen Leuten nicht gestatten, sich so zur Schau zu stellen. Sie sollten irgendwohin gebracht werden, wo wir sie nicht sehen können. Die Stadtplaner werden diesen Markt irgendwann niederreißen lassen – o *Gott*, hoffentlich bald!"

„Mir gefällt's", flüstert Harry schläfrig. „Ich glaube, diese Leute haben die gleiche Existenzberechtigung wie du oder ich. Ich werde oft hierherkommen."

Die Gasse endet an einem kleinen Torweg. Sie treten hindurch auf einen Parkplatz und stehen vor dem aus Glas und Aluminium errichteten Stufenturm eines gewaltigen Einkaufszentrums.

„För dich ist es leicht, beherrscht zu bleiben. Schließlich bist du Aristokratin", sagt Linda ärgerlich. „Mein Daddy war 1963 an der Spitze der Hitparade, also gehöre ich meiner Herkunft nach zur Arbeiterklasse und meiner Erziehung nach zur Bourgeoisie. Manche Sachen kann ich einfach nicht vertragen."

„Hat Glasgow eine Agentur, die Hausangestellte vermittelt?" fragt Harry immer noch schläfrig.

„Wahrscheinlich. Warum fragst du? Bist du mit den treuen Hopcrafts etwa unzufrieden?"

„Nein, aber ich könnte vielleicht eine Kammerzofe brauchen."

„Eine Kammerzofe?"

Linda betrachtet Harry, die wie gewöhnlich eine zerknitterte Kampfanzughose, ein Hemd, eine Feldjacke und Stiefel trägt. Verschiedene Frauen aus Harrys Schicht tragen heute manchmal säuberlich gebügelte Kleidung dieser Art, doch Harry ist immer so angezogen gewesen, weil es sich für ihre Arbeit eignet. Hätte sie außerdem ein Maschinengewehr und Gesichtsbehaarung, würde sie aussehen wie ein Söldner auf einem tropischen Feldzug.

„Meine Mutter hatte eine Kammerzofe", murmelt Harry geistesabwesend. „Den ganzen Zweiten Weltkrieg hindurch, als alle anderen Kammerzofen in Röstungsfabriken arbeiteten, schaffte meine Mutter es irgendwie, ihre zu behalten."

Harry findet eine Stellenvermittlung und bezahlt sie dafür, ihr Bewerberinnen für den Posten einer Kammerzofe zu schicken. Jeden Abend nach der Arbeit wartet sie in ihrer Wohnung und ist von kribbelnder Hoffnung erfüllt, die jedoch erstirbt, wenn Mr. oder Mrs. Hopcraft die Bewerberin ins Wohnzimmer einlassen. Die meisten sind bei ihrem Anblick so entgeistert, daß sie Harry nur verstohlen betrachten können. Sie flüstert: „Was können Sie för mich tun?", und wenn sie geantwortet haben, sagt Harry: „Tja, vielleicht werde ich mich melden."

Das bedeutet *nein*. Diejenigen, die sich passender verhalten, haben die falsche Art von Stimme, weil sie Engländerinnen sind (Harry hat vergessen, der Vermittlung zu erklären, daß sie an solchen Bewerberinnen nicht interessiert ist) oder weil sie Schottinnen sind, deren Akzent englisch klingt. Nach zwei Wochen wird eine kleine, vollschlanke Frau hereingeführt; sie schaut Harry mit einer Neugier an, die weder herausfordernd noch belustigt ist. Harry sagt: „Ich brauche eine Zofe. Was können Sie för mich tun?"

„Das weiß ich nicht, ehrlich gesagt", antwortet Senga. „Was soll ich denn für Sie tun? Ich verstehe was von Haaren – ich bin ausgebildete Friseuse –, aber Sie haben ja kein Haar. Also was möchten Sie?"

Harry seufzt vor Erleichterung auf, denn diese Frau ist genau richtig. „Ich möchte alles, was Sie möchten", will Harry sagen, aber dann ändert sie ihre Worte mitten im Satz: „Ich möchte kann ich Ihnen etwas zu trinken anbieten?"

„Mhm. Ja. Sicher. Ich nehme alles an außer Schlägen und Stößen. Davon habe ich schon zuviel gehabt."

Harry öffnet einen gut ausgestatteten Getränkeschrank, den Linda und die Hopcrafts für die Bewirtung ihres Händlers und seiner Kollegen aufgestellt haben. Harry hat zuletzt Alkohol probiert, als sie siebzehn Jahre alt war; sie haßte den Geschmack und hat seitdem nichts als Limonade und Orangensaft getrunken – sogar Kaffee und Tee sind ihr widerwärtig. Sie mustert die verwirrend etikettierten Flaschen und sagt schließlich: „Tut mir leid, daß ich so ungeschickt bin, aber könnten Sie sich selbst etwas einschenken? Ich bin hoffnungslos, was die meisten Dinge angeht."

Senga runzelt nachdenklich die Stirn, nickt rasch mehrere Male, gießt sich einen großen Bacardi mit Soda ein und fragt: „Was nehmen Sie?"

„Das gleiche", sagt Harry automatisch.

Senga reicht ihr einen fast bis oben gefüllten Becher aus geschliffenem Glas. „Da wir schon zusammen trinken, könnten wir uns vielleicht hinsetzen?"

Sie setzen sich geziert auf die Enden eines langen Sofas. Senga sagt: „Prost."

Harry nippt an ihrem Getränk wie ein gehorsames Kind, das eine Arznei zu sich nimmt. Es schmeckt weniger giftig, als sie erwartet hat. *Ich werde erwachsen*! denkt sie. Ein glückliches Kribbeln in ihrem Körper läßt sie so passiv zufrieden werden, daß sie nicht antworten kann, als Senga vergnügt fragt: „Also dann, heraus damit! Wozu brauchen Sie mich?"

Daraufhin wiederholt Senga ihre Frage. Harry spricht zuerst mit Mühe, doch dann wird sie gewandter: „Als ich ganz klein war, wurde ich von jemand anderem angezogen. Sie wurden sehr böse, wenn ich in meinen höbschen Kleidern nicht sehr still dasaß und nicht dauernd sehr artig war. Aber wissen Sie, ich wollte ungezogen sein. Und nun kann ich KANN ICH KEINE nette schöne Kleidung kaufen oder mir das geringste daraus machen, wie ich aussehe. Ich bestelle widerstandsfähige, nötzliche Kleidung aus illustrierten Katalogen und zwänge mich einfach irgendwie rein, so daß ich ganz wöst aussehe, meistens. Förchterlich. Wie eine Landstreicherin. Aber einmal hatte ich fast eine gute Freundin." Harry stellt ihr Glas nieder und schaukelt ihren Körper hin und her. „Ich hatte eine enge Freundin, die manchmal sehr seltsame, wunderbare Kleider för mich machen ließ. Ich wollte die Kleider nicht immer anziehen, weil sie mehr Spaß daran hatte, wie ich aussah, als ich selbst, aber wenn ich ihr nachgab (und ich gab immer nach, denn niemand war je stark genug, Hjordis nicht zu gehorchen), wenn ich nachgab und mich schön anzog und tat, was sie wollte – nicht, wie ich es wollte –, war ich ganz und gar glöcklich. Ganz und gar glöcklich, damals, manchmal. Aber sie ist vor langer Zeit gestorben, und nun habe ich niemanden. Niemanden. Niemanden. Bitte. Helfen. Sie. Mir."

Harry vergißt, daß die Hjordis, die sie verloren hat, nur in ihrer Phantasie existierte. Sie verschränkt die Hände hinter dem Kopf, zieht ihn hinunter zwischen die Knie und wimmert in dieser Stellung so laut sie kann, und das ist nicht sehr laut. Senga setzt ihr eigenes Glas ab, tritt hinter das Sofa, massiert Harrys Nacken und Schultern sanft und fest und sagt: „Keine Sorge. Beruhigen Sie sich. Alles kommt in Ordnung. Sie haben Ihre kleine schottische Tante gefunden, und nun sind Ihre Probleme vorbei."

Nach einer Weile fühlt sich Harry so sicher und ruhig, daß die beiden eine Vereinbarung treffen können. Allerdings gehen die meisten Vorschläge von Senga aus.

„Sie brauchen keine Zofe, die bei Ihnen wohnt", erklärt sie. „Sie arbeiten fast den ganzen Tag, und dabei tragen Sie keine besonderen Klamotten. Ich bin nur eine Kameradin, mit der Sie sich manchmal entspannen möchten, eine Kameradin, die Ihre Garderobe in Ordnung bringt und Sie für besondere Gelegenheiten – oder nur zum Spaß – besonders schön anzieht. Ich glaube nicht, daß die Leute, die Sie ernähren und für Sie saubermachen, sehr viel über uns beide wissen müssen. Also, ich habe ein kleines Geschäft, das nicht sehr viel einbringt. Ich schneidere Kleider in meiner Wohnung. Was ich brauche, ist eine kleine Werkstatt – ein Zimmer, wo Sie mich besuchen können, wenn Sie etwas benötigen oder sich nur ein bißchen entspannen wollen. Der anfängliche finanzielle Aufwand braucht nicht sehr groß zu sein, und er dürfte sich auf lange Sicht sehr lohnen. Ich habe eine Menge Ideen."

ELFTES KAPITEL

Dads Geschichte

Ist es wirklich so, daß ein Mann zwischen fünfunddreißig und fünfundfünfzig Jahren mittleren Alters ist? Dann bin ich nämlich seit mehreren Jahren alt. Als ich aufhörte, jung zu sein, erwartete ich nicht, daß das Leben so rasch vorbeigehen würde, aber sonst habe ich keine Klagen. Ich werde wahrscheinlich noch zwanzig oder dreißig Jahre brauchen, bis ich sterbe, und es wird der glatte, bequeme Tod eines Menschen sein, der durch Geld geschützt ist. Meine Decke läßt keinen Regen durch, deshalb gefällt es mir, wenn Wolken über die Dächer ziehen. Jedes Wetter, jede Jahreszeit hat eine einzigartige Schönheit, und dieses große Fenster gestattet mir einen guten Ausblick. Meine Wohnung liegt im Obergeschoß eines Gebäudes auf einem Hügel, so daß ich über die Dächer der anderen Mietshäuser und Reihenhäuser hinwegsehen kann. Eine mit Bäumen gefüllte Spalte, die sich im Zickzack zwischen ihren Dächern hindurchzieht, läßt den Lauf eines kleinen Flusses erkennen. Er führt in einen schönen Park in mittlerer Entfernung, einen Park zwischen zwei Hügeln. Der eine wird von den Zinnen unserer pseudogotischen Universität gekrönt, der andere von den Türmen eines alten theologischen Instituts, das in Luxuswohnungen umgewandelt wurde; dort wohnt mein Freund Leo. Das alles und viel von der dahinterliegenden Stadt sehe ich ganz deutlich, und an einem klaren Tag auch viele Felder und Baumgruppen auf den Hügeln noch weiter in der Ferne. Ich bin im Westteil, und dort befinden sich die meisten wohlhabenden Wohnbezirke in Städten, wo der Wind gewöhnlich von Westen weht. Trotzdem hatte der Rauch von Osten und von den anderen

Industriebezirken her unsere schönsten Gebäude so verschandelt, daß sie vor ein paar Jahren einen sehr schlechten Eindruck auf Besucher machten. Seit die Industrien stillgelegt wurden, hat man die reichsten Bezirke ausgiebig gesäubert, teils mit Hilfe von öffentlichen Geldern und teils durch Steuervergünstigungen für Immobilieneigentümer. Nun treiben wir Werbung, in der unsere Stadt als ein prächtiger Ort gepriesen wird, und zahlreiche Ausländer kaufen sich in den eleganten Teilen ein. Zu meinem Glück bin ich aus dem Osten (wo ich geboren wurde und aufwuchs) hierher gezogen, bevor die Preise stiegen. Wie alle armen Teile Britanniens ist der Osten der Stadt in den letzten zwanzig Jahren ärmer geworden und wird noch ärmer werden, wenn die Gemeindesteuer erst einmal richtig funktioniert.

Ich beschäftige mich damit, die Leute zum Lachen zu bringen, aber ich begann mein Arbeitsleben in jenem großen alten Beruf, der seiner Ausbildung nie entkommt. Meine Schule qualifizierte mich für eine Universität, die mich für ein College qualifizierte, das mich für eine Schule qualifizierte, aber als Lehrer. Viele Lehrer heiraten einander. Ich bin nie sexuell von meinesgleichen angezogen worden, aber früher ging ich gern mit anderen Lehrern um. Meine Freizeitgestaltung bestand nach sechzehn Uhr an Wochentagen darin, daß ich Browns Teestube in der Sauchiehall Street aufsuchte und mit Kollegen desselben Alters an einem Tisch saß. In der ersten halben Stunde sprachen wir nie ein Wort. Unsere Stimmen waren heiser, unsere Hirne verödet durch sieben Stunden, in denen wir Kinder der unwissenden Arbeiterklasse bewußt deprimiert hatten. (Unsere Schule lag in einem armen Bezirk. Hätte sie in einem wohlhabenden Bezirk gelegen, wären wir genauso zerschlagen gewesen durch sieben Stunden, in denen wir Kinder der Mittelschicht hinauf auf das Niveau ihrer glücklichen Eltern getrieben hätten. Ironie.) Langsam erholten sich unsere Gehirne, und *Worte* begannen, sich in diese stummen Unterhaltungen einzuschleichen. Dann leichtes Gespött, Klatsch und alberne gesellschaftliche und politische Kommentare – alles ein ausgezeichnetes Training für mich. Ich hörte mehr zu, als daß ich sprach. Berufshumoristen sind nie im Zentrum fröhlicher Gruppen; sie führen nie forsche Reden, um alle anderen bei Laune zu halten. Wir bleiben am Rande, hören aufmerksam zu und versuchen, uns bessere Wendungen einfallen zu lassen. Und wenn sie uns einfallen, sprechen wir zu spät oder mit dem falschen Tonfall, so daß andere uns nicht hören oder uns bitten, unsere Worte zu wiederholen. Und wenn wir es tun, entsteht eine deutliche Pause. Die anderen lächeln vielleicht, aber es kann eine ganze Minute dauern, bis die Unterhaltung wieder in Gang kommt.

Ein oder zwei Leute, die mit uns in der Teestube saßen, waren in die schottische BBC statt ins gewöhnliche Erziehungssystem eingetreten. Eines Tages wandte sich das Gespräch religiösen Vorurteilen zu, und jemand bemerkte, daß unsere Stadt zwar einen sehr großen katholischen Bevölkerungsanteil hat – gewiß nicht weniger praktizierende Katholiken als presbyterianische Kirchgänger –, daß aber viele antikatholische Parolen an die Toilettenwände und an die Mauern gekritzelt wurden, während sich niemand an einen antiprotestantischen Spruch erinnern konnte. Ich gab zu bedenken, daß es leichter sei, *Fick den Papst* als *Fick den Moderator der Generalversammlung der Kirche von Schottland* zu schreiben. Irgend jemand kicherte, und das Gespräch kam auf andere Dinge. Aber zwei Wochen später hörte ich meinen Scherz in einer Komiksendung des Scottish Home Service. *Fick* war durch *Zur Hölle mit* ersetzt worden, weil es damals illegal war, im Radio „fick“ zu sagen, aber im Grunde handelte es sich um meinen Witz. Einer unserer BBC-Freunde hatte ihn an einen professionellen Sprecher weitergegeben. Danach hörte ich auf, witzige Bemerkungen zu machen. Ich sammelte sie, schrieb sie nieder und schickte sie an Jimmy Logan, Stanley Baxter, Rikki Fulton, Lex MacLean und

217

Johnny Victory. Tja, all diese Unsterblichen haben ihre Lacher mir zu verdanken. Nicht mir allein. Ich kenne vier andere Humoristen in dieser Stadt, deren Witze weitaus brillanter sind als alles, was ich geschrieben habe. Ich beneide sie nicht. Sie sind zwar brillant, aber unberechenbar, und Berufskomiker brauchen eher einen berechenbaren Schwall zweitklassiger Witze als brillantere Gags, durch die die Show zum Stillstand kommt. Deshalb verdiene ich so viel durch meine Witze, daß ich den Lehrerberuf aufgeben konnte, und diese brillanten Burschen konnten es nicht; aber ich bin zu intelligent, um mir darauf etwas einzubilden.

Denn ich bin kein Mann, der mit sich selbst zufrieden ist. Ich trinke, wenn ich keinen Durst habe, und klettere kaum jemals auf die Spitze eines Berges; dabei machte es mir früher Spaß, die Spitzen von Bergen zu erreichen, und ich fühlte mich besser und schlief besser, nachdem ich heruntergestiegen war. Kein Wunder, daß mein Körper und mein Geist schwammig sind. Meine Witze sind keine radikale Kritik, sie bestätigen nur, was die meisten von uns empfinden: daß schwarze, braune, gelbe Menschen, die Iren und alle Ausländer, betrunkene Männer, die Arbeiterklasse, sehr schicke Leute, hochgebildete Leute, alle Geistlichen, Homosexuellen, Ehefrauen und attraktiven Frauen im wesentlichen bekloppt sind. Was ja recht und billig scheinen mag, aber ich mache mich nie über Königshäuser, die Finanzwelt, die Polizei, die Kirchenleitung oder Politiker lustig. Die meisten Berufskomiker kaufen keine Witze, die sich gegen diese Menschen und Institutionen richten. Ich tue nichts dagegen, wie meine Stadt und meine Nation regiert werden – abgesehen davon, daß ich gelegentlich für eine Partei stimme, die zu klein ist, um etwas zu ändern. Im athenischen Sinne des Wortes bin ich ein *Idiot*. Die alten Athener erfanden dieses Wort für Menschen, die bei der Gestaltung der Gesetze, von denen sie beherrscht werden, nicht mitwirken. Lassen wir das Thema fallen, es ist mir peinlich. Ich werde ganz genau beschreiben, was gestern abend

geschah, allerdings mit genug kuriosen Änderungen und Zu-
sätzen, um die Beschreibung interessant und glaubhaft zu
machen. Ich begegnete einer Frau, die mich Dad nennt (obwohl ich niemandes Dad bin), und es kam mir vor wie ein
Wendepunkt.

Aber das war nicht das erste, was geschah. Das erste war, daß
ich mich den ganzen Tag über glücklich fühlte, weil Donalda
zur Frühstückszeit glücklich war. Wir hatten uns ein paar
Stunden vorher geliebt, weshalb sie in einem Tonfall heiterer
Selbstverspottung sagte: „Ich brauche dich heute abend
nicht. Heute abend kannst du tun, was du willst."

Ich gab mir Mühe, nicht vergnügt auszusehen, denn das
hätte sie beunruhigt, aber ich war sehr vergnügt, obwohl ich
antwortete: „Wahrscheinlich werde ich mit Q Schach spielen. Und vielleicht komme ich dann auch bei dir vorbei, aber
natürlich rufe ich vorher an."

Das war eine gefährliche Bemerkung. Wenn ich nicht an-
rief, würde sie mir später vielleicht vorwerfen, sie habe die
halbe Nacht nicht schlafen können. Und es wäre keine Entschuldigung, wenn ich erklärte: „Ich hatte nicht versprochen,
dich anzurufen, sondern nur, daß ich *vielleicht* anrufen
würde. Ich habe es gesagt, damit du dich sicherer fühlst – und
aus Dankbarkeit. Ich war dir dankbar, weil du mir erlaubt
hattest zu tun, was ich wollte."

Warum kommt mir Donalda manchmal wie meine Gefängniswärterin vor? Donalda ist keine Gefängniswärterin,
keine gestrenge Lehrerin. Sie ist sanft. Wenn sie emsig und
glücklich ist, geht ein Strahlen von ihr aus, jene leuchtende
Direktheit, die die meisten Menschen als Kinder verlieren.
Ihre Lippen pressen sich nicht zu einer geraden Linie zusammen wie bei denen, die andere beherrschen wollen. Wenn sie
mit den Händen arbeitet (sie ist Schneiderin), bleiben ihre
Lippen leicht geöffnet, wie bei einem schwachen, erwartungsvollen Lächeln. Sie hat ein emotionales Alter von zwölf
oder dreizehn Jahren. Das stört mich nicht, denn mein eige-

nes emotionales Alter ist ungefähr das gleiche. Donalda schreit, wenn sie wütend ist, weint, wenn sie traurig ist, und erzählt es anderen, wenn sie glücklich ist. Aber je länger ich sie kenne, desto weniger richtet sie ihr Strahlen auf mich, oder vielleicht fällt es mir nur seltener auf. Heutzutage scheinen ihre meisten Worte auszudrücken, wie niederträchtig und untauglich ich bin. Es stimmt, daß ich zuviel trinke. Warum schiebt sie mich nicht ab wie andere Frauen, die mich einmal geliebt haben? Ich verstehe mich darauf, zurückgewiesen zu werden. Ich tobe, flehe oder streite nicht, sondern ich bleibe höflich und entgegenkommend. Ich bin verletzt genug, um den Zurückweisenden klar zu machen, daß sie mich von etwas Wunderbarem und Wertvollem ausgeschlossen haben, aber nicht verletzt genug, um Schuldbewußtsein bei ihnen auszulösen. Warum ist Donalda mir TREU? Ich habe nie Treue erwartet oder erbeten oder versprochen. Als wir zum erstenmal gemeinsam zum Essen gingen, sagte sie mir, sie sei eigentlich ganz anders. Das erinnert mich an den Traum, den ich hatte, als wir zum erstenmal miteinander schliefen. Mein Buch war gerade veröffentlicht worden.

Mein Buch war veröffentlicht, und ich wurde sehr deprimiert. Ein paar Jahre zuvor hatte „Punch" eine komische Kurzgeschichte von mir gebracht. Dadurch war mein Ehrgeiz geweckt worden. Ich wollte so berühmt sein wie Q, deshalb begann ich, ein ganzes Buch mit komischen Geschichten zu schreiben. Leider habe ich nur einen einzigen grundlegenden Witz. Conan Doyle, O. Henry und Thurber waren in der gleichen Lage, aber mein Witz hat mit Sex zu tun, wodurch er auf peinliche Art ins Auge springt. Ich achtete darauf, jede Geschichte in einer unterschiedlichen Zeit und an einem unterschiedlichen Ort spielen zu lassen, mit Personen, deren Stimmen, Gesichter und Berufe ebenfalls unterschiedlich waren. Ich hoffte, daß dies die Leser täuschen und dazu verleiten würde, auch den Witz für unterschiedlich zu halten, und daß diejenigen, die nicht getäuscht wurden, weiterlesen würden,

um herauszufinden, wie ich den Witz beim nächstenmal ver-
kleidete.

Nun ja, ich schickte das Buch an einen Londoner Verlag, und
sechs Monate später wurde es mit einem Begleitschreiben zu-
rückgesandt; darin hieß es, man bedauere, es nicht früher zu-
rückgeschickt zu haben, da eine Veröffentlichung weder dem
Verlag noch mir die geringste Ehre machen würde.

Das zerschmetterte mich. Neun Monate vergingen, bevor ich
die Kraft hatte, es einem anderen Londoner Verlag zu senden,
und neun weitere Monate, bevor ich den Mut hatte, anzurufen und mich zu erkundigen, ob es ihnen gefalle. Ein Mann
sagte: „Haben Sie's noch nicht gehört? Ja, wir bringen Ihr
Buch raus. Ich selbst kann Humor nicht beurteilen, aber zwei
unserer Gutachter meinen, Sie hätten einen Nerv der Gegenwart getroffen."
    Ich lebte weitere sechs Monate in Angst und Sorge, denn
ich befürchtete, daß, wenn mein Buch erschien, niemand darüber lachen würde. Ich hätte mir keine Gedanken zu machen
brauchen. Das „Times Literary Supplement" nannte mich
„einen hochrangigen Namen des britischen Humors", und
nur die „Sunday Post" beklagte sich über den Sex. Zwei
ganze Wochen lang erschienen Rezensionen in Zeitschriften,
die solche Dinge zur Kenntnis nehmen. Zwei Wochen lang
schien jeder Kritiker in Britannien mein Buch so lustig zu finden wie ich selbst, und dann plötzlich Schweigen! Sie hörten
auf, über mein Buch zu lachen, und gingen dazu über, die
Werke anderer Autoren so gelassen und beifällig zu rezensie-
ren, als hätte ich nie ein Wort veröffentlicht. Mir wurde klar,
daß ich, bevor man wieder auf mich aufmerksam wurde,
NOCH EIN Buch schreiben und veröffentlichen mußte,
doch ich bin kein dämonisch emsiger Schriftsteller nach Art
von Enid Blyton, Iris Murdoch und Dickens. Es macht mir
Spaß zu schreiben, ich vergesse mich dabei, so wie Leo sich

vergißt, wenn er ein schnelles Auto fährt, aber im Gegensatz zu Leo werde ich leicht abgelenkt.

Jedenfalls fühlte ich mich wie ein Ehemann, dessen Frau nach wahnsinnig glücklichen Flitterwochen mit einer Menge anderer Männer davonläuft. Ich betrank mich und erinnere mich vage an eine große Galerie mit Gemälden an weißgetünchten Ziegelwänden, an sich drängende Menschen, die mit dem Rücken zu den Gemälden plapperten und Wein schlürften, an ein kleines, dralles attraktives Mädchen mit sehr schwarzem Haar, das belustigt wirkte, als ich es hochhob und ein bißchen herumwirbelte. Ich benehme mich selten so verrückt. Einen Monat später begegnete ich ihr auf einer Party, als ich nüchtern war, und ich entdeckte Falten in ihrem Gesicht, die zeigten, daß sie an die Vierzig war. Sie sah immer noch mädchenhaft aus. Jene tiefe Besorgnis, die alle Erwachsenen verspüren, wurde halb verborgen von ihrer ungewöhnlichen Bereitschaft, sich zu freuen. Als ich sie zum Essen einlud, sagte sie: „Ja. Sicher. Toll, aber behalten Sie es für sich. Wenn Senga davon erfährt, bringt sie mich um. Senga haßt Männer."

Sie erklärte, daß Senga ihre Liebhaberin und gelegentlich auch ihre Arbeitgeberin war. Ich fragte nicht nach Einzelheiten. Meine Eltern brachten mir bei, daß es sich nicht gehört, Menschen nach den Einzelheiten ihres Privatlebens zu fragen. Wäre Senga ein Mann gewesen, hätte ich die Sache nicht weiterverfolgt, denn ich fürchte mich vor Männern. Aber ich traf mich mit Donalda in einem Restaurant und wollte ihr gerade Wein eingießen, als sie traurig sagte: „Lieber nicht. Nach ein oder zwei Gläsern gehe ich fast mit jedem ins Bett."

Ich rief: „Hurra!" und füllte ihr Glas bis zum Rand. Nach dem Essen kam sie mit mir nach Hause.

Natürlich hoffte ich, daß wir uns lieben würden, aber beim sexuellen Spiel ist kein Mann abhängiger vom Willen der Frau als ich. Deshalb war ich angenehm überrascht darüber, daß wir uns lieben konnten und es taten. Dann schlief ich ein und träumte, ich wäre Baron Frankenstein. Das Monster, das genau wie Boris Karloff aussah, lag auf dem bettähnlichen Operationstisch, der in den Filmen gezeigt wird. Meine Hand ruhte auf dem Hebel, der den lebensspendenden Strom auslösen würde, aber ich hatte ihn noch nicht umgelegt, denn ich begriff, daß das Leben des Monsters traurig sein und ich die Verantwortung dafür tragen würde. Aber dann legte ich den Hebel trotzdem um, das Monster öffnete die Augen und starrte mich an. Ich erwachte und Donalda auch. Nachdem ich ihr von meinem Traum erzählt hatte, brach sie in Gelächter aus. „Das war ich", sagte sie glücklich, „das war ich! Nun kommst du nie wieder von mir los."

Ich fand diese Worte amüsant, denn ich fühlte mich sicher, weil sie Senga hatte und auch ich noch eine andere Geliebte besaß. Allerdings erklärte Donalda mit fester Stimme: „Ich will nichts über sie wissen. Erzähl mir *überhaupt* nichts von ihr. Sag mir nie, bitte, nie, wann du sie besuchst oder sie dich."

Ich versprach es ihr und freute mich, eine so vernünftige Frau zu kennen.

Welch ein Glückspilz ich damals war! Donalda besuchte mich gewöhnlich gegen Mittag. Ich ließ die Vorhänge zu und schob meine Matratze, da es kalt war, auf den Teppich vor dem Gasheizgerät. Ich bedeckte die Matratze mit Kissen, bunten Polstern und einem Tablett, auf dem Obst, Aufschnitt, würziger Käse, Pickles und Wein standen. Der Beleuchtung dienten fünf oder sechs Kerzen auf dem Fußboden um uns herum. Ich stellte Spiegel hinter ihnen auf, damit sie doppelt so zahlreich wirkten. Die andere Frau kam manchmal abends. Sie und ich fickten nie (sie hatte einen Mann, der sie befriedigte), aber wir küßten uns, rollten schmusend herum, aßen, tranken und redeten viel. Ein paar Tage später machte Donalda zwei Entdeckungen – die eine erfreute, die andere erzürnte sie. Ich habe vergessen, welche zuerst kam.

Die erfreuliche Entdeckung war, daß Senga ein Verhältnis mit jemandem namens Harry hatte.

„Sobald ich es erfuhr, bin ich zum Laden gelaufen", berichtete Donalda mir frohlockend, „und ich sagte: ‚Setz dich hin, Senga. Ich hab dir was mitzuteilen.' Und was meinst du, ihr Gesicht wurde schneeweiß!"

Donalda teilte Senga dann mit, daß sie (Donalda) wisse, daß Senga mit Harry bumse, daß es ihr (Donalda) aber nichts ausmache, da sie (Donalda) mit mir bumse, und von nun an sollten sich beide an ihre neueste Eroberung halten und einander als gute Freundinnen behandeln. Senga stimmte düster zu, daß dies wahrscheinlich die beste Regelung darstelle, obwohl sie meinte, daß es dumm von Donalda sei, sich mit einem Mann einzulassen.

„Aber sie war nicht wütend oder sonst was Blödes", sagte Donalda fröhlich. „Deshalb bin ich immer noch im Geschäft mit ihr."

Die Entdeckung, die sie erzürnte, war: wann und wie oft die andere Frau mich besuchte. Sie erfuhr es von einer wachsamen Nachbarin und benahm sich, als hätte ich ein Versprechen gebrochen und sie persönlich davon unterrichtet. Ihr Zorn erschreckte mich nicht, denn ich wußte, daß ich nicht gemein gewesen war, aber der Kummer, der ihren Zorn begleitete, war fürchterlich. Der Gedanke daran, daß ich mit der anderen Frau schmuste, ließ sie solche Qualen empfinden, als hätte sie rasende Zahnschmerzen. Ich darf niemandem solche Qualen bereiten, schon gar nicht jener Frau, die mich gern mag, weil ich sie verführt habe. Ich versprach, sie werde nie wieder entdecken, daß ich einen anderen Menschen geliebt hätte. Ich gab das Versprechen ohne Schuld oder Reue ab. Dabei sprach ich sanft, doch entschlossen – wie ein Arzt, der das gebrochene Bein eines Kindes schient und erklärt, weshalb das Bein heilen und nicht wieder brechen wird. Diese Behandlung hatte Erfolg. Damals wußte ich nicht, daß mein Versprechen eine Eheerklärung war.

Ja, ich bin ein verheirateter Mann. Donalda und ich wohnen so dicht beieinander, sie ist so aufmerksam und wißbegierig, daß ich niemals eine Geliebte haben könnte, ohne daß sie es herausfände. Also verzichte ich darauf. Es ist keine große Entbehrung, aber es macht mich zu einem unbefriedigenden Liebhaber. Lampedusa sagte einmal: „Die Ehe ist ein Jahr der Flammen und dreißig Jahre der Asche." Er war Sizilianer. Ich bezweifle, daß Donalda und ich mehr als vierzehn Tage lang in Flammen standen. Heutzutage schlafen wir in vier oder fünf Nächten der Woche zusammen, aber zur Liebe kommt es einmal im Monat, wenn ich Glück habe. Niemand hat Schuld. Vor zwei Nächten sagte sie im Bett: „Als ich dich kennenlernte, hatte ich das Gefühl, nie genug von dir kriegen zu können. Warum sind wir jetzt anders? Weil wir älter sind?"

„Zum Teil deshalb", antwortete ich, „und ich glaube, du bist die letzte Frau, die ich je lieben werde; nach dir kommt nur noch der Tod. Der Gedanke kühlt mich nicht ab, aber er macht es schwer, sich zu erregen."

„Wie kannst du so was Gräßliches sagen? Daß ich dich an den Tod erinnere!" rief Donalda, die entsetzliche Angst vor dem Tod hat. Ich hasse den Tod, der von Regierungen, Konzernen und selbständigen Verbrechern verursacht wird, aber wenn ich bei guter Gesundheit bin, tröstet oder erfrischt mich die Unvermeidlichkeit des Todes.

Donalda ist da anders, deshalb versuchte ich, die Sache taktvoller auszudrücken: „Wenn wir uns in den alten Tagen liebten, war ich lebhafter, weil ich damals das Gefühl hatte, daß du nur eine in einer ganzen Schar von möglichen Geliebten warst."

„Soll das heißen, daß du dir auch noch andere Frauen vorgestellt hast, wenn wir uns liebten?"

Es war noch schlimmer. Wenn wir uns liebten, stellte ich mir andere Frauen *statt* Donalda und andere Männer statt meiner vor. Ich konnte nicht ejakulieren, ohne mir vorzustellen, daß mein Schwanz jemandem gehörte, der mächtiger und grausamer ist als ich: einem Tyrannen mit einem Harem entführter Bräute, einem Cowboy-Sheriff mit einem Gefängnis voller köstlich schlampiger Prostituierter. Mein Buch ist voll von solchen Phantasien. Einmal las ich es Donalda laut vor, und sie lachte heftig über Stellen, die die „Sunday Post" als alberne Chauvi-Pornographie bezeichnete, nun aber ist sie bestürzt über einen Hinweis auf Ideen, die mich geil machen! Dabei wissen wir alle mit einem Teil unseres Gehirns um bestimmte Tatsachen, während wir einen anderen Teil benutzen, um so zu denken, zu sprechen und zu handeln, als existierten diese Tatsachen nicht. Donalda zieht es vor, meine sexuellen Phantasien zu vergessen, und sie hat mir nie von ihren erzählt, doch sie kann nicht nur an mich denken, wenn wir uns lieben. Ich bin ein interessanter Bursche, aber zu dick, kurzatmig und selbstsüchtig, um den Geist einer Frau bei solchen Gelegenheiten völlig in Anspruch zu nehmen. Wenn sie nicht an die Einkaufsliste des kommenden Tages denkt, *muß* sie den Augenblick durch etwas Phantastisches verschönern. Ich kannte einmal eine Frau, der es Spaß machte, sich meine Phantasien anzuhören, während wir uns liebten, aber Donalda und ich sind bei diesen Gelegenheiten schüchtern und sprechen nichts laut aus außer unseren Namen. Ich seufzte und drehte ihr den Rücken zu, denn ich fühlte mich einsam und schwermütig, obwohl ich keinen Grund dazu hatte. Ich habe Glück, daß ich so oft neben ihr schlafen kann. Ficken ist weniger wichtig, als in der Reklame dafür behauptet wird, aber in den alten Tagen schlief Donalda wenigstens in meinen Armen, wenn wir nicht fickten. Heutzutage schlafen wir Rücken an Rücken, und wenn ich zuviel von meinem Rücken an sie presse, schiebt sie sich weiter weg. Manchmal wache ich morgens auf und bin allein. Mein Schnarchen hat sie ins Gästezimmer getrieben. Aber sie liebt mich, und ich kann niemanden besser leiden als sie. Wir werden höchstwahrscheinlich zusammenbleiben, bis sich der Tod einmischt.

Aber in der vorletzten Nacht drehte sich Donalda ohne Warnung um, umarmte mich und ließ mich am ganzen Körper lebendig und wach werden. Das tut sie heute nur noch, wenn ich es am wenigsten erwarte, nie nach einem Streit, doch immer, wenn Liebe unmöglich zu sein scheint. Zuerst mache ich halbherzig mit, dann wird die Liebe durchaus möglich, und wir schwimmen gemeinsam, wobei ich oben liege, weil ihr das lieber ist. Mein Körper genießt die Bewegung, mein Geist ist nichts als eine traurige, freudige Leere. Aber wenn Donalda flüstert, daß ich ejakulieren soll, kann ich es nur tun, indem ich mir böse Dinge vorstelle. In dieser Nacht stellte ich mir eine schöne, unzufriedene Kundin vor, die einen Laden wie den betritt, in dem Donalda arbeitet – einen Laden, den ich nie besucht habe. Aus irgendeinem Grunde kann ich mir heutzutage keine bösen, bezaubernden Männer oder irgendeinen Penis vorstellen, sondern nur Frauen, die einander auf listige, grausame Arten verführen; dies stützt sich nicht auf meine eigene Erfahrung – die Lesbierinnen, die ich kenne, sind vernünftige Menschen, die einander niemals zu erniedrigen scheinen. Doch die Lesbierinnen meiner Phantasie stellten mit dieser großartigen, unzufriedenen Frau viele Dinge an, die sie völlig zufrieden machten und auch Donalda und mir zu einem befriedigenden Abschluß verhalfen. Am nächsten Morgen, das heißt gestern, sagte Donalda: „Ich brauche dich heute abend nicht. Heute abend kannst du tun, was du willst."

Wir standen auf, wuschen uns, frühstückten. Sie telefonierte nach einem Taxi, malte sich rasch das Gesicht an, küßte meine Wange, wobei sie einen deutlichen Mundabdruck hinterließ („Um andere fernzuhalten", sagte sie), und fuhr zum Laden. Als wir uns kennenlernten, fuhr sie noch mit dem Bus zur Arbeit, also muß der Laden gute Einnahmen verzeichnen. Das Wunderbare ist, daß ich glücklich und schuldlos an meinem eigenen Arbeitsplatz zurückblieb, das heißt zu Hause, Gott sei Dank.

Ich bemitleidete meinen Vater nie, wenn er jeden Morgen aufbrach und in die Fabrik ging, aber ich wußte, daß er aus Notwendigkeit, nicht aus freier Wahl Bolzenlöcher in Maschinengehäuse bohrte, und ich hatte nicht den Wunsch, seinem Beispiel zu folgen. Gestern ließ Donalda mich als Chef dieser stillen Fabrik zurück, wo ich gleichzeitig Konstrukteur, Handwerker, sich abmühender Lehrling, Hilfsarbeiter, Kantinenangestellter und Lieferant von Rohstoffen bin. Wir alle sind gleichermaßen wichtig und erhalten genau den gleichen Lohn. Unsere Maschinen sind altmodisch, doch meine Freunde O und P und Q, die an Textverarbeitungsgeräten sitzen, meinen nicht, daß meine Produkte den ihren unterlegen sind. Ich zog gute schwarze Tinte in den schlanken Gummibehälter meines Stahlfederhalters und legte Nachschlagewerke auf einen leicht erreichbaren Tisch. Ich befestigte Blätter linierten Papiers mit einer Klammer an einem Schreibbrett, setzte mich auf den sehr bequemen Stuhl, den ich nie benutze, wenn ich Besucher habe, und schrieb den Abschnitt über das Darien-Projekt * für meine KALEDONISCHE ENZYKLOPÄDIE SKANDALÖSER VORFÄLLE. Die ENZYKLOPÄDIE beruht auf Fakten, und normalerweise kann ich die Wahrheit nicht so rasch zu Papier bringen, wie ich kurze, lustige Sachen niederschreibe. Gestern meisterte ich meinen Stoff so schnell, daß ganze Sätze vor den zu ihnen führenden Sätzen formuliert waren. Die dadurch verursachte Hast war das einzige, was den Arbeitsfluß störte, außer zwei Gängen in die Küche, um Schnellpizza zu machen und zu essen. (Man bedecke eine Scheibe Butterbrot mit Zwie-

---

* Im Jahre 1698 beschlossen die Kaufleute und Adligen von Schottland, unterstützt durch das Edinburgher Parlament, ihr Land zu einer modernen Handelsnation (wie England und Holland) zu machen, indem sie eine Kolonie in Darien, am Golf von Panama, ansiedelten. Die Hälfte des schottischen Geldes ging bei diesem Projekt verloren, teilweise deshalb, weil der König in London der britischen Flotte nicht befehlen wollte, die Kolonie vor spanischen Angriffen zu schützen. Viele erboste Schotten drohten, sich wieder einen eigenen König zuzulegen und sich von England zu trennen. Das englische Parlament beruhigte sie, indem es den schottischen Investoren das verlorene Geld zurückgab. Als Gegenleistung dafür wurde das schottische Parlament abgeschafft.

bel- und Tomatenstücken, lege Käse über das Ganze und toaste es.) Ich arbeitete so gut, daß es bereits zweiundzwanzig Uhr war – die Sonne war längst untergegangen –, bevor mir einfiel, daß ich an jenem Abend genau das tun durfte, was ich wollte. Es war zu spät, um Schach zu spielen, aber nicht zu spät für den Pub. Ich wollte Donalda anrufen, um ihr zu sagen, daß ich sie in jener Nacht nicht besuchen würde (sie mag mich nicht, wenn ich getrunken habe), aber niemand antwortete. Sie muß Überstunden gemacht haben. Der Laden hat kein Telefon, also hatte ich alles in meinen Kräften Stehende getan, und ich ging ohne Schuldbewußtsein aus dem Haus. Als ich einen Pub betrat, der meine Schecks annimmt, blieb eine herauskommende Frau stehen und sagte: „Hallo, Dad, ich lese Ihr Buch gerade noch einmal."

Sie war Anfang Dreißig, sehr groß und hager, aber nicht unterernährt. Ihre Halssehnen traten deutlich hervor, wirkten jedoch muskulös, ihr Kopf war völlig kahl. Kahlköpfige Frauen entsetzen mich gewöhnlich, aber diese schien ein hübsches Exemplar einer neuen Rasse zu sein: nicht weiß, nicht schwarz, nicht semitisch, nicht asiatisch. Ihr Hals und ihr lächelnder Kopf hatten die Farbe eines hellbraunen Kekses. Ihr Kinn war kräftig und hart, ihre Nase klein und gestupst, ihre winzigen, zarten zugespitzten Ohren wurden an den Knorpeln (nicht an den Läppchen) von den Reifen riesiger silberner Ohrringe durchbohrt. Sie trug einen knöchellangen Ledermantel mit sehr breiten Aufschlägen, und ihr heiseres Stimmchen schien aus einer großen Entfernung zu kommen. Ich kannte ihren Namen und ihren Beruf nicht, aber ich hatte sie in einem Pub am Glasgow Cross gesehen, der von den Leuten aus dem Print Studio und anderen Kunstbeflissenen besucht wird. Sie sagte: „Sie haben eine erstaunlich schmutzige Phantasie. Dabei fühlt man sich ganz… mm mm."

Ich nahm an, daß mm mm sexy bedeutete, deshalb erwiderte ich: „Gut."

Wir betrachteten einander immer noch. Sie starrte mein

Gesicht nicht an, sondern beobachtete es aufmerksam mit diesem düsteren, konzentrierten Lächeln, bei dem ihre Mundwinkel nicht hoch-, sondern heruntergezogen waren. Ich war fasziniert, aber ich wußte nicht, was ich noch sagen sollte. Könnte sie vielleicht scharf auf mich sein? Wenn wir ein Liebespaar würden, was würde Donalda dann tun? Sie lachte plötzlich, berührte meinen Arm und ging zum Parkplatz. Ich stieg ein paar Stufen zu einem überfüllten Raum empor, wo ich mich O und P und dem berühmten Q anschloß, der forsch salutierte und sagte: „Guten Abend, Hochrangiger Name."

Wir diskutierten über Bücher, über menschliche Freiheit, über die Nutzlosigkeit der fünfzig schottischen Labour-Abgeordneten, über die europäische Kulturhauptstadt 1990 und über das Zusammentreffen des Ereignisses mit dem dreihundertsten Jahrestag der Schlacht von Boyne Water. Eine freudige Hitze breitete sich in meinen Adern aus, während wir sprachen: Adrenalin natürlich. Die Frau, die mich Dad nannte, hatte mich aufgeputscht.

Sie putschte mich gestern abend auf und verlieh mir die Freiheit des Universums. Ich fühlte mich fähig, über, unter, in jeder Frau der Welt zu schwimmen, fähig, das Ganze zu lieben und so vollkommen zu besitzen, wie es inniggeliebte Babies nach einer Mahlzeit tun. Nach dem Säuglingsalter fühlt sich kaum jemand für lange Zeit gesund, aber das Universum, von einem gesunden und vorurteilslosen Menschen betrachtet, ist ein Garten, in dem seltsame, herrliche Körper wachsen: Früchte, Sterne und Menschen, die uneingeschränkt von Gott (wenn wir religiös sind) oder vom Universum selbst (wenn wir es nicht sind) für uns geschaffen werden. Die meisten Körper können wir nicht ohne hohe Kosten, Gefahr oder Peinlichkeit besuchen oder ergreifen – den Mond zum Beispiel oder die Frau, die mich Dad nennt –, aber Tausende von Körpern besuchen oder berühren jeden von uns auf harmlose Weise mit Hilfe des Lichtes und der Luft. Donalda sollte die

Stärkung nicht fürchten, die ich durch diese Licht- und Luft-
kontakte erhalte. Jegliche Stärkung dieser Art macht mich
fließender – fähiger, sie zu lieben. Das muß ich ihr erklären.
Wenn ich sie heute abend (oder Montag abend, falls sie das
ganze Wochenende arbeiten muß) treffe, werde ich beginnen:
„Setz dich, Donalda, ich habe dir etwas zu sagen." Nein, das
würde sie beunruhigen. Ich werde sie zu einem sehr feuda-
len Essen ausführen, vielleicht auf dem neuen Restaurant-
schiff, das den Fluß hinauf- und heruntertuckert. Sie wird
glauben, daß ich sie für ein Vergnügen entschädigen will, das
ich ohne sie genossen habe, aber sie wird mich dessen nicht
sofort bezichtigen. Sie wird fragen, was ich am Freitag,
Sonnabend, Sonntag getan habe. Wann ich meine Wohnung
verließ. Mit wem ich mich traf. Wo ich aß und trank. Was
danach geschah. Ich werde kurze, präzise Antworten geben, die sie noch mißtrauischer als zuvor machen. Sie wird
versuchen, mich zu weiteren Auskünften zu reizen, indem
sie sagt:
    „Du hattest also eine richtig wüste Nacht."
    „Natürlich weiß ich, daß ihr nicht nur miteinander gespro-
chen habt."
    „In wessen Wohnung bist du eingeschlafen?"
    Ich werde mich nicht reizen lassen, sondern ruhig antwor-
ten: „Es war ein gewöhnlicher, angenehmer Abend."
    „Ich habe mich unterhalten und etwas getrunken – das war
alles."
    „Ich ging nach Hause und legte mich in mein Bett, und
niemand kam mit mir."
    Schließlich wird Donalda mich anklagen, etwas vor ihr zu
verbergen, deshalb werde ich ihr von meinem kurzen Gespräch mit der kahlköpfigen jungen Frau erzählen. Donalda
wird wütend sein. Ich werde nachsichtig lächeln und sagen:
„Du hast nichts zu befürchten. Das Gespräch hat zu einer
Offenbarung geführt, die manche Leute als religiös bezeichnen würden. Mir wurde klar…"

Mir wurde etwas klar, was sich mit Worten kaum erklären läßt, also weshalb sollte ich den Versuch machen? Wie die meisten Menschen mittleren Alters habe ich viele Offenbarungen erlebt, die mir wie Wendepunkte erschienen und es vielleicht auch waren. Wenn ich ein anderer Mensch bin als gestern, werden meine Handlungen – nicht meine Worte – es beweisen. Ich werde weiterhin so handeln wie gewöhnlich, aber vielleicht mit mehr Mut und Entschiedenheit. Wenn Donalda einen Unterschied bemerkt, könnte er ihr sogar gefallen. Denn sie sagt manchmal, es tue ihr leid, daß ich sie so herrisch sein ließe.

ZWÖLFTES KAPITEL

Klassentreffen

Donalda preßt ihren Mund auf Junes Mund zu einem Kuß, der beinahe ein Biß ist, und einen Moment lang empfindet June eine schmelzende, köstliche Schwäche, die sie noch nie erlebt hat. Ihre Verblüffung über dieses Gefühl ist so groß, daß sie sich nicht bewegt, als Donalda sie losläßt, aufsteht, Tasten an dem drahtlosen Telefon berührt und sagt: „Senga? Senga, sie ist jetzt bereit für dich, und sie hat an diesem Wochenende nichts vor, niemand kommt oder erwartet sie... Ja, bring die Lehrerin mit rauf."

Donalda, ein wenig nervös (denkt June), glättet ihren Rock und steckt ihre Bluse in den Bund, ohne irgend etwas zuzuknöpfen. Ein Summen von der Sprechanlage. Donalda drückt auf den Haustürschalter, öffnet die Wohnungstür, stellt sich neben sie und lauscht dem Geräusch ihrer Freundinnen auf der Treppe. June hat mehrere Sekunden Zeit, um sich zu überlegen, ob sie schreien soll, und ein paar Sekunden, um es zu tun. Sie tut es nicht, weil sie fast sicher sein kann, daß die meisten ihrer Nachbarn Freitag abends nicht in ihrer Wohnung sind, und falls sich einige doch zu Hause aufhalten und herbeilaufen, wenn June schreit, und falls die Besucherinnen flüchten, was würden die Nachbarn dann vorfinden? Die fast nackte June in einem peinlichen Rock mit auf dem Rücken festgebundenen Armen. Ihr ganzes Leben lang hat sich June mehr vor Peinlichkeit als vor Schmerz gefürchtet, den sie kaum je durchgemacht hat und auch jetzt nicht erwartet. Sie empfindet sich als Teil eines überraschenden Dramas oder Traumes, die ihr nicht viel Schmerz zufügen können – und wenn es doch geschieht, wird sie entweder hinausgehen oder

233

aufwachen. Der offensichtliche Grund dafür, nicht zu schreien
– daß Donalda, sobald June anfängt, über sie herzufallen und
sie knebeln wird – kommt ihr überhaupt nicht in den Sinn.

Senga betritt das Zimmer wie eine Frau, die froh ist, nach
einem langen Urlaub heimzukehren. Sie trägt zwei rote Reise-
taschen aus Nylon und läßt sie auf den Fußboden fallen. Sie hat
einen langen Regenmantel an und wirft ihn auf das Sofa, bevor
sie mit ausgebreiteten Armen durch das Zimmer tanzt.

„Nehmt zur Kenntnis", verkündet sie der Allgemeinheit,
„daß ich unsere Schuluniform trage, den gleichen sexy Rock
und die gleiche sexy Bluse, die auch meine Freundin Dona trägt
und die eine meiner Kundinnen so faszinierten, daß sie sie
bestellte, bevor sie wußte, daß sie sich der Schule anschließen
würde. Sie scheint die Dinge ein wenig durcheinandergebracht
zu haben, aber das passiert in der großen Pause ja dauernd."

Sie bleibt stehen und schaut June scharf an, die sich nun –
wachsam und verwirrt, aber nicht verängstigt – auf dem Kaminvorleger aufrecht hingesetzt hat.

„Wie war sie, Dona?" fragt Senga.

„Sehr nett", sagt Donalda. „Wunderbar zuerst. Sie hat sich
hingelegt und sich mir so leicht geöffnet wie ein kleines
Lämmchen, genau wie du gesagt hast. Aber ich bin ihr bald
langweilig geworden."

Senga stützt die Hände in die Hüften und sagt streng zu
June: „Du bist dumm! Ich wette, du hast nie länger als für zehn
Minuten Liebe gemacht. Du siehst zu gut aus, um so dumm zu
sein. Reizlose Frauen wie Dona und ich, wir mußten uns spät
im Leben selbst beibringen, wie wir Spaß haben können, weil
niemand sonst auf uns scharf war, aber Hunderte müssen sich
gewünscht haben, es dir beizubringen. Wie hast du sie alle
verpaßt? Ich wette, die einzigen, die dir beigebracht haben,
eine Frau zu sein, waren eine frigide Mutter und ein paar blöde
Männer. Du hast sehr viel Glück, daß wir dich erwischt haben,
bevor du zu alt bist… Sie ist nicht zu alt für Sie, oder, Miss
Domina?"

Sengas Frage ist an eine Frau gerichtet, die nach ihr das Zimmer betreten hat; auch sie hat einen langen Mantel getragen und ihn nun aufs Sofa geworfen. Dies ist die schlanke, kahlköpfige Frau von dem zweiten Foto. Sie hat denselben weiten Overall mit den bauschigen Seitentaschen an, und sie steht nun, die Beine gespreizt, mit dem Rücken zur Tür. Aber trotz ihrer herausfordernden Haltung und Kleidung wirkt sie schüchtern und niedergeschlagen. Sie guckt June von der Seite her an, wobei sich ihr Kinn hart in ihre nackte Schulter drückt, als wolle es darin verschwinden. Sie flüstert so leise, daß ihre Worte unhörbar sind.

„Ich muß erklären, was es mit unserer Schule auf sich hat", sagt Senga mit heiterer Stimme zu June. „Unsere Direktorin braucht Disziplin, weil ohne Disziplin nichts Gutes gelernt werden kann, aber sie ist ein Mensch mit Ideen, keine Vollstreckerin – in der Regel. Die Disziplin überläßt sie der Präfektin, und das bin ich. Bitte, drehen Sie sich um, Miss Domina."

Gehorsam dreht sich die große Frau zur Tür um, und sofort wirkt sie perfekt. Das schüchtern brütende, ausweichende Gesicht ist das einzige, was an ihr nicht stimmt. Senga, Donalda und sogar June starren verzückt auf ihre athletische Figur, den breitschultrigen, nackten Rücken, der sich unter zwei gekreuzten Riemen zu einer schlanken Taille verjüngt, auf die prächtigen Beine mit den hervortretenden Wadenmuskeln unter der bis zu den Knien aufgerollten Hose. Senga schüttelt den Kopf, wird wieder geschäftsmäßig und zeigt auf eine schmale Tasche zwischen der Hüfte und dem Knie der großen Frau. Eine Art Haken ragt oben daraus hervor. Senga legt einen Finger unter den Haken und hebt ihn hoch genug, um deutlich zu machen, daß es der Griff eines Rohrstocks ist.

„Ich zeige dir's nicht, um dich auf eine grausame Orgie vorzubereiten", sagt Senga zu June. „Natürlich werden wir eine kleine Orgie feiern, aber unsere Direktorin ist eine zu gute Lehrerin, als daß sie sich hauptsächlich auf Bestrafungen verließe. Meistens verläßt sie sich auf mich. Drehen Sie sich bitte wieder um, Miss Domina."

Die Frau wendet sich ihnen zu und sieht wieder sonderbar aus.

„Und nun", sagt Senga, die die Arme verschränkt und auch wie eine Lehrerin wirkt, „muß ich Sie noch einmal fragen, Miss Domina, ob Sie das neue Mädchen nehmen möchten? Gefällt Ihnen ihr Äußeres? Bitte, sprechen Sie lauter, denn wir alle müssen es wissen."

Die Frau flüstert ja sie ist schön mit einer so leisen und heiseren Stimme, daß June sie kaum versteht.

„Dann muß Geld den Besitzer wechseln", erklärt Senga ruhig. „Unter den vielen nützlichen Dingen, die ich in Ihre Riesentaschen gepackt habe, Miss Domina, sind ein Stift und ein Scheckbuch. Knöpfen Sie die Tasche an Ihrem linken Bein auf und holen Sie sie hervor."

Zum erstenmal mustert die große Frau June und scheint unfähig, den Blick abzuwenden. Ihre Hände wandern, wie aus eigenem Willen, zu der Tasche und nehmen das heraus, was Senga befohlen hat. Unterdessen ist June ohne eine bewußte Anstrengung auf die Beine gekommen. Sie starrt zurück in das Gesicht der Frau, denn es fasziniert sie. June zupft auch an dem Riemen, der ihre Handgelenke auf dem Rücken festhält; er gibt nicht nach, aber das bekümmert sie nicht. Ihr Körper bewegt sich, ohne ihren Geist zu befragen. Sie merkt kaum, daß Donalda und Senga nun an ihren beiden Seiten stehen.

„Schreiben Sie den siebzehnten Oktober neunzehnhundertneunundachtzig", sagt Senga, „und Versteck-Lederwaren und Ihren Namen. Dann werde ich eine präzise Summe nennen. Haben Sie das alles geschrieben? Sind Sie bereit? Dreitausend Pfund."

Die Frau richtet ihren Blick von June auf Senga und flüstert sie machen Witze.

„O nein", antwortet Senga entschlossen. „Sie kaufen sich das beste Wochenende Ihres Lebens, und tun Sie nicht so, als könnten Sie sich's nicht leisten. Wenn Sie Ihr Ferienhaus in Griechenland verkaufen, können Sie sich hundert Wochenenden wie dieses erlauben. Aber ich gebe Ihnen dreißig Minuten, um darüber nachzudenken, dreißig Minuten, um zu sehen, was Sie für den Preis bekommen. Ich brauche eine Uhr... Ist dies das Schlafzimmer?"

Senga eilt in den anderen Raum von Junes Wohnung, und plötzlich erwacht June.

Plötzlich kommt June zu dem Schluß, daß dies kein faszinierender Traum, sondern eine peinliche und alberne Situation ist.

„Hören Sie zu!" ruft sie. „Ich habe das alles satt! Ihr drei stolziert in meinem Zimmer herum, als wäre ich nur eine... eine... eine Zuschauerin, und das gefällt mir nicht. Binden Sie meine Hände los und verschwinden Sie. Sofort. Jetzt!"

„Halt sie fest", sagt Senga entschlossen und kramt in ihrer Rocktasche. Donalda tritt hinter June und legt einen Arm um ihre Hüfte, eine Hand auf ihren Mund. Die Hand bleibt dort, indem sie Junes Nase zwischen Zeigefinger und Daumen festklemmt, während June den Kopf verdreht und versucht, auf Donaldas Füße zu stampfen, doch die dralle, kleine Donalda ist zäh und schwer und unerbittlich. Sie bewegt sich nicht.

„Mund", sagt Senga. Junes Mund ist plötzlich nicht mehr bedeckt, und sie atmet durch, um zu schreien, doch etwas Hartes schiebt sich hinein und drückt heftig auf ihre Zunge. Sie spürt, wie sich um ihre Wangen, Ohren und ihren Nacken ein Riemen spannt, der sich nicht lockert, so sehr sie auch den Kopf verdrehen mag. Aber ihr Haar wird über ihr Gesicht geschüttelt und blendet sie.

„Hinsetzen", sagt Senga. June wird rückwärts und dann nach unten gezerrt, bis sie auf Donaldas Schoß sitzt; ein Arm um ihre Hüfte und ein anderer um ihren Hals fesseln sie eng an Donaldas Körper. June kann nur mit den Beinen ausschlagen. Senga tritt zwischen sie, teilt das Haar über Junes Gesicht und sagt gütig: „Der Knebel, den du jetzt schmeckst, macht aus all deinem Geschrei nur Stöhnen und Murmeln, aber wenn du dich daran gewöhnt hast, wirst du *bitte* und *danke* sagen können."

Sie küßt June auf die Stirn, geht dann ins Schlafzimmer und kommt mit einem kleinen Hocker heraus. „Ich brauche noch ein paar nette Dinge aus Ihren Taschen, Miss Domina."

Senga steigt auf den Hocker, und die kahlköpfige Frau reicht ihr eine Vorstechahle, einen Handbohrer mit einem langen, dicken Schaft, eine Ringschraube, wie sie zum Aufhängen von Kinderschaukeln benutzt wird, und dann ein Paar Handschellen. Senga bohrt geschickt ein Loch in die Unterseite des Türsturzes, schraubt den Ring hinein, wobei sie den Handbohrer als Hebel verwendet, und läßt eine der Handschellen an dem Ring festschnappen. Während June beginnt, den Zweck dieser Vorbereitungen zu durchschauen, grunzt und schlägt sie wilder und unnützer mit den Beinen aus als zuvor.

„Heb sie hoch", sagt Senga.

Die schlanke Frau umfaßt Junes Beine an den Knien, Donalda steht auf, und die beiden tragen sie zur Tür.

„Höher!" sagt Senga. June, mit dem Gesicht zum Fußboden, wird auf Schulterhöhe gehievt und hört auf zu zappeln, da sie Angst hat, fallen gelassen zu werden.

„Vernünftig!" sagt Senga und macht etwas mit Junes Armen, das ihnen wieder Bewegungsfreiheit gibt.

Senga packt ein Handgelenk, zieht es hoch und schließt die Stahlmanschette darum. Dann steigt sie vom Hocker und sagt: „Hinstellen."

Junes Füße werden auf den Hocker niedergelassen. In dem Bemühen, nicht hinunterzufallen, taumelt sie hin und her und wedelt mit ihrem freien Arm, um die Balance zu halten, während der andere Arm, mit dem kalten Stahl ums Handgelenk, über ihrem Kopf wackelt.

„Ganz ruhig!" sagt Senga von hinten und legt ihre Hände zu beiden Seiten unter der Taille auf Junes Hüften. Dies läßt June ruhiger werden.

Nicht mehr von ihrem Haar, doch nun von Tränen der Wut und Frustration geblendet, kann June nur erkennen, daß sie dem Schlafzimmer zugewandt ist. Donalda trocknet ihre Augen und Wangen zart mit einem Papiertuch und sagt leise: „Du brauchst keine Angst zu haben – ich wünschte, ich wäre an deiner Stelle. Eine Anfängerin zu sein macht mehr Spaß als alles andere, und danach wirst du dich großartig fühlen – wie eine neue Frau!"

Junes freie Hand trifft mit einem scharfen Knall, so laut wie ein Pistolenschuß, auf Donaldas Wange. Donalda springt zurück, und ihr Gesicht wird weiß vor Schreck. Sie betastet ihre rechte Wange, auf der sich eine helle Rötung in Form einer Handfläche mit fünf schwachen Fingern abzuzeichnen beginnt.

„Das hat weh getan!" klagt sie traurig. „Und dabei wollte ich nur nett sein."

Die schlanke Frau kichert, geht auf Donalda zu, umarmt sie, lächelt auf ihr trauriges Gesicht hinunter und küßt sie dann jäh auf den Mund. Es ist ein langer Kuß. Als Donalda losgelassen wird, sieht sie wieder fröhlich aus und lächelt June verschmitzt zu, als wolle sie sagen: Jemand mag mich, auch wenn du mich nicht magst. Senga, die ebenfalls kichert, hat Junes freien Unterarm ergriffen und auf den Rücken gedreht – kräftig genug, um ihn dort mühelos festzuhalten, aber nicht so kräftig, daß es June schmerzen würde.

„Uh, du Wildkatze!" gurrt Senga bewundernd. „Uh, du Kratzbürste! Sieht sie wild und wütend und beleidigt und schön aus, Miss Domina? Ich kann's von hier nicht erkennen."

Die schlanke Frau setzt sich auf den Rand von Junes Bett, spreizt die Knie weit und packt sie mit den Händen. Sie mustert Junes Gesicht lächelnd und nickt.

„Gut!" sagt Senga. „Aber unsere Heldin hat ein Foto aus meinem bösen Album lange genug studiert, um zu wissen, daß sie sehr viel gerader stehen und ihre Schuhe mit den höchsten Hacken tragen muß. Guck in den Kleiderschrank,

Donalda, und gib mir ein paar von den Zeitschriften da, falls die Absätze nicht hoch genug sind."

June erstickt fast an kleinen Schluchzern des Zorns, während Donalda eifrig in ihrem Kleiderschrank herumwühlt, bis sie ein Paar schwarzer, an den Zehen offener Schuhe mit zehn Zentimeter langen Pfennigabsätzen und einem Verschluß findet, der hinten zugeschnürt wird. Dann nimmt sie fünf oder sechs Nummern von „Vogue" von einem Stapel auf dem Nachttisch. June wimmert jetzt. Senga kniet sich neben sie, umarmt Junes Beine, hebt sie von dem Hocker und stößt ihn mit dem Knie beiseite. June klammert sich mit der freien Hand an die Manschette an ihrem Gelenk und hält ganz fest, um nicht an einem Arm zu baumeln. Donalda kniet sich demütig vor sie hin, steckt Junes Füße in die Schuhe und macht die Verschlüsse zu; dann läßt Senga Junes Beine los. Eine schmerzhafte Sekunde lang dehnen sich Junes Arme unter dem Gewicht ihres ganzen Körpers, danach berühren ihre abwärts strebenden Zehen den unter sie geschobenen Zeitschriftenstapel, auch ihre Absätze berühren ihn, und ihr Gewicht verteilt sich gleichmäßig auf jeden gespannten Muskel zwischen ihren Fingern und ihren Zehen. Senga prüft die Spannung, indem sie die Finger über Junes Hüften und Hintern gleiten läßt und ihre Taille, ihren Bauch, ihre Brüste sanft liebkost; indem sie ihr Rückgrat, ihre Schulterblätter und ihre Arme sanft streichelt. Senga atmet schwer – wegen der kürzlichen Anstrengungen und wegen einer anderen Erregung. Als June versucht, sie anzuspucken, lächelt sie und murmelt: „Du hast es gewollt, oh, du hast es gewollt!"

Schweißperlen glänzen nun auf Junes nackten Körperteilen. Mit einem leisen Stöhnen umarmt Senga sie und erforscht ihre linke Achselhöhle mit Nase, Lippen und Zunge.

aufhören sagt die Frau auf dem Bett.

„Kommt nicht in Frage!" ruft Senga und dreht sich ärgerlich zu der Frau um. „Sie gehört Donalda und mir, denn Sie haben sie noch nicht gekauft! Vielen Dank für die Erinnerung."

Senga geht zu dem Nachttisch, nimmt die darauf stehende Uhr hoch, ändert die Weckeinstellung und stellt die Uhr auf den Kamin, wo June das Zifferblatt sehen kann. „Es klingelt in dreißig Minuten", läßt sie June wissen. „Dann werden wir dir eine Ruhepause gönnen."

„Du bist herzlos" sagt Donalda zu Senga. „Eine halbe Stunde ist sehr lang, wenn man so stehen muß."

„Du hast vierzig Minuten lang so gestanden", entgegnet Senga.

„Ja, aber ich bin zäh. Ich habe ein schweres Leben hinter mir. Sie nicht."

„Sie braucht die Übung, und ich brauche etwas zu trinken", erklärt Senga und setzt sich neben die kahlköpfige Frau.

„Ich habe uns was eingegossen, bevor ich euch raufrief", sagt Donalda. „Aber natürlich kriegt keiner mit, was ich tue."

„Was war's?"

„Sherry. *Ihr* Sherry. Harvey's Bristol Cream."

„Pfui", macht Senga, und die kahlköpfige Frau sagt schampus.

„Du hast sie gehört", sagt Senga zu Donalda. „Hol die Taschen rein."

„Zwar haben wir jetzt eine Anfängerin, aber ich bin hier wohl immer noch das Dienstmädchen", murrt Donalda und zwängt sich seitwärts an June vorbei in das andere Zimmer, wobei sie brummelt: „Entschuldigung."

ich unterschreibe den scheck sagt die schlanke Frau und tut es.

„Ich nehme ihn erst an, wenn der Wecker klingelt", erwidert Senga, die June betrachtet. Sengas Miene zeigt nicht Frohlocken oder Triumph, sondern sie hat den verlorenen Ausdruck eines Kindes, das etwas Wunderbares anschaut, aber zu arm ist, es zu besitzen. Die meisten Menschen werden häßlicher, wenn sie leiden, aber obwohl Junes Gesicht und Brüste von einem Gemisch aus Tränen und Schweiß überzogen sind, läßt ihre Qual sie so schön werden wie nie zuvor. Sie bewegt den Kopf langsam hin und her und versucht, nicht zu denken, die Spannung in jedem Teil ihres Körpers nicht zu spüren. Es ist kein sehr starker Schmerz – sie würde ohnmächtig werden, wenn er sehr stark wäre. Aber er kommt ihr deshalb schlimm vor, weil er sich ununterbrochen fortsetzt, weil sie ihm nicht entgehen kann und weil er zwangsläufig größer werden muß. Das Zifferblatt verrät ihr, daß ein dreiviertel Minuten vergangen sind und daß sie noch achtundzwanzig Minuten und fünfzehn Sekunden aushalten muß. Sie weiß, daß die Zeit nie langsamer vergeht, als wenn man die Uhr zwingen will, sich zu beeilen. Aber sie kann nicht anders, als angestrengt auf eine Bewegung des Stunden- und des Minutenzeigers zu warten, während sie den langsam kreisenden Sekundenzeiger nur als ein Folterwerkzeug sieht. Sie versucht, sich zu blenden, indem sie ihr Haar über ihr Gesicht fallen läßt, doch ihre Position hindert sie daran. Mit der freien Hand streicht sie ein paar Strähnen über ihr Gesicht, aber der Stahlring schneidet so tief in die andere Hand, daß es eine Erleichterung für June ist, sich wieder an den Ring zu klammern und – nur ein Auge ist teilweise bedeckt – genauso stehenzubleiben wie vorher. Sie hört Senga träumerisch sagen: „Wildkätzchen hat prächtiges Haar."

ja

„Länger und dichter als Donas."

ja

„Sind Sie eifersüchtig darauf, Miss Domina?"

sehr

„Noch mal Entschuldigung", sagt Donalda und zwängt sich seitwärts an June vorbei. Sie trägt in jeder Hand eine Reisetasche.

Aus der einen Tasche werden eine Flasche guter Champagner und ein kleiner Lederbehälter mit Kelchgläsern hervorgeholt.

„Nur das Beste ist für Miss Domina gut genug", sagt Senga, entfernt den Korken und gießt ein.

ihre gesundheit flüstert die kahlköpfige Frau und hebt ihr Glas.

„Auf das Wohl unseres Wildkätzchens", sagt Senga und nimmt einen Schluck.

„Das bist du!" erklärt Donalda, an June gewandt.

Während die drei mit ihren Gläsern dastehen und daran nippen und sie betrachten, hat June wieder den Eindruck, daß die anderen die Künstler sind und sie selbst das Publikum dieser Show darstellt, und sie beginnt, ihre Lage benommen zu akzeptieren. Dieses Gefühl verschwindet, als Senga ihr Glas hinstellt, eine elegante Kamera aus einem Beutel holt und fragt: „Möchten Sie ein paar fürs Album machen, Miss Domina?"

Die schlanke Frau kauert sich hin und blitzt June mit dem glänzenden Kasten an, schleicht näher und wiederholt ihre Aktion, schiebt sich an Junes Seite vorbei und blitzt sie von hinten, geht zurück und befiehlt Senga und Donalda, rechts und links neben June zu posieren, weist Senga an, June noch einmal zu umarmen und ihre Achselhöhle zu küssen, und macht dann schließlich vier blendende Nahaufnahmen von ihrem Gesicht. Währenddessen verdreht June ihren Kopf und ihren Körper und stößt viele leise, erstickte Schreie aus. Jede Faser ihres Körpers und ihrer Seele haßt es, wehrt sich dagegen, auf Fotos *aufgenommen, gefangen, bewahrt* zu werden, die viele andere genußvoll anschauen könnten. Schock und Erschöpfung lassen sie letztlich in einer schmerzhaften Lähmung, mit der sie sich abfindet, an dem Ring hängen. Undeutlich und ohne Protest sieht sie, wie sich die schlanke Frau in voller Länge auf ihrem Bett ausstreckt, aus einem Kristallglas trinkt und von June zu Donalda und Senga und zurück blickt. Donalda und Senga sind dabei, Junes Kleiderschrank auszuräumen; sie halten die Sachen hoch, probieren sie an, wirbeln mit leisen Quietschern der Erregung in ihnen herum.

„Wildkätzchen weiß, was sie tragen soll, sie versteht sich wirklich auf Glamour, gewöhnliche Moden sind ihr scheißegal!" ruft Donalda und hüllt sich in einen silbernen Sari. „Ich bin zu klein dafür, Sie sollten ihn tragen, Miss Domina."

Die kahlköpfige Dame lächelt.

„Fällt dir was auf?" fragt Senga und hält sich ein scharlachrotes Flamencokleid an den Körper. „Keine Hosen! Keine Jeans, ob eng oder bauschig; keine Shorts, keine Freizeithose, keine Haremshose, nicht mal ein Hosenrock. Sie haßt Hosen, kein Zweifel, dabei würde sie darin umwerfend aussehen."

„Ja, du hast ihr genau das richtige Geschenk mitgebracht", meint Donalda.

Senga sagt: „Zeit aufzuräumen."

Sie und Donalda packen Junes Kleider, Kostüme, Röcke, Jacken, Mäntel, Hüte und Schuhe in schwarze Plastiksäcke, die sie einer Reisetasche entnommen haben. Dann leeren sie den Inhalt aller Schubladen im Zimmer auf den Fußboden und füllen damit weitere Säcke: Unterwäsche, Briefe, Fotos, Schmuck und alles andere außer Kosmetika. Diese werden auf dem Frisiertisch aufgehäuft. Senga zögert einem Moment; sie hält zwei Puppen in den Händen, die June nie weggeworfen hat: einen Teddybären und ein holländisches Stoffmädchen, die so zerfleddert sind, daß nur ein sehr armes Kind heute noch mit ihnen spielen würde. Bevor Senga die Puppen in einen Sack stopft, schaut sie nachdenklich von der einen zur anderen und erklärt June dann: „Wenn du und ich Freundinnen werden – wirkliche Freundinnen –, gebe ich sie dir vielleicht eines Tages zurück."

June lacht beinahe laut, doch sie unterdrückt das Lachen zu einem Keuchen und einem Kopfschütteln. Gelächter würde die Benommenheit zerstören, das präzise Gleichgewicht von Schmerz und Duldung, an das sie sich nun so heftig klammert, wie ihre freie Hand die Manschette festhält.

Donalda und Senga verschließen die Öffnungen der Säcke mit Bändern und stapeln sie an der Wand auf. Die Uhr beginnt zu zwitschern. Senga bringt sie mit dem Druck einer Fingerspitze zum Schweigen und sagt: „Also gut, Miss Domina. Geben Sie mir den Scheck."

Sie nimmt den Scheck entgegen, liest ihn und steckt ihn ein. Dann sagt sie untertänig: „Haben Sie vielen Dank, Miss Domina. Dürfen wir sie nun etwas ausruhen lassen?"

nein erwidert die schlanke Dame, stellt ihr Glas hin und erhebt sich. Sie blickt June an und lächelt schwach, zieht den dünnen Stock aus ihrer Hüfttasche, biegt ihn und läßt ihn dann plötzlich mit einem Zischen, das sich fast wie ein Pfeifen anhört, durch die Luft sausen. June erwacht langsam aus ihrer Benommenheit. Senga holt ein weiteres Paar Handschellen aus ihrer Rocktasche, steigt auf den Hocker, schließt Junes freies Handgelenk ebenfalls an den Ring, steigt hinunter und fragt: „Bequemer?"

Es ist bequemer. Junes Finger sind von der Anstrengung, sich an die Handschelle zu klammern, befreit, und die Belastung ihrer Arme ist nun ausgeglichen, aber sie hält sich ganz starr vor Furcht.

„Das gefällt mir nicht", sagt Donalda laut. Sie sitzt, mit dem Rücken zu den anderen, auf dem Bett. „Ich glaube nicht, daß sie es braucht."

„Sie braucht es", sagt Senga nüchtern. „Geh ins Badezimmer und laß das Wasser einlaufen. Mach es nicht zu heiß – prüf es mit dem Ellbogen – und denk an das Badesalz."

Donalda steht auf und nimmt ein Gefäß mit bunten Kristallen aus einer Reisetasche. Sie blickt June nicht an, sondern murmelt nur: „'tschuldigung", während sie sich an ihr vorbeischiebt. Die kahlköpfige Frau – ihre Miene ist flehend – legt ihren freien Arm um Junes Hals und versucht, sie auf den Mund zu küssen, aber trotz ihrer Furcht dreht June den Kopf hin und her und kann es verhindern.

sag's ihr flüstert die schlanke Frau Senga traurig zu und gleitet dann an June vorbei, so daß sie hinter ihr steht. June sieht sich nun Senga gegenüber, die sich mit weit gespreizten Beinen und verschränkten Armen vor sie gestellt hat; ihr Gesicht wirkt ärgerlich.

„Unsere Direktorin möchte dir folgendes mitteilen", sagt Senga mit einer harten, sarkastischen Stimme. „Sie wird dir gleich das Gefühl geben, daß ihr beide die einzigen Menschen im Universum seid – die einzigen Überlebenden. Aber bevor sie dir dieses Gefühl gibt – und auch danach –, darfst du nicht vergessen, egal, wie sehr sie dich verletzt und dich liebt – egal, wie sehr du verletzt wirst und ihre Liebe erwiderst –, daß du den Rock trägst, den du bei mir bestellt hast. Deshalb kann sie dich nicht bis aufs Blut prügeln und du kannst nicht ohnmächtig werden. Fangen Sie an, wenn Sie bereit sind, Miss Domina."

Der Schmerz, der sich anschließt, ist so verblüffend, daß June nicht zu schreien versucht, sondern ihren Körper bei jedem harten, regelmäßigen Schlag ruckartig bewegt und ein leises, unterdrücktes „Ah" ausstößt. Nach dem zweiten Schlag hat sie das Gefühl, daß nichts außer ihrem Körper und Miss Domina existiert. Nach dem zwanzigsten hat sie das Gefühl, daß nur die Schläge existieren, nichts anderes, nicht einmal ihr Körper, und als nur die Schläge existieren, ruft jeder, wie eine Art Echo, eine Empfindung des Behagens hervor. Das Behagen wächst, bis sie vor Lachen zu ersticken scheint und ohnmächtig zu werden droht. Jemand ruft: „Genug!"

Die Schläge hören auf. June merkt, wie das Behagen in ihrem Schoß schwindet, wie ein schreckliches Brennen auf ihrem Arsch und ihren Oberschenkeln beginnt, aber die Prügel haben sie fast gelähmt. Sie wird sanft an den Knien und an der Hüfte umarmt und hochgehoben. Behutsame Hände lösen die Handschellen, nehmen ihr den Knebel aus dem Mund, ziehen ihr den Rock aus. Mit dem Gesicht nach unten, gütig gestützt an Schultern, Hüfte und Beinen, schwebt sie über einen Fußboden, den sie nicht erkennt, und wird dann sanft – erst die Knie, dann der Bauch, dann die Brüste – in tiefes, weiches, warmes, tröstendes Wasser niedergelassen. Ein Arm stützt ihren Kopf über einer Schicht süßriechenden Schaumes. Sie schluchzt vor Erleichterung und Dankbarkeit und wird mit einem Schwamm eingeseift und abgerieben, ohne daß an den schmerzenden Stellen Druck zu spüren ist. Das schäumende Wasser läuft aus der Wanne, sie wird vorsichtig auf die Knie gehoben und mit noch mehr warmem Wasser saubergeduscht und dann in ihre flauschigsten Handtücher eingehüllt. Man hilft ihr zurück ins Schlafzimmer, legt sie aufs Bett und bewegt sie behutsam hin und her, damit der warme Hauch von der Düse eines Haartrockners über jede Fläche gleiten, in jeden Winkel ihres Körpers eindringen kann – sie kichert, als er über ihre Achselhöhlen tastet. Diese Erleichterung nach all den Strapazen versetzt sie in eine tiefere Lähmung des Erstaunens, als es der Schmerz vermocht hat. Sie kann sich nicht erinnern, je einen so köstlichen Frieden in jedem Körperteil gespürt zu haben, doch das Gefühl ist überraschend vertraut. Ob sie dies als Baby empfunden hat? Schmerzstreifen an ihrem Hintern und ihren Oberschenkeln brennen immer noch, aber eine kleine Hand streicht lindernde Creme darauf, dann reiben zwei kleine Hände (Donalda) die Creme sanft ein und beginnen, sie intimer zu massieren. June stöhnt vor Lust. Eine Stimme sagt aufhören.

„Warum? Sie hat sich ein bißchen Spaß verdient", entgegnet Donaldas Stimme.

ich will daß sie wieder bezaubernd ist

„Aber sie soll zuerst etwas trinken", sagt Senga.

June hört Korken knallen, merkt, wie Glas mit schäumender, trockener Süße an ihre Lippen geneigt wird, schluckt, ist durstig, trinkt alles und fühlt sich betrunken. Leise kichernd wird sie an ihren Frisiertisch gebracht und auf den Stuhl davor gesetzt.

Der Tisch ist niedrig, der Spiegel groß und mit Scharnieren versehen, so daß er drei Bilder zeigt. Sie sieht sich nackt vor dem Spiegel thronen; die schlanke Dame kniet an einer Seite, Senga an der anderen, und Donalda steht einsam hinter ihr. Senga und Donalda tragen nichts als aufgeknöpfte Röcke, und das Overall-Lätzchen der kahlköpfigen Frau hängt herunter, so daß ihre Brüste ebenfalls nackt sind. June lacht in sich hinein. In der Vielfalt der Spiegelbilder sehen sie aus wie ein türkischer Harem, der von einem lüsternen viktorianischen Künstler gemalt oder von einem ungehemmten de Mille gefilmt wird. Die schlanke Dame nickt Senga zu. June spürt, wie ihre Knie auseinandergedrängt und von Handschellen, die beide Knöchel an die Vorderbeine des Stuhls ketten, auseinandergehalten werden. Senga zieht zwei weitere Paar Handschellen aus ihren großen Taschen („Wo hast du die bloß alle her?" flüstert Donalda), und Junes Handgelenke werden nach hinten gezerrt und an das nähere hintere Stuhlbein gekettet. Senga sagt: „Du hast all diese Fesseln nicht nötig, Wildkätzchen, aber Miss Domina hat Angst, daß du sie kratzen könntest. Mach dir keine Sorgen. *Du* wirst an diesem Wochenende nicht mehr versohlt."

„Gefällt mir überhaupt nicht, wie du *du* sagst", murrt Donalda. „Das soll wohl heißen, daß ich versohlt werde?"

„Sei nicht pessimistisch, Dona!" antwortet Senga mütterlich. Sie nimmt Donaldas Hand, führt sie zum Bett und blickt sich um. „Ich bin sehr scharf geworden, Miss Domina. Darf Dona mir einen ablutschen?"

aber guck mir zu sagt die kahlköpfige Frau, nimmt Lippenstifthülsen aus ihren Taschen und legt sie zu denen auf der Tischplatte.

„Ich werd mir natürlich alles angucken, was Sie tun!" ruft Senga, nimmt die Kissen vom Kopf des Bettes und legt sie am Fuß des Bettes übereinander. „Was Sie machen, ist meine Lieblingsshow, Miss Domina, und ich werde Ihnen, wenn nötig, mit Rat und Tat zur Seite stehen."

Senga zieht ihren Rock aus, schleudert ihn in eine Ecke, setzt sich, die Knie sehr weit gespreizt, an den Fuß des Bettes und läßt sich mit einem genüßlichen Seufzen in die Kissen

248

zurücksinken. Es ist fast Mitternacht. Was folgt, besteht aus zwölf Teilen.

1 MAKE-UP

Mit Grundierungscreme, Gesichtspuder, Rouge, Wimperntusche, Lidschatten, Lippenstift und Nagellack macht Miss Domina aus June einen der reifen, doch bezaubernd verletzlichen Filmstars der vierziger Jahre, allerdings mit dem Unterschied, daß sie Junes Brüste genauso sorgfältig tönt wie ihr Gesicht, ihre Hände und ihre Zehen. Ihr prächtiges Haar wird behutsam ausgebreitet, gekämmt, über ihre Schultern und ihren Rücken gebürstet und dann zart parfümiert. Junes Position erlaubt es, auch ihr Schamhaar zu kämmen, zu bürsten und zu parfümieren.

2 SPIEGELNEID

Sanfte Liebkosungen, in die das Bürsten und Parfümieren scheinbar selbstverständlich übergegangen ist, werden nachdrücklich, intim, erregend. Die Erregung wird dadurch erhöht, daß Sengas Gesicht June aus dem Spiegel anschaut – es ist nun kein gewöhnliches Gesicht, sondern schön vor Staunen und Sehnsucht. Jetzt weiß June, daß Senga sie am meisten begehrt, so sehr, daß June die Herrin und Senga die Sklavin wäre, sollten sie je zu einem Liebespaar werden. Darum hat Senga auch Angst vor ihr. Und aus diesem Grund hat sie Donalda vorgeschickt, um June zu verführen, und sie dann an Miss Domina verkauft. Indem June entzückt auf Miss Dominas Liebkosungen reagiert, kann sie sich an Senga rächen, deshalb bewegt sie den Kopf mit halbgeschlossenen Augen matt hin und her und täuscht wimmernd eine Lust vor, die sie kaum verspürt. Ihre Augen sind gerade weit genug geöffnet, um zu sehen, daß Sengas widergespiegeltes Gesicht immer erregter wird, daß Senga ihr Elend zu überwinden sucht, indem sie Donaldas ihr Genuß bereitenden Kopf mit beiden Händen kräftiger an ihren Schoß drückt. Darauf hustet Donalda und ringt nach Luft, und June, die ihr geheucheltes Entzücken aufgibt, lacht laut. Miss Domina schlägt June heftig auf die eine, dann auf die andere Wange.

3 HAARBEHANDLUNG

Miss Domina hat bisher neben June gekniet. Nun erhebt sie sich boshaft grinsend und befördert eine Schere, einen Rasierapparat, scharfe Instrumente, Baumwolle, ein Fläschchen Methylalkohol und ein paar Ringe aus ihren Taschen auf den Frisiertisch.

„Zuerst Fotos", sagt Senga, kommt auf die Beine und macht Aufnahmen. Dann halten sie und Donalda Teile von Junes Körper völlig still, während Miss Domina sie überall, einschließlich der Augenbrauen und der Achselhöhlen, kahl schneidet und rasiert. Dafür muß June wieder geknebelt werden; wieder glaubt sie, es nicht ertragen zu können, aber sie erträgt es. Dann fotografiert Miss Domina sie, während Senga ihr Haar vom Fußboden aufhebt, die duftende Masse in den Armen hält und plötzlich das Gesicht hineinsteckt und zu weinen anfängt. Daraufhin faucht Miss Domina wütend, wirft die Kamera aufs Bett, packt das Haar und schleudert eine Handvoll nach der anderen durch das Zimmer.

„Oh, hören Sie auf!" ruft Donalda. „Mach, daß sie aufhört, Senga, sie ist verrückt geworden!"

„Nein, laß sie nur. Es ist gut für sie", sagt Senga, die ihre Tränen trocknet. „Sie ist noch nie so wild geworden."

4 DURCHBOHRUNG

Junes Körper wird nun auf bleibende Weise gekennzeichnet, aber es ist ihr gleichgültig, denn der Raub ihres Haares hat sie gelähmt. Miss Domina beruhigt sich, durchbohrt Junes rechten Nasenflügel und befestigt einen kleinen Goldring daran. Sie durchbohrt den Knorpel von Junes rechtem Ohr und schmückt es mit zwei Silberreifen – der eine hat einen Durchmesser von fünfzehn, der andere von zehn Zentimetern. Miss Domina handhabt ihre Instrumente mit der Sicherheit einer

250

geübten Chirurgin. Senga hilft ihr mit der Tüchtigkeit einer ausgebildeten Krankenschwester. Donalda sammelt die im Zimmer verstreuten Locken ein, steckt sie in einen der Plastiksäcke, kocht eine Kanne Tee und gießt ihn in Tassen. Sie kann niemanden überreden, eine Teepause zu machen, deshalb schmollt sie vor sich hin, statt selbst eine Tasse zu trinken.

5 WESPEN
June wird losgebunden, von dem Knebel befreit und zu ihrem Bett gebracht, wo sie sofort einschläft. Im Schlaf spürt sie, wie Dinge, die teilweise Wirklichkeit sind, mit ihrem Körper angestellt werden. Eine Wespe kriecht um eine Stelle an ihrer Schulter und sticht wiederholt hinein. Das stechende Pochen ist auch kitzelig, aber June ist überzeugt, daß ihr Erwachen es nicht kurieren kann. Sie schläft, bis Senga sie wachrüttelt und sagt: „Guck mal! Sieht sie nicht echt aus?"

Sie berührt Junes pochende Schulter. June schaut dorthin und sieht eine kleine, schwarzgelbe zitternde Wespe.

„Das ist das Beste, was Sie jemals gemacht haben", sagte Senga zu Miss Domina, die sich auf dem Bettrand ausruht; ein schwaches, selbstgefälliges Lächeln spielt um ihren Mund, und sie hält eine Tätowiernadel in der Hand. Senga erklärt June: „Sie verpaßt dir noch mehr: eine auf die Titte, eine auf die Innenseite des Oberschenkels kurz vor deinem Dingsbums, eine auf den Hintern, vielleicht noch andere."

„Mm", macht June und schläft wieder ein.

6 TRÄUME
Sie träumt, Arm in Arm mit ihrem Gatten, dem kahlköpfigen König von Frankreich, am See im Garten von Versailles spazierenzugehen, wobei sie von Wespen geplagt werden. Er trägt eine gewaltige Lockenperücke aus dem Haar seiner früheren Königinnen. „Sehr schön, wenn man sich's leisten kann", sagt er, „und wenn die Revolution kommt, kann ich es als Paß benutzen. Aber was weiß ich von Hüten, Schuhen,

251

und dem Hund der Nachbarin? Warum sollte ich mir darüber den Kopf zerbrechen, ob die neue Tapete rosa zu sein hat, damit sie auf den neuen Teppich abgestimmt ist, oder grün, damit sie einen Kontrast zu ihm bildet? Das Leben ist zu kurz."

„Ich war an all diesen Dingen auch nicht interessiert", räumt June traurig ein, „ich meinte nur, daß es in unserer Ehe einige Gespräche geben sollte."

„Aber ein Mann braucht Ruhe, ich wünschte, diese Wespen würden sich verpissen."

In einem trüben Zimmer wird sie von Mummy und Granny abgeseift, getrocknet, gepudert und gewickelt. Dann ziehen die beiden sie für die Heilige Kommunion an, was verblüffend ist, denn sie waren nie religiös. Die Kleidung hat eine Menge Druckknöpfe, Reißverschlüsse und Gürtel, und es dauert lange, sie zuzupressen, zuzuziehen und festzuschnallen. Danach fühlt sie sich sehr behaglich und gut eingehüllt unterhalb der Hüfte, doch darüber scheint die Kleidung lockerer zu sein, und ihr Bauch ist ganz nackt. Sie nimmt an, daß dies alles von der katholischen Kirche vorgeschrieben wird. Man stellt etwas mit ihrem Gesicht an. Jemand versucht anscheinend, ihr einen Schnuller in den Mund zu stecken; sie schürzt die Lippen, verfehlt ihn jedoch immer. Dann begreift sie, daß ihre Lippen bemalt werden, und denkt: „Die Katholiken sind böse, wenn sie so etwas mit einem kleinen Mädchen machen."

Danach darf sie sich in eine warme, traumlose Schwärze fallen lassen.

7 ERWACHEN

Ein Becher mit flüssiger schwarzer Wärme wird von einer mütterlichen Fremden, die ihren Kopf mit einem Arm hinter ihren Schultern hochgehoben hat, an ihre Lippen gehalten. Die Flüssigkeit, die nach Kaffee und etwas Sonderbarem riecht, schmeckt süß; sie hat Zucker stets gehaßt, doch sie trinkt gierig. Ein weiterer voller Becher wird ihr angeboten. Sie nimmt ihn in die Hände und trinkt langsamer, wobei sie das Gefühl hat, hinein in einen neuen Traum erwacht zu sein. Sie kann nichts Vertrautes sehen. Die beiden auf dem Bett vor ihr ausgestreckten Beine bewegen sich, wenn June sie bewegt, aber sie können nicht ihr gehören, denn sie trägt nie Hosen. Der Raum gleicht einem Modellschlafzimmer, wie man es in großen Möbelgeschäften findet. Es enthält keine Gegenstände, die dem persönlichen Gebrauch oder der Ausschmükkung dienen, außer etlichen fremden Dingen, die auf einem Frisiertisch verstreut sind. In einer Ecke liegt ein gespenstischer Haufen aus dicken schwarzen Plastiksäcken. Im Zimmer sind drei Fremde. Die eine neben ihr auf dem Bett stützt ihre Schultern. Eine andere sitzt seitlich am Fußende des Bettes und sieht bedrückt aus. Es sind kleine Frauen mit einem großen Hintern und großen Brüsten und hektisch zerzaustem Haar; sie tragen nichts außer schwarzen Schürzen, die, wie June schließlich erkennt, kurze, am Bund nachlässig befestigte Lederröcke sind. Die dritte Fremde steht auf Zehenspitzen und mit hochgereckten Armen in der Türöffnung. Von hinten ist es die Figur eines erstaunlich schlanken, großen, kahlköpfigen, schönen Turners mit Hüften, die vielleicht ein bißchen zu breit sind, um einem Mann zu gehören. Aber was dieses Zimmer von allen früheren oder möglichen unterscheidet, sind die kräftigen Töne, die klaren Farben, die deutlichen Umrisse von allem und jedem darin; dazu kommt ein von sexuellem Begehren gebildeter Schmerz. June spürt diesen Schmerz wie die massive Gegenwart einer fünften Person, die sie alle intim kennt, die sie alle zusammengebracht hat, die unsichtbar zwischen ihnen steht, aber nicht berührt werden kann.

8 EIN RACHEENGEL
Senga sagt schmeichelnd: „Steh auf und sieh dir unseren Racheengel an."

Sie hilft June aufzustehen (was einen Moment lang schwierig ist, denn June hat noch nie so hochhackige Schuhe getragen) und hilft ihr dann, der fünften Person im Zimmer entgegenzugehen, die keineswegs unsichtbar ist: Diese Person hat das Gesicht einer Furie und eine so lieblich, so stolz weibliche Figur in elegantem, glänzendem Schwarz, daß June sich instinktiv vorbeugt, um sie anzubeten. Die Gestalt verneigt sich ebenfalls, und June erkennt sich selbst, ihr Gedächtnis kehrt zurück, das Zimmer und die Dinge und die Menschen verlieren an Intensität. Sie weiß, wer sie sind, wie sich ihre Entstehung abgespielt hat. June tritt dicht an den Spiegel heran und mustert das Gesicht, das offenkundig jenem des Stars der *Rocky Horror Show* nachempfunden ist. Die Züge sind kein Problem. Ihr Mund kann innerhalb von Sekunden seine bescheidene, im natürlichen Rahmen liegende Farbe zurückerhalten. Die bedrohlichen Schnörkel der schmalen Augenbrauen können abgewischt und durch die dunklen Federn ihrer eigenen – sorgfältig nachgezogen, bis sie wieder wachsen – ersetzt werden. Wenn die Ringe entfernt sind, wird keine auffallende Narbe an dem durchbohrten Nasenflügel und dem durchbohrten Ohr zurückbleiben. Ein Turban kann ihre Kopfhaut bedecken, bis das Haar wiederkehrt; das mag nicht modisch sein, aber es wird nicht grotesk wirken. Aber was kann sie mit den Wespen anfangen? Nicht mit denen oberhalb des Haaransatzes, sondern mit denen am äußeren Winkel beider Augen? June stöhnt vor Verzweiflung und Erschöpfung.

9 TOD EINES ENGELS

anfangen sagt eine leise, klare Stimme von der Türöffnung her.

„Sie ist schuld!" ruft Senga, zeigt eilfertig auf die Gestalt in der Tür und drückt June einen Rohrstock in die Hand. „Denk an das, was sie dir angetan hat! Schlag sie, wo du willst! Sie hat es verdient! Sie will es!"

anfangen sagt die Stimme.

„Sie ist nicht schuld. Du bist es, aber das ist mir egal", erwidert June und läßt müde den Stock fallen. Der Gedanke, jemanden zu verprügeln, hat sie nie sehr erregt, und jetzt erregt er sie erst recht nicht. Sie gähnt, setzt sich hin und sagt: „Ich bin müde. Bitte, packt meine Sachen aus und verschwindet."

„Es hat nicht geklappt", sagt Donalda ausdruckslos zu Senga.

anfangen wiederholt die unnachgiebige leise Stimme.

10 DER ABSCHLUSS

Senga runzelt die Stirn, geht im Zimmer auf und ab, denkt angestrengt nach, seufzt und wirft June, die sie eisig ignoriert, klägliche Blicke zu. Dann erklärt Senga: „Hör zu, ich weiß, daß du uns satt hast, aber wir müssen noch ein bißchen länger hierbleiben. Wir müssen die Arbeit abschließen. Aber wir werden so schnell machen wie möglich."

anfangen

Senga hebt den Stock auf, hält ihn Donalda hin und sagt: „Mach du's."

„O nein. Wenn Wildkätzchen es nicht will, warum soll ich's dann tun?"

„Donalda, ist dies eine Streiksituation?"

„Und ob!" erwidert Donalda, verschränkt die Arme und schmollt hartnäckig.

anfangen

„Also gut, ich fange an, du verdammte-beschissene-hochnäsige-gemeine-Lesbensau!" schreit Senga. „Wie immer bleibt all die schmutzige Arbeit an mir hängen. Jetzt geht's los! Und ich höre nicht auf, bis du mich bittest, dich nach Hause zu lassen, okay?"

anfangen

Nun prügelt Senga heftig und methodisch auf Miss Dominas ganzen Körper ein; schließlich benutzt sie Lederriemen, und Miss Domina weint, schluchzt und fleht Senga mit ihrer leisen Stimme an aufzuhören, aber erst lange nach Einbruch der Morgendämmerung bittet sie, nach Hause gelassen zu werden. Senga und Donalda binden Miss Domina los und helfen ihr ins Badezimmer. June schleudert ihre Schuhe weg, öffnet einen der Plastiksäcke, kippt den Inhalt auf den Boden und sucht sich aus dem Gewirr ein Hemd aus, das als Nachthemd dienen kann. Sie entfernt die Ringe aus ihrem Gesicht, wobei sie leicht zusammenzuckt. Dann schnallt sie den Gurt der Lederkleidung auf, öffnet die Reißverschlüsse, zieht die Sachen aus, streift sich das Hemd über und schlüpft unter ihre Bettdecke. Sie empfindet vor allem konfuse Erschöpfung, aber sie hat auch das Gefühl, daß sie nicht schlafen wird, bevor sie in ihrer Wohnung allein ist.

11 EINE VERABREDUNG

Senga tritt ins Schlafzimmer, schaut zu June hinüber, bückt sich und füllt den geleerten Sack von neuem.

„Laß die Sachen in Ruhe, sie gehören mir", sagt June ohne Nachdruck.

„Ich nehme alles mit", erwidert Senga traurig, doch entschieden. „Ich weiß, du hast mich satt, weil dir die Spiele nicht viel Spaß gemacht haben. Immerhin, ich habe dir ein bißchen vom Leben gezeigt, oder? Durch mich hast du einiges über die Möglichkeiten gelernt. Morgen wirst du mich wahrscheinlich hassen wie die Pest und übermorgen auch, aber in ein paar Tagen möchtest du mich vielleicht wiedersehen. Jedenfalls möchte ich dich wiedersehen. Und ich nehme all dieses Zeug mit, damit es ganz bestimmt passiert. Ich rufe dich gegen Ende der Woche an."

June ist zu müde, um zu widersprechen, und döst vor sich hin, während Senga die Säcke in den Flur schleppt.

12 TSCHÜS

June wird dadurch geweckt, daß jemand sie auf die Stirn küßt. Es ist natürlich Senga, die sagt: „Ich habe ein paar Sachen, die du vielleicht gebrauchen kannst, auf den Frisiertisch gelegt. Wir gehen jetzt. Bis zum nächstenmal."

„Tschüs!" ruft Donalda von der Tür her. „Tut mir leid, wenn wir irgendwas getan haben, das dich geärgert hat, aber manches war doch sehr lustig, nicht? Nicht böse sein, okay?"

vielen dank för eine sehr unterhaltsame nacht sagt eine große Person hinter Donalda, obwohl dreitausend etwas happig sind ich muß verröckt gewesen sein den scheck zu unterzeichnen

256

„Damit haben Sie sich bei der Firma für viele Wochen Kredit erkauft. Raus mit allen", sagt Senga forsch und knipst beim Hinausgehen das Licht aus. June hört, wie die Wohnungstür zuschlägt.

Und sie schläft.

DREIZEHNTES KAPITEL
Neue June

June wacht im Dunkeln auf und hat das Gefühl, daß man ihr etwas für ihr Leben und ihre Würde Entscheidendes geraubt hat. Schmerzende Muskeln an Arm, Bein und Schulter, Pochen und Kitzeln an verschiedenen Stellen der Haut rufen ihr das, was geschehen ist, in Erinnerung. Sie steht auf, schaltet das Licht ein, ruft die Zeitansage an und erfährt von einer klangvollen, männlichen englischen Stimme, daß die von Accurist gesponserte Zeit beim dritten Ton 2 Stunden 27 Minuten und 30 Sekunden sein wird. Sie hat länger als neunzehn Stunden traumlos geschlafen. Nun begreift sie, daß der Diebstahl ihrer Kleidung, ihrer persönlichen Schmucksachen, ihrer Souvenirs, ihres Haares und auch die Durchlöcherung und Tätowierung ihrer Haut nicht das Schlimmste sind, was ihr zugestoßen ist, obwohl sie ständig auf sich aufmerksam machen. Ihr Körper ist absichtlich wie ein Spielzeug behandelt und zu einem sexuellen Hunger aufgestachelt worden, den sie erst jetzt ungehemmt verspürt – es ist ein nagender, entsetzlicher Hunger. Ihre einzige Hoffnung, ihn zu stillen, ist eine Frau, die gesagt hat: „Ich rufe dich gegen Ende der Woche an." Es ist halb drei an einem dunklen Montagmorgen. Wenn sie eine Chance hätte, Sengas Wohnung zu finden, würde June sie aufspüren, sie überfallen, Befriedigung VERLANGEN, Senga prügeln, bis sie die Forderung erfüllte. Gibt es keinen anderen, den sie überfallen kann? Ein Mann ist nicht das, was June will, aber er wäre besser als nichts. Doch seit drei Jahren hat sie versucht, die Männer aufzugeben, und Erfolg gehabt. Der einzige ihr bekannte Mann, der mit dem Taxi zu erreichen ist und sich nur zu gern überfallen ließe, ist ihr früherer Ehemann. Es schaudert sie bei dem Gedanken an ihn – da ist es besser, die Finger zu benutzen. Was sie tut, aber nicht sofort.

Zuerst spaziert sie, ein Laken um den Körper geschlungen, durch die Wohnung. Sie betrachtet den Kleiderschrankspiegel, in dem sie beobachtete, wie Donalda sie verführt hat, den Vorleger, auf dem sie sich geliebt haben. Nun weiß sie, daß es eine verpaßte Gelegenheit war, fragt sich, warum sie so passiv blieb. Wie eine einsame alte Frau, die an Kinderspiele zurückdenkt, stellt sie sich auf Zehenspitzen, streckt die Hände zu zwei Löchern im Türsturz der Schlafzimmertür aus, geht dann ins Badezimmer, wischt Make-up ab, nimmt warmes Bad, das sie nicht so beruhigt wie das letzte. Sie kehrt zurück ins Bett und streichelt sich selbst, wie Donalda sie streichelte, bevor Miss Domina sagte aufhören. June versucht, sich stärker zu streicheln, aber die zusätzlichen Bewegungen scheinen nicht die richtigen zu sein. Sie tritt an den Frisiertisch und setzt sich nackt davor, die Beine weit geöffnet, als wären sie immer noch dort angebunden. Mit halbgeschlossenen Augen stellt sie sich vor, daß die streichelnde Hand Miss Domina gehört, daß das Gesicht im Spiegel Sengas liebevolles Gesicht ist, bevor sie (June) rachsüchtig wurde und Entzücken vortäuschte – Entzücken, das sie nun hervorzubringen sucht. Es macht ihr Spaß, aber es genügt nicht. Ein Sandwich würde ihr mehr Befriedigung verschaffen. Die Vergewaltigerinnen haben ihre Lebensmittel nicht gestohlen. Sie steht auf, um in die Küche zu gehen, und verhält beim Anblick von Schuhen, von neben dem Bett verstreuten Kleidungsstücken – es ist die einzige Kleidung, die man ihr gelassen hat. June setzt sich mit gekreuzten Beinen auf den Teppich und untersucht die Sachen gründlich.

Hose und Jacke sind liebevoll gefertigt: alle Nähte mit Doppelstichen, Faden schwarz wie das Leder, aber so säuberlich gestickt, als wäre er weiß; milchweißes Futter aus reiner

Seide, exquisit gesteppt, unbefleckt von dem Schweiß, den sie gestern nacht darüber vergossen hat. Auf Futter zwischen Jackettschultern zwei kleine scharlachrote Herzen gestickt, beide durchbohrt von goldenem Pfeil, darunter FÜR J IN LIEBE VON S. June lächelt, küßt Stickerei, schlüpft in Jacke, zieht Reißverschluß der langen Ärmel zu, schließt vorn Druckknöpfe. Viel von ihrem Busen ist bloß, doch wattierte Schultern sorgen für warmes Gefühl des Schutzes. Auf Futter der Hose ist großes abgehobenes Herz gestickt mit ALLES FÄNGT HIER AN und Ausrufezeichen im Inneren. Hose anzuziehen dauert viele Minuten. Nähte an den Beinen hinunter werden von kleinen Schnallen und Riemen zusammengehalten. Sie gibt sich viel Mühe, alle so straff wie möglich zu schließen. Die Straffheit ist tröstend. Sie dreht sich vor Kleiderschrankspiegel um eigene Achse und bewundert Außenseite beider Beine: Von Hüfte bis zu mittlerer Wade zeigt sich zweieinhalb Zentimeter breiter Streifen ihrer Nacktheit unter den Schnallen und Riemen. Zwischen Gürtel und Jackett erscheint größter Teil ihres Bauches, zwei tapfere kleine Wespen kriechen von ihrem Nabel aus nach links und rechts. Endlich richtet sie den Blick auf ihren Kopf und mustert das, was deutlicher zu sehen sie vorher gefürchtet hat: kahlen, verwitterten Kopf von Plastikpuppe, die sie einmal auf Abfallhaufen neben dachlosem Häuschen entdeckt hat, als sie klein war; damals hat sie bei dem Anblick vor Mitleid und Angst geweint, doch nun weiß sie, was zu tun ist.

Geh zum Frisiertisch. Setz dich hin. Wähle Kosmetika aus, aber nicht Miss Dominas. Ziehe Augenbrauen wie deine eigenen, nur dunkler. Beachte Wespen nicht. Male Lippen an, färbe Wangen ein wenig, schattiere Augenlider wie gewöhnlich. Dieses Gesicht, nicht mehr von dunklem Haar umrahmt, ist nun so klar wie *Rocky-Horror*-Filmgesicht und knöcherner, subtiler, verlockender. Kahlheit und Wespen geben diesem Kopf immer noch Aussehen einer weggeworfenen Puppe, aber einer *teuren* weggeworfenen Puppe, denn er ist

ein *gefährliches Spielzeug, das selbständig handeln kann.*
June hat einmal Ballettstunden in Abendschule genommen,
doch nach dritter Lektion aufgehört. Sie springt auf, pirouet-
tiert wild durch das Zimmer und überlegt, weshalb sie sich
frei und glücklich fühlt. Es rührt her vom *ohne Haar*: Haar
war einst die Hälfte von ihr, der Grund, weshalb Frauen sie
beneideten, weshalb Männer sie zweimal anschauten. Es um-
rahmte ihren Kopf, verhängte und verhüllte ihn, ein weiches,
wärmendes Haus, mit dem sie sich bewegen konnte. Haar
war eine von ihrer frommen Mutter erlernte Religion, die sie
lehrte, es zu lieben, es anzubeten, ihm zu dienen und dafür zu
leiden – bevor sie zwölf Jahre alt war, wurden Händevoll von
Jungen gepackt und verdreht, auch von Mädchen. Ohne es
beginnt ein neues Leben, eines, das sie sich nicht vorstellen
kann, und auch kein anderer kann das – nicht einmal Senga.
Ja, dies ist Freiheit. Sie schreitet zum Telefon, wählt wieder
eins zwei drei. Beim dritten Ton wird die von Accurist gesponserte Zeit 10 Stunden, 40 Minuten und 30 Sekunden
sein. Sie hätte vor mehr als einer Stunde an ihrem Arbeitsplatz
sein müssen. Gerade will sie ihr Büro anrufen, als das Telefon
klingelt.

Telefon klingelt. Sie hebt Hörer ab. Klare, leise Stimme sagt
hallo?
    June kennt die Stimme. Ihr Herz schlägt plötzlich anders,
was sie stärker erstaunt als die Stimme selbst.
    hallo bist du da kannst du mich hören?
    „Ja."
    ich rufe an um dir für eine wirklich herrliche nacht zu danken
    Stille.
    bitte kannst du mich hören bist du noch da?
    „Ja."
    gut ich glaube nämlich daß ich dir viel verdanke deshalb tut's mir
für dich leid daß ich den scheck habe sperren lassen moment hörst
du noch zu?
    „Ja."

ich habe den scheck heute morgen als erstes sperren lassen denn dreitausend pfund sind viel zuviel für eine nacht und die guten dinge hatten nur mit dir und mir zu tun wir brauchen diese anderen kleinen leute nicht findest du nicht auch?

June nickt. Ihr Herz hat seinen Rhythmus gewechselt, als ihr körperlicher Hunger nach Liebe von Miss Dominas Stimme wiedererweckt wurde.

hör mal bist du da?

„Ja."

ich bin in dich vernarrt ich muß dich sehen ich habe geld wenn geld eine rolle spielt wahrscheinlich tut es das können wir uns treffen um daröber zu sprechen aber dreitausend war zu happig

Stille.

wann können wir uns treffen?

Junes Körper möchte JETZT rufen, aber die ungeduldige Frau, die sie bedrängt, sollte besser mit derselben Vorsicht behandelt werden wie ein ungeduldiger Mann. June atmet tief durch und fragt: „Was schlägst du vor?"

ich wörde dich sehr gern zu einem essen in ubiquitous chip oder im pumphouse oder in der rotunda oder sonstwo einladen

„Ich habe noch nie in der Rotunda gegessen."

nicht großartig aber ganz amösant hole dich mit dem taxi sagen wir gegen sieben ab?

„Wenn du möchtest."

Stille.

ich heiße harriet shetland ich liebe dich

Klicken des Hörers, der aufgelegt wird.

„Es ist wichtig, nicht den Verstand zu verlieren!" denkt June. Das, was sie am meisten benötigt, wird sie bekommen, aber sie ist immer noch eine arbeitende, keine ausgehaltene Frau, und sie sollte ihre Stelle besser nicht verlieren. Sie ruft ihren Abteilungsleiter an. Er freut sich zu hören, daß June heute – und vielleicht für mehrere Tage – zu Hause bleiben muß. June hat sich nicht krank gemeldet, aber er sagt zufrieden: „Ich habe Sie zu sehr strapaziert, kein Wunder, daß Sie krank sind! Ich höre es an Ihrer Stimme. Ja, Sie sind müde, schlaff, völlig abgespannt. Habe ich recht?"

„Ja", sagt June.

„Gut. Ich meine, es ist gut, daß Sie Ihre Krankheit erkennen, denn Krankheit ist das Mittel, mit dem der Körper den Geist wissen läßt: *Laß mich einen Moment in Ruhe.* Sie sind viel zu gewissenhaft, June. Als wir diese Sache zusammen anfingen, brauchten Sie nur mich zu beraten. Nun haben Sie auch noch Bleloch, Tannahill und den neuen PR-Angestellten. Sie brauchen Hilfe, June. Es ist lächerlich, daß unser Büro sich auf einen einzigen ausgebildeten juristischen Verstand verlassen muß. Nun versprechen Sie mir, daß Sie sich soviel Zeit wie nötig nehmen, um gesund zu werden. Ich schlage eine Reise an einen der Orte vor, die außerhalb der Saison am bezauberndsten sind: Italien, die Kanarischen Inseln, Miami. Entspannen Sie sich. Legen Sie sich in die Sonne. Eine kleine Romanze würde nicht schaden! Sie sind, haha, eine sehr attraktive juristische Beraterin, June. Wenn ein freundliches Chauvi-Schwein das sagen darf... und... ja, Sie werden ein ganz neuer Mensch sein, wenn Sie zu uns zurückkommen. Dies ist keine Verordnung des Arztes, sondern des Bosses."

Dieser Boss ist verängstigt und zurückhaltend, wenn er Menschen gegenübersteht, aber am Telefon kann er ganz anders klingen. June bringt den plappernden Hörer zum Schweigen, indem sie sagt: „Danke, Mr. Geikie", und ihn auf die Gabel legt. Nun sehr hungrig geworden, macht sie sich einen Stapel Sandwiches, setzt sich auf den Teppich vor der Gasheizung, schlingt das Essen hinunter, trinkt dazu eine Teetasse voll Sherry (was sie noch nie getan hat) und streckt sich aus. Döst ein.

Wird geweckt vom Summen der Sprechanlage, springt sofort auf. „Ich bin's nur!" ruft Donalda. „Ich wollte dir bloß sagen, daß ich..."

„Warte dort!" befiehlt June, rennt barfuß Treppe hinunter, reißt Haustür auf. Keine Donalda. June hüpft Steinstufen zum Bürgersteig hinunter, blickt sich wild um. Milder, bewölkter Herbstmittag: Nichts bewegt sich auf Terrasse außer alter Dame mit Einkaufsbeutel, die vor Schreck zurückweicht; ein ferner Citroen mit Stoffdach und zwei geschwungenen blauen Streifen an der Seite fährt davon.

„Entschuldigung!" sagt June zu alter Dame, steigt wütend Stufen hinauf, durch Hauseingang, schlägt Tür zu. Auf Fußboden unter Briefkasten liegt wattierter Umschlag mit ihrem Namen darauf. Sie nimmt ihn mit nach oben, hockt sich auf den Teppich, reißt ihn auf. Darin ein Brief, der um dünnes, sauberes Bündel neuer Banknoten gefaltet ist. Fünfzigpfundnoten der Clydesdale Bank, jede mit der Gravierung eines Adam Smith mit Perücke, der einen mahnenden Zeigefinger hebt. June zählt vierzehn Noten. Der Brief ist mit kindlich klaren, nach hinten geneigten kleinen Wörtern geschrieben.

Liebe Liebe Liebe Liebe Liebe Liebe ich kann anscheinend nicht aufhören, Liebe, Liebe, Liebe June zu schreiben. Ich bin ein grausames Biest gewesen, aber ich bin keine finanzielle Ausbeuterin, daher das Beigelegte. Du fragst dich vielleicht, weshalb es nicht mehr ist, denn wenn das Geld zwischen Dona, mir und Dir dreigeteilt wird, müßte jede von uns 1000 Pfund kriegen. Ehrlich gesagt, ich kann niemandem soviel geben und werde selbst nicht einmal soviel haben, bis Harrys Scheck morgen oder übermorgen eingelöst wird. 700 Pfund sind alles, was ich habe, außer einem bißchen in meinem Portemonnaie, um über die Runden zu kommen. Ich habe kein Bankkonto, das überzogen werden kann. Absichtlich nicht. Ich gehöre zu den Menschen, die ihre Schulden, wenn sie erst mal welche haben, nie wieder loswerden. Meine Mutter war achtbar und machte in ihrem Leben nie Schulden. Donas Dad wurden die Beine gebrochen, weil er Geld schuldete, das er nicht zurückzahlen konnte. Ich würde lieber stehlen (Lebensmittel aus Läden), als Schulden zu machen. Deshalb zahle ich Dir Deinen Anteil sofort aus, obwohl ich weiß, daß Du mir nicht die Beine brechen würdest! (Ein Witz.) Du soll-

test so schnell wie möglich erfahren, daß ich ehrlich mit Geld umgehe und keine Ausbeuterin bin. Dona macht es nichts aus, noch ein oder zwei Tage auf ihren Anteil zu warten, denn wir beide sind seit Jahren gute Freundinnen. Außerdem hat sie einen sehr anständigen alten Knacker, von dem sie Geld kriegt.

Liebe Liebe Liebe (ich fange schon wieder an) Liebe Liebe Liebe Liebe June, ich werde Dir keine 300 Pfund schicken, wenn Harrys Scheck eingelöst ist, da die Firma gewisse Auslagen hatte. Gute Handschellen kosten mehr, als Du für möglich halten würdest, und meine Kundinnen bekommen nur das Beste. Plastikhandschellen sind ziemlich haltbar, aber sie wären eine Beleidigung. Du sahst mit reinem Stahl so schön aus. Ich werde ganz erregt, wenn ich daran denke, erregter, als ich es gestern war. Als Profi muß ich bei der Arbeit einen kühlen Kopf behalten, oder alle anderen werden enttäuscht. Aber Du bleib lieber Amateurin! Vielleicht können wir beide sehr bald (zum Beispiel Freitag?) gemeinsam Amateurinnen sein? Gefällt Dir der Anzug? Auch der ist vom Besten, ich habe Stunden damit zugebracht. Ich weiß, Du hast ihn nicht bestellt, aber er würde niemandem außer Dir passen. Bitte, trag ihn für mich.

Liebe Liebe Liebe Liebe ich fürchte, Du haßt mich immer noch wie die Pest, deshalb wage ich nicht, Dich vor Freitag anzurufen, dann hast Du Dich vielleicht beruhigt und bist bereit zu mehr (Liebe). Herzlichst Deine, Deine herzlichst, herzlichst Deine, Deine herzlichst, herzlichst Deine, Deine herzlichst...

Diese Wörter werden bis zum Fuß der Seite wiederholt und enden mit *Senga b. w.* in der rechten unteren Ecke. June dreht das Blatt um und liest auf der anderen Seite weiter.

P. S. Harry ist Miss Dominas wirklicher Name. Sie ist eine sehr berühmte Künstlerin.

PPS: All Deine Sachen sind bei mir sicher.

Dieser Brief versetzt June in Erstaunen. Bei der ersten Begegnung hat sie Senga für eine raffinierte kleine Geschäftsfrau gehalten. In den letzten Stunden hat sie Senga als eine sexuelle Räuberin, eine perverse Psychologin, eine gesellschaftliche Befreierin eingeschätzt. Der Brief zeigt, daß sie weiterhin eine kleine Geschäftsfrau ist, und zwar eine sentimentale und naive, die ungeschickt mit Geld umgeht. Dabei ist es ein prächtiges Gefühl, mit Geld in Form von frischen, sauberen, wertvollen Scheinen umzugehen. June lebt vorsichtig, doch bequem im Rahmen ihres Einkommens, zahlt die Hypothek für ihre Wohnung ab und leistet Beiträge zu einer Pensionskasse, die ihr gestatten werden, im Alter von sechsundfünfzig Jahren ihre Arbeit aufzugeben und eine dynamische, an den Lebensstandardindex gebundene Rente zu beziehen. Sie hat fast siebentausend Pfund auf zwei Bankkonten und besitzt einige Aktien an British Petroleum und British Gas. Sie achtet darauf, alles, was mehr als ein paar Pfund kostet, mit einem Scheck zu bezahlen, und sie notiert sich sämtliche Ausgaben. Wie Senga hat sie ihr Konto noch nie überzogen. Und sie hat noch nie soviel Geld in den Händen gehabt: unerwartetes Geld, steuerfrei, auf jede Weise unbelastet. Wie die meisten, die ihr Arbeitsleben mit sehr wenig Besitz begonnen haben, wird sich June durch ihren Verdienst nie reich fühlen, aber dieses Geld gibt ihr das Gefühl, reich zu sein. Sie wird dieses Liebesgeschenk nicht entwürdigen, indem sie es in Ziffern auf einem Sparkonto verwandelt. Damit wird sie sich nicht Sicherheit, sondern etwas Zauberhaftes kaufen. Sie kann sich nicht vorstellen, was heute abend bei ihrer Begegnung mit Harry geschehen wird, aber wenn sie Geld bekommt (1000 Pfund? 1200 Pfund?), wird sie dafür sorgen, daß der Scheck nicht gesperrt werden kann (sie könnte das Luder bis zur Einlösung festbinden), und sie wird Senga etwas abgeben, vielleicht.

Sie halbiert das Bündel und steckt jeweils 350 Pfund in die Brusttaschen, wobei sie selbstgefällig denkt: „Man sollte immer Geld in den Taschen haben."

Senga hat eine dunkle Brille auf dem Frisiertisch zurückgelassen. June setzt sie auf und lächelt sich selbst im Spiegel zu. Ihre Mutter, ihre Schwestern, ihre besten Freundinnen und ihr früherer Mann würden sie jetzt nicht mehr erkennen, selbst wenn sie ihr ins Gesicht schauten. Sie schlüpft in die hochhackigen Schuhe, erinnert sich an ihre Ballettstunden und macht ein paar Schritte. Die Schuhe lassen ihre Wadenmuskeln schmerzen, aber die zusätzlichen Zentimeter sind es wert. Sie bestellt sich telefonisch ein Taxi und läßt sich zum House of Fraser in der Buchanan Street fahren.

June sagt zu der Verkäuferin in der Hutabteilung: „Ich möchte meinen Kopf weniger überraschend aussehen lassen."

Sie kauft Hüte, die ihren Kopf vom Haaransatz bis zum Nacken bedecken: einen Turban aus schwarzer Seide und einen aus schwarzem Samt, einen schwarzen Filzhelm mit einem Sträußchen schwarzer Filzstiefmütterchen an der Seite und eine russische Kosakenmütze aus schwarzem Pelz. In der Unterwäscheabteilung kauft sie schwarze Bodystockings aus Netzgeflecht und mit raffinierteren offenen Maschen, schwarze Seidenschlüpfer und schwarze Spitzenbüstenhalter. Aus Nostalgie macht sie nun einen Spaziergang zu der ersten Lederboutique, die sie besucht hat. Sie trägt all ihre Neueinkäufe in Beuteln, denn sie möchte noch nicht weniger überraschend aussehen. Als sie normal angezogen war, erregte sie ein Maß an Aufmerksamkeit, das sie hauptsächlich in Verlegenheit setzte. Nun erregt sie fünfmal soviel Aufmerksamkeit, und dies belustigt sie mächtig. Zu ihrem Erstaunen bemerkt sie, daß die Rufe von Arbeitern, an deren Baustelle sie vorbeigeht, genauso laut und grob klingen wie immer, daß die Wörter jedoch aggressiver sind. Der Ton von Männern, die ihr zu verstehen geben, daß sie sie vögeln möchten, unterscheidet sich kaum von dem Ton von Männern, die erklären, daß sie sie nicht mit einer drei Meter langen Stange vögeln würden, selbst wenn sie bis ans Lebensende Geld dafür kriegten.

In der Lederboutique kauft sie einen schwarzen Mantel mit Gürtel und breiten Aufschlägen und eine militärisch wirkende Mütze mit glänzendem Schirm. Sie läßt sich von der Verkäuferin bedienen, die sie zum „Versteck" geschickt hat, und einmal setzt sie die Brille ab und fragt: „Erinnern Sie sich an mich?«

Nach einem grübelnden Blick sagt die Verkäuferin: „Ja!... Haben Sie das Geschäft gefunden, das Sie suchten?"

„O ja."

„Dann sind Sie jetzt zufrieden?" fragt die Verkäuferin lächelnd.

„Ja", sagt June lächelnd.

STOFF FÜR KRITIKER
Ein Epilog

Vor ein paar Jahren fiel mir auf, daß meine Geschichten Männer beschrieben, die das Leben für eine nie zu bezweifelnde Aufgabe hielten, bis ein unerwarteter Zusammenstoß ihnen die Augen öffnete und ihre Gewohnheiten änderte. Der Zusammenstoß fand gewöhnlich mit einer Frau statt, hatte mit dem Schlucken von Alkohol oder Schlimmerem zu tun und ereignete sich im Tal des Todesschattens. Ich hatte Romane und Erzählungen geschrieben und dabei geglaubt, mit jeder eine abenteuerliche neue Welt zu schaffen. Nun entdeckte ich das gleiche Muster in allen – in dem längsten Roman sogar dreimal. Nachdem ich herausgefunden hatte, wie meine Begabung funktionierte, war sie fast mit Sicherheit erloschen. Die Phantasie nimmt niemanden in ihre Dienste, den sie nicht überraschen kann.

Ich teilte etlichen Leuten mit, daß ich keine Ideen für Geschichten mehr hätte und keine erwartete. Auch mit Kathy Acker sprach ich darüber. Kathy wollte einen neuen Weg aufzeigen und fragte mich, ob ich daran gedacht hätte, eine Geschichte über eine Frau zu schreiben. Ich sagte nein, das sei unmöglich, da ich mir nicht vorstellen könne, was eine Frau empfindet, wenn sie allein ist. Solche Erklärungen entsprachen der Wahrheit, waren aber nicht ehrlich. Ich hoffte, daß mein Talent nur so tot wie Finnegan war und aus dem Sarg springen und eine neue Gigue tanzen würde, sobald der Leichenschmaus die nötige Lautstärke hätte. Unterdessen arrangierte ich eine Ausstellung meiner Bilder, begann eine Sammlung von volkssprachlichen englischen Prologen, schrieb alte

Arbeiten zu Filmdrehbüchern um und schuldete der Clydesdale Bank schließlich eine Summe, die zwischen ein paar hundert und ein paar tausend Pfund schwankte. Dies war keine Armut. Die meisten Freiberufler leben heute mit Schulden. Banken und Bausparkassen fördern diese Einstellung, weil sie durch Schulden reicher werden. Mein Zustand deprimierte mich nur deshalb, weil meine Eltern der Arbeiterklasse angehört und, obwohl nicht religiös, Schulden wie die Pest gemieden hatten. Auch ich hätte sie meiden können, indem ich eine kleinere Wohnung mietete, öffentliche Verkehrsmittel anstelle von Taxis benutzte, zu Hause statt in Restaurants aß und vier- oder fünfmal pro Jahr statt fast jeden Tag Alkohol trank. Doch leider dachte ich nur mit Nostalgie, nicht mit Sehnsucht an die ehrbare Umsicht zurück, aus der ich hervorgegangen und in der ich aufgewachsen war. Ich *wollte* ein mittelständischer Verschwender sein, aber ein zahlungsfähiger.

Eines Morgens erblickte ich im Bahnhof Queen Street ein Mädchen, das in hochhackigen Schuhen und einem Lederanzug beschwingt durch die Menge schritt; der Anzug schmiegte sich an manchen Stellen so eng an ihren Körper und ließ sie an anderen Stellen so nackt wirken, als bereite sie sich auf eine Liebesbegegnung vor. Kurz danach oder kurz davor begann ich, mir auszumalen, wie eine Frau sich fühlen mag, wenn sie allein ist. Der Anlaß war, daß ich eine Freundin beim Einkaufen begleitet hatte. Manche Frauen – sogar Frauen, die wissen, was ihnen am besten steht – haben gern einen Mann bei sich, wenn sie sich Kleidungsstücke kaufen. Allerdings hört der Mann auf, eine individuelle Person für sie zu sein; er wird zu einem Publikum – oder, besser gesagt, zu einem kleinen Teil eines viel größeren, befriedigerenden Publikum in ihrem Kopf. Ich drang in *What Every Woman Wants, The House of Fraser* und *Chelsea Girl* mit dem gleichen ehrfürchtigen Schuldbewußtsein ein, das ich in einer Moschee, einer katholischen Kirche oder einer Synagoge empfinden würde, doch der Duft war vertraut und freundlich. Ich hatte ihn als kleiner Junge im Kleiderschrank meiner Mutter geschnuppert. Ich war fasziniert von Frauen, die über dunkle oder lebhafte oder subtil matte Farben nachdachten, die rauhe oder zarte oder weiche oder glatte Stoffe betasteten, die sich locker oder knapp oder eng geschneiderte zweite Häute an den Körper hielten. Ich verspürte eine lange, langsame sexuelle Sehnsucht in diesen Geschäften, eine traurige Sehnsucht, denn kein irdischer Koitus konnte all die Wünsche und Möglichkeiten befriedigen, die von den vielen Kleidungsstücken wachgerufen wurden. Die Sehnsucht war natürlich in mir, aber ich war sicher, daß viele Frauen sie auch empfanden und vielleicht sogar noch stärker. Die meisten Frauen kennen nicht so viele Tricks wie die Männer, um sich von Gefühlen abzulenken. Ich stellte mir eine Frau vor, deren Welt von jener Sehnsucht erfüllt war, deren Leben aus jahrelanger, geduldig erlittener, gewöhnlicher Frustration bestanden hatte, bevor ein zufälliger Vorschlag sie immer weiter von den vertrauten Dingen wegführte, an die sie sich normalerweise klammerte. Die Frau hätte nicht schön und ihr Abenteuer nicht pervers zu sein brauchen, aber diese Ideen ließen meine Phantasie wieder lebendig werden. Während ich das erste Kapitel dieses Buches schrieb, empfand ich einen anhaltenden, kaltblütigen sexuellen Kitzel von der Art, wie sie bei manchen Schriftstellern und bei allen Eidechsen vorkommt.

Damals sah ich „Fürs Album" (dann umbenannt in „Lederhaut") als eine Kurzgeschichte. Als ich die Geschichte abgeschlossen hatte, stellte ich mir weitere Abenteuer für June vor, aber die erste Episode verfügte über eine innere Ordnung und war ein Thriller nach Art von „Die Grube und das Pendel", das heißt, sie endet in dem Moment, da der Leser am neugierigsten sein dürfte. Meiner Meinung nach war die Geschichte geeignet für eine populäre Zeitschrift; ich schickte sie einer berühmten Londoner literarischen Agentur und schlug vor, man solle versuchen, sie einem teuren Hochglanzjournal mit einer transatlantischen Auflage zu verkaufen: „Voque" oder „Esquire" oder, besser noch, dem „New Yorker". Ein paar Wochen später erfuhr ich, daß sie zwei britischen Literaturzeitschriften angeboten worden war, deren Chefredakteure, obwohl gute Bekannte von mir, sie nicht gerade mit Jubelschreien begrüßt hatten.

1987 erkundigte sich Tom Maschler, der Chef von Jonathan Cape Ltd., ob ich wieder begonnen hätte, Prosa zu schreiben – eine Frage, die er mir alljährlich seit 1985 gestellt hatte. Ich sandte ihm die neue Geschichte. Sie gefiel ihm, er war der Ansicht, sie könne das erste Kapitel eines Romans bilden, und bot mir einen Vorschuß an. Wir feilschten. Ich erhielt eine Summe, die mir gestattete, zwei Jahre lang ohne Schulden zu leben und weiterhin zuviel zu essen und zu trinken. Nur die Notwendigkeit, einen unvorhergesehenen Roman zu schreiben, deprimierte mich jetzt. Die weiteren Abenteuer, die ich mir für June ausgemalt hatte, reichten für einen Roman nicht aus. Ich werde die Episoden beschreiben und dann erläutern, wie der Roman auf eine Weise entstand, der die meisten dieser Abenteuer zum Opfer fielen.

Zuerst kam die Orgie mit Senga und Donalda (Harry war mir noch nicht eingefallen), die Junes Aussehen veränderte und ihr keine andere Kleidung übrigließ als eine Sonnenbrille, hochhackige Schuhe und den Anzug, mit dem ich das Mädchen im Bahnhof Queen Street gesehen hatte. Dem boshaften Kitzel, mir vorzustellen, daß eine zurückhaltende, konventionelle Frau gezwungen wird, sich so anzuziehen, folgten Spekulationen darüber, wie das ihr Verhalten verändern würde. Zum Besseren, dachte ich, wenn sie gesund und vital ist. Befangene Konventionalität geht aus Eitelkeit und Feigheit hervor. Sie nimmt an, daß uns jeder aufmerksam beobachtet und keinen gewichtigen Anlaß dafür erhalten darf, uns attraktiv oder abstoßend zu finden. Ich dachte mir June als einen sehr einsamen Menschen, da sie bewußt Zurückhaltung übt, um ihre Schönheit zu kompensieren. Sie meidet fast alles – oder weicht vor ihm zurück –, was ihr mißfällt, ohne es je zu bekämpfen oder zu ändern. Konventionelle Feigheit hält ihre Intelligenz gefangen, deshalb ist die Entdeckung, daß allein ihr Äußeres konventionelle, furchtsame und dumme Menschen verstört, so etwas wie eine Befreiung für sie. Wenn sie in ihrem sexuell herausfordernden Anzug beschwingt durch die Straßen schreitet, genießt sie eine Freiheit, die mehr als rein sexueller Natur ist. Am nächsten Tag kehrt June – statt über Senga und über das nachzugrübeln, was bei ihrer Begegnung am Ende der Woche geschehen wird – an die Arbeit zurück, als wäre nichts passiert. Ihre Büroarbeit verhindert, daß sie einsam ist, und bringt ihr Geld ein, doch heute hat sie vor allem ein schelmisches Interesse daran, wie ihre Kollegen auf sie reagieren werden.

Sie ist juristische Beraterin in einem Regierungsbüro, das gegründet wurde, um schlechtbezahlten Menschen zu helfen, die von anderen Ämtern übel behandelt worden sind. Würde es effektiv betrieben, könnte es etliche hochrangige Vertreter des öffentlichen Lebens in Schwierigkeiten bringen. Wenn es von einem cleveren, ehrgeizigen Höheren Verwaltungsbeamten geleitet würde, könnte es sie oft in Schwierigkeiten bringen. Man hat den Posten Mr. Geikie anvertraut, der nie erwartet hätte, eine so glänzende Karriere zu machen. Kollegen und Vorgesetzten gegenüber hat er mit Verehrung gemischte Minderwertigkeitsgefühle. Wenn sie lächeln und ihn bei seinem Vornamen nennen, wiegt er sich in Sicherheit. Er ist überzeugt, daß er der Öffentlichkeit am besten dienen kann, wenn er solchen Leuten überhaupt keine Schwierigkeiten bereitet. Als Junc in sein Büro eintrat, erklärte er ihr mit einer besorgten, gedankenverlorenen Stimme: „Unsere Hauptaufgabe ist, potentiell peinliche Auseinandersetzungen durch ein Angebot alternativer Verfahren zu entschärfen. Das ist nicht leicht. Es kann nicht immer rasch erledigt werden."

Sie entdeckt, daß er lästige Fälle abwickelt, indem er Entscheidungen hinauszögert, bis die Rechtshilfe der Antragsteller ausläuft, wonach die meisten jegliche Hoffnung verlieren und sich mit einer sehr niedrigen Entschädigungssumme begnügen. Wenn Antragsteller einen großzügigen Anwalt haben, der zu ihnen hält und sich heftiger beschwert, so gibt Mr. Geikie freimütig zu, daß er die Schuld habe; die Verzögerung sei unerträglich, aber man könne es nicht ändern, denn sein Büro habe zu wenig Personal. Als June dort anfing, arbeitete sie mit Mr. Geikie und drei Schreibkräften zusammen. Inzwischen gibt es zweimal so viele Schreibkräfte, ihre Schreibmaschinen sind von Textverarbeitungsgeräten abgelöst worden, und sie heißen nun Verwaltungsassistentinnen. Das Büro besitzt nun auch zwei Obere Verwaltungsbeamte, die Mr. Geikies Methoden fast erlernt haben; wenn der eine kurz davor zu stehen scheint, einen lästigen Fall zum Abschluß zu bringen, wird der Fall dem anderen mit der Instruktion übergeben, ihn auf unterschiedliche Weise anzugehen. Das Treiben im Büro ist überaus rege, und Mr. Geikie kann weiterhin klagen, daß es ihm an Personal fehlt. Seine Vorgesetzten haben nun so großes Vertrauen zu ihm, daß sein Büro bald zu einer Abteilung – mit ihm als Direktor – werden wird. Außerdem wird sein Personal erheblich vergrößert werden und einer seiner Untergebenen wird den Rang eines Höheren Verwaltungsbeamten und Vizedirektors erhalten. Natürlich wird Mr. Geikie den eifrigsten und servilsten seiner Untergebenen befördern – denjenigen, der ihm am ähnlichsten ist. June hat nie servil gewirkt und nie etwas gesagt, das sie selbst nicht glaubt. Und sie hat es durch ihr Schweigen vermieden, Ärgernis zu erregen. Bevor sie an diesem Morgen an die Arbeit zurückkehrt, glauben ihre Kollegen, sich auf sie verlassen zu können, ohne sie allerdings sehr zu schätzen. Sie trifft absichtlich zehn Minuten zu spät ein, legt Mantel und Hut im Aufzug ab und trägt sie durch den großen Raum, in dem die Verwaltungsassistentinnen arbeiten. Sie kündigt sich an, indem sie knapp und munter wie immer „Guten Morgen!" sagt. Gewöhnlich wird ihr Gruß beantwortet, heute jedoch nicht. Sie betritt ihr Zimmer und schließt die stummen Gaffe-rinnen aus.

Dieses Zimmer macht einen so guten und freundlichen Ein-druck, wie man es nach einem anstrengenden Urlaub von einem Arbeitsplatz erwarten sollte. Hier sind Dinge, die sie in Angriff nehmen kann, bewährte Methoden, die ihr helfen, es wirkungsvoll zu tun. Sie läßt sich an dem Schreibtisch nieder, auf den Mr. Geikie alle Fälle leitet, die zu unbedeutend sind, um ihn zu beunruhigen: Fälle amtlicher Tyrannei, die sie kor-rigieren oder wettmachen kann. Zuerst teilt sie den anderen Verwaltungsbeamten über die Sprechanlage mit, daß sie am Arbeitsplatz und wieder völlig gesund ist, dann prüft sie ihren Terminkalender und den Inhalt des Eingangskorbes, dann diktiert sie Briefe in ihr Aufnahmegerät. Eine Stunde später ruft sie ihre Persönliche Verwaltungsassistentin (oder Sekre-tärin) herein und erklärt, wie die Briefe abgefaßt werden sol-len. Sie ignoriert den hingerissenen Blick des Mädchens, in-dem sie sich seitlich hinsetzt, bis Jack Bleloch hereinplatzt und sagt: „Verzeihung, daß ich so reinplatze, June, aber wis-sen Sie vielleicht, ob…"

Dann reißt er den Mund auf, bewegt vier Sekunden lang stumm die Lippen, murmelt ein paar entschuldigende Worte und geht hinaus, ohne die Tür zu schließen. Während die Se-kretärin die Tür zumacht, fragt June mit nachdenklicher Stimme: „Glauben Sie, daß er mich in dem kohlegrauen Rock und Pullover vorzieht?"

Die Sekretärin setzt sich hin und kichert heftig. June tut das gleiche. Die Sekretärin, die als letzte aufhört, fragt: „Haben Sie jemanden kennengelernt?"

Es ist eine kühne Frage, denn June hat nie zuvor über ihr Privatleben gesprochen (allerdings wissen alle im Büro, daß sie geschieden ist). Nach einer Weile der Überlegung sagt June langsam: „Das stimmt, ja, aber es ist vielleicht nicht wichtig."

„*Nicht wichtig*?" flüstert die Sekretärin mit großen Augen.

„Sie sollten sich nicht vom Schein trügen lassen", sagt June, dann lachen beide laut und ausgiebig – die Sekretärin so unkontrolliert, daß June sie irgendwann mit einer Geste hinausschickt.

Kurz darauf tritt Tannahill forsch ein, starrt sie an und sagt schleppend: „Mein Gott! Kein Wunder, daß Bleloch sich in die Hosen scheißt. Dieser neue Stil von Ihnen gefällt mir wirklich – ich krieg 'nen Steifen, wenn ich Sie nur angucke. Wann fahren wir beide endlich mal zusammen ins Wochenende?"

June steht auf, öffnet die Tür und sagt mit einer Stimme, die fast laut genug ist, um von den Schreibkräften draußen gehört zu werden: „Jim Tannahill, Sie kommen sich wohl sehr witzig und männlich und mutig vor, wenn Sie solche Dinge sagen, denn sonst würden Sie nicht dauernd reinkommen und sie so oft wiederholen, aber ich finde sie langweilig und ekelhaft. Das hätte ich Ihnen schon vor Jahren klarmachen müssen. Ich weiß, Sie haben nicht genug Arbeit, um Ihren Tag auszufüllen, aber mir geht's in der Hinsicht besser. Ziehen Sie Leine und kommen Sie erst zurück, wenn Sie etwas Lohnendes zu sagen haben, aber nicht vor der nächsten Woche oder besser noch vor der übernächsten."

Er geht an ihr vorbei wie ein Schlafwandler. Den Rest des Vormittags über scheinen die Verwaltungsassistentinnen (es gibt keine Verwaltungsassistenten) zahlreicher und lautstärker als sonst zu sein; oft brechen sie in untypisches Gelächter aus. Die anderen Verwaltungsbeamten (alles Männer) wirken vergleichsweise nagetierhaft und verstohlen.

Zehn Minuten vor der Mittagspause fragt der Höhere Verwaltungsbeamte über die Sprechanlage: „Darf ich Sie für einen Moment sprechen, äh, June, bitte?"

Sie geht in sein Zimmer.

Er sitzt an seinem Schreibtisch und schaut unverwandt auf ein Bündel getippter Seiten vor ihm. June nimmt ihm gegenüber Platz, zieht eine Zigarettenschachtel aus der Brusttasche und fragt: „Darf ich rauchen?"

„O ja, o ja", murmelt er, schiebt ihr einen Aschenbecher hin, sieht eine Zeitlang aus dem Fenster und starrt dann wieder auf das Bündel. Diese Bewegungen gestatten ihm, June kurz von links nach rechts und danach von rechts nach links zu betrachten. Er errötet beim ersten Blick, beginnt beim zweiten zu schwitzen und sagt schließlich zu dem Papierbündel: „Ich bin, äh, sehr *froh*, daß Sie sich von Ihren Problemen erholt haben, Miss, äh, June, meine ich."

„Vielen Dank, Mr. Geikie."

„Sind Sie *sicher*, daß Sie sich erholt haben? Ich überlaste Sie schändlich, und, äh, Sie sind vielleicht zu, äh, äh, ge-ge-gewissenhaft."

„Ganz sicher, Mr. Geikie."

„Aber!" Er blickt eine Sekunde lang auf. „Ihr Äußeres hat sich *verändert*, Miss, äh, äh, June, meine ich."

„Ich bin aus medizinischen Gründen kahlgeschoren worden, aber das wird sich nicht auf meine Arbeit auswirken", sagt June rasch und ohne nachzudenken. Dies ist die erste Lüge, die sie je bewußt geäußert hat. Sie ist überrascht, wie leicht sie ihr fällt.

„Alopezie?" murmelt Mr. Geikie und riskiert einen weiteren Blick.

„Ich lehne es ab, darüber zu reden", sagt June heiter.

„Aber es gibt noch *andere* Veränderungen an Ihrem Äußeren, Miss, äh, June, meine ich."

Sie begreift, daß er sie ständig Miss nennt, weil sie ihm das Gefühl gibt, ein sehr kleiner Junge zu sein, der es mit einer reifen Lehrerin zu tun hat. Sie zieht nachdenklich an ihrer Zigarette, tippt etwas Asche in den Becher und sagt: „Wenn ich mit einem Kopf wie diesem meine übliche Kleidung trüge, Mr. Geikie, würde ich lächerlich aussehen – bemitleidenswert. Nun aber sieht alles an mir so aus, als wäre es geplant. Sie finden doch nicht, daß ich bemitleidenswert aussehe, oder, Mr. Geikie?"

„Nein, aber andererseits... eine Perücke vielleicht?"

„Ich hasse Perücken. Ich hasse jegliche Falschheit", erklärt June. Sie ist so belustigt darüber, wie mühelos sie lügen kann, daß sie, um ein breites Grinsen zu verhindern, die Mundwinkel zu einem Lächeln zusammenzieht, das wahrscheinlich geringschätzig wirkt. Er duckt sich vor diesem Lächeln. Dann rafft er sich auf, macht den Rücken gerade, legt die verschränkten Hände auf das Papierbündel, räuspert sich, schaut einen Zentimeter rechts an Junes Kopf vorbei und sagt: „Trotzdem! Der Charakter unseres *Büros* (das bald eine Abteilung sein wird), der Charakter unseres *Büros*, wie er sich der allgemeinen Öffentlichkeit darstellt, ist nicht vereinbar mit Ihrer äh... neuen und äh... verwirrenden Erscheinung.

„Unser Büro hat für die allgemeine Öffentlichkeit *keinen* Charakter, Mr. Geikie", entgegnet June energisch. „Unsere Kleidung und unsere Frisuren sind den Menschen, mit denen wir umgehen, so unbekannt wie unsere Gesichter und unsere persönlichen Merkmale. Die Öffentlichkeit wendet sich an uns über Anwälte, die durch Briefe und gelegentliche Anrufe mit uns in Verbindung treten. Und da wir in einem kommerziellen Bürogebäude arbeiten, das siebzig Kilometer von der Zentrale in Saint Andrew's House entfernt ist, kennen nicht einmal unsere Beamtenkollegen meine Erscheinung, und sie scheren sich einen Dreck darum."

„Stimmt, Miss, äh, June, meine ich, aber! Nehmen wir an!" sagt Geikie so hitzig, daß er ihr nun direkt ins Gesicht sieht. „Nehmen wir einmal an! Was hier eines Tages geschehen könnte! Ich werde krank, und Sie müssen unser Büro vor einem Schiedsgericht repräsentieren! Oder bei einer innerbehördlichen Veranstaltung! Es könnte sogar eine *königliche* Veranstaltung sein! Im Holyrood-Palast!"

„Ich wußte gar nicht, daß Sie *mich* für eine Beförderung vorgesehen haben, Mr. Geikie!" sagte June mit großen Augen.

Die Idee ist ihm ebenfalls neu. Er steht auf, tritt ans Fenster, blickt hinaus, dreht sich um und erwidert sanft: „Bisher ist nichts beschlossene Sache, M... June. Viele Dinge sind noch möglich, wie ich doch hoffen darf?"

Sein Gesicht zeigt ungewöhnliche Lebhaftigkeit, denn seine Phantasie hat zu arbeiten begonnen. June ist fast geneigt, ihm übers Haar zu streichen, doch sie schüttelt den Kopf und lächelt. „Sie sind ein böser Mann, Mr. Geikie. Sie nehmen mich auf den Arm. Wie können Sie daran denken, mich zu befördern, wo Sie doch Bleloch und Tannahill als Stützen haben?"

„Ich nehme Sie *nicht* auf den Arm! Ich nehme *nie* jemanden auf den Arm. Sie haben doch bestimmt bemerkt, June, daß Sie all die Arbeit machen, durch die unsere Existenz gerechtfertigt wird. Bleloch und Tannahill und ich tun nichts anderes, als möglicherweise brisante Auseinandersetzungen zu entschärfen. Tatsache ist: Die Regierung Ihrer Majestät kürzt die Sozialleistungen so einschneidend, daß sie sich von einer großen gesellschaftlichen Gruppe *distanziert*, die sie eigentlich regieren sollte. Bleloch und Tannahill und ich richten nur Fassaden auf, um diese Tatsache zu verbergen. Glauben Sie nur nicht, daß ich stolz auf mich bin."

June mustert ihn verblüfft. Sie weiß, daß er die Wahrheit gesagt hat, aber sie wußte nicht, daß er es ebenfalls weiß.

Er setzt sich an seinen Schreibtisch und wirkt so durchschnittlich und niedergeschlagen wie immer, aber er wirft ihr sehnsüchtige Seitenblicke zu. Sie weiß, daß er sie von Anfang an für eine strahlende Schönheit gehalten hat. Manchmal beginnt er Gespräche, die darauf abzielen, sie zum Essen einzuladen, aber er drückt sich so gewunden aus, daß sie mühelos das Thema wechseln kann, bevor er das Ziel erreicht. Er gehört zu den Ehemännern, die darüber witzeln, wie sehr sie unter dem Pantoffel stehen. June kommt zu dem Schluß, daß sie ihm helfen kann, ohne ihm ihre sexuelle Gunst zu gewähren. Sie sagt behutsam: „Sie sind ein stärkerer Mann in einer stärkeren Position, als Ihnen selbst klar ist, Mr. Geikie. Darf ich Sie David nennen?"

„Sie wissen, daß diese Möglichkeit Ihnen immer freigestanden hat, äh, June."

„Ein Büro ist nicht der beste Ort, um sich über Büropolitik zu unterhalten. Können wir uns morgen abend im Grosvenor Steakhouse zum Essen treffen? Niemand, den wir kennen, wird uns dort sehen. Ich werde einen Turban tragen, David, und mich so konventionell anziehen, daß man mich überhaupt nicht bemerken wird."

Er macht ihr ein leicht vorherzusehendes Kompliment.

Folglich muß sich June, als sie von der Arbeit heimkehrt, nicht mehr über Senga Gedanken machen. (Man vergesse nicht, daß es in dieser Variante der Geschichte keine Harry gibt.) Am nächsten Abend beginnt sie, Mr. Geikie zu überzeugen, daß ihm keine gesellschaftliche oder finanzielle Gefahr droht, wenn er das Gemeinwohl über die Bequemlichkeit seiner Kollegen und Vorgesetzten stellt. Als sie einander zum Abschied die Hand schütteln, weiß June, daß ihr der Posten der Vizedirektorin sicher ist.

Am Freitag ruft Senga bei June an und fragt: „Haßt du mich immer noch?"

„Nein."

„Und du wirst dich mit mir treffen? Nicht nur, um deine Sachen zurückzukriegen?"

„O ja."

Senga nennt eine Straße, in der June an jenem Abend von einem Auto abgeholt werden soll. June sagt energisch: „Nein, ich möchte dich ohne deine kleine Freundin treffen."

Sie schlägt Senga das Foyer eines Hotels als Treffpunkt vor, fährt dann mit einem Koffer dorthin und nimmt sich ein Zimmer. Sie verbringt ein oder zwei Stunden damit, sich so schön wie möglich zu machen, und zieht ein kleines schwarzes Kleid an, das sie vielleicht an jenem Nachmittag gekauft hat. Dies bekümmert Senga, die im Foyer auf June zugeht und traurig fragt: „Warum trägst du ihn nicht?"

„Meinst du den Anzug? Meinen Arbeitsanzug? Ich wollte heute abend lieber etwas Romantisches tragen."

„Arbeitsanzug?"

„Ja. Ich gehe damit ins Büro, um die Männer zu erschrekken."

„Du hast dich verändert!"

„Ja, du hast mich verändert, und ich bin froh – und dankbar. Weshalb siehst du so bekümmert aus?"

„Vielleicht habe ich dich zu sehr verändert. Ich hatte immer Angst vor dir, June, du warst so schön. Und nun jagst du mir einen gewaltigen Schrecken ein." Senga zittert.

June sagt tröstend: „Ich habe oben ein Zimmer für uns reservieren lassen – laß uns dorthin gehen."

Sie begeben sich in das Zimmer, küssen einander, ziehen sich aus und lieben sich zuerst nervös, werden dann jedoch lockerer und beginnen mit forschenden Liebkosungen, die sie immer wieder abwandeln und drei oder vier Stunden lang fortsetzen.

„Wir brauchen doch nicht grausam zueinander zu sein?" fragt June einmal, und Senga erwidert: „Nicht, wenn wir beide allein sind, so wie jetzt. Wir sind gerade am Anfang und deshalb noch frisch und gleichwertig. Aber früher oder später wird eine von uns oben und die andere unten sein, denn in der Liebe bleibt es nie dabei, daß man gleichwertig ist. Und diesmal werde ich unten sein, denn bisher habe ich's dauernd geschafft, oben zu sein, und ich bin so müde. Nächste Woche werde ich vierzig. Oh, ich liebe dich."

Sie weint, und June, die nie glücklicher gewesen ist, drückt sie an sich und tröstet sie und versichert ihr, daß sie einander immer lieben und gleichwertig sein werden, was auch geschehen mag. Und während June diese Worte sagt, ist sie wirklich von ihnen überzeugt.

Und das war alles, was ich mir an der Beziehung zwischen June und Senga vorstellen konnte, aber ich hatte keine Mühe, mir June und Mr. Geikie drei Monate später vorzustellen.

Sie sind in Edinburgh und nehmen an den Sitzungen eines Schiedsgerichtes teil, das den ersten von Mr. Geikies neuer Abteilung eingeleiteten Fall verhandelt. Dabei geht es um eine ehrliche, fleißige Frau, die ihre Fähigkeit, sich ihren Unterhalt zu verdienen, einbüßt. Ihre Hände werden in einem Restaurant verbrüht, dessen Eigentümer die von den Gesundheitsvorschriften geforderten Schutzhandschuhe nicht bereitgestellt hat. Die Frau hat nichts über Gesundheitsvorschriften oder die Pflichten von Arbeitgebern gelernt, deshalb verstreichen Jahre, bevor sie erfährt, daß sie eine Entschädigung hätte verlangen können; unterdessen verliert sie ihre Wohnung, ihre vier kleinen Kinder und den größten Teil ihres Verstandes mit Hilfe von Behördenvertretern, die dafür bezahlt werden, solche Verluste zu verhindern. June hat eine detaillierte Fallgeschichte niedergeschrieben, den Richtern eine Zusammenfassung gegeben und würde gern weitere Einzelheiten liefern, wenn man sie fragte, doch das Gericht hält die Darstellung des Direktors für hinreichend.

„Kürzungen in der Wohlfahrtsfinanzierung können Inkompetenz nicht entschuldigen!" schließt er. „Die Hauptursache dieser Tragödie ist ein gespenstischer Mangel an Kontakt zwischen den fünf Büros, die den Fall bearbeiteten. Dabei hätte man diesen Kontakt jederzeit durch das simple Aufheben eines Telefonhörers knüpfen können. Diese Büros – und ihr Personal – arbeiten lange und schwer an der Basis ihres, äh, äh, Abteilungsauftrags. Es wäre unfair, die Namen individueller Mitarbeiter mit der Schuld zu belasten. Aber meine geschätzten Kollegen, die Abteilungsleiter – und einige unserer noch höhergeschätzten Vorgesetzten –, können ein gewisses Maß an Verantwortung nicht zurückweisen. Meine Abteilung kann nur funktionieren, indem sie ihnen solche

Tatsachen zur Kenntnis bringt. Und sie sollten sich um diese Tatsachen kümmern!"

„Gut gemacht", sagt June, während sie das Gebäude verlassen. Allerdings wünscht sie sich, daß er ein paar Personen mit Namen genannt hätte.

„Ja!" sagt Geikie. „Ich war selber erstaunt darüber, daß ich so kräftig in alle Richtungen ausgeschlagen habe. Aber nur fünf Minuten später lächelte und nickte mir Macgregor von Industrieverletzungen in der Männertoilette zu, als hätte ich ihn ganz ungeschoren gelassen! Was für ein bemerkenswerter Mann er ist. Hören Sie, June, darf ich Sie heute abend zum Essen einladen – zur Feier des Tages? Ich nehme Sie mit in meinen Club. Ich bin Mitglied eines sehr exklusiven Edinburgher Clubs. Konnte es kaum *fassen*, daß man mich beitreten ließ."

Sie wohnen im Sheraton Hotel und verabreden, sich vorher im Foyer zu treffen. Seit Junes Beförderung hat sie den Lederanzug nicht mehr getragen, aber er ist immer als Talisman in ihrer Nähe. Heute abend fühlt sie sich so ausgelassen, daß sie hineinschlüpft, und da ihr Haar wieder eine konventionelle Länge erreicht hat, befiehlt sie dem Hotelfriseur, es zu scheren. Als sie sich im Foyer treffen, sagt Geikie: „Ach du meine Güte, ich bezweifle, daß man uns in den Club einlassen wird – so, wie Sie aussehen."

Sie nimmt seinen Arm. „Unsinn, Dave. Frauen dürfen aussehen, wie sie wollen, und Sie sind ehrbar genug für uns beide."

Der Club ist zu Fuß in fünf Minuten von der Princes Street zu erreichen. Weniger Passanten starren June an und geben Kommentare von sich, als es in Glasgow der Fall wäre, aber es sind genug, um Geikies Nebennieren zu stimulieren. Sein Rückgrat wird gerade, und sein Gesicht nimmt einen Ausdruck stoischer Duldung an. Seine noble und ihre lässige Haltung führen sie am Portier und an den Garderobenfrauen vorbei und eine Treppe zum Speisesaal hinauf. Durch große Fenster sehen sie die beleuchteten Gebäude und Zinnen des Schlosses, das hoch in der Luft zwischen schwarzem Himmel und schwarzem Felsen steht. An einem Ecktisch sitzen zwei Geschäftsleute mit einem Anwalt, der an jenem Tag vor dem Schiedsgericht zugegen gewesen ist, und einem schottischen Politiker, der einst Kabinettsminister und berühmt für interessante, doch unkluge Presseerklärungen war. Die drei ersten tauschen nickende Begrüßungen mit Geikie aus. Der vierte dreht sich ganz herum und betrachtet June, die absichtlich mit dem Rücken zu ihm Platz nimmt. Geikie und sie mustern Speisekarten. Dann murmelt Geikie: „Oh, da kommt Lucy."

„Lucy?"

„Kurz für Luzifer – so läßt er sich gern nennen."

„Entschuldigen Sie, daß ich mich ungebeten und unaufgefordert einmische", sagt der Politiker, zieht einen Stuhl an den Tisch heran, zielt mit dem Hinterteil darauf und setzt sich fast daneben.

„Hoppla, hoppla, David! David, Sie MÜSSEN mich Ihrer charmanten Gefährtin vorstellen, obwohl sie mich anguckt, als wäre ich eine Art Insekt. Und das zu Recht, denn ich BIN eine Art Insekt. Looper T. Firefly, im Exil lebender Präsident von Freedonia, zu Ihren Diensten, Madam."

Er wirft ihr eine Kußhand zu.

„June Tain, meine Vizedirektorin", sagt Geikie kühl.

„Gott ist mein Zeuge, Geikie! Sie knallen heutzutage wirklich in ALLE Richtungen. Wie ich höre, haben Sie tatsächlich einen Fall vor das Schiedsgericht gebracht! Bemerkenswert. ABER! Der Name Geikie wird dadurch in die Geschichte unserer Rasse eingehen, daß Sie den Mut hatten, eine Dame mit einem hohen Rang zu betrauen, die die DUMME alte verkalkte Vorstellung zerstört hat, daß unsere Beamtenschaft aus vertrockneten Jungfern BEIDERLEI Geschlechts besteht, die durch ihre Kleidung *zeigen* wollen, daß sie engagierte, vertrocknete Jungfern sind. Zu wenig Menschen haben begriffen, daß vor einem Dutzend Jahren ein neues Zeitalter für

Britannien angebrochen ist, HEIL MARGARET! Sie hat die Kastration Britanniens rückgängig gemacht, indem sie Behörden und Privatbetriebe in Unternehmen verwandelte, die von denselben Leuten geleitet werden. Äußerst profitabel. Und nun kann sich jeder Mann mit Geld und Initiative an seiner Frau und seiner Flasche und seiner Frau und seinem Steuerumgehungstrick und seiner Frau und seinem besonderen Freund (wenn Aids es zuläßt) erfreuen, ohne daß ihm der Spaß von scheinheiligen, spielverderberischen Nachbarn und einem gräßlichen Gespenst namens ÖFFENTLICHE MEINUNG verdorben wird. Denn endlich, endlich, *endlich* sieht die öffentliche Meinung das ein, was uns der arme Otto Normalverbraucher schon vor einem Jahrhundert erklärt hat: Gott ist tot. Deshalb kann nun jeder tun, was er will. Übrigens, wenn ich sage, Gott ist tot, meine ich nicht, daß jeder Gott tot ist – das wäre Ketzerei, und ich bin gläubig. Ich rede nur von dem netten Kerl im Himmel, dem tränenfeuchten, scheißliberalen Gauner, der uns befahl, unseren Nächsten und unsere Feinde zu lieben, weil der Abschaum der Erde sie besitzen wird. *Dieser* Gott, Gott sei Dank, ist SO TOT WIE DER SOZIALISMUS, und sogar die Labour Party ist hocherfreut, obwohl sie es noch nicht offen zugeben darf. Sie sehen mich immer noch an, als wäre ich ein Insekt, meine Liebe. Ganz richtig, ganz richtig. Ein Glühwürmchen. Mein kleines Schwänzchen glüht tatsächlich. Ihre Schuld, meine Liebe.“

„Lucy“, sagt Geikie, „wir möchten essen.“

„Noch nicht, Geikie!“ widerspricht Lucy mit fester Stimme. „Denn ich habe noch etwas Wichtiges zu sagen. Fin de siècle! Ende des Zeitalters, Beginn eines anderen, und welch grobes Ungeheuer, June Tain, schlurft gen Bethlehem, um geboren zu werden? Ich werde es Ihnen am Ende meines nächsten Absatzes verraten. Ich spreche in Absätzen. Bitte, behalten Sie alles, was ich sage, im Gedächtnis, denn morgen werde ich mich an kein Wort mehr erinnern.

Also, viele Idioten glauben, das britische Spionagesystem, Verzeihung, das BRITISCHE NACHRICHTENDIENST-system sei voll von russischen Doppelagenten. Blödsinn. Wir hatten eine Menge davon, aber unsere Beziehung zu den Yankees sorgt dafür, daß es die CIA ist, die die meisten unserer Geheimnisse kennt, und auch wir haben nicht wenige der ihren erfahren. Erinnern Sie sich an das schottische Referendum, June Tain? Wovor es so aussah, als könnte London uns von der Leine lassen, haha? Tja, ein Freund von mir – ein prächtiger Kerl und ein mutiger Soldat – hat mir die CIA-Pläne für Schottland gezeigt, falls es ein bißchen Unabhängigkeit für sich erringt, und das Erstaunliche war..."

Mr. Geikie, der unruhig geworden ist, flüstert: „Besser, nicht mit uns über solche Dinge zu sprechen, Lucy."

„Halten Sie die Luft an, Geikie, Sie können sich mit mir und Ihrer charmanten Assistentin überhaupt nicht VER-GLEICHEN – sie ist ein Hell's Angel, und ich bin ein LIND-WÜRMCHEN, ein heller Funken, den das Biest des Bodenlosen Schachtes mit seinem heißen Atem hervorgebracht hat. Ein prächtiger Bankier, Schacht. Wissen Sie, June Tain, daß die Yankees recht freundlich mit dem unabhängigen Schottland umspringen würden? Viel freundlicher als mit Guatemala, Nicaragua et cetera. Sie hatte KEINE Angst davor, daß wir eine sozialistische Republik werden würden, denn sie meinten, uns noch leichter manipulieren zu können als England – *weniger Häuptlinge brauchen bestochen zu werden*, wie sich mein Freund ausdrückte –, und verglichen mit Irland, besonders dem nördlichen Teil, würden wir überhaupt keine Schwierigkeiten machen. Und was ich Ihnen sagen möchte, ist folgendes."

Lucy lehnt sich über den Tisch und flüstert June zischend zu: „*Das CIA-Szenario für ein unabhängiges Schottland ist noch nicht fallengelassen worden, und Sie erfüllen mich mit rätselhaften Einblicken.*"

Er steht auf und spricht mit einer feierlichen und ruhigen Stimme, die stetig lauter wird.

„Ich bin ein Douglas mütterlicherseits, ein Nachfahre
jenes Black Douglas, der VON DER HAND EINES KÖ-
NIGS ERSTOCHEN wurde. Und wenn Sie mir sagen, daß
es irgendein anderer Douglas war, der von Jamie dem Ersten
oder dem Zweiten oder dem Dritten oder dem Vierten oder
dem Fünften erstochen wurde, SO IST ES MIR EGAL!
ICH FÜHLE MICH IMMER NOCH ALS PROPHET!
ICH PROPHEZEIE, DASS JUNE TAIN..."

Er deutet mit einem Finger auf June und sagt vertrauli-
cher: „Ich prophezeie, daß Sie, June Tain..." Dann bemerkt
er, daß seine Freunde ihn heranwinken und daß mehr Menschen das Restaurant betreten. Er murmelt: „Verzeihen Sie
mir – ich langweile Sie", und kehrt zu seinen Freunden zurück.

Das war alles, was ich mir von Junes Geschichte vorstellen
konnte. Ich dachte daran, sie auszuweiten, indem ich Senga
und Donalda durch June veranlassen ließ, bedeutende Ge-
setzgeber zu verwirren und zu korrumpieren, wodurch eine
feministische sozialistische Revolution ausgelöst würde.
Aber daran konnte ich nicht glauben. Doch von Junes Besuch
in der Lederboutique bis hin zu Luzifers Rede war weniger als
ein Viertel dessen niedergeschrieben, wofür man mich bezahlt hatte. Wenn ich dies nicht durch phantasievolles
Wachstum erweitern konnte, mußte ich es durch bloße Zu-
sätze vergrößern. Junes Geschichte hatte einen pornographischen Gehalt. Solche Einfälle bereiten mir keine Mühe.
Konnte ich weitere hinzufügen? Ich schrieb den Dialog zwischen der weißen und der schwarzen Amerikanerin, den ich
später in „Kulturkapitalismus" benutzte, aber ich wurde seiner überdrüssig. Solche Einfälle sind monoton, und ich hatte
sie bereits für einen Roman verwendet. Nun beschloß ich, das
Buch durch alles Interessante zu erweitern, was ich zu Papier
bringen konnte, wie belanglos es auch sein mochte: Essays,
autobiographische Einzelheiten, vielleicht ein oder zwei Dramen. Vor mehr als einem Jahrzehnt hatte ich den größten Teil

meines Verdienstes aus Fernseh- und Hörspielen bezogen, und ich hatte mir seit langem gewünscht, sie in einem Buch zu neuem Leben zu erwecken. Anfang der siebziger Jahre war ein Einakter namens „Dialogue" vom Hörfunk der Schottischen BBC gesendet, von Granada Television für das gesamte britische Netz produziert und von der kurzlebigen Scottish Stage Company auf einer Tournee aufgeführt worden. Ich stellte eine Prosafassung im Präsens her, nannte sie „Ein freier Mann mit einer Pfeife" und konnte mich ohne Schwierigkeiten davon überzeugen, daß der Held Junes unzulänglicher Ex-Gatte war, daß er versuchte, sie zu vergessen, indem er halbherzig eine andere Frau verführte, daß ihre Stimme am Telefon ihn zuletzt endgültig vernichtete.

Dies ließ an eine Buchform denken, die ich nie zuvor geschaffen hatte. Nach dem Kapitel, in dem gezeigt wird, wie Senga und Donalda Ende der achtziger Jahre (die Moden auf den Straßen verraten das Datum) June verführten, würde das Buch zu ihnen in früheren Jahren zurückblenden; jedes Kapitel sollte die Beziehung einer meiner drei Frauen zu Männern darstellen, die sie auf ganz unterschiedliche, aber alltägliche Weise enttäuschten. Während ich unter früheren Dramen nach weiterem Material suchte, gab ich mich der Hoffnung hin, eine das übliche Maß übersteigende Vielfalt derjenigen zeigen zu können, die unser Britannien ausmachen. Das hatte ich in meinem und längsten Buch versucht, aber mir fehlte das Wissen, führende Vertreter des Finanzwesens, der Regierung, der Justiz und der Mode in einer fortlaufenden Handlung zusammenzufügen (wie Dickens es in „Klein Dorrit" tat), in der Fabriken, Slums und Slum-Eigentümer, Gefängniswärter und Gefangene eine Rolle spielen. Ich hatte meine Unwissenheit durch Abkürzungen und Metaphern verschleiert. Aber ein Episodenroman über das Leben von drei Frauen, deren Wege sich im Laufe von fünfundzwanzig Jahren annähern, könnte – ohne Phantastereien – sich wandelnde Beziehungen und Abhängigkeiten zwischen vielen glaubwürdigen Menschen beschreiben. Wiederum würde mein Buch keine wirklich führenden Vertreter der Regierung, des Finanzwesens, der Justiz, der Mode et cetera enthalten, aber mein Schauplatz war Schottland, wie hätte es sie also enthalten können? Wie die meisten Schotten und viele Engländer nahm ich an, daß die meisten derartigen Persönlichkeiten in London arbeiten und für uns ohne Nutzen sind. Ich hätte bedenken sollen, daß ein großer Teil von Schottland für sie nützlich ist.

Die Kapitel *Der Heiratsantrag, Der Mann, der etwas von Elektrizität verstand, Im Kesselraum* und *Ein freier Mann mit einer Pfeife* sind so eng an ursprüngliche Theaterstücke angelehnt, daß sie fast jedes Wort des Originaldialogs enthalten. *Mr. Lang und Ms. Tain* verwendet ein halbes Theaterstück, *Ruhige Leute* den Anfang eines weiteren. Wenn sich Leser von *Ruhige Leute* Sorgen um die Liddels machen, kann ich ihnen den getippten Beweis dafür zeigen, daß die Liddels und ihre Untermieter einen heilsamen Einfluß aufeinander ausübten und sich in beiderseitiger Freundschaft voneinander trennten, wenn auch sehr plötzlich.

Aber Harry war eine neue, unerwartete Idee. In der frühesten Version des ersten Kapitels erschien sie nicht einmal auf einem Foto. Sie wurde für das Kapitel *Klassentreffen* erfunden, weil ein Quartett mehr Variationen zuläßt als ein Trio, aber sie sagte wenig, denn ich hatte keine Ahnung, woher sie stammte oder welchen Beruf sie ausübte, wenn sie keine perversen Spiele mit Senga trieb. Ich wußte, daß sie ein seltenerer sozialer Typus war als die anderen Frauen; es war förderlich für die Handlung, sie mit Reichtum auszustatten, und es war praktisch, ihr eine scheußliche Erziehung zuzuschreiben, die es ihr schwer gemacht hatte, ungehemmt zu sprechen. Eine Zeitlang verzichtete ich darauf, mir eine Vergangenheit für sie vorzustellen, aber ich hatte eine vage Idee, daß sie die Verwalterin eines großen Krankenhauses sein könne. Eines Tages unterhielt ich mich mit einer Freundin darüber, wodurch sich reiche Leute von dir und mir unterscheiden, besonders die reichen, deren Vermögen einer Gewohnheit gleicht, weil sie es ererbt haben. Meine Freundin war einigen von ihnen in einem Internat begegnet, das sie besucht hatte, und auch in einer Kunstgalerie, wo sie hin und wieder arbeitete. Auch ich hatte einige getroffen und war von gelegentlichen Bemerkungen, die zeigten, wie fremd sie mir waren, fasziniert worden. Einmal ging ich in einem großen Privatgarten mit dem Eigentümer spazieren, der nichts als Bäume und Sträucher in dem Garten wachsen ließ, da Blumenbeete seinem Gärtner zuviel Arbeit machten. Ich fragte ihn, ob er Gemüse anbaue. Er antwortete: „Früher mal, aber es war nicht der Mühe wert. Man bekommt es für ein paar Shilling in einem Laden."

Ich hatte eine junge Frau gekannt, die alle von ihren Eltern bevorzugten Personen ablehnte, da ihr die Gesellschaft „gewöhnlicher Menschen" lieber sei. Sie schmollte, wenn man sie aufforderte, sich selbst eine Tasse Nescafé zu machen, und erklärte, sie sei dazu einfach nicht in der Lage, was sie bewies, indem sie einen Löffelvoll Pulver in einen Becher mit lauwarmem Wasser rührte. Diese Menschen waren Individuen, nicht Typen, doch wie Scott Fitzgerald am Beginn seiner Erzählung „Junger Mann aus reichem Haus" sagt: „Nimm dir eine einzelne Person vor, und ehe du dich's versiehst, hast du einen Typ erschaffen; beginne mit einem Typ, und du wirst sehen, daß du gar nichts erschaffen hast." Ich bemerkte im Gespräch mit meiner Freundin, daß die sehr Reichen nach dem Verlassen des Internats vielleicht Mühe hätten, andere Menschen ernst zu nehmen, denn nun könnten sie jeden, der ihnen nicht hundertprozentig paßte, leicht ersetzen oder meiden. Dadurch sei vielleicht die erstaunlich lieblose Behandlung zu erklären, die manche von ihnen ihrem Nachwuchs zuteil werden ließen. Während ich darüber nachsann, stellte ich mir plötzlich Harrys Mutter vor, die bei der Geburt sagt: „O Gott, ein beschössenes kleines Mödchen", und begann, meine entfernte Cousine einer Königin zu entwickeln. Meine direkten Erfahrungen mit ihrer Gesellschaftsschicht waren rar, aber ihr Sprachrhythmus war in allen Wohnungen bekannt, in denen ich seit meiner frühen Kindheit gewohnt hatte. Lord Reith war der Sohn eines Glasgower Geistlichen, doch die von ihm geschaffene British Broadcasting Corporation wurde von den Stimmen englischer Internatsdirektoren beherrscht. Außerdem war ich reichen Engländern auf den Seiten von Wilde, Firbank, Hemingways „Fiesta" und Evelyn Waugh begegnet.

Zuerst rechnete ich nicht damit, viel über Harry zu schreiben. Ich plante, sie in einem einzigen Kapitel von ihrem boshaften schottischen Kindermädchen und ihrer bedrückenden Mutter fort in ein Internat zu befördern, dann ans Warburg oder Courtauld Institute, dann auf den Posten einer Kunstverwalterin in Schottland. Aber das Internat erwarb eine charakteristische Geographie, in der kleine Einzelheiten aktive Organe zu ihrer Unterstützung entwickelten. *Amandas Kind* und *Neues Geld* waren Wendungen gewesen, mit denen ich zeigen wollte, welch ein Snob Harrys Mutter war. Im Park wurden die beiden Wendungen zu Hjordis mit Der Festung und zu Linda mit der Redeweise und dem Charakter, die sie hinter sich lassen soll. Ich fühlte mich so verbunden mit Harry, daß ich aus ihr eine Künstlerin machte und drei Kapitel darauf verwendete, sie nach Norden zu bringen. Trotzdem erweist sich die Chronologie des Buches (unten) als übersichtlich, mit Ausnahme von *Ruhige Leute*. Das Alter von Donaldas Kind und einige andere Details verlangten, daß das Kapitel im Jahre 1971 spielte; deshalb mußte es, damit nicht zwei Donalda-Geschichten hintereinander erschienen, die zeitliche Abfolge durchbrechen.

KAPITEL	JAHRE	HELDINNEN
Fürs Album	1989	June, Senga, Donalda
Eine entfernte Cousine…	1963	Harry

Der Heiratsantrag	1965	Senga
Der Mann, der etwas…	1967	Donalda
Mr. Lang und Ms. Tain	1973	June
Im Kesselraum	1977	Senga
Ruhige Leute	1971	Donalda
Der Po-Garten	1963–1989	Harry
Ein freier Mann…	1989	June (hinter der Bühne)
Kulturkapitalismus	1989	Harry, Senga
Dads Geschichte	1989	Donalda, Harry
Klassentreffen	1989	June, Donalda, Senga, Harry
Neue June	1989	June, Harry, Donalda, Senga

Das letzte Kapitel endete eher, als ich geplant hatte. Als June zu der Lederboutique zurückkehrte, wo der Roman begonnen hatte, begriff ich, daß Mr. Geikie und Luzifer überflüssig waren. Nun lag auf der Hand, daß June eine neue Frau war, und zu beschreiben, wie sie ihre „Neuheit" nutzte, wäre auf eine Einschränkung hinausgelaufen. Es gab einen deutlichen Hinweis darauf, daß June (die mittelständische Person) und Harry (die Person mit dem ererbten Vermögen) sich – nachdem sie durch Sengas und Donaldas Arbeit befreit worden waren – von den beiden ärmeren Frauen trennen und gemeinsam Spaß haben würden. Der Leser braucht dieses Ende nicht für plausibel zu halten, aber das ist die Art, wie wir die Dinge in Großbritannien normalerweise gestalten. Es ist unzweifelhaft die Art, wie die Dinge im Jahre 1990 in Glasgow gestaltet wurden, als die Stadt die offizielle Hauptstadt Europas war, kulturell gesehen.

DANKSAGUNGEN

Ein Stift ist das einzige Schreibgerät, das ich zu benutzen gelernt habe, deshalb benötige ich Stenotypistinnen, um meine Worte so zu Papier zu bringen, daß sie von Lektoren gelesen werden. Dies sorgte einmal für eine peinliche Situation: Eine Stenotypistin weigerte sich, den Teil einer Erzählung zu tippen, der das Wort *ficken* enthielt – ein Wort, das ihrer Meinung nach weder geschrieben noch gelesen werden sollte. Es war ihr Recht, sich zu weigern. Niemand sollte gegen Bezahlung etwas tun müssen, was er für falsch hält. Zum Glück begegnete ich Flo Allan, die tippen konnte und der sämtliche von mir verwendeten Wörter gefielen. Da ich eine schüchterne Seele bin, hätte ich Kapitel 1 und 12 nicht in eine zur Veröffentlichung geeignete Form bringen können, wenn ich nicht gewußt hätte, daß Flo (eine glücklich verheiratete Mutter) sie gern tippen würde. Deshalb ist das Buch ihr gewidmet.

Der Kunstgriff, den Dialekt der englischen Königin phonetisch wiederzugeben, ist James Kelmans unveröffentlichter Erzählung „Cogmentum" entnommen. Ich habe es nicht getan, um mich über eine Redeweise lustig zu machen, die von vielleicht einem Zwanzigstel der britischen Inselbewohner mit Geschick und Selbstbewußtsein benutzt wird, sondern weil mir ihre sonderbare Musik gefällt.

Kapitel 6 enthält die Erinnerungen von drei Männern an die britische Armee. Die Erinnerungen an den Ersten Weltkrieg stammten von meinem Vater, Alex Gray. Jene an die nordafrikanische Nachschubbasis kamen von Annabel Macmillan, die sie von ihrem Vater gehört hatte; die Erinnerungen des Wehrpflichtigen an Zypern hörte ich von Charlie Orr.

Der Zufall, durch den der Gag-Schreiber in Kapitel 11 seine Berufung findet, widerfuhr Robert Wills.

Wenn irgendein Leser in der britischen Beamtenschaft das Benehmen Mr. Geikies und seiner Mitarbeiter für überzeugend hält, dann liegt es an den Informationen, die ich von einem Freund in einer selten öffentlich erwähnten Abteilung des Scottish Office erhalten habe.

Der Kunstgriff, Harrys leise Stimme in einem kleineren Schriftgrad zu setzen, ist von der Mücke in „Alice im Spiegelland" übernommen. Der Umstand, daß ich sie in anderen Kapiteln nicht genauso sprechen lasse, beruht auf „The Devil's Advice to Story-Tellers" in Robert Graves' Gedicht gleichen Namens.

Zu guter Letzt gebe ich zu, daß es eine schlechte Idee war, dieses Buch „Lederhaut" zu nennen. Dadurch wurde die Aufmerksamkeit der Hälfte aller Kritiker, die den Roman zur Kenntnis nahmen, auf Kapitel 1 und 12 gelenkt, weshalb sie ihn so rezensierten, als wäre er in erster Linie eine sadomasochistische, lesbische Abenteuergeschichte. Hätte ich ihn „Glasgower" genannt, hätten sie den Kapiteln 2 bis 11 vielleicht mehr Aufmerksamkeit geschenkt, aber die Handlung stützt sich weniger auf James Joyce' „Dubliner" als auf Sherwood Andersons „Winesburg, Ohio". Wie auch immer, aus vorzüglichen Reklamegründen wird dieses Buch seinen schlechten Namen behalten, bis es vergessen ist.

LEB WOHL

INHALT

ISBN 3-352-00462-5

1. Auflage 1993
©Rütten & Loening, Berlin 1993 (deutsche Übersetzung)
Something Leather ©Alasdair Gray 1990
Einbandgestaltung Ute Henkel
Typographie Peter Friederici
Clausen & Bosse, Leck
Schrift 10 p Sabon
Printed in Germany